독일문학과 자연과학

* 이 저서는 2014년 정부(교육부)의 재원으로 한국연구재단 지원을 받아 수행된 연구임 (NRF-2014S1A6A4026234)

This work was supported by the National Research Foundation of Korea Grant funded by the Korean Government (NRF-2014S1A6A4026234)

독일문학과 자연과학

18,19세기 독일문학과 자연과학의 상호담론을 통해 본
문학과 과학 패러다임의 융합적 생성과정 연구

조우호 지음

도서 월인
출판

머리말

자연의 영혼

젊은 시절 독일문학을 전공하고 이후 대학에서 그것을 가르쳐온 사람이자, 동시에 인문학의 학문적 융합 잠재성을 꾸준히 연구해온 필자에겐 '독일문학과 자연과학'이란 분야는 줄곧 관심을 끌었던 흥미 있는 연구 주제의 하나였다. 부족하지만 이 책은 그 관심을 일차적으로 종합해서 내놓은 일종의 결과물이라 할 수 있다.

독일문학이 자연과학과 연관을 가지는 시기는 무엇보다 18세기 이후라 할 수 있다. 그것은 19세기 중반까지 계속되었다. 이 책이 그 시기를 집중적으로 관찰하는 이유도 여기에 있다. 독일문학이 자연과학과 연관을 가지는 바탕에는 독일인들의 특별한 자연 사랑이 존재한다. 이것은 현재에도 여전하다. 이를테면 필자가 객원교수로 있는 독일 바이에른의 한 대학에서 일하는 B 비서가 그랬다. 독실한 개신교도라는 그녀는 나와 일상적 대화 도중에 몇 번이나 자신이 신성함을 느끼는 공간은 교회가 아니라 자연과 숲이라고 말했다. 그런 말을 하는 사람이 B 비서만이 아니다. 적지 않은 독일인들이 그렇게 여긴다. 그들에게 자연은 과거 독일 낭만주의 작가들에게처럼 여전히 신성하고 신비한 체험을 하는 공간이다.

그들의 자연 사랑은 환경에 대한 관심과 직결되고 있다. 그들의 일상 (정치)에 자연의 생태와 환경에 대한 관심은 폭넓게 자리 잡고 있다.

비근한 예로 독일의 녹색당을 보면 알 수 있다. 독일에서 녹색당은 최근 선거에서 다시 큰 주목을 받고 있다. 촉발은 작년 2018년의 바이에른 주 선거였다. 원래 바이에른 주는 독일의 보수 우파 집권 여당인 기민당(CDU)의 자매당인 기사당(CSU)이 늘 집권해 왔던 기사당의 본거지이자 아성이다. 바이에른 기사당은 오만했고, 다른 주들에는 기사당의 그 오만함을 혐오하고 조롱하는 사람들도 적지 않다. 필자의 박사과정 지도교수였던 튀링엔 주 예나대학의 M 교수도, 바이에른 주지사가 바이에른은 독일의 어느 지역보다 뛰어난 지상의 천국과 같은 곳이라고 한 유세 연설을 인용하며 혀를 차고 고개를 절레절레 흔들었다. 노(老) 교수는 바이에른은 민주주의가 없는 지역이라고까지 비난했다. 그랬던 바이에른에서 지난 선거의 결과는 놀랍게도 기사당의 참패였다. 대신 녹색당이 약진해서 기사당에 이어 제2당이 되었다. 그렇게 기사당의 일당 집권은 끝이 나고 바이에른 주의 일상적 민주주의(?)는 회복됐다. 하지만 녹색당은 바이에른에서 멈추지 않았다. 금년 2019년 유럽의회 선거에서 녹색당은 독일 전역에서 집권여당인 기민당/기사당에 이어 제2당이 되었다. 최근의 여론조사에서는 기민당을 제치고 지지율 1위의 정당이 되기도 했다.

물론 앞으로의 변화는 알 수 없지만 녹색당에 대한 이런 관심과 애정은 독일이 거의 유일하다. 어쩌면 독일이어서 가능한 것인지도 모른다. 그 이유 중의 하나가 자연과 교감하는 독일문화에 있다. 그들이 자연을 대하는 진중한 태도는 18세기 이후 크게 변하지 않고 어느덧 독일 정서의 한 상수로 자리 잡고 있다. 그것의 맥락을 학술적으로 분석, 고찰하는 것이 이 책의 연구 주제와 연결된다.

여기서 자유롭게 풀어쓴 이 책의 또 다른 결론을 다음과 같이 간단히 언급해도 나쁘지 않을 것 같다.

자연은 인간의 거울이고 인간은 자연의 거울이다. 인간 삶의 과정은 자연의 영혼을 보여준다. 그런 점에서 인생은 누구에게나 공평하다. 각자의 삶은 주어지는 것일 뿐 건전하지도 불건전하지도 않다. 건전한 인생이 없는 것처럼 불건전한 인생도 없다. 또한 그런 한에서 도덕적 인생도 비도덕적 인생도 없다. 인생은 각자에게 이미 존재할 뿐. 마치 자연이 그러하듯이.

적어도 필자에겐 이런 생각들이 이 책의 연구 주제인 '독일문학과 자연과학'을 통해 얻은 작은 결론이다. 흔히 듣던 말이라 여기는 사람도 있을 것이다. 그렇게 판단해도 무방하다. 다만 이 책은 그 점을 이 연구 주제를 통해 학술적, 심층적으로 분석하고자 했다.

이 책이 관련 전문가들의 연구와 학술적 담론에 작은 기여라도 할 수 있다면 필자로서는 큰 기쁨일 것이다. 아울러 이런 학술서의 내용이 생소할 일반 독자들도 이 책을 통해 각자의 방식으로 자연과 인생에 대해 잠시나마 성찰해보는 기회를 가진다면 더할 나위 없이 기쁘겠다. 그런 독자들을 찾는다면 이 책의 소임은 두 배로 달성하는 것이라 생각한다.

이 책의 출판을 맡아준 도서출판 월인의 박성복 사장님, 그리고 꼼꼼하게 편집 작업을 해준 정영석 편집장께 감사를 드린다. 물론 이 책에서 발견될 수 있는 미진한 내용은 앞으로 수정하고 보완할 것임을 미리 밝혀둔다.

2019년 6월

북한산 자락에서 조우호

차 례

머리말: 자연의 영혼 _ 5

I. 들어가는 말 ·· 11

II. 독일문학의 자연과학 담론의 형성과 그 배경 ······················· 17

   1. 18세기 이전의 자연사 연구 ································· 19
   2. 칸트의 새로운 인간학과 자연철학 ························ 31
   3. 피히테의 인간학과 관념적 지식학 ························ 38
   4. 헤겔의 이념적 자연철학과 인간학 ························ 48
   5. 쉘링의 낭만주의 자연철학과 자연과학의 원리 ··········· 61

III. 18세기에서 19세기 초까지 독일문학의 인간학,
    자연철학과 자연과학 담론 ································· 77

   1. 18세기 독일문학의 유기적 자연관의 형성 및
     인간학과 자연철학 ···································· 79
   2. 빌란트의 계몽주의 인간학 ······························· 85
   3. 헤르더의 계통발생학적 인간학 ·························· 93
   4. 쉴러의 역사미학과 미학적 인간학 ······················ 98
   5. 요한 칼 베첼의 회의적 계몽주의 인간학 ··············· 141
   6. 장 파울의 소설과 자연과학 담론 ······················ 166

7. 괴테의 형태론과 자연철학 및 자연과학 담론 ················· 179

8. 프란츠 요젭 쉘버의 자연과학 담론 ····························· 190

9. 칼 크리스티안 에어하르트 슈미트의 자연과학 담론 ········· 199

10. 칼 구스타프 카루스의 자연과학 담론과 영혼론 ············ 210

11. 로렌츠 오켄의 자연철학과 자연과학 담론 ··················· 219

IV. 19세기 초반 독일문학과 실험과학 ······························ 221

1. 낭만적 자연과학 이념 혹은 실험과학의 정신 ················· 223

2. 노발리스의 낭만주의 자연과학 담론 ·························· 226

3. 아힘 폰 아르님의 자연과학 담론 ······························ 234

4. 요한 빌헬름 리터의 낭만주의 물리학 ·························· 252

5. 괴테의 색채론과 실험과학 ····································· 268

6. 19세기 초반 독일문학과 실험과학의 전통 ····················· 291

V. 맺음말 ··· 295

18·19세기 독일문학에 나타난 자연과학 담론의 상호성과
19세기 후반 이후의 변화 ·· 297

참고문헌 ··· 305

찾아보기 ··· 330

I. 들어가는 말

독일문학에서 자연과학 담론의 수용은 서양의 어떤 다른 문학에서도 그 예를 찾을 수 없을 정도로 특징적인 주제라고 할 수 있다. 독일문학이 자연과학 담론에 관심을 가졌던 배경에는 자연의 법칙에서 찾을 수 있는 인간과 인간사회 발전의 법칙성에 대한 관심이 깔려 있었다. 독일문학의 작가들은 그 법칙성을 인간과 인간사회에도 적용할 수 있는지, 할 수 있다면 어떤 범위와 방식으로 가능한지에 대해 탐구했다. 이 주제는 좁게는 독일문학에서 특히 18세기 후반에서 19세기 초반까지의 계몽·고전주의와 낭만주의 문학 시기에 집중적으로 형성된다고 할 수 있지만, 넓게 보면 18세기에서 출발하여 20세기까지 계속되는 주제라고 평가해도 과언은 아니다.

본 연구는 그중 가장 핵심적인 시기라고 할 수 있는 18세기부터 19세기, 특히 19세기 초반까지 시기에 독일문학에서 찾을 수 있는 자연과학 담론의 발생 맥락과 발전 과정 및 그 내용을 고찰·분석하고, 전체적 틀에서 문학과 자연 연구의 융합적 연구 패러다임의 형성을 독일문학의 예를 통해 포괄적으로 기술하고자 한다.

이 경우 동시대의 과학 패러다임도 맥락에 따라 자연과학의 담론에서 함께 살펴볼 것이다. 또한 독일문학과 자연과학의 두 패러다임이 어떻게 상호 연관을 가지며 융합적 담론을 형성하는지, 당대 다양한 개별 작가나 자연연구자들의 서술 맥락을 통해서 고찰할 것이다.

사실상 이 주제는 대체로 독일에서의 연구를 제외하면 아직까지 우리나라에서는 체계적으로 다루어지지 않고 있다. 국제적으로 이 분야에서 가장 활발한 연구를 하고 있는 독일 역시 지금까지 연구의 초점은 주로 괴테를 비롯한 몇몇 주요 작가들의 작품과 전기적 맥락에서 찾을 수 있는 자연과학 담론이나 자연철학의 맥락을 분석하거나, 그들의 자연관이나 자연과 예술의 관계에 대해 고찰하는 정도에 머물러 있었다.

영어권에서는 낭만주의와 자연과학에 대한 일부의 연구가 있을 뿐이다.[1] 따라서 국제적으로도 포괄적 주제로서 문학과 자연과학 담론의 상호성에 대한 본격적 연구는 이제 시작 단계라고 할 수 있다.

독일문학의 개별적 작가나 작품에 대한 연구의 경우는 제외하고 독일문학과 자연과학 연구 전체에 연관되는 연구를 중심으로 살펴보면 다음과 같이 정리할 수 있다. 우선 대표적으로 D. v. Engelhardt(1976, 1978, 1992, 1998)의 독일 낭만주의 문학의 자연과학 담론에 대한 연구와 D. Kuhn(1978, 1985, 1988)의 괴테 및 괴테시대와 관련된 자연과학 연구의 실증적 자료와 자연과학 담론의 연구는 잘 알려진 것들이다.

F. Burwick(1968, 1986, 1990)과 A. Cunningham/N. Jardine(1990), S. Poggi/M. Bossi(1994), W.D. Wetzels(1971, 1973, 1990) 등의 독일 낭만주의와 자연과학의 관계에 대한 연구는 D. v. Engelhardt와 D. Kuhn의 연구에 보충적 자료를 제공하고 있다. 특히 Wetzels의 요한 빌헬름 리터에 관한 연구는 독일 낭만주의 물리학자이자 작가인 리터가 낭만주의 자연과학 담론에 차지하는 의미에 대해 지적하는 선구적 연구지만 독일문학과 자연과학 담론의 전체적 맥락에서 보충이 필요한 연구라고 볼 수 있다.

최근의 O. Breidbach(1982, 1986, 1997, 2000, 2005)의 연구는 18세기부터 19세기까지의 과학사와 철학, 독일문학에 걸치는 자연과학 담론의 특징에 대한 일단의 연구라고 할 수 있다. 또한 Kahler/Maul (1991), P. Gendolla(1992), Wiesing(1995), Richter(1997), Köchy (1997), Ingensiep(1998), Eckart/John/Zantwijk/Ziche(2001) 등의 연구도 독일문학과 자연과학의 연구에서 시사적이거나 흥미 있는 비교적 최근의 연구라고 언급할 수 있지만, 역시 개별적 성격의 연구에 머물러 있을 뿐 포괄적인 맥락의 체계를 보여주지는 못하고 있다.

---

1) F. Burwick, W.D. Wetzels, A. Cunningham/N. Jardine 등의 연구를 들 수 있다.

이런 국내외 연구의 상황에서 본 저술의 목적을 정리하면, 우선 18세기부터 19세기까지의 독일문학에서 집중적으로 나타나는 자연과학 담론의 발생과 내용 및 그 성격을 분석하는 데 있다. 그리고 이를 통해 문학과 과학 패러다임이 상호 연관을 가지며 일종의 융합 담론을 형성했다는 것을 보이는 것이다. 나아가 우리 시대 학문의 지형도에서 화두로 등장하는 학문 간 융합의 문제를 인문학과 과학의 연결과 융합을 통해, 그리고 문학과 과학 패러다임의 융합적 형성이라는 사례를 통해 포괄적, 시사적으로 보이는 데 그 목적이 있다.

요컨대 이렇게 하는 것은 비단 독일문학과 자연과학의 관계를 보여주는 것만이 아니라, 독일문학과 문학의 특수성을 보편적 차원으로 확장시키는 작업이 될 것이다. 이는 결과적으로 인문학의 적용 영역을 확장하는 연구가 될 것이며, 동시에 인문학이 다른 학문 영역과 어떤 방식으로 융합적 연구를 수행할 수 있는지, 인문학 영역의 융합연구의 구체적 가능성을 가늠하는 기회로도 작용할 것이다.

II. 독일문학의 자연과학 담론의 형성과 그 배경

1. 18세기 이전의 자연사 연구

고대 그리스는 자연에 대한 지식을 '히스토리아 나투랄리스 historia naturalis'로 표현했다. 그리스어로 '히스토리아'란 말은 어떤 한 사실이나 사건의 관찰과 그 서술을 의미한다. 따라서 '히스토리아 나투랄리스'는 자연에 대한 관찰과 그 서술로 이해할 수 있다. 이런 유형의 경험적 자연 관찰과 서술의 대표적 저작으로는 플리니우스의 37권에 달하는 『자연사 백과사전 Naturalis historiae』을 들 수 있다.[2] 방대한 그의 저작은 고대와 중세를 넘어 17세기까지도 유럽의 자연사 연구의 척도이자 모범으로 작용했다. 사실상 지금도 유럽의 자연사 연구를 보여주는 가장 중요한 자료의 역할을 하고 있다.

히스토리아 나투랄리스가 비교적 대중적인 자연사 서술이라면, 자연에 대한 학문적, 논리적 연구 역시 존재했는데, 바로 '피시케 에피스테메 physiké epistéme'가 그러했다. 피시케 에피스테메는 아리스토텔레스의 정의에 따르면 자연의 최종 원인에 대한 탐구라고 할 수 있다. 이런 종류의 자연에 대한 연구는 이른바 형이상학이라 할 수 있었다. 형이상학에서는 자연을 움직이는 유효한 원칙에 대한 탐구가 중요하지 자연에 나타난 형식에 대한 서술은 부수적이었다. 아리스토텔레스의 형이상학적 원칙은 증가하는 자연의 경험적 지식을 자연을 움직이는 원칙에 따라 구분하고 조직하기 위해서 필요했다. 아리스토텔레스가 주장한 자연의 원칙에 대한 탐구는 이후 다양한 자연 인식에 항상 중요한 근거로 작용했고, 역사를 거치면서 세분화되고 발전되어 자연을 인식하는 새로운 모델들로 형성되었다.[3] 그 점을 간단히 살펴보자.

---

2) Gaius Plinius Secundus: Naturalis historiae libri XXXVII. Hg. v. Carolus Mayhoff. Leipzig 1967. 참조 C. Plini Secundi Naturalis historiae libri XXXVII: post Ludovici Iani obitum recognovit et scripturae discrepantia adiecta edidit Carolus Mayhoff. Stuttgart 1892-1909. 6 Bände. Nachdruck Stuttgart 1967-1970.

플라톤의 우주관에 따르면 모든 별은 지성을 가지고 있다. 그들은 규칙적이고, 예측 가능한 이성적 운행을 보이고 있기 때문이다. 나아가 별자리에서 별은 영혼이 있다고 여겼다. 이것은 중세의 기독교적 전통에서도 수용되어 천체는 천사와 악마, 영들과 같은 하늘의 초인간적 존재들로 채워져 있고, 인간과 생명체는 별과 별들의 영혼에 종속되어 있다고 생각했다. 이런 상응 관계에서 여러 단계의 천체들과 인간들이 서로 밀접히 연결되어 있다고 생각하게 된다. 이런 자연 인식은 다양한 형상으로도 표현되는데, 천체에서 지구로 내려오는 '천체사다리 Himmelsleiter'나 천체의 영역을 상호 연결하며 상호의 인과관계를 보여주는 '황금 사슬 goldene Kette' 등이 그것이었다. 르네상스에 와서 대표적으로 아그리파 폰 네테스하임 Agrippa von Nettesheim 역시 이것을 받아들여 우주의 모든 것을 결합하는 사슬의 형상을 사용하고 있다.

> "달에서는 하늘이라도 플라톤이 황금의 사슬이라 명명한 사물의 순서가 시작한다. 이 사슬을 통해 각 사물과 다른 것과 연결되어 있는 각 원인은 더 높은 원인에 의존해 있으며, 이것은 모든 사물이 의존하고 있는 만물의 최고 원인에까지 연결된다."4)

---

3) 참조 Peter J. Bowler: Evolution. The History of an Idea. Berkeley 1989.
4) H.C. Agrippa von Nettesheim: De occulta philosophia libri tres. Antwerpen 1531. (deutsche Ausgabe) Geheime Philosophie oder Magie. In: Nettesheim: Magische Werke sammt den geheimnißvollen Schriften des Petrus von Abano, Pictorius von Villingen, Gerhard von Cremona, Abt Tritheim von Spanheim, dem Buche Arbatel, der sogenannten Heil. Geist-Kunst und verschiedenen anderen, zum ertsten Male vollständig in's Deutsche übersetzt, vollständig in 5 Teilen, Stuttgart 1855-1856. Nachdruck Meisenheim a. Glan 1975. Bd. 1-3, Bd. 2, 198쪽: "Beim Monde beginnt auch im Himmlischen die Reihenfolge der Dinge, welche Plato die goldene Kette nennt, durch welche ein jedes Ding, eine jede mit einer anderen verbundene Ursache von einer höheren abhängt, bis man zu der höchsten Ursache von Allem gelangt, von der alle Dinge abhängen."

파라셀수스의 자연에 관한 인식이론은 르네상스의 유기론적인 자연관에서 중요한 자리를 차지하고 있다. 그에게서 중심 개념은 '경험과 지식 erfahrenheit und wissen'이다.5) 이것은 단순히 전승된 지식의 축적물이 아닌 사실과 실재적 경험에 기초한 살아있는 지식을 의미했다.6) 그는 '자연의 빛 das liecht der natur' 혹은 '빛 liecht'이란 표현을 자주 사용했는데, 이는 마치 계몽주의를 선취한 표현으로 자연에 대한 인식과 그 지식은 자연에 숨겨진 비밀을 볼 수 있게 밝혀 준다는 것으로 해석할 수 있다. "실험이 의사를 만들지 않는다. 자연의 빛이 의사를 만든다. [D]ie experimenten machen kein arzt; das liecht der natur macht ein arzt." 라는 주장 또한 그 점을 역설하고 있다.7) 자연의 빛과 연관된 이런 유의 지식의 개념은 지식이란 개별적 사실만이 아니라 개별적 사실과 그것이 놓인 전체적 연관을 밝혀 줄 수 있는 전체적 의미 연관을 동시에 의미하는 것임을 지적한다. 따라서 환상과 사변적 지식은 물론 단순한 감각적 경험도 배제된다.

> "성장하는 사물들의 빛에서 성장하는 사물들의 특성을 봐야 한다. 환상이나 사변이 아니라 성장하는 사물들에서 발원하는 빛에서이다."8)

그가 보는 인식의 세 단계는 먼저 일상적인 인식이고, 두 번째로 '본

---

5) Paracelsus: Theophrast von Hohenheim, genannt Paracelsus: Sämtliche Werke. 1. Abt. Hrsg. v. K. Sudhoff. Bd. 1. Das buch von der geberung der empfindlichen dingen in der vernunft. München, Berlin 1922-1933, 243쪽.
6) "자연의 빛에 대한 경험이 의사를 만들고 그의 일을 가능하게 한다. Die erfahrenheit des liechts der natur macht den arzt und sein experienz [...]" (위의 책, 151쪽).
7) 위의 책, 354쪽.
8) 위의 책, Bd. 9. De peste libri tres, 567쪽 이하: "Aus dem liecht der wachsenden dingen müßt ihr sehen der wachsenden dingen eigenschaft, nicht durch euer fantasei oder speculation sonder aus dem liecht das euch aus den wachsenden dingen entspringt."

질을 인식하는 철학 philosophia adepta'이며, 마지막으로 '천상의 비밀을 인식하는 철학 philosophia coelestis'을 말한다. 일상적인 인식은 사물에 대한 가장 낮은 이해를 말하는데, 사물의 표면에 구속되고 외적인 물질적 속성에 제한되어 고차원적 인간 정신의 활동에까지는 이르지 못한 비철학적인 상태를 말한다. 그 다음으로 본질을 인식하는 철학은 사물들의 연관 관계를 인식하게 만드는 정신의 활동을 지적한다면, 마지막 단계의 인식은 초자연적인 신성의 빛을 통해 계시되는 인식을 말한다.

이런 인식은 우리들이 지상의 사물에만 얽매여 있는 것이 아니라 자연 전체의 본질에 대해 해명하는 것을 말하는데, 여기서 자연의 신성한 비밀의 계시는 중요한 의미를 지닌다. 요컨대 일상적인 인식과 천상의 비밀을 인식하는 계시적 인식 사이에 사물의 표면을 통해 사물의 내부를 인식하게 해주는 두 번째의 인식이 존재한다. 이것은 자연과학적 지식이라 말할 수 있으며, 세계에 대한 자연과학적 인식의 출발점을 보여준다. 르네상스의 철학에서 중요한 역할을 하는 것은 두 번째 인식이다. 르네상스에서 철학은 자연과학적 지식을 바탕으로 철학을 통해 얻은 인식을 마술이나 실험이라는 수단을 통해 자연의 내부로 들어가려고 시도했던 것으로 평가할 수 있다. 파라셀수스는 그 점을 보여주는 대표적 인물이다.

이탈리아 나폴리의 포르타 Giovanni Battista Porta(1537~1615)는 그의 자연과학적 대중 저서 『Magia Naturalis』(초판 1558년)에 의하여 알려졌는데, 그 저서의 경우는 자연에 대한 정보가 체계적 지식을 통한 철학적 인식의 형태에 이르지 못하고 일상적 인식의 단계에 머물러 있는 르네상스의 예로 볼 수 있다.9)

유토피아적 공동사회를 그린 『태양의 도시 Civitas solis』의 저자 토마

---

9) J.B. Porta: Magia naturalis, oder Haus-, Kunst- und Wunder-Buch. [Magiae naturalis, sive de miraculis rerum naturalium libri IIII, Neapel 1558]. Nürnberg 1680.

소 캄파넬라 Tommaso Campanella의 경우도 세계에 대한 자연과학적 지식은 세계와 자연에 대한 본질적, 철학적 인식에 도달하지 못하고 은유와 신비주의적 감각론의 단계에 머물러 있는 것을 보여준다. 다음의 인용은 그 한 예를 보여준다.

"벌레들이 생물의 배에 위치하는 것처럼, 모든 생물은 세계의 배에 위치한다. 그들은 세계가 그들을 느끼고 있다는 것을 알지 못하는데, 마치 우리 배에 있는 벌레들이 우리가 그들을 느끼고 있다는 것을 모르고 있다는 것과 같은 이치다."10)

르네상스를 지나 근대 유럽에서 자연과학의 철학을 마련한 대표적 인물은 라이프니츠다. 라이프니츠의 철학은 '개성철학 Individualitätsphilo - sophie'이라 할 수 있다. 즉 그의 철학은 당대의 관념론적 거대 철학 담론에 기초한 일원론적 단일 사고를 추구하는 대신 다양하고 이질적이며 개별적인 사고의 특성을 보여주고 있다. 하지만 이런 개별적 사고는 반드시 전체적이고 체계적인 사고를 전제로 가능하기 때문에 엄밀하게 말하자면 단일성과 다양성의 관계를 보여주는 사고 체계라고 할 수 있다.

그가 『단자론 Monadologie』에서 밝힌 '단자 Monade'의 정의는 벌써 그 점을 선취하고 있다.

"우리들이 여기서 말하려고 하는 단자는 복합물에 포함되어 있는 단순한 실체이다. 단순하다는 말은 부분으로 나눌 수 없다는 말이다."11)

---

10) E. Th. Campanella: De sensu rerum et magia, libri quatuor. Frankfurt 1620, 370쪽: "So wie sich Würmer im Bauch des Lebewesens befinden, befinden sich alle Lebewesen im Bauch der Welt, ohne zu vermuten, daß die Welt fühlt, ähnlich wie die Würmer in unserem Bauch am wenigsten wissen, daß wir fühlen."

11) "Die Monade, von der wir hier sprechen wollen, ist nichts anderes als eine einfache Substanz, die in dem Zusammengesetzten enthalten ist; einfach

즉 단자는 '실체' 그것도 '단순한 실체 einfache Substanz'라는 것이 그의 견해의 핵심 명제다. 라이프니츠가 말한 실체의 정의는 다양한 역사적 전통을 담고 있지만, 그중 대표적인 것이 아리스토텔레스로 거슬러 올라가는 의미를 들 수 있다. 그것은 "어떤 기체(基體)에 의해서도 규정될 수 없고 어떤 기체에도 존재하지 않는 것 was weder von irgendeinem Substrat prädizierbar noch in irgendeinem Substrat anwesend ist"[12]을 의미한다.

『단자론』에서 라이프니츠는 유기론의 이념을 생물과 비교하여 발전시켰다. 여기서 전체는 단자로 이루어진 시스템을 의미한다. 각 단자는 세계에 대한 관념을 보여주고, 그 세계는 또한 단자들의 시스템이기 때문에 그 단자들에게도 같은 원칙이 적용된다. 즉 유기론적 전체는 끝없는 하부 시스템들로 이루어진 하나의 거대한 시스템이 된다.

> "개별의 각 물질은 식물이 가득 찬 정원이나 물고기들이 가득한 못과 같은 것으로 파악할 수 있다. 하지만 식물의 각 가지나 동물의 각 기관이나 기관의 체액의 한 방울도 다시금 정원이나 못과 같은 개체이다."[13]

> "비록 정원에 있는 식물들 사이의 흙과 공기 혹은 못의 고기들 사이에 있는 물이 그 자체 식물이나 고기가 아닐지라도, 그것들은 대부분의 경

---

sein heißt soviel wie: ohne Teile sein." (G.W. Leibniz: Vernunftprinzipien der Natur und der Gnade. Monadologie. Auf Grund der kritischen Ausgabe von A. Robinet 1954 und der Übersetzung von A. Buchenau mit Einführung und Anmerkungen hrsg. von H. Herring. Hamburg 1956, 26쪽 이하).

12) Aristoteles: Kategorienschrift 2 a. Zit. nach Karen Gloy: Das Verständnis der Natur. Zweiter Band. München 1996, 47쪽.

13) Leibniz: Monadologie, 위의 책, §67, 59쪽: "Jedes Stück Materie kann wie ein Garten voller Pflanzen und wie ein Teich voller Fische aufgefaßt werden. Aber jeder Zweig der Pflanze, jedes Glied des Tieres, jeder Tropfen seiner Säfte ist wiederum ein solcher Garten oder ein solcher Teich."

우 우리들이 알 수 없는 새로운 섬세함을 늘 지니고 있다."14)

단자의 시스템은 자연과 단자의 통합을 가능하게 한다. 라이프니츠에게 자연은 정밀한 기계인 동시에 인간과 교감할 수 있는 유기체의 양면성을 동시에 가지고 있다.

> "자연의 아름다움은 너무나 대단하고 그것을 관찰하는 것은 너무 달콤해서, 빛과 좋은 작용도 그 관찰에서 발생해서 이미 현재의 삶에 대단한 유익을 준다. 따라서 자연의 아름다움을 한 번 맛 본 사람은 다른 어떤 즐거움이라도 그것에 비할 바가 아니라고 여긴다."15)

유기체의 자연에 대한 이런 관념은 사실상 플라톤과도 연관된다. 같은 맥락에서 단자론에 기초한 그의 상대적 우주관은 플라톤 이후의 유기론적이며 기계론적 우주에서 출발했지만, 유기체를 끝없이 계속되는 전체들의 총체적 시스템으로 발전시켰다. 이는 대우주와 소우주의 상응성에서 볼 수 있는 우주 단일성의 관념을 상대적 우주관으로 변화시킬 수 있는 단초를 제공했다. 따라서 우주 내의 개별적 단자는 우주라는 전체 시스템 내의 다양한 위치에도 불구하고 동등한 개체로 인정받을 수 있게 된다. 이것은 인간 중심적 자연관을 벗어날 수 있게 한다.

---

14) Leibniz: Monadologie, 위의 책, §68, 59쪽: "Obwohl die Erde und die Luft zwischen den Pflanzen des Gartens oder das Wasser zwischen den Fischen des Teiches selbst weder Pflanze noch Fisch sind, so enthalten sie doch immer wieder solche, in den meisten Fällen jedoch von einer für uns unmerklichen Feinheit."

15) G.W. Leibniz: Sämtliche Schriften und Briefen. Hrsg. v. der Preußischen Akademie der Wissenschaften zu Berlin. Darmstadt 1923ff. Bd. 7, 89쪽: "Schönheit der Natur ist so groß und deren betrachtung hat eine solche süßigkeit, auch das liecht und die guthe regung so daraus entstehen, haben so herrlichen Nutzen bereits in diesem leben, daß wer sie gekostet, alle andern ergötzlichkeiten gering dagegen achtet."

즉 동물과 식물들도 신 앞에서는 인간과 동등한 하나의 단자가 될 수 있는 것이다. 그래서 자연의 개별적 부분이나 개별적 현상은 모두 단자로서 전체를 대변하는 또 하나의 전체이자 부분으로 나타나며 인간 역시 그 전체에 속해 있는 부분이자 전체로서의 존재인 까닭에 자연과 공존할 수 있게 된다.

요컨대 라이프니츠의 철학은 개별주의와 전체주의의 양극단을 피하는 양가적 특성을 보이고 이를 통해 그의 자연관은 형성되었다. 그의 자연관은 이후 18세기 후반부터 19세기 초까지의 독일 관념론과 독일 문학의 계몽·고전주의와 낭만주의에 결정적 영향을 준다. 이 시기는 독일문학과 철학이 자연과학적 지식과 역사상 처음이자 어쩌면 마지막으로 밀접히 연관되는 시기다. 이 시기 독일문학의 자연관 역시 이런 맥락에서 형성된다.

이런 자연철학은 18세기 프랑스를 중심으로 한 계몽주의의 자연과학 사상과 뚜렷한 차이를 보이고 있다. 프랑스적 계몽주의의 자연과학관은 고대의 히스토리아 나투랄리스의 자연관을 기계적이고 도식적 모델로 발전시켰다.

프랑스의 샤를 보네 Charles Bonnet는 계단식 사다리를 이용하여 생명체의 단계적인 발전을 보여주고자 했다. 그의 사다리는 감각적으로 인지할 수 있는 요소들과 고대의 4원소들에서 시작하여 광물계의 여러 단계를 거치고, 산호 종류를 지나 식물계로 들어간다. 식물계의 경계에 있는 것은 움직이는 미모사인데 이것을 지나 동물계로 넘어간다. 동물계의 정점에 인간이 존재하며, 그 다음으로 정신적 단계가 계속되는데, 천사와 대천사들이 위치해 있다.

이런 계단식 사다리는 분류되는 생명체의 상호 연관성과 서열을 한 눈에 알 수 있다는 장점이 있었다. 때문에 프랑스의 메트리 Julien Offray de La Mettrie나 뷔퐁 Georgees-Louis Leclerc de Buffon,16) 도뱅통 Louis-Jean-Marie Daubenton, 디드로 등도 이런 계단식 사다리를 이용했다. 또한 독일 계몽주의의 전도사였던 칸트는 「일반 자연사와 천체의 이론 Allgemeine Naturgeschichte und Theorie des Himmels」(1755)에서, 루소는 『에밀』(1762)에서 이 모델을 사용했다. 더구나 로비네 Jean-Baptiste Robinet는 『존재 형태의 자연적 단계에 관한 철학적 고찰 Vue philo-sophique de la gradation naturelle des formes de l'être』(1768)에서 이 모델에 의거하여 유럽인들이 흑인들보다 더 높은 단계에 있다는 견해를 피력했다.

루소와 더불어 프랑스 계몽주의의 대표자인 볼테르는 이와 관련해서 1764년 철학사전의 한 항목인 「피조물의 사슬 Chaine des êtres créés」에서 이런 단계모형이 단계라는 것을 통해 신에 의해 규정된 위계적 질서를 인정하라는 보수 이데올로기로 오용될 수 있다는 점을 지적했다. 낮은 단계는 미개하고 높은 단계는 우월하다는 의식을 정당화하면서 동시에 사회의 기존 위계질서를 정당화한다는 것이다.[17]

위의 인물들 중 뷔퐁은 우리의 맥락에서 다시 언급할 만하다. 그는 자신의 주저 『박물지 Histoire naturelle』를 간행하여 자연 연구에 중요한 역할을 했지만, 그것은 여전히 자연사 연구의 형태로 나온 것이었다. 더구나 그의 저술은 당시의 학술적 연구 기관이나 연구 집단들과 아무런 교감이나 토론 없이 나온 지극히 개인적인 연구의 성과물이라고 할 수 있다. 당시 『백과전서』파의 학자들이 그를 비판한 것도 이런 맥락에 있다.

그는 인간을 중심으로 자연을 관찰했고, 방대한 자료들을 수집하여 동물들을 자세히 분류했을 뿐만 아니라, 지구와 땅의 생성에 대해 설명하고 자연의 여러 시대에 대해 하나의 이론을 만들려고 노력했다. 즉

---

16) 참조 George Louis L. de Buffon: Histoire naturelle, générale et particuliére. Bd. 1. Paris 1749.
17) 참조 Olaf Breidbach u. Paul Ziche (Hg.): Naturwissenschaften um 1800. Wissenschaftskultur in Jena-Weimar. Weimar 2001.

그의 박물지에서 「지구의 이론 Théorie de la Terre」 부분에서는 이른바 수성론으로 알려진, 물의 작용에 의한 땅의 생성 기원에 대한 가설이 기록되어 있다. 이후 지구의 자연과 인간의 생성 과정을 7시대들로 분류한 「자연의 여러 시대들 Epoques de la Nature」에서는 동시에 땅의 생성에 대한 불의 영향력도 기술하고 있어, 화성론의 단초도 마련하고 있다. 그의 이런 설명은 18세기 내내 지속되어 왔던 땅과 지각의 기원에 대한 수성론자와 화성론자의 논쟁에 대한 근거로 작용했다. 잘 알려진 것처럼 괴테의 『파우스트』에서도 지각의 형성에 대한 논쟁이 등장하는 것은 이것이 18세기까지의 자연사 연구에서 나온 광범위한 유산으로 지식인들은 누구나 관심을 가지는 주제였기 때문이다.

자연에 대한 지식이 증가되면서 자연의 엄격한 단계식 모형은 점점 유지되기가 어려웠지만, 자연에 대한 기본 모형으로는 여전히 활용됐다. 1786년에도 다지르 Felix Vicq d'Azyr는 뷔퐁의 '유기적 분자'에서 기초하여 식물계와 동물계를 포괄하는 '생물의 계단식 사다리'를 발전시켰다. 이에 반해 라마르크 Jean-Baptiste de Lamarck는 식물계와 동물계에 각기 다른 단계식 모형이 필요하다고 주장했고, 이를 블루멘바흐 Johann Friedrich Blumenbach는 『자연사 편람 Handbuch der Naturgeschichte』(1779)에서 수용했다.[18] 캄퍼 Pieter Camper의 해부학과 라바터 Johann Caspar Lavater의 인상학 역시 단계식 모형의 원칙을 따르고 있다. 학설의 대립을 보였던 퀴비에 George Cuvier와 상틸레르 Etienne Geoffroy Saint-Hilaire나, 캄퍼의 모형을 확장한 화이트 Charles White 역시 단계식 모형의 원칙은 고수했다.

단계식 모형의 단순성을 보완하기 위해 개발된 자연의 지도 모형은 자연물의 복합적 상호 연관을 보여주는 데 더욱 적합했다. 도나티 Vitaliano Donati는 단계식이 아닌 그물망식 모형을 제안했고, 린네 Carl

---

18) Johann Friedrich Blumenbach: Handbuch der Naturgeschichte. 2 Bde. Göttingen 1779f.

Linné는 이에 기초하여 그의 『식물론 Philosophia botanica』(1751)에서 자연의 '지리지도'에 대해 설명했다. 하지만 자연의 지도 역시 자연에서 관찰할 수 있는 생명체들 간의 공간적인 차원의 상관성만을 보여주었지 생명체 간의 시간적 상관성을 나타내 주지는 못했다. 이런 약점을 보완하기 위해 자연 형태의 시간적 변화를 함께 기술할 수 있는 자연사가 자연지도와 함께 서술되었다.

자연지도는 프랑스어권에서는 린네와 쥐시외 Antoine-Laurent de Jussieu, 뒤센 Antoine-Nicolas Duchesne, 라세페드 Bernard-Germain-Etienne de Lacépède, 캉돌 Augustin-Pyramis de Candolle 등이, 독일에서는 괴테의 측근 식물학자 바취 August Johann Georg Carl Batsch와 카루스 Carl Gustav Carus 등이 시도했다. 특히 캉돌과 카루스는 각각 식물계와 동물계에서 시간적 요소도 고려해 넣었다.[19] 자연계에 시간의 요소를 도입한 것은 고대의 '히스토리아 나투랄리스'로부터 출발하는 정태적인 자연관을 벗어나 자연현상의 변화를 설명할 수 있는 장점이 있었다. 물론 이 모형 역시 시간에 따른 자연의 변화 배후에도 자연의 시간적인 계속성이 존재하고 있다는 신념에 기초하고 있었다.

이와 달리 18세기 중반에 팔라스 Peter Simon Pallas는 '나무 모형'을 도입했다. 그는 자연을 생물계와 그 외 영역의 두 부분으로 구분하고 그 차이를 강조했다. 따라서 단계식 모형과 지도 모형이 전제하고 있는 자연의 계속성을 비판했다. 그 후 뷔퐁과 보네 역시 나무 모형을 받아들이고, 오지에 Augustin Augier는 나무 모형의 구조가 자연에서 볼 수 있는 것처럼 삼차원으로 발전돼야 하며, 이에 따라 수직, 수평, 대각선의 세 방향에서 다양하게 해석할 수 있어야 한다는 원칙을 천명하기도 했다.[20]

---

19) 참조 Carl Gustav Carus: Lehrbuch der vergleichenden Zootomie. 2 Bde. Leipzig 1834.
20) 참조 Olaf Breidbach u. Paul Ziche (Hg.): Naturwissenschaften um 1800, 위

위에서 언급한 뷔퐁의 박물지는 사실상 18세기 이전의 자연사 연구의 연장이자 일종의 완성이라 할 수 있다. 18세기 이전의 자연사 연구는 자연 연구의 분야를 주로 동물학, 식물학, 광물학 등의 경험적인 분야를 중심으로 기술했다. 이론이 강조되는 물리학은 이런 분야들보다 좀 더 차원 높은 분야로 분류되어 등장했고, 물리학과 인접 경계를 이루는 것으로 동력학과 화학, 천문학 등이 서술되었다. 이 중 가장 이론적인 영역은 물리학으로 물리학은 그 자체의 역사가 기술되기도 했다.

18세기 프랑스의 경우 디드로와 달랑베르가 주도한『백과전서』의 기획과 뷔퐁의『박물지』가 자연사 연구의 경향을 보여주는 대표적 예라 한다면, 당대 독일의 경우는 계몽주의와 초기 낭만주의자들을 통해 대표된다. 특히 바이마르와 예나의 경우 이 시기 독일의 자연 연구의 중요한 경향을 모두 관찰할 수 있는 대표적 지역으로 의미가 있다.

바이마르를 중심으로 빌란트, 헤르더, 괴테의 계몽주의의 사상이 발전했으며, 칸트의 연구 또한 일찍 수용되었다. 그 기초에서 또한 예나 대학을 중심으로 초기 낭만주의의 이념과 사상이 형성, 발전했고, 피히테의 철학과 헤겔과 쉘링의 자연철학 내지 자연과학의 이념이 이와 연관되어 발전되었다.

칸트 철학이 예나의 초기 낭만주의에 영향을 끼쳤다는 것은 비단 칸트 철학의 수용에만 있는 것이 아니라 칸트 철학을 통해 과학과 학문의 이념, 그리고 이에 기초해서 인간학에 대한 구상이 새롭게 전개될 수 있었다는 것을 들 수 있다.

피히테와 쉘링의 철학은 칸트라는 기초에서 출발할 수 있었다. 피히테는 그의『학문론/지식학』에서 다양한 학문들의 관계 및 인간에 대한 지식의 종류를 보여주었다. 쉘링은 피히테의 학문론을 이어받아 자연

의 책, 33쪽 이하.

철학의 분야를 발전시켰으며, 그의 자연과학 프로그램은 이후 19세기에 자연과학이 분석적 학문 분과를 형성하는 데 기여했다고 평가할 수 있다. 이처럼 18세기의 독일은 이제 철학과 학문론의 체계에서 자연철학과 자연과학이 중심적 영역으로 자리 잡게 되었다.

2. 칸트의 새로운 인간학과 자연철학

2.1 칸트의 새로운 인간학

임마누엘 칸트 Immanuel Kant(1724~1804)의 인간학의 형성은 형식적으로는 1772~73년 겨울학기부터 시작된 그의 인간학 강의에서 근거한다. 그의 강의는 1795~96년 겨울학기까지 20여 년 동안 계속된다. 이것은 자신에게 과해진 교수의 의무를 수행하기 위한 것이자, 순수 철학의 영역에서 세계에 관한 지식을 알려주기 위한 목적으로 개설한 두 가지 종류의 일반인 대상 강의(populäre Vorträge) 중 하나였다. 즉 겨울학기에는 인간학, 여름학기에는 자연지리학 강의를 개설했는데, 자연지리학 강의는 이미 1757년 여름학기부터 시작해서 1796년 여름학기까지 계속했다. 그 중 인간학의 강의 내용만 1798년 74세의 노령에 『실용적 관점의 인간학 Anthropologie in pragmatischer Hinsicht』[21]이라는 제목으로 출간하게 된다.

칸트는 『인간학』 서론에서 인간학은 '세계지식 Weltkenntniß' 자체를

---

21) Immanuel Kant: Anthropologie in pragmatischer Hinsicht. Abgefaßt von Immanuel Kant. Zweyte verbesserte Auflage. Königsberg: Nicolovius 1800; Kant: Schriften zur Anthropologie, Geschichtsphilosophie, Politik und Pädagogik 2 (Werkausgabe XII). Hg. von Wilhelm Weischedel. Frankfurt am Main: Suhrkamp 1977, 399-690쪽. 참조 Gernot Böhme: Anthropologie in pragmatischer Hinsicht. Bielefeld und Basel 2010.

이루고 있다는 전제를 보인다. 이것은 인간에 관한 지식은 바로 세계에 관한 지식과 동일하다는 전체적 시각을 담고 있다. 그는 인간학을 '인간에 대한 지식을 체계적으로 파악한 이론'으로 정의하고, 이를 생리학적 관점과 실용적 관점으로 나누고 있다.

생리학적 관점의 인간 지식은 인간에 대한 자연과학적 설명을 통해 인간에 대한 인식을 얻고자 하는 것이다. 이것은 인간의 몸과 감각 및 물질적 조건에 관한 자연과학적 분석을 하는 것으로, 인간이 자연에서 존재할 수 있는 외부적 조건에 대한 탐구라고 할 수 있다. 즉 18세기부터 시작되는 자연과학의 부상과 발전에 근거하여 철학적 논의의 대상으로 인간을 분석하는 것이 아니라, 자연에 존재하는 하나의 종(種)으로 인간의 객관적 특성에 대해 논의하는 것을 지적하고 있다. 18세기에 자연철학에서 서서히 분리된 분과학문으로서 자연과학의 지식은 인간 역시 하나의 자연물로 인식했다. 인간에 대한 해명 역시 인간의 신체, 감각, 인간의 물질적 특성 등을 중심으로 전체 자연 속에서, 자연에서 부여한 조건에 따라 생존하는 하나의 종으로 설명한다. 이것은 한편으로 서양 고대에서 이어져 내려왔던 지식의 분류 체계와 자연철학적 시각을 계승한 것이며, 또한 자연철학에서 분리된 자연과학의 분과학문적 시각을 인정하는 것이기도 했다.

이에 반해 실용적 관점의 인간학이란 "인간이 자유롭게 행위 하는 자로서, 자신에 대해 무엇을 하고 있으며, 혹은 무엇을 할 수 있으며 또한 무엇을 해야 하는가라는 것에 대한 탐구를 목표로 하고 있다."라고 정의한다. 이런 정의는 칸트 전체 철학이 지향하는 바가 인간에 대한 연구라고 한다면 인간학의 내용은 그의 자연철학적 핵심 내용을 인간과 세계에 실제적으로 적용하는 것이라 평가할 수 있다.

그의 『논리학 강의』 서론에서는 세계의 의미를 알려주는 철학의 분야는 4가지 질문으로 표현된다고 했는데, 나는 무엇을 할 수 있는가?, 나는 무엇을 해야 하는가?, 나는 무엇을 희망해도 좋은가?, 인간이란 무엇인가? 등이 그것이다. 그리고 첫 번째 질문은 형이상학, 두 번째 질문은 윤리학, 세 번째는 종교, 네 번째 질문이 인간학이 답할 수 있다고 하면서도 이 모든 질문은 인간학에 귀속된다고 했다. 즉 인간이란 무엇인지 알기 위해서는 인간이 무엇을 할 수 있으며, 무엇을 해야 하는지, 무엇을 희망해도 되는지를 알아야 한다는 것이다. 인간학의 영역은 형이상학적, 윤리적, 종교적 영역을 포함한다는 말이다.

그의 『인간학』에서는 이에 더하여 인간과 세계에 대한 실용적 지식이 중요함도 강조하고 있다. 생리학적 관점에서 인간이 자연에서 부여한 조건에 따라 생존해야 하는 의존적 존재라면, 실용적 관점에서 인간은 자유의지를 가진 독립적 존재로서 파악된다. 여기서 대전제는 인간이 자유롭고 자신과 자신의 행위에 대해 독립적으로 인식하고 독자적으로 행동할 수 있는 의지를 가진 존재라는 점이다. 칸트가 실용적 관점의 인간학이라는 시각을 제시하는 이유는 크게 보면 자연철학적 인간과 세계에 관한 인식이 분과학문적 자연과학으로 대체되고 있는 시점에서, 자연에 관한 학문적, 이론적 지식 외에 인간과 세계에 관한 실천적, 실제적 인식이 자연과학적 지식의 체계와 양립하는 또 다른 지식의 체계임을 보이는 데 있다. 여기에 인간과 인간 행위에 관한 실제적 지식은 대표적 사례로 작용한다.

그는 실용적이란 표현을 세상에 관한 지식과 연관시키고, 세상에 관한 지식 역시 단순히 세상과 자연에 대한 다양한 사실들에 대한 자료나 정보를 수집하고 아는 것을 의미하지 않는다고 지적한다. 여기에는 '세계시민으로서 인간에 대한 지식'을 포함해야 한다고 주장한다. 예컨대 여러 인종에 대한 지식이라도 인종에 대한 자연과학적 관점의 정보를 주는 것은 세계에 관한 이론적 지식으로 분류했다. **세계에 관한 이론적 지식은 세계와 자연을 이해한다는 것**을 의미한다면, 이에 반해 **세계에 관한 실용적 관점의 지식이란 세상의 활동에 함께 참여하는 것을** 의미한다.

이와 관련하여 그의 『순수이성비판 Kritik der reinen Vernunft』에서도 실용적이란 개념의 의미를 설명한다. 즉 '자유에 의해서 가능하게 되는 모든 것은 실천적이지만, 우리들의 자유로운 선택 의지를 움직이는 조건이 경험적일 때는 이성이 경험적 법칙의 통일을 실현하는 데 중요한 역할을 하며, 그 경우 이성의 법칙 중 하나가 실용적 법칙이다'라고 했다.[22] 또한 실용적 법칙은 행복을 목표로 하는 실천적 법칙이라고도 설명한다.[23] 이에 따르면 실용이란 경험에 근거한 실천을 의미한다고 요약할 수 있다.

나아가 『판단력 비판 Kritik der Urteilskraft』에서는 실천의 원리를 기술적 실천(technisch-praktisch)과 도덕적 실천(moralisch-praktisch)의 원리로 나누어 제시하고 있다. 실천은 기술적이며 도덕적이라는 말이다. 그렇다면 경험에 근거한 실천을 의미하는 실용이란 개념은 경험과 기술 그리고 도덕을 모두 포함하는 개념이라고 할 수 있다. 물론 칸트의 (비판)철학에서 실용과 기술, 도덕이라는 개념들은 모두 그 자체의 영역을 가진 것으로 구분하기도 하는데, 칸트의 인간학에서도 인류가 사물을 사용하는 것이 '기술적'이고, 다른 사람을 자신의 의도에 따라 이용하는 것이 '실용적'이며, 법칙에 근거한 자유의 원리에 따라 행동하는 것이 '도덕적'이라고 구분한다. 그렇다면 실용적이란 말은 마치 기술과 도덕 사이에 있는 것으로 들리지만, 칸트가 말하는 실용적 인간학은 이 모든 속성을 '경험'을 통해서 연관시키고 있는 점에 주목해야 한다.

그의 실용적 인간학에서 경험이란 마치 『판단력 비판』에서 말한 자연의 조형적 힘과도 통하는 측면이 있다. 『판단력 비판』에서 자연의 조형적 힘이란 기계적인 활동과 천재적인 재능을 결합하는 것으로, 즉 자연의 유기적 생산물에서는 기계적인 법칙성과 자연에 내재하는 합목적

---

22) Kant: Kritik der reinen Vernunft. Abgefaßt von Immanuel Kant. Königsberg: Nicolovius 1798, 800쪽.
23) 위의 책, 806쪽.

성이 결합해 있다고 설명하기 때문이다.

이런 점에서 보면 칸트가 규정한 실용적 관점의 인간학은 **세계와 자연에서 행하는 인간의 독자적 활동에 대한, 경험에 근거한 실천적 지식**을 의미한다. 이것은 사실상 자연철학적 인간학 내지 사회적 인간학의 다른 표현이라 말할 수 있다. 즉 실용적 관점의 인간학은 자연철학적 지식과 사회적 지식을 전제하고 있으며, 이것은 당연히 세계에 대한 인식을 포함하고 있다. 자연과학적 지식이 물질적 자연에 대한 설명을 위한 지식이라는 점과 대비된다. 이런 논리로 그의 인간학이 인간에 대한 인식이자 동시에 세계에 대한 인식이라고 할 수 있다. 칸트는 이렇게 인간에 대한 인식을 지식의 두 가지 기능인, '자연에 대한 이론적 인식'과 '세계에 대한 실용적 인식'을 보여주는 전형적 영역으로 파악한 것이다.

따라서 인간에 관한 지식은 자연과학적 지식과 자연철학적 내지 철학적 지식, 실용적 지식으로 나누어지고, 이들이 합해야 자연과 인간 그리고 세계에 관한 지식이 완성될 수 있다. 지금까지 학계에서 칸트의 『인간학』을 경험적 심리학의 일부로 간주하고, 칸트의 철학 체계에서 진지한 주제를 담고 있는 것이 아니라고 평가절하한 것이 사실이다. 하지만 칸트의 인간학은 인간에 대한 이론적, 실천적, 도덕적 지식이 인간의 속성과 인간의 자유의지에 따른 행위를 알려주는 동시에, 18세기에서 새롭게 총체적으로 논의된 지식의 의미와 역할이란 무엇이며, 지식이 인간과 세계 그리고 자연과 관련해서 어떤 의미를 가지는지를 알 수 있게 하는 단서가 된다. 이것이 칸트의 인간학이 가지는 새로운 의미이자, 18세기까지의 자연철학의 내용과 자연과학적 지식이 형성되는 것을 비교해서 볼 때 그의 인간학에 주목해야 하는 이유라고 할 수 있다. 그의 인간학은 **인간에 관한 지식이 자연철학과 자연과학 그리고 사회 실천적 지식의 영역을 모두 아우르는 전형적 총체적 인식의 예**라는 것을 지적하고 있다.

2.2 칸트에서 자연과 자연철학(자연과학)의 의미

칸트에서 자연(Natur)의 개념은 우선 '우리들의 감각으로 경험하는 대상으로서 모든 사물의 총합이자, 모든 현상의 전체, 즉 비감각적인 모든 대상을 제외한 감각의 세계'라고 할 수 있다.[24] 혹은 가장 일반적인(광의의) 자연의 의미는 '법칙의 지배를 받는 모든 사물들의 존재'라고 할 수 있다.[25] 이런 자연은 다시 기계적, 역동적, 유기적인 자연으로 나누어진다. 기계적 자연은 기계적 운동(Bewegung)으로 움직이는 물질적 대상을 보여주는 자연이라면, 역동적 자연은 물질의 내부에 존재하는 힘(Kraft)의 끝없는 진행 과정을 보여주는 자연이다. 이에 반해 유기적 자연은 감각적 대상에 존재하는, 자체의 인과론적 질서(목적)를 실현하기 위해 만들어진 조직(Organisation)을 보여주는 자연이다. 기계적 '운동(에너지)'과 물질 내부의 '힘'에 대한 관념은 뉴턴은 물론 라이프니츠에게서도 찾을 수 있다. 칸트는 그것을 수용하고 범주화해서 확장된 자연의 개념과 자연법칙을 제시한다. 즉 위 자연의 범주에서 자연의 기계적 법칙(mechanisches Naturgesetz), 역동적 법칙(dynamisches Naturgesetz), 유기적 법칙(organisches Naturgesetz)이 도출된다.[26] 여기서 인간의 진화적 문화 그리고 인간학(인간학적 철학)과 가장 연관될 수 있는 것은 유기적 자연의 법칙이라 할 수 있다. 유기적 자연의 법칙에서 (긍정적) 인간의 문화와 인간학의 (자율적) 형성, 완전성, 창조성, 생산, 순환 등의 개념이 유도된다.

---

24) I. Kant: Kant's gesammelte Schriften. Hg. v. der Königlich Preußischen Akademie der Wissenschaften zu Berlin(Berlin-Brandenburgischen Akademie der Wissenschaften). Akademische Ausgabe. Berlin: Walter de Gruyter 1900ff. Bd. IV, 467쪽.
25) 위의 책, Bd. V, 43쪽.
26) Gerd Irrlitz: Kant-Handbuch. Leben und Werk. 3. Aufl. Stuttgart: J.B. Metzler 2015, 295쪽.

유기적 자연에 대한 관심을 유도하고 유기적 자연의 법칙이 인간학과 연관을 가진다는 것을 체계적으로 보인 것은 칸트의 공적이라 할 수 있다. 이후 독일에서 자연에 대한 관심 혹은 관념이 주로 유기적 자연관으로 나타나는 것은 칸트의 영향이 크며, 자연철학 내지 자연과학의 연구 방향도 칸트의 이런 시각에 많은 영향을 받았다.

　칸트의 초기 철학의 많은 부분은 이런 자연 개념에 바탕을 둔 그의 자연철학과 관련된다. 『인간학』(1798)의 첫 번째 부분을 포함해서, 『자연과학의 형이상학적 출발 근거 Metaphysische Anfangsgründe der Natur-wissenschaft』(1786), 『판단력 비판 Kritik der Urteilskraft』(1790)의 두 번째 부분과 『유고집 Opus postumum』(1797~1803)을 포함하면 총 23개의 저술과 논문들이 여기에 속한다. 당시에 자연철학이란 자연에 대한 경험적인 지식을 탐구하고 그 지식의 원리 내지 법칙을 일반화하는 것을 의미했다. 여기에 더하여 칸트는 자신의 엄격한 '이론 개념'을 자연철학에 적용시켰다. 즉 이론이란 경험적으로 검증 가능한 사건과 현상을 인과적으로 설명하며, 이것을 체계화시킬 수 있어야 하는데, 자연철학 역시 이런 바탕에서 전개된다는 것이다. 다만 고도로 복잡한 유기적 자연에 대한 분석은 인과적 설명의 전제로 가정의 단계도 포함시켰다.[27] 그는 뉴턴의 수학적, 귀납적 자연철학(경험주의)에 라이프니츠의 이념적, 연역적 자연철학(형이상학)을 결합시키려고 했다. 하지만 적어도 (순수이성, 실천이성, 판단력) '비판'에 대한 저술과 함께 종합적인 이론을 만들어 내는 시도는 포기하고, 자연철학에서 주로 뉴턴의 경험주의를 수용한다. 뉴턴은 『자연철학의 수학적 원리 Philosophiae naturalis principia mathematica』(1687)에서 자신의 자연철학에 나타난 실험적 귀납주의는 '현상에서 나오지 않은 모든 것은 가정(Hypothese)이고, 이 가정들은 형이상학적, 물질적, 기계적, 그 어떤 것이든 실험물리학에 받아들일 수

----

27) 위의 책, 68쪽.

없다'는 원칙에서 출발한다고 설명한다. '이 원칙에서 현상에 대한 명제를 도출하고 그것을 연역법을 통해 일반화한다.'는 것이 그것의 전제이자 방법론이었다.[28]('hypothesos non fingo 나는 사변적 가정을 생각해내지 않는다')

3. 피히테의 인간학과 관념적 지식학

요한 고트립 피히테 Johann Gottlieb Fichte(1762~1814)는 '지식학 Wissenschaftslehre'이라는 개념을 정립한 인물이다. 1762년 독일 작센의 작은 마을 오버라우지츠 Oberlausitz의 라메나우 Rammenau에서 태어난 그는 1818년 베를린에서 죽을 때까지 평생 자신의 신념과 학문의 원칙을 지키고 철학 이념을 실천하고자 분투했던 인물이다. 이런 그는 우리에게 마치 우리의 올곧은 선비의 모습으로 다가온다. 가난한 수공업자 가정의 장남으로 태어난 그는 뛰어난 지적 능력과 굳은 의지로 학자로서 자수성가할 수 있었다.

1791년 12월에 이름 없이 나오고, 이듬해 출판에서는 이름을 넣어 출판한 그의 최초 저서인 『모든 계시에 대한 비판 시도 Versuch einer Critik aller Offenbarung』(1791/1792)[29]는 칸트의 선험철학에 의거해 종교적 계시에 대한 비판을 수행했기 때문에 많은 사람은 칸트의 종교비

---

28) Newton: Mathematische Prinzipien der Naturlehre. Darmstadt 1963, 511쪽.
29) Johann Gottlieb Fichte: Versuch einer Kritik aller Offenbarung. In: Aus-gewählte Werke in sechs Bänden. Bd. 1. Leipzig 1911(Darmstadt: Wiss. Buchges., 1962), 또한 J.G. Fichte's sämmtliche Werke. Hg. v. Immanuel Hermann Fichte. 8 Bde. Berlin: Veit & Comp. 1845/1846(재간행 복제판: Fichtes Werke. 11 Bde. Berlin: Walter de Gruyter & Co. 1971. Bde. 1-8). Bd. V, 11-174쪽. 참고로 유고집: J.G. Fichte's nachgelassene Schriften. Hg. v. I.H. Fichte. 3 Bde. Bonn: Adolph-Marcus 1834/1835(재간행 복제판: Fichtes Werke. 11 Bde. Berlin 1971. Bde. 9-11).

판철학서로 이해할 정도였다.

칸트도 시도하지 못한 종교적 계시에 대한 비판철학적 분석은 그를 일약 유명한 젊은 학자로 만들었으며, 한편으로 이로써 그는 이후 당대의 영주와 귀족 그리고 교회 권력에게 위험스러운 인물이라는 선입견을 가지게 하는 계기가 된다. 이런 맥락은 나중에 피히테를 둘러싼 무신론 논쟁으로 비화하여 독일의 보수적 제후국들이 바이마르 공국을 압박하여 피히테를 예나대학의 교수직에서 해직시키게 하는 빌미로 작용했다. 하지만 그를 둘러싼 무신론 논쟁은 표면적 이유일 뿐, 그 논쟁은 사실상 처음부터 정치적 맥락으로 진행된 사건이었다.

18세기의 독일 구제국(신성로마제국)은 군소(공)국들이 난립한 귀족 중심의 보수적 위계사회인데, 당시 그의 철학(글)이 과격하고 무신론적 혐의가 있다고 비난을 받았던 피히테가 예나대학의 교수로 제도권에 들어서게 된 것은 하나의 사건으로 볼 수 있다. 이에 대한 지금까지의 (독문학, 철학) 연구는 당대 독일문화와 정신을 대표하며, 특히 바이마르 공국의 정신적 지주라고 여겨졌던 괴테의 후원을 통해 피히테가 예나대학의 교수직을 얻게 되었다는 견해를 제시했다. 하지만 최근의 연구에 의하면 그 사건의 맥락은 지금까지의 평가와는 다르게 무엇보다 정치적 맥락도 개입되었음을 짐작하게 한다.30) 즉 바이마르 공국의 칼 아우구스트 Karl August 공작은 특히 바이마르 공국에 학문과 사상의 자유가 있다는 것을 보이고, 문예궁정으로서 바이마르 궁정의 평판을 공고히 해서 젊은 대학생들과 지식인들을 예나대학으로 유인하기 위해, 여러 정치적인 반대에도 불구하고 피히테를 예나대학으로 불러들였다고 하는 설명이다.

예나에서 피히테는 실제 수많은 학생에게 열렬히 환영받았고, 많은 학생이 그의 강의를 듣고자 몰려들었다. 그중에는 이른바 예나 초기 낭

---

30) 참조 Gerhard Müller: Vom Regieren zum Gestalten. Goethe und die Universität Jena. Heidelberg 2006.

만주의를 형성한 슐레겔 형제(아우구스트 빌헬름 슐레겔, 프리드리히 슐레겔), (시인) 노발리스 등은 물론 (시인) 횔덜린, (자연철학자) 쉘링 등이 열렬히 그를 따랐다. 이것은 피히테의 새로운 철학 사상에 대한 환호에서도 기인했지만, 또한 사상과 학문의 자유에 대한 군건한 신념과, 종교와 권력에 대해서도 독립적으로 비판하는 그의 태도와 의지를 통해서도 많은 영향을 받았을 것이다.

그는 초기부터 후기까지 자신의 (아들이 발행한 유고집을 포함한) 저작의 많은 부분을 '지식학'이란 개념을 정립하고 적용하는 데 할애했다.[31] 마치 칸트가 비판 철학을 정립하려고 노력한 것과 같다. 그의 강의 노트 역시 반복적으로 이 개념을 사용하고 있다.[32] 그는 왜 자신의 사상을 지식학이라는 개념을 사용해서 규정하고자 했는지, 그의 지식학은 어떻게 그의 사고와 사상의 체계를 보여주고 있는지, 그의 지식학은 18세기 학문과 지식의 맥락에서 어떤 성격과 의미를 지니고 있으며, 현재의 시각에 비추어 볼 때 어떤 의미를 지니는가 하는 문제 등이 여기서 생각해 볼 점이지만, 특히 우리의 관심은 그의 지식학이 18세기 독일의 자연과학 담론과 어떻게 연결되는가에 있다.

그의 저작 『지식학』이 그의 예나대학교 교수 시절 제자이자 독일 초

---

31) 이를테면 Fichte: Ueber den Begriff der Wissenschaftslehre oder der so-genannten Philosophie(1794/1798); Grundlagen der gesammten Wissen-schaftslehre als Handschrift für seine Zuhörer(1794/1802); Grundriss des Eigentümlichen der Wissenschaftslehre, in Rücksicht auf das theoretische Vermögen, als Handschrift für seine Zuhöher(1795/1802); Erste Einleitung in die Wissenschaftslehre(1797); Zweite Einleitung in die Wissen-schaftslehre für Leser, die schon ein philosophisches System haben(1797); Versuch einer neuen Darstellung der Wissenschaftslehre(1797); Dar-stellung der Wissenschaftslehre. Aus dem Jahr 1801(1801); Bericht über den Begriff der Wissenschaftslehre und die bisherigen Schicksale desel-ben(1806); Die Wissenschaftslehre in ihrem allgemeinen Umrisse(1810).
32) 위의 유고집으로 출간된 것으로 지식학 강의는 Einleitungsvorlesungen in die Wissenschaftslehre(1813); Die Wissenschaftslehre(1804/1812/1813) 등이 있다.

기 낭만주의의 대표자인 프리드리히 슐레겔에 의해, 프랑스 혁명과 괴
테의『빌헬름 마이스터(수업시대)』와 함께 당대의 '가장 위대한 성향' 중
하나로 언급된 것만 보더라도 당시 젊은 낭만주의자들에 끼친 그의 지
식학의 영향력을 짐작할 수 있다. 그 시절 역시 그의 제자이자 독일 낭
만주의 작가로서 독립적 위치와 독특하고 뛰어난 정체성을 보이고 있
는 프리드리히 횔덜린은 1794년 한 편지에서 그 점을 다음과 같이 기
술하고 있다.

> "피히테가 이제 예나의 혼이다. 그리고 그가 있다는 사실을 찬양하라!
> 그토록 심오한, 그리고 역동적인 정신의 소유자를 나는 이전에는 본 적
> 이 없다. 인간 앎[지식, 이하 괄호는 필자]의 가장 기이한 영역에서 앎
> [지식]의 원리를, 그리고 그 영역과 더불어 권리의 원리를 찾고 규정하
> 는, 그리고 [...] 이런 원리로부터 얻어지는 가장 기이한, 가장 현명한 결
> 과를 생각[하게] 하는, 암흑의 폭력에도 불구하고 원리를 기술하고, 강
> 연하며, [지금까지] 해소[되]지 못하는 문제가 격렬하게 규정되고, 그것
> 들[이] 통일[되어] 나를 감싸 안은 듯한 느낌은 [...] 확실히 이 사람에
> 대해 과장하여 말하는 것은 아니다."[33]

  칸트는 광의의 학문(Wissenschaft, 당시 독일에서는 특정 영역의 지식이 아니
라 모든 지식에 대한 학문을 주로 Wissenschaft라 불렀음)을 체계적으로 연관된
지식, 즉 지식의 체계로 여겼다. 이 체계는 사물 자체나 외부가 아닌 인
간의 의식에 존재한다. 하지만 피히테가 자신의 주저를 지식학으로 이
름을 붙인 것은 지식에 대한 그의 입장에 근거한다. 그의 질문은 '어떻
게 지식이 그 자체로 가능할 수 있는가'였다. 즉 지식은 자기 자신에 대
한 학문체계를 가져야 한다는 말이다.[34] 일종의 지식의 지식, 지식에

---

33) 게르하르트 감: 독일관념론. 피히테, 헤겔, 셸링 철학 입문. 이경배 옮김. 용의 숲
    2012, 40쪽 재인용.

대한 메타 지식이 그것이다. 이것을 그는 '지식학'으로 불렀다.

그는 진정한 지식이라면 삶과 내적으로 완전히 소통하며, 삶과 상호 작용을 하여 삶과 지식은 상호 해명을 수행할 수 있어야 한다고 생각했다. 이를 위해 지식은 생활에 유용하게 사용할 수 있는 단순한 정보가 아니라, 삶과 밀접히 연관되며 삶을 진리로 인도하는 참된 앎이 되어야 한다. 그가 말하는 철학은 이런 지식과 동의어로 간주할 수 있다. 자연에 대한 지식도 여기에 포함된다.

사실 지식학에 관한 그의 첫 저술의 제목이 1794년에 나온 『지식학 혹은 소위 철학의 개념에 대하여 Über den Begriff der Wissenschaftslehre oder der sogenannten Philosophie』이었다는 것을 봐도 그 점을 쉽게 알 수 있다. 여기서 그는 자신이 기획하고 있는 지식학의 의미와 지식학의 방향 및 체계에 대한 기본적인 의도와 기대를 밝히고 있다. 이것은 피히테 자신이 일생을 두고 구상하고 체계화시키려고 노력했던 지식학 전체 체계를 두고 보면 일종의 서론에 해당하는 글이라 할 수 있다.

피히테는 왜 지식(철학)을 지식학으로 보고자 했을까. 그가 말하는 지식은 아리스토텔레스 이후 형이상학을 포괄하는 인간의 정신 작용에 관한 모든 사상, 즉 철학의 핵심 부분을 말한다. 그는 이 지식을 자연과학적 수준의 학문으로 만들고자 했다. 현재의 시각으로 말하자면 인간 정신의 작용을 과학적 이론과 방법론으로 엄밀하게 분석해서 객관화할 수 있는 체계를 만드는 것이다. 만약 그것이 가능하다면 지식학은 (칸트의 철학처럼) 비단 철학뿐만 아니라 자연과학을 포함한 모든 학문에 적용될 수 있는 지식의 체계를 만들 수 있다. 다음에서 언급하는 기술은 그것을 암시하고 있다.

"기술적 학문은 무엇보다도 먼저 학문 일반의 학문이어야 한다. 각각의

---

34) Wilhelm G. Jacobs: Johann Gottlieb Fichte. Eine Einführung. Berlin: Suhrkamp 2014(stw 2098), 19쪽 이하.

가능한 학문은 그 자체에서 증명될 수 있는 근본 명제가 아니라, 오히려 그 자체로부터 [확인되는, 필자] 근본 명제를 지닌다. 이제 이런 근본 명제가 어디에서 증명되어야 하는가? 의심의 여지없이 모든 가능한 학문이 근거[하고 있는] 그러한 학문에서다 - 이런 고려에서 지식학은 두 가지를 행해야 할 것이다. 무엇보다도 먼저 학문 일반의 근본 명제를 [보여야] 하며, [그것이] 어떻게, 어느 범위에서, 어떤 조건에서 그리고 아마도 어느 정도에서 어떤 것이 확실할 수 있는지를 나타내야 한다. 만약 학문이 개별적 낱낱의 명제가 아니라, 다수의 명제들로 이루어지는 전체여야 한다면, 각각의 학문은 [명제들의] 체계 형태를 갖는다. 따라서 보편 지식학은 [...] 모든 가능한 학문에 대한 체계 형태를 [가져]야 한다.

지식학은 그 자체로 학문이다. 따라서 지식학은 또한 그 자체에서 증명될 수 있는 근본 명제가 아니라, 우선 학문으로서 그의 가능성을 위해 전제된 근본 명제를 가져야 한다. 그러나 이러한 근본 명제는 또한 보다 상위의 그 어떤 다른 학문에서도 증명될 수 없다."35)

피히테의 지식학은 이처럼 인간 지식의 토대와 근본원리를 탐구하며, 어떤 학문이든지 그 토대가 무엇인지 그 '근본 명제'를 제기한다.

"그 어떤 학문의 명제가 무엇이어야 하는가 하는 모든 것은 이미 지식학의 하나의 명제에서 유지되고, 이미 명제에 해당하는 형식으로 지식학에서 제기되어야 한다."36)

이런 지식학이 완성된 체계로 성립되면 다양한 학문들의 영역을 전체적으로 분석할 수 있고 전체적 시각에서 학문 간의 영역을 규정하거

---

35) 게르하르트 감, 위의 책, 46쪽 이하 재인용.
36) 게르하르트 감, 위의 책, 51쪽 재인용.

나 소통할 수 있게 된다. 이것은 인문학을 포함한 현대 학문의 지형도에서 화두로 등장했던 학문 간의 융합과 통섭에 관한 논의로 연결될 수 있을 것이다. 즉 피히테의 지식학은 일종의 총체적 통합 학문의 체계에 대한 이론적 토대를 만들려는 시도로 이해할 수 있겠다. 여기에 자연과학과 자연에 대한 지식은 당연히 포함되어 있다. 사실상 그의 지식학은 칸트 이후 발전한 독일적 인간학과 동일한 성격을 가지는 것으로 평가할 수 있다. 피히테 역시 여기서 인간과 세계, 자연의 관계에 대한 해명을 얻을 수 있을 것으로 기대했다.

이 기대를 충족하기 위해 피히테는 『전체 지식학의 기초 Grundlage der gesammten Wissenschaftslehre』(1794)에서 좀 더 자세한 설명을 시도한다. 이 글은 일종의 '선험적 인간학 transzendentale Anthropologie'이라 부를 수 있다. 당시의 개념으로 보면 Anthropologie로서의 인간학은 인간 혹은 인간 본질에 대해, 나를 중심으로 한 형이상학적, 도덕적, 종교적 질문 외의 인간의 속성에 관한 모든 학문적 질문을 통틀어 하는 개념이라 할 수 있다. 여기에는 인간과 자연의 관계를 알려주는 지식도 포함된다.
위에서 언급했듯이, 칸트에 따르면 〈나는 무엇이며, 무엇을 알 수 있는가〉라는 형이상학적 질문과, 〈나는 무엇을 행해야 하며 어떻게 행해야 하는가〉라는 도덕적 질문, 또한 〈나는 무엇을 희망해도 되며 그것을 어떻게 알 수 있는가〉라는 종교적 질문에 비해, 〈인간이란 무엇이며 인간에 관해 어떻게 알 수 있는가〉라는 물음은 인간학적 질문이라 할 수 있다.37) 피히테의 지식학도 바로 여기에서 출발하며, 이에 대한 해명을 하고자 한다.
그는 인간을 형이상학적, 신학적 규정에서 벗어나서 인간의 인식과 그에 따른 행위를 통해, 인생에서 자신의 뜻대로 삶을 설계하고 성공시

---

37) 참조 Kant: Logik. Hg. v. G.B. Jäsche. Werkausgabe Bd. 6. Frankfurt a.M. 1968, 447쪽 이하.

킬 수 있는 근본적 지식의 체계를 인간학으로 이해했다. 신과 다른 유한한 인간이지만, 동물과는 달리 스스로를 인식하고 자신에 대한 통찰을 갖춘 존재로서 인간은 신학적 해석에서 벗어나야 할 필요성이 당연했고, 인간학은 그것을 새롭게 나타내는 개념이었다. 피히테는 자신의 지식학을 이 인간학을 포괄하는 개념으로 제안했다.

이에 따른 지식학이라 할 수 있는 『전체 지식학의 기초』는 자아의 분석에 맞춰져 있다. 이 저서는 마치 칸트의 세 비판서처럼 세 부분으로 나눠져 있는데, 〈전체 지식학의 근본 명제 Grundsätze der gesammten Wissenschaftslehre〉, 〈이론적 지식의 기초 Grundlage des theoretischen Wissens〉, 〈실천적 지식의 기초 Grundlage der Wissenschaft des Praktischen〉가 그것이다. 이를 보면 피히테는 칸트의 비판서에 기초되어 있는 인간 이성의 본질에 대한 논의를 자신의 지식학이 준거를 삼고 경쟁해야 할 모범으로 여겼음을 짐작할 수 있다. 그는 여기에서 자아 주체성에 관한 일종의 구조 개념을 제시하며, 자아의 본질적 구조는 자아의 '활동성'과 절대적 '생산성'에 있다고 주장한다. 이것을 좀 더 자세히 살펴보자.

피히테가 지식학에서 주장하는 첫 번째 근본 명제는 '자아 das Ich는 근원적이고 전적으로 그 자신의 존재를 정립한다'는 것이다.[38] 그에게 지식학의 출발점은 인간 자아의 주체성인데, 이것은 인간의 유일한 존재 방식이다. 인간이 존재할 수 있는 근거는 인간 자아의 유일성이다. 타자(비아)의 존재는 오로지 자아의 존재성을 통해서 가능하다. 다음은 그것을 천명하고 있다.

"자아 이외에 주어진 것은 원래 아무것도 없다. 단지 자아만이 전적으로 주어져 있다(§.1.). 따라서 단지 자아에게만 전적으로 대립될 수 있는

---

38) 참조, 게르하르트 감, 위의 책, 98쪽.

것이 존재한다. 하지만 자아에 대립되어 있는 것은 = 비아이다."[39]

이것은 인간 본성에 대한 일종의 이원론적 시각인데, 엄밀히 말하자면 자아를 중심으로 한 일원론적 이원론이라 할 수 있다. 만약 인간 본성이 정신(영혼)과 육체로 존재한다는 이원론으로 본다면, 여기서 자아는 인간의 정신으로도 해석할 수 있다. 데카르트의 정신(Cogito, ergo sum, 나는 생각한다, 고로 존재한다) 우선주의나 기독교의 영혼이 육체를 주관하고 독립적으로 존재한다는 서양 철학의 전통적 견해에 비추어 보면 이것은 정신과 영혼의 동일 정체성에 가까운 시각이라 판단할 수 있다.

또한 이것은 지식의 진리 확실성에 대한 요구이기도 하다. 자아는 이 범주에서는 자유로운 자기 활동성으로 이해할 수 있다. 자아의 통일은 자아의 행위를 통해 사물이 비로소 이해되는 자유로운 자기 활동성에서 가능하다.

자아의 이런 존재 형식은 두 번째 근본적 활동성인 대립에서 보증되는데, 자아에 대립한 '비아 Nicht-Ich'를 상정하는 것이 그것이다. 자아는 비아와의 구별에서 자신을 확인할 수 있다. 나아가 자아는 자기 자신과의 관계와 타자와의 내적 연관 관계를 통해 세계 질서가 존재함을 이해한다. 이것이 두 번째 근본 명제다.

> "'A가 아니라는 것은 A가 경험적 의식이라는 사실하에서 나타난다는 말이다'는 명제의 절대적 확실성을 무조건적으로 승인하는 것이 확실한 것처럼, 비아가 자아에 전적으로 대립한다는 것은 확실하다. [...] 그리

---

39) Fichte: Fichtes Werke. Hg. v. I.H. Fichte. Bd. 1. Berlin 1971, 104쪽: "Es ist ursprünglich nichts gesetzt, als das Ich; und dieses nur ist schlechthin gesetzt(§.1.). Demnach kann nur dem Ich schlechthin entgegengesetzt werden. Aber das dem Ich entgegengesetzt ist = Nicht-Ich."

고 모든 인간적 지식의 두 번째 원칙도 이러할 것이다."40)

세 번째 근본 명제는 자아와 비자아가 종합을 이룰 수 있는 논리적 형식을 제시하고 있다. 이것은 '제한 Schranken/Einschränken'이라는 표현을 통해 지적하는데, 자아와 비아는 상호 제한하는 상관적 관계의 연쇄적 계기로 다시 정립되고 결국 종합을 이룰 수 있다는 것이다.

> "그들(자아와 비아, 필자)은 상호 제한하게 된다. 따라서 만약 이 대답
> 이 맞다면 행위 Y는 그 두 대립자를 서로를 통해 상호 제한하는 것이라
> 할 수 있다. 그리고 X는 그 제한을 표현한다."41)

이처럼 지식학의 세 가지 근본 명제는 정반합의 변증법 구조를 보이고 있다. 이것은 인간 정신의 독립적 정체성을 천명하는 것이자, 인간 정신의 본질이 타자 및 세계와 통합을 이룰 수 있다는 것을 지적하는 것이라 할 수 있다. 우리의 주제로 돌아오면 이런 사고 구조에서 자연은 세계의 범주에 속하고 있다. 따라서 피히테는 자연 역시 인간 정신의 변증법적 통합의 구조에 속하고 있다고 본 것으로 판단할 수 있다.

요컨대 피히테의 지식학은 자아의 속성과 자아의 활동을 규정하는 통합적 지식의 체계를 구축하는 데 일차적 관심이 있었음으로, 자아를 둘러싼 사회와 자연에 대해서는 큰 관심만을 가지지 않은 것처럼 보인

---

40) 위의 책, 104쪽: "So gewiß das unbedingte Zugestehen der absoluten Gewiß-
heit des Satzes: - A nicht = A unter den Tatsachen des empirischen
Bewußtseyns vorkommt: so gewiß wird dem Ich schlechthin entgegen-
gesetzt ein Nicht-Ich. [...] Und so wäre denn auch der zweite Grundsatz
alles menschlichen Wissens gefunden".

41) 위의 책, 108쪽: "[S]ie(Ich und Nicht-Ich, 필자) werden sich gegenseitig
einschränken. Mithin wäre, wenn diese Antwort richtig ist, die Handlung Y
ein Einschränken beider Entgegensetzter durch einander; und X be-
zeichnet die Schranken."

다. 하지만 그 전제에서 자연에 대한 지식은 당연히 포함되어 있다. 자연에 대한 지식이 없으면 피히테의 지식학은 완전한 체계로 기능하지 않을 것이기 때문이다. 다만 이 경우 자연철학이나 자연과학 담론은, 피히테가 주장한, 자아와 대립하지만 결국 종합을 이루게 되는 비아의 한 부분으로 흡수되어 있을 뿐이다. 독일 낭만주의 작가, 특히 초기 낭만주의 작가들이 피히테를 주목한 이유는 이런 자아 중심적 자연관과 자아를 중심으로 한 자연과의 합일 가능성이라는 점에서도 존재한다.

4. 헤겔의 이념적 자연철학과 인간학

철학과 자연과학의 학문적 관계에 대한 사상적, 방법론적 문제에 대한 고찰은 18세기 후반 독일의 자연철학이란 범주에서 이루어졌다. 이때 헤겔의 자연철학과 인간학은 중요한 의미를 가진다. 헤겔의 자연철학은 헤겔이 "철학 백과전서 Enzyklopädie der philosophischen Wissen-schaften"에서 철학을 **자연철학과 정신철학으로 나누고, 그 중간 단계를 인간학**으로 상정하고 있어, 인간의 정신과는 별개지만 인간과 연관을 가지는 독립 범주로 설정되었다. 최근까지의 헤겔 연구에서도 이런 측면이 강조되고 그의 자연철학과 인간학은 상호 연관을 가지는 중요한 연구 분야가 되었다. 이를테면 헤겔의 인간학은 육체와 영혼의 관계, 의식의 문제 등에 관한 견고한 이론을 세우고자 노력했는데, 이런 점은 최근의 연구들에서 활발히 조명되고 있다.

게오르크 빌헬름 프리드리히 헤겔 Georg Wilhelm Friedrich Hegel (1770~1831)은 1770년 슈투트가르트에서 태어나 1831년 베를린에서 사망했다. 피히테와는 달리 비교적 유복한 슈바벤의 성직자, 학자 및 관료 집안 출신인 그는 튀빙엔 대학에서 신학과 철학을 공부하면서 같은 나이의 횔덜린, 다섯 살 어린 셸링과 친교를 맺었다. 이들은 이후 사상적, 이념적으로 각자의 환경에서 독립적 영역을 개척했지만, 개인의 사상과 정신의 자유를 향한 그들의 열정에서 근본적으로 변함없는 정신적 동지로 남아 있었다.

예나 대학에서 교수자격 논문을 쓰고 프리바트도첸트 Privatdozent[42] 로 학문적 경력을 시작한 헤겔은 쉘링과 함께 『철학 비평 잡지 Kritisches Journal der Philosophie』(1802~03)를 간행한다. 이 잡지를 통한 쉘링과의 협력 작업 직전인 1801년 그는 순수 철학 연구로는 최초라고 할 수 있는 『피히테와 쉘링 철학 체계의 차이 Differenz des Fichteschen und Schellingschen Systems der Philosophie』를 출간한다. 1801년부터 1806년(10월) 예나-아우어슈테트 전투와 그에 따른 프랑스 군대의 약탈로 예나를 떠날 때까지 예나에서 이른바 헤겔 후기 사상 체계가 형성되는데, 정신현상학과 형이상학, 논리학, 정신(이성)철학 및 자연철학 그리고 자연법론 등이 그것이다.

이후 그는 1807년에 철학의 새로운 영역인 『정신현상학 Phänomenologie des Geistes』 출판을 필두로 철학 영역에서 중요한 저작들을 지속적으로 출판한다. 1812/13년과 1816년에는 『논리학: 본질론 Wissenschaft der Logik: Die Lehre vom Wesen』, 『논리학: 개념론 Wissenschaft der Logik: Die Lehre vom Begriff』을 각각 출간한다. (논리학은 1832년 유고집으로 『논리학: 존재론 Wissenschaft der Logik: Die Lehre vom Seyn』이 간행된다.) 1821년에는 『법철학 개요 Grundlinien der Philosophie des Rechts』가, 1817년과 1827년에는 『철학 백과사전 Enzyklopädie der philosophischen Wissenschaften』 1, 2권을 출간한다. 그 외에 그의 강의에 바탕을 둔 많

---

42) 교수자격을 갖추어 대학으로부터 자신의 강의를 개설할 수 있는 권한(베니아 레겐디)을 받았지만, 대학에서 공식적 급여를 받지는 못하는 비공식 내지 비전임 교수를 말한다. 흔히 privat를 사적인 의미로 번역해서 Privatdozent를 '사강사'로 번역하는데, privat라는 표현은 공식적 자격이 없다는 말이 아니라, 공식적 급여를 받지 못한다는 의미로 봐야 한다. 사강사라는 표현은 자격이 없는 사적인 혹은 개인적인 강사라는 의미로 전달될 수 있기 때문에 적절하지 못하다.

은 강의록, 그 자신의 기획 글, 단편적 구상들 등의 다양한 기록과 저술들이 있다. 이것들은 1907년 놀 Nohl에 의해 편찬된『헤겔의 청년기 신학 저작 Hegels theologische Jugendschriften』[43]과 더불어 헤겔의 이념적 다양성과 정신적 깊이를 알 수 있게 하는 글들로 앞으로도 더욱 체계적 연구가 필요한 것으로 보인다.

4.1 헤겔 철학에서 자연의 개념

그에게 자연에 대한 개념은 '자연이 논리적 이념 Idee 내지 정신 Geist 과는 어떤 관계를 가지는가' 하는 질문과 동일했다. 이 질문을 통해 그는 결국 자연을 절대적 존재(Wesen)의 이념을 실현하는 정신으로 이해한다. 그래서 물질적 자연은 물론 정신 역시 자연으로 표현된다. 여기서 스피노자와 쉘링의 영향을 느낄 수 있다. 이와 연관해서 자연에 대한 일종의 정의들이 내려진다. 이를테면 "자연은 자기 자신과 연관되는 (즉, 자기 자신으로 돌아가는) 절대 정신 Die Natur ist der sich auf sich selbst beziehende absolute Geist"이다.[44] 즉 자연은 (절대적) 정신의 다른 모습이라 할 수 있다. 절대 정신은 절대 이념이라고도 할 수 있기 때문에, 자연은 "독립적 외부 대상의 형태로 나타난 절대 이념 die absolute Idee in der Gestalt der gleichgültigen, äußerlichen Gegenständlichkeit"[45] 혹은 "절대 이념의 모사 Abbild der absoluten Idee"[46]로 표현되기도 한다.

하지만 단순한 외부적 자연은 정신이 아니라 정신과 대치하고 있는

---

43) Hegels theologische Jugendschriften nach den Handschriften der Kgl. Bibliothek in Berlin. Hg. v. Hermann Nohl. Tübingen 1907. Nachdruck(복제본) Frankfurt a.M. 1966.

44) G.W.F. Hegel: Gesammelte Werke. In Verbindung mit der deutschen Forschungsgemeinschaft herausgegeben von der Nordrhein-Westfälischen Akademie der Wissenschaften. Hamburg 1968ff. Bd. 7, 179쪽.

45) 위의 책, Bd. 10, 80쪽.

46) 위의 책, 86쪽.

우연의 영역이며 이성의 지배를 받지 않는 대상이기도 하다. 이 외부적 자연이 정신이나 이념과 유리되어 있을 때는 화석화된 죽은 자연이라 할 수 있다. 이것이 정신과 연결될 때는 비로소 (특히 쉘링 철학에서 볼 수 있는) 살아 있는 존재가 된다. 이 때문에 헤겔에게서 자연은 외부적 대상이 정신으로 의식화되는 과정이라고도 할 수 있다.[47] 자연의 이런 정신화 과정은 헤겔의 자연철학의 특징적 모습이라 할 수 있다.

이 점은 헤겔이 피히테와 쉘링의 철학에 나타난 자연에 대한 개념을 어떻게 이해했는지는 살펴보면 더욱 뚜렷하다. 그는 피히테의 철학 체계를 말하자면 '자아의 지성적 통찰'이라고 평가한다.

> "피히테 철학 체계의 토대는 지성적 통찰, 자기 자신에 대한 순수 사고, 순수 자의식 자아 = 자아, 그 자아가 존재한다는 것이다. 절대자는 주체이자 객체다. 그리고 자아는 주체와 객체의 이런 동일성이다."[48]

또한 이런 자아의 통찰에서 자연이 규정된다고 말한다. 피히테적 주관적 자연의 모습이라 할 수 있다. 자아의 통찰을 통해 자연이 규정된다는 말은 일단 자연이 자신을 스스로 규정한다는 말과 같다. 이것은 다음과 같이 설명된다.

> "자연이 자기 자신을 규정한다는 말은 다음을 의미한다. 즉 자연은 자신

---

47) 참조 Hegel-Lexikon. Hg. v. Paul Cobben, Paul Cruysberghs, Peter Jonkers und Lu De Vos. Darmstadt: Wissenschaftliche Buchgesellschaft 2006, 333쪽.
48) Hegel: Darstellung des Fichteschen Systems. In: Georg Wilhelm Friedrich Hegel: Werke. Auf der Grundlage der Werke von 1832-1845 neu edierte Ausgabe. Bd. 2. Jenaer Schriften 1801-1807. Frankfurt am Main: Suhrkamp Verlag 1986, 52쪽: "Die Grundlage des Fichteschen Systems ist intellektuelle Anschaug, reines Denken seiner selbst, reines Selbstbewußtsein Ich = Ich, Ich bin; das Absolute ist Subjekt-Objekt, und Ich ist diese Identität des Subjekts und Objekts."

을 규정하는 것으로 규정된다. 그것은 그 본질을 통해 더 형식적으로 규정된다. 자연은 결코 규정되지 않은 채로 있을 수 없다. 자유로운 본질이라 그럴 수 있다. 자연은 바로 그래서 더 물질적으로 규정되고 자유로운 본질처럼 어떤 규정과 그 반대의 규정 사이의 선택을 할 수 없다. [...] 자아는 지성으로서 비규정적 존재 - 그리고 자아가 충동되는 자아인 자연은, 그 충동이 의식이 되면 규정된 것이 된다. 이런 한에서는 그 충동은 이제 나의 지배를 받고 있다."[49]

여기서 자연은 자아에 의해 충동되는 또 다른 자아로 설명된다.
쉘링의 철학에 대해서는 쉘링 철학의 체계는 동일성을 토대로 하고 있다고 설명한다.

"동일성의 원칙은 전체 쉘링 체계의 절대 원칙이다. 철학과 체계는 합쳐진다. 그 동일성은 부분으로 사라지지도 않고 합쳐진 결과로만 나타나는 것도 아니다."[50]

자연에 있어서 동일성이란 인간의 정신과 지성이 자연과도 통하고 자연 역시 인간의 지성과 동일한 체계를 가지고 있다는 말로 이해할 수 있다. 달리 말하면 자연 역시 이 동일성의 원칙에서는 인간의 지성 및

---

49) 위의 책, 74쪽: "Die Natur bestimmt sich selbst, heißt darum: sie ist bestimmt, sich zu bestimmen, durch ihr Wesen, formaliter, sie kann nie unbestimmt sein, wie ein freies Wesen gar wohl sein kann; auch ist sie gerade so materialiter bestimmt und hat nicht, wie das freie Wesen, die Wahl zwischen einer gewissen Bestimmung und ihrer entgegengesetzten. [...] Ich, als Intelligenz, der Unbestimmte, - und Ich, der ich getrieben bin, die Natur, der Bestimmte, werde dadurch derselbe, daß der Trieb zum Bewußtsein kommt; insofern nun steht er in meiner Gewalt".

50) 위의 책, 94쪽: "Das Prinzip der Identität ist absolutes Prinzip des ganzen Schellingschen Systems; Philosophie und System fallen zusammen; die Identität verliert sich nicht in den Teilen, noch weniger im Resultate."

의식과 연결되는 주체적인 것이 된다. 피히테의 체계에서 자연이 단순히 인간 지성의 객체였다면 쉘링의 체계에서는 그렇지 않다는 말이기도 하다.

> "지성의 체계에서 객체는 그 자체 아무것도 아니다. 자연은 의식에서만 존재한다. 이런 추상화를 통해 객체가 자연이 되고 지성이 의식으로 조건 지어진다. 자연의 체계에서는 자연이 의식된 것이라는 것이 망각된다. 자연이 과학에서 유지되고 있는 이상적 규정은 동시에 자연에 내재되어 있다."[51]

쉘링의 체계에서 자연이 그 자체로 존재할 수 있는 근거는 여기에 있다고 본 것이다. 이를 위해 먼저 선험철학과 자연철학의 관계도 언급한다. 전자와 후자는 주관성과 객관성으로 상호 대립하는 영역으로 지성과 자연이 각각 실체로 역할한다. 쉘링의 자연은 객관적 철학의 영역으로 평가한 셈이다.

> "주관적 주체-객체의 학문은 지금까지 선험철학이라 불렸다. 객관적 주체-객체의 학문은 자연철학으로 불렸다. 이 둘이 서로 대립하는 한, 전자에서는 주관적인 것이 첫째고, 후자에서는 객관적인 것이 첫째다. 두경우에 주관적인 것과 객관적인 것은 실체적 관계에 놓인다. 선험철학에서는 주체가 지성으로 절대적 실체다. 그리고 자연은 객체, 우연적인 것이다. - 자연철학에서 자연은 절대적 실체이고, 주체는 지성이자 우

---

51) 위의 책, 100쪽: "Im System der Intelligenz sind Objekte nichts an sich, die Natur hat nur ein Bestehen im Bewußtsein; es wird davon abstrahiert, daß das Obkekt eine Natur und die Intelligenz als Bewußtsein dadurch bedingt ist. Im System der Natur wird vergessen, daß die Natur ein Gewußtes ist; die idealen Bestimmungen, welche die Natur in der Wissenschaft erhält, sind zugleich in ihr immanent."

연적인 것이다."52)

　피히테와 쉘링의 양극단 사이에 칸트의 자연이 존재한다. 칸트의 경
우는 자연을 오성을 통해 규정되지 않는 영역으로 이해했다고 설명한
다. 자연은 그 자체 독립적인 주체와 객체의 세계로 해명된다.

　　"칸트는 하나의 자연을 인정한다. 객체를 (오성을 통해) 규정되지 않는
　　것으로 상정했기 때문이다. 그는 자연을 주체-객체로 묘사한다. 자연의
　　산물을 자연의 목적으로 관찰했기 때문이다. 즉 목적 개념이 없는 목적
　　성, 메커니즘이 없는 필요성, 개념과 존재가 동일하다는 것이다. 하지만
　　동시에 이런 자연의 견해는 목적론적일 뿐이다. 즉 담론적으로 사고하
　　는 제한적 인간 오성의 잠언으로 여겨질 뿐이다. 그런 일반적 개념에는
　　자연의 특별한 현상은 포함되어 있지 않다. 이런 인간적 관찰 양식을 통
　　해 자연의 현실에 대해서는 어떤 것도 표명되지 않는다. 즉 관찰 양식은
　　전적으로 주관적인 것이고, 자연은 순수 객관적인 것, 단순히 사고된 것
　　이다."53)

---

52) 위의 책, 101쪽: "Die Wissenschaft vom subjektiven Subjekt-Objekt hat
　　bisher Transzendentalphilosophie geheißen; die vom objektiven Subjekt-
　　Objekt Naturphilosophie. Insofern sie einander entgegengesetzt sind, ist in
　　jener das Subjektive das Erste, in dieser das Objektive. In beiden ist das
　　Subjektive und Objektive ins Substantialitätsverhältnis gesetzt; in der
　　Transzendentalphilosophie ist das Subjekt als Intelligenz die absolute
　　Substanz, und die Natur ist Objekt, ein Akzidens, - in der Naturphilosophie
　　ist die Natur die absolute Substanz, und das Subjekt, die Intelligenz, nur
　　ein Akzidens."
53) 위의 책, 103쪽: "Kant anerkennt eine Natur, indem er das Objekt als ein
　　(durch den Verstand) Unbestimmtes setzt, und stellt die Natur als ein
　　Subjekt-Objekt dar, indem er das Naturprodukt als Naturzweck betrachtet,
　　zweckmäßig ohne Zweckbegriff, notwendig ohne Mechanismus, Begriff und
　　Sein identisch. Zugleich aber soll diese Ansicht der Natur nur teleologisch,
　　d.h. nur als Maxime unseres eingeschränkten, diskursiv denkenden,
　　menschlichen Verstandes gelten, in dessen allgemeinen Begriffen die

그에게서 자연은 주체적 존재이자 객체적 질료의 성격을 동시에 가지고 있는 영역이다. 인간의 오성에 따라 규정되는 이념이나 인식의 영역이 아니지만 단순히 물질적 영역인 것도 아닌 것이다.

> "칸트는 하지만 그 자체 가능한 것과 실제적인 것의 구분을 없애지 않았다. 또한 감각적 오성의 필요한 최상의 이념을 현실로 고양시키지도 않았다. 그래서 그의 자연과학에서는 한편 기본 힘들의 가능성에 대한 인식이 불가능하고, 한편 자연이 질료, 즉 절대적 대립자로 아무것도 스스로 규정하는 것이 아니라 단지 기계적 역학만을 구성할 수 있다."[54]

따라서 자연은 단지 질료보다는 더 많은 특성을 가지고 있다.

> "만약 자연이 주체-객체가 아니라 단지 질료라면 그것을 학문적으로 구성하는 것은 불가능하다. 학문적 구성은 인식하는 것과 인식된 것이 하나가 되어야만 하는 것이기 때문이다. 이성은 [...] 선험적으로 자연에 대해 단지 연역을 통해 질료의 일반적인 특성보다 더 많은 것을 말할 수 있다."[55]

---

besonderen Erscheinungen der Natur nicht enthalten seien; durch diese menschliche Betrachtungsart soll über die Realität der Natur nichts ausgesagt sein; die Betrachtungsart bleibt also ein durchaus Subjektives und die Natur ein rein Objektives, ein bloß Gedachtes."

54) 위의 책, 104쪽: "Kant hat aber den Unterschied eines an sich Möglichen und eines Reellen nicht fallenlassen, noch die notwendige höchste Idee eines sinnlichen Verstandes zur Realität erhoben, und deswegen ist ihm in seiner Naturwissenschaft teils überhaupt die Einsicht in die Möglichkeit der Grundkräfte ein Unmögliches, teils kann eine solche Naturwissenschaft, für welche die Natur eine Materie, d.i. absolut Entgegengesetztes, sich nichts selbst Bestimmendes [ist], nur eine Mechanik konstruieren."

55) 위의 책, 105쪽: "Wenn die Natatur nur Materie, nicht Subjekt-Objekt ist, bleibt keine solche wissenschaftliche Konstruktion derselben möglich, für welche Erkennendes und Erkanntes ein sein muß. Eine Vernunft [...] kann

자연이 자유를 갖추고 있다는 설명도 여기서 도출된다. 즉 외부의 통제를 받는 것이 아니라 자신의 내적 법칙에 따라 움직이기 때문이다. 그런 면에서 자연은 살아 있는 힘이라 할 수 있다.

"자연은 [...] 자유를 가지고 있다. 왜냐하면 자연은 조용한 존재가 아니라 생성해가는 존재이기에 그렇다. 외부로부터 분열되고 합해지는 존재가 아니라 자체 내에서 분리되고 합해지는 존재이며, 그 어떤 형상에서도 스스로 제한되는 것이 아니라 법칙으로 자유로운 존재다. 자연의 의식하지 않는 발전은 살아있는 힘의 성찰로, 그것은 무한히 분열되지만 모든 제한된 형상에서 스스로 자리를 잡아 자신과 동일하게 되는 힘이다. 그런 한에서 자연의 어떤 형상도 제한된 것이 아니라 자유롭다."[56]

"만약 자연의 과학이 이론적 영역이고 지성의 과학은 철학의 실용적 영역이면 각각은 동시에 다시 자신만의 고유한 이론적이고 실용적인 부분을 가진다."[57]

---

a priori von der Natur, nur durch Dedektion, mehr aussagen als ihren allge-meinen Charakter der Materie".

56) 위의 책, 108쪽 이하: "Die Natur [...] hat Freiheit, denn sie ist nicht ein ruhendes Sein, sondern zugleich ein Werden, - ein Sein, das nicht von außen entzweit und synthesiert wird, sondern sich in sich selbst trennt und vereint und in keiner ihrer Gestalten sich als ein bloß Beschränktes, sondern als das Ganze frei setzt. Ihre bewußtlose Entwicklung ist eine Reflexion der lebendigen Kraft, die sich endlos entzweit, aber in jeder beschränkten Gestalt sich selbst setzt und identisch ist; und insofern ist keine Gestalt der Natur beschränkt, sondern frei."

57) 위의 책, 109쪽: "Wenn daher die Wissenschaft der Natur überhaupt der theoretische Teil, die Wissenschaft der Intelligenz der praktische Teil der Philosophie ist, so hat zugleich jede wieder für sich einen eigenen theoretischen und praktischen Teil."

헤겔은 결국 칸트의 자연은 피히테와 쉘링의 중간적 모습을 보여주는 영역이라 평가했다. 그에 비해 이성과 자연의 지성적 통찰과 성찰은 피히테와 쉘링 철학의 절대 원칙이라고 평가했다. 여기서 칸트를 중심으로 양극단으로 발전한 피히테와 쉘링의 자연은 서로 만나게 된다. 피히테는 물론 쉘링의 경우도 역시 자아와 자연은 이성의 다른 모습으로도 볼 수 있다.

> "철학의 유일한 실제근거이자 확고한 관점인 절대적 원칙은 피히테와 쉘링의 철학 모두에서 지적 관조이다. 성찰을 위해 다르게 표현하면 주체와 객체의 정체성이다. [...] 사변적 성찰의 대립은 더 이상 객체와 주체가 아니라 주체적 선험 관조이다. 전자는 자아, 후자는 자연이다. 이 둘은 절대적으로 자신을 관조하는 이성의 최고 현상이다."[58]

4.2 헤겔의 인간학

헤겔은 칸트가 인간 의식의 본질이 무엇인지 탐구하는데, 코페르니쿠스적인 통찰을 획득했다고 인정했다. 하지만 그는 칸트에서 출발한 인간 의식의 문제를 다르게 이해한다. 여기서 인간의 경험이 등장한다. 인간의 '경험'은 인간의 의식과 외부 대상의 매개로 규정되며, 또한 다른 대상이나 의식을 통해 변화할 수 있다. 한편 그는 인간 정신의 절대성과 실제성을 주장했지만 그것을 인간의 (절대 및 순수) '지식'과 연관시

---

58) 위의 책, 115쪽: "Das absolute Prinzip, der einzige Realgrund und feste Standpunkt der Philosophie ist sowohl in Fichtes als in Schellings Philosophie die intellektuelle Anschauung, - für die Reflexion ausgedrückt: Identität des Subjekts und Objekts. [...] Die Entgegensetzung der spekulativen Reflexion ist nicht meht ein Objekt und ein Subjekt, sondern eine subjektive transzendentale Anschauung, jene Ich, diese Natur - beides die höchsten Erscheinungen der absoluten sich selbst anschauenden Vernunft."

키고 있다.59)

"우리는 지식 자체가 무엇인가를 탐구하는 것으로 보인다. 그러나 이런 탐구에서는 지식 자체가 우리의 대상이다. [...] 우리가 그것의 본질이라 주장하는 것은 오히려 그것의 진리가 아니라 오히려 그 자체 존재에 대한 우리의 지식일 뿐이다. [...] 우리가 지식을 개념이라고, 그러나 본질 혹은 진리를 존재자 혹은 대상이라고 부른다면 그 개념이 대상에 일치하는지를 상세히 살펴보아야 할 것이다."60)

인간의 지식으로 정신의 절대성을 파악할 수 있다는 헤겔의 논리를 따라가면 헤겔이 '인간의 정신(Geist)은 현실적인 것 자체'라고 규정한

---

59) 헤겔에게서 지식의 원래적 모습은 절대 지식과 순수 지식으로 나눌 수 있다. 여기서 절대 지식(absolutes Wissen)은 완전한 지식이라는 의미가 아니라 형식적, 성찰적(reflexiv) 지식의 형식을 의미한다. 이것은 개념(Begriff)과 대상(Gegenstand)의 정체성을 보여주는 형식의 체계를 말한다. 따라서 이것은 순수한 사고(Denken)의 형식과 비슷하다고 할 수 있다. 사고가 원칙적으로 성찰을 통해 매개되는 대상으로 표현된다면, 절대 지식 역시 대상에 대한 직접적 인식으로 표현되는 것이 아니라 성찰을 바탕으로 얻어진 대상을 통해 간접적으로 표현되기 때문이다. 그런 면에서 일종의 간접 인식의 표현(개념)이라 할 수 있다.(Hegel, Gesammelte Werke, Bd. 9, 422쪽) 다르게 말하면 절대 지식은 자기 인식에 의존하는 것이 아니라 성찰에 의존하고 있다. 이 성찰을 통해 대상을 나타내고, 개념을 통해 자신을 표현한다고 할 수 있다. (Hegel-Lexikon, 502쪽) 순수 지식(reines Wissen)은 칸트 이후 독일 철학에서 지식이 철학의 주요 혹은 유일한 대상이 되었다면, 그것은 지식이 철학적 자기인식의 수단이었기 때문이다. 순수 지식은 이런 인식을 보여주는 지식이다. 즉 헤겔은 순수 지식을 이성(Vernunft)의 자기인식(Selbsterkenntnis)으로 이해했다. 이런 지식은 자기의식(Selbstbewusstsein)의 형식이기도 하다. 이것은 다른 모든 종류의 지식에 대해 근원적 지식의 형식이고 이런 의미에서 순수하다 할 수 있다. 이것은 자기 자신에 대한 개념과 지식이 보여주는 진리치를 모두를 포함하고 있다. 또한 이런 면에서 순수 (사변적) 지식은 계시적 종교의 지식과 동일한 특성을 보인다. 논리적으로 보면 순수 지식은 전체 논리학의 대상이자 요소라 할 수 있다. 이것은 (피히테와는 달리) 그것에 반대되는 개념이 없지만 비어 있는 개념이 아니라는 점에서도 순수하다.(참조 Hegel-Lexikon, 502쪽 이하).

60) G.W.F. Hegel: Phänomenologie des Geistes. In: Werke in 20 Bänden. Hg. v. E. Moldenhauer und K.M. Michel. Frankfurt a.M. 1971. Bd. 3, 76쪽 이하.

논리가 이해될 수 있다. 정신적인 것은 관념적인 것과 실제적인 것, 지식과 행위를 매개하는 것(즉 현실적인 것)이라는 말도 역시 그런 맥락이다. 그가 제시한 정신현상학은 개념적 사유와 현실성, 사변과 경험은 더 이상 상호 구분되는 것이 아니라 관련을 가지고 있다는 것을 보이는 것이다. 다시 말하면 사유와 현실, 사변과 경험의 상호적 의미론을 제시하는 것으로, 결국 정신에 관한 학문적 지식을 만드는 것이다. 또한 이를 통해 인간의 정신 및 사유와, 인간의 지식 및 삶의 결합을 모색하는 시도라고 할 수 있다.

헤겔은 이를 위해서 현실에 대한 지식을 위한 출발점으로 '감각적 확실성'에서 그것을 찾는다. 감각적 확실성에서 현실적 경험의 모든 다양성을 포함하는 진리치를 발견할 수 있다는 것이다. 감각적 확실성은 감각적으로 주어진 실재성에 대한 직접적인 지식을 목적으로 한다. 이것은 보편적 인식과 연결될 수 있다. '감각적인 것을 보편자로 진술할 수 있다'는 그의 주장은 인간의 존재 규정에 대해 인간학과 현상학을 감각성을 통해 연결할 수 있는 가능성을 암시한다.

비록 그의 인간학의 대상이 영혼이라면, 현상학은 인간의 의식을 그 대상으로 하고 있지만 인간의 의식과 영혼은 감각적 확실성을 통해 매개될 수 있다. 인간의 영혼은 자신에 대한 의식을 신체적 자극을 통해 얻고, 신체적 자극은 영혼이 자신에게 영향을 주는 외적 환경 및 내면 세계를 가공할 수 있는 가능성을 열어 준다. 적어도 이 부분에서는 데카르트 이후 분리된 주체와 세계가 다시 연결될 수 있게 된다. 즉 그의 인간학과 정신현상학은 **감각의 확실성에서 세계에 대한 개방성을 보이며 인간의 삶과 연결**된다. 즉 세계 개방성과 인간의 조건 conditio humana은 직결된다.

흥미로운 것은 헤겔이 그것을 보여주는 구체적 예에 있다. 헤겔은 당대 독일의 계몽고전주의 문학을 그 점을 보여주는 예로 제시했는데, 특히 괴테의 소설『빌헬름 마이스터의 수업시대 Wilhelm Meisters

Lehrjahre』를 그 대표적 예로 간주했다.

> "개인을 교양이 없는 상태에서 삶에 대한 지식으로 이끌어야 하는 과제
> 는 보편자의 관점에서 파악할 수 있고, 그 교양은 보편적 개인, 자기를
> 의식하는 정신이 된다. 양자의 관계는 말하자면 개별적 개인에게서 구
> 체적 형식과 고유한 형식을 획득하는 보편자의 형식이 나타난다."[61]

괴테의 소설에서 나타나는 '개인과 보편적 인간의 삶은 양자가 통일
된 관계로만 고찰할 수 없고, 동시에 대립으로도 고찰되어야 한다'고
전제하고, 이런 의미에서 인간의 '삶은 대립과 관계의 결합'이라고 지
적한다.[62] 이처럼 괴테의 문학에서 그 전형성이 드러나는 독일의 계몽
주의 내지 고전주의 문학은 유한한 감각적 현실과 그 현실을 구성하는
정신적 무한성의 이념 사이의 대립과 결합이 끊임없이 균형과 조화를
찾아가는 과정을 보여준다고 헤겔은 생각했다.

이것은 헤겔의 세계관이자 동시에 그의 자연관이기도 하다. 그는 감
각적 개방성을 보여주는 **자연과 세계가 (세계의) 절대 이념을 통해 연
결되며 인간의 절대 및 순수 지식과 직결되어 있는 것으로** 이해했기 때
문이다. 다시 말하면 헤겔은 세계의 절대 이념과 자연의 이념이 상호
연관을 가지고 있으며 그 추동력은 세계의 절대 이념 및 인간의 지식에
있다고 생각했다. 이런 세계의 절대 이념과 인간의 지식은 그가 신적인
이념이라고도 불렀던 보편적 이념이라 볼 수 있다.[63]

요컨대 18세기 독일적 사상의 흐름에서 본 헤겔의 정신현상학과 인
간학은 넓은 의미의 자연철학의 연장이라고 할 수 있고, 이것은 인간의

---

61) 위의 책, 31쪽 이하.
62) Hegel: Systemfragment von 1800. In: Werke in 20 Bänden. Bd. 1, 422쪽.
63) Hegel: Werke in 20 Bänden. Bd. 9, 49쪽: "신적 이념은 주체성을 가진 정신이
   되고자 이 다른 존재[자연]를 자신에게서 분리시키고 그것을 다시 자신에게 받아
   들이고자 결심하는 바로 이것을 말한다."

삶과 자연과 세계의 관계를 지적한다. 즉 인간에게 현실과 이념은 분리되어 있지만 이념은 감각적 개방성을 통해 현실을 형성하고 세계와 자연은 결국 이념에 의해 조직되어 완성을 향해 가는 세계전체 Weltganze로 나타난다. 결과적으로 이념이 현실을 바꿀 수도 있고 자연 역시 이념을 통해 완성된다는 것은 헤겔 철학의 핵심이자 그의 자연관의 핵심이기도 하다. 이념이 (감각적 개방성을 전제로 하고 있지만) 현실과 자연에 앞선다는 것은 그의 철학이 현재까지 영향을 끼치고 있는 논란의 공과(功過)이기도 하다.

5. 쉘링의 낭만주의 자연철학과 자연과학의 원리

프리드리히 빌헬름 요젭 쉘링 Friedrich Wilhelm Joseph Schelling(1775~1854)은 1790년부터 튀빙엔 대학교에서 신학, 철학, 역사, 물리학 등을 공부했고, 이후 라히프치히 대학교에서 수학과 의학, 자연과학 등을 연구했다. 그의 자연과학에 대한 연구과 관심은 이후 그가 자신만의 자연철학을 형성하는 토대가 되었음을 짐작할 수 있다.

그는 또한 미적 인식에도 관심을 가졌는데, 그것은 그의 친구들과의 교류를 통해 영향을 받았을 것이다. 튀빙엔 대학 시절부터 같은 방 친구인 헤겔, 횔덜린과 친교를 맺었고, 라이프치히 시기 이후부터는 대표적 독일 초기 낭만주의자들인 슐레겔 형제와 노발리스 외에, 젊은 낭만주의자들의 우상이었던 피히테는 물론, 낭만주의 신학철학자 슐라이어마허, 낭만주의 시인 티크 등과 알게 된다. 또한 바이마르와 예나의 괴테, 쉴러와도 알게 되고 특히 괴테와 밀접히 교류하는데, 이것은 1798년 그가 괴테의 후원과 다양한 정치적 역학 관계에서 예나대학교의 교수(außerordentlicher Professor)가 된 후 심화되었다. 예나 대학을 떠난 이후 뮌헨과 베를린 대학교에서 정식 교수로 활동도 했지만, 전체적으로 그는 교수로서의 활동보다는 그의 독특한 자연철학의 영역에서 유명해지고 인정을 받았다고 할 수 있다.

쉘링은 자신의 자연철학에서 자연과학적 논증을 위한 보편적이고 객관적인 근거를 마련하려고 했다. 그는 경험적 인식이란 더 높은 인식의 특수한 한 형태로서 철학적 구성을 통해 밝혀진다고 주장한다. 여기서 그는 칸트의 인식 Erkenntnis을 개념 Begriff과 관조 Anschauung의 합명제로 이해하고 이것을 철학의 원래적 특징으로 언급한다. 미적인 상상력 역시 이러한 개념과 관조의 근원적인 합일성을 전제하고 있다고 주장하며, 이것을 자연의 구성 형식에 적용했다.

쉘링의 자연철학의 출발점 혹은 출발 동인이라 할 수 있는 것은 피히테의 지식학에 대한 불만족이었다. 피히테의 지식학은 자연을 절대 자아(das absolute Ich)에 종속된 것으로 봤다. 쉘링이 볼 때 여기서는 '전체 우주(자연)도 단지 의식 Bewußtsein에서 존재'하고,[64] 자연이 추상적인 비아 Nicht-Ich로 침몰한다고 여겼다.[65] 즉 자연은 살아 있는 것이 아닌 죽은 것이라는 말과 같다. 다음은 그것을 지적한다.

> "이런 이른바 자연(피히테가 말한 자연, 필자)은 살아있는 것이 아니다. 이성과 인간의 성(性)처럼. 여기서 그 어떤 것도 무한한 지속적 발전의 능력은 없고 (사실 발전의 유한성은 오직 이성의 장점일 뿐이다), 죽어 있고 그 자체 폐쇄적인 존재일 뿐이다."[66]

---

64) F.W.J. Schelling: Sämtliche Werke. Hg. v. K.F.A. Schelling. Stuttgart, Augsburg 1856-1861. Bd. 10, 90쪽.

65) 위의 책, 91쪽.

66) 위의 책, Bd. 7, 10쪽: "Diese sogenannte Natur ist nicht lebendig, wie die Vernunft und das menschliche Geschlecht, keiner unendlichen Fortentwicklung fähig (die Endlosigkeit der Entwicklung ist also gar nur ein Vorzug der Vernunft), sondern todt und ein starres in sich beschlossenes Daseyn."

따라서 피히테의 철학에 나타난 자연의 종속성, 즉 자아와 정신에 대한 자연의 의존성을 극복하고자 하는 것이 쉘링의 자연철학이다. 다르게 말하자면 쉘링 자연철학의 과제는 정신과 물질, 인간과 자연으로 나뉘어져 있는 부분적 (혹은 죽은) 자연을 통일된 하나의 (살아 있는) 전체 자연으로 복구하고, 이에 따라 세계 역시 자연과 같은, 즉 자연의 질서를 갖춘 전체적 통일체로 인식하는 것이다. 다음의 지적을 보자.

> "자연은 볼 수 있는 정신이 되어야 하고, 정신은 볼 수 없는 자연이 되어야 한다. 여기에서, 즉 우리 내부에 있는 정신의 절대적 정체성과 우리 외부에 있는 자연의 정체성에서, 어떻게 하나의 자연이 우리 외부에서 존재하는 것이 가능한가 하는 문제가 해결되어야 한다."[67]

외부의 자연과 인간 정신의 정체성이 동일하다는 것은 자연 역시 인간과 같은 독립된 존재이자 인간의 정신과 교감할 수 있는 존재라는 의미이기도 하다. 이런 자연의 이해는 당시 시인들, 특히 독일 낭만주의 작가들에게는 거의 공통적으로 관찰되는 요소라 할 수 있다. 그들에게서 자연은 독립된 존재로서 우리 인간에게 말을 하고, 우리는 그 목소리를 듣고 이해할 수 있는 관계로 이해되었다. 이를테면 노발리스는 자연을 영혼과 정신을 가진 존재로서, 인간과 '수천의 목소리로 영원한 대화 ewiges tausendstimmiges Gespräch'를 한다고 묘사한다.[68] 이런 노발리스의 묘사는 결코 예외적인 경우가 아니라, 당대 독일 낭만주의 작가들의 공통의 언어였다.

낭만주의 작가들이 자연을 책이나 시와 같다고 본 것처럼 쉘링 역시

---

67) 위의 책, Bd. 2, 56쪽: "Die Natur soll der sichtbare Geist, der Geist die unsichtbare Natur sein. Hier also, in der absoluten Identität des Geistes in uns und der Natur außer uns, muß sich das Problem, wie eine Natur außer uns möglich sei, auflösen."
68) Novalis: Werke und Briefe. Gütersloh 1976, 135쪽.

자연을 비슷하게 묘사한다. 즉 "우리들이 자연이라 명하는 것은 비밀스럽고 놀라운 글로 암호화된 한편의 시(詩)다."[69] 혹은 "우리들에게 화학이 원소(즉 글의 자모, 필자)를, 물리학이 음절을, 수학이 자연을 읽을 수 있게 가르치는 것은 사실이다. 하지만 잊지 말아야 할 것은 읽은 것을 해석하는 것은 철학이 할 수 있다는 점이다."[70]

이런 맥락은 이미 칸트에서도 발견할 수 있다. 칸트 역시 비슷하게 자연을 비유했다. 이를테면 다음의 언급이 그렇다. "자연은 한 권의 책이다. [...] 우리들이 그 안에 있는 모든 철자를 안다고 가정하면 [...] 그 책에 쓰인 언어조차도 알 수 있다."[71] 이것은 당대 독일의 철학과 문학에서 동시에 나타나는 공통의 언어나 마찬가지였다.[72] 하지만 칸트에게 자연은 인간의 이성으로 이해할 수 있는 책이라는 점에 강조점이 있다. 그에게서 자연과 인간의 이성(오성)은 밀접히 연결된다. 즉 그는 우선 인간을 감각적 세계와 이성(오성)적 세계라는 두 세계의 시민으로 생각했다. 따라서 이성에 종속적인 감각적 인간과 더불어, 이성

---

69) Schelling: Sämtliche Werke. Bd. 3, 627쪽: "Was wir Natur nennen, ist ein Gedicht, das in geheimer wunderbarer Schrift verscholssen liegt."

70) Schelling, 위의 책, Bd. 2, 6쪽: "Es ist wahr, daß uns die Chemie die Element, Physik die Silben, Mathematik die Natur lesen lehrt; aber man darf nicht vergessen, daß es der Philosophie zusteht, das Gelesene auszulegen."

71) I. Kant: Briefwechsel. In: Akademieausgabe. Bd. 10, 28쪽: "Die Natur ist ein Buch [...] Gesetzt wir kennen alle Buchstaben darin [...] wir wissen sogar die Sprache in der es geschrieben ist."

72) 낭만주의 작가들 이전에 괴테도 당연히 이런 언어를 사용하고 있다. 이를테면 소설 『빌헬름 마이스터의 편력시대』에 나오는 다음의 묘사가 그렇다. "만약 바위 절벽과 뾰족한 산봉우리, 그곳의 쪼개진 곳과 갈라진 틈을 문자로 여겨 그것을 해석하려고 하고, 그것들을 글로 만들어 완전히 읽을 수 있게 배운다면, 반대할 텐가? [...] 자연은 단지 하나의 글을 가지고 있소. Wenn man nun Felsen und Zacken, Spalten und Risse als Buchstaben belhandelt, sie zu entziffern suchte, sie zu Worten bildete und sie fertig zu lesen lernte, hättest du etwas dagegen? [...] Die Natur hat nur eine Schrift."(Goethe: Wilhelm Meisters Wanderjahre. In: Goethe: Goethes Werke. Hamburger Ausgabe. Bd. 8, 34쪽).

의 세계에서 나타나는 인간은 (순수)도덕(순수실천이성 reine praktische Vernunft의 영역)과 지성의 존재로 나타난다. 이것은 결국 일종의 (이성 중심의) 이원적 인간관이라 할 수 있는데, 이런 이원적 인간관은 - 샤프츠베리 Shaftesbury, 흄 Hume 등으로 대표되는 영국과 스코틀랜드의 감성(sentiment)의 철학과는 달리 - 특히 프랑스의 데카르트에 의해 대표되는 서양의 근세 이후 유럽 대륙 철학의 전통과 연결된다. 때문에 칸트의 자연관 역시 외적 감각의 대상인 물질적 자연, 즉 '확장된 자연 ausgedehnte Natur'과, 내적 감각의 대상인 '사고하는 자연 denkende Natur', 즉 정신 Geist으로 분리되는 것을 알 수 있다.[73]

칸트의 이런 시각은 기본적으로 쉘링의 자연철학에서도 찾을 수 있다. 쉘링 자연철학의 특징을 살펴보자. 쉘링에게서 눈으로 보이는 **자연은 이상** Ideales**과 실제** Reales**의 근원적 정체성을 보여주는 상징** Symbol 으로 이해된다. 쉘링의 테제인 '세계를 그 구성기관을 통해 비율적으로 재현하는 것'은 독일 낭만주의 자연철학의 기본시각이 된다. 그것에 따르면 개별성과 일반성은 자연의 모든 현상에서 언제나 하나로 존재할 수밖에 없고, 전체 자연에 대한 관조와 인식은 자연의 모든 개별 현상에서 가능하게 된다.

문제는 미적 인식을 자연의 인식에 적용하는 것이 정당화될 수 있는지 하는 점이다. 쉘링은 그의 철학적 관점을 특정한 인간학적 관점과 연관시키고 있다. 인식의 상징성에 관한 그의 테제, 즉 인식의 상징성을 이상과 실제의 합일성을 통해 실현시킨다는 그의 시각은 인간의 영혼과 육체의 합일성에 대한 관계로 연결된다. 즉 인식에서의 상징성의 개념은 인간에서 육체와 영혼의 관계와 상응한다. 이런 맥락을 자연으로 확장하면 **자연의 물질은 육체이며, 삶의 과정은 자연의 영혼**으로 이

---

73) Kant: Metaphysische Anfangsgründe der Naturwissenschaft. In: Akademie-ausgabe. Bd. 4, 467쪽.

해된다.

그의 자연철학을 형성하는 초기 사상은 『철학 일반의 형식 가능성에 대하여 Über die Möglichkeit der Form der Philosophie überhaupt』(1794), 『철학의 원리로서 자아 혹은 인간의 지식에서 무조건적인 것에 대하여 Vom Ich als Prinzip der Philosophie oder über das Unbedingte im menschlichen Wissen』(1795), 『독단주의와 비판주의에 대한 철학적 편지 Philosophische Briefe über Dogmatismus und Kritizismus』(1795) 등의 저서에서부터 찾을 수 있다. 이 저서들을 보면 그가 칸트와 피히테 철학의 직접적인 영향과 아마 자신이 나름대로 인식한 스피노자의 간접적인 영향도 받았음을 짐작할 수 있다. 철학의 임무로 '단순히 사물로 생각될 수 없는 어떤 것을 발견하는 것'이라고 규정하고,[74] '자아는 모든 사유와 상상에 선행하는 존재'라고[75] 주장한 것은 그가 스피노자주의의 이념으로 이해한 모든 사물들에 앞서서 존재하는 '실체'를 대체할 이념으로 '자아'를 내세운 것이라 짐작할 수 있다.

이러한 자아에 대한 절대화는 피히테의 직접적인 영향이 아니면 설명할 수가 없고, 나아가 자아의 이념을 인간의 지식과 연관시키는 것은 피히테는 물론 스피노자와 칸트의 영향도 복합적으로 느낄 수 있다. 그의 초기 사상에서 피히테와 칸트 그리고 스피노자의 영향이 각각 어느 정도인지는 정확히 알 수 없지만, 적어도 그가 피히테의 영향을 더 많이 받았음을 알 수 있고, 아마 칸트와 스피노자의 해석도 피히테를 통해 이루어졌음을 짐작할 수 있다. 어쩌면 스피노자를 수용하는 경우도 칸트를 통하기보다는 더욱 더 피히테에 의지하지 않았을까 하는 가설을 설정할 수 있을 것이다.

하지만 그는 대학 친구 헤겔에게 편지를 보내 편지에서, 자신이 스피

---

74) F.W.J. Schelling: Ausgewählte Werke. Darmstadt: Wissenschaftliche Buch-
gesellschaft 1966ff. Bd. 1, 46쪽.
75) 위의 책, 47쪽.

노자주의자가 되었다고 선언한다.76) 그럼에도 '절대 자아'가 철학의 최상의 원리이며, '스피노자에게 세계가 모든 것이었다면 그에게는 그 모든 것이 자아'이며, 칸트의 철학은 비판주의로, 스피노자의 사상은 독단주의로 언급하는 등 스피노자 사상에 대한 이해가 철저하지 못함을 보여준다.

'절대 자아는 절대 존재의 무한 영역을 포괄하는 신의 영역'이라는77) 논리로 자신이 스피노자주의자임을 주장한 쉘링은 절대 자아의 사상을 자연철학의 이념으로 확장한다. 1797년 이후 일련의 저서들은 그것을 알려주는데,『자연철학에 관한 이념들 Ideen zu einer Philosophie der Natur』(1797),『세계영혼에 대하여 Von der Weltseele』(1798),『자연철학 체계에 관한 최초 기획 Erster Entwurf eines Systems der Naturphilosophie』(1799),『자연철학의 참된 개념에 대하여 Über den wahren Begriff der Naturphilosophie』(1801),『자연철학과 철학 일반과의 관계에 대하여 Über das Verhältnis der Naturphilosophie zur Philosophie überhaupt』(1802),『자연철학에 대한 잠언 Aphorismen über die Naturphilosophie』(1806) 등이 그것이다.

쉘링의 자연철학 이념과 공감했던 18세기 독일문학의 핵심 인물로 괴테를 들 수 있다. 괴테의 자연관 및 자연철학의 이념과 쉘링의 자연철학의 관계는 좀 더 광범위한 서술이 필요하지만, 괴테가 그것에 관심을 보였던 것은 사실이다. 쉘링을 예나 대학으로 불러들인 것은 단순히 괴테와의 친분만이 아니라, 당시 예나대학의 복잡한 정치적 역학관계가 작용했다. 하지만 괴테 개인적으로는 쉘링의 자연철학의 이념 자체에 처음부터 관심을 가지고 많은 부분 공감했던 것도 사실이다. 이는 쉘링도 마찬가지였을 것이다. 괴테는 이 점을 쉘링에게 보내는 편지에

---

76) Briefe von und an Hegel. Hg. v. Johannes Hoffmeister. 4 Bde. Hamburg 1969/1971. Bd. 1: 1785-1812, 22쪽.
77) 위의 책, 23쪽.

서 다음과 같이 밝히고 있다.

> "내가 자연 탐구에서 지금까지의 방식과 결별하고 [...] 여기저기서 특
> 징적 시도들이 행해지는 것을 알게 되었습니다. 그 시도들 중 당신의 이
> 론이 가장 결정적이었습니다. 내가 당신의 저작을 연구하거나 혹은 당
> 신과의 개인적인 밀접한 관계를 가져서, 또한 나의 개인적 보편 교양으
> 로 비교적 빨리 혹은 나중에라도 당신의 이념과 완전한 일치점에 도달
> 하기를 희망합니다."[78]

쉘링의 자연철학은 수학적이고 기술적인 자연에 대한 분석과 평가를
반대한다. 수학적이고 기술적인 자연의 이해는 18세기 이후 자연과학
과 공학의 급속한 발전과 상호협력으로 인해 자연을 정복하거나 통제
할 수 있는 환경적 대상물로 전락시켰다고 평가할 수도 있다.

또한 그것은 근대 이후 철학의 전통에 존재하는 물질적 자연과 정신
의 분리에도 반대한다. 대표적으로 데카르트의 정신과 물질의 이원론
에 의거하여 자연 역시 인간의 정신과 독립해서 존재하는 비정신적 영
역으로 치부하는 것 역시 자연과 인간의 관계를 파괴하는 것이 된다는
시각을 보여준다.

이에 반해 쉘링은 자연을 역동적 존재로 간주했다. 이런 인식을 천명
하는 순간 피히테의 자아 철학과도 선을 긋게 된다. 다음은 그것을 보여
준다.

> "만약 사람들이 자연은 단순히 기계적으로 이루어져 있다는 확신에 이
> 르도록 나를 설득할 수 있다면, 나는 바로 회개할 것이다. 그렇다면 자
> 연은 명백히 죽어있는 것이다. 물론 그렇다면 나 외의 다른 모든 철학자

---

78) Goethe: Goethes Briefe. Hamburger Ausgabe in 4 Bänden. Hg. v. K.R.
Mandelkow. Bd. 2. Hamburg 1968, 408쪽 이하.

들은 정당할 것이다. 이제 이런 기계주의적 관점에 따라 데카르트 이래 모든 지배적 철학이 형태를 갖추었다. 이 철학에서 역동적이고 살아있는 자연은 전혀 고려되지 않았다. [...] 피히테는 철학에서와 마찬가지로 물리학에서도 기계주의자라 할 수 있다. 그래서 그의 철학은 역동적 삶에 대해 어떤 점도 밝히지 않고 있다."[79]

그의 자연철학이 초기에는 피히테 철학을 보완하는 역할을 하다가, 이후 점차적으로 독자적 영역이 되면서 기존의 주류 철학은 물론 피히테와 칸트의 철학에도 대립하는 모습을 보이는 것도 여기서 짐작할 수 있다. 그의 자연철학은 자연과 우주를 기계적 존재가 아니라 역동적으로 움직이는 '유기체'로 파악하는 데 있다. 그는 자신의 자연철학 이념을 구상하는 단계부터 이런 자연에 대해 '생산하는 자연 natura naturans'이라고 칭하고, 기계적 자연을 '생산된 자연 natura naturata'이라고 하여 자연의 두 가지 모습을 엄격히 구별했다.

"단순한 소산물로서 자연(만들어진/생산된 자연)을 우리는 객체로서의 자연이라 부른다 (모든 경험이 이 자연으로 향한다). 생산성을 가진 자연(만드는/생산하는 자연)을 우리는 주체로서의 자연이라 부른다 (모든 이론은 이 자연으로 향한다)."[80]

"자연은 원래 자기 스스로 객체가 되어야 한다. 순수한 주체의 자기 객체로의 이런 변화는 자연에서의 근원적 이중성이 없이는 생각할 수도

---

79) Schelling: Darlegung des wahren Verhältnisses der Naturphilosophie zu der verbesserten Fichteschen Lehre. In: Schelling: Ausgewählte Werke. Bd. 4, 103쪽.

80) Schelling: Einleitung zu dem Entwurf eines Systems der Naturphilosophie. In: Sämtliche Werke. Hg. v. K.F.A. Schelling. Stuttgart, Augsburg 1856-1861. Bd. 3, 284쪽.

없다."[81]

    이와 같이 그의 자연철학은 주체와 객체라는 철학적 토대에 따라 자연 역시 두 가지 측면으로 구분한다. 데카르트 이후 근대 철학에서, 그리고 칸트의 계몽주의 비판철학과 피히테의 자아 철학에서 그들 철학 이념의 중심에 있었던, 행위 주체로서 인간, 그리고 인간의 정신 내지 오성에 해당하는 주체의 이념을 자연에 적용한다는 것은 상당히 파격적인 생각이었다. 이런 구상이 나올 수 있는 맥락은 스피노자의 자연관과의 연관을 생각하지 않고는 적절히 설명할 수 없다. 어쨌든 근대 이후 18세기에 발전하는 자연과학의 시각으로 보면 자연은 객체이자 기껏해야 기계처럼 정확하게 움직이는 생산물이지 능동적으로 행위 하는 주체가 될 수 없었다. 쉘링의 자연철학 구상은 이런 시각을 역전시켜 놓았던 셈이다.

    쉘링의 자연철학 구상은 서양의 아리스토텔레스 이후부터 근대까지 지속되어 온 기능론적 자연과 목적론적 자연의 두 가지 이념을 통일된 자연의 이념으로 다시 규정하는 것이었다. 스피노자의 철학은 그에게 중요한 암시를 주었지만, 이에 더하여 또 하나 중요한 개념으로 블루멘바흐의 개체 형성의 충동이란 개념도 수용했다고 볼 수 있다. 개체 형성의 충동은 쉘링의 자연철학에서 주체적으로 생산하는 자연의 지속적 생성과 재생 그리고 능동적 변화를 보여줄 수 있는 가능성을 열어 주었기 때문이다.

    "지속적으로 재생되지 않고는 자연의 어떤 소산물도 전혀 지속할 수가 없다. 그 소산물은 매 순간 없어질 수 있지만 동시에 매 순간 새로 재생될 수 있는 것으로 여겨져야 한다. 우리들이 보는 것은 사실상 그 소산

---

81) 위의 책, 288쪽.

물의 지속이 아니라 지속적인 재생일 뿐이다."[82]

그의 자연철학에서 자연과 정신은 존재하는 자아의 토대에서 하나가 된다. 따라서 자연은 "볼 수 있는 정신 der sichtbare Geist"이고 정신은 "보이지 않는 자연 die unsichtbare Natur"이 된다.[83] 이것을 일종의 "피히테적 절대 자아의 형이상학화 Metaphysierung des absoluten Ichs Fichtes"[84]로 말할 수 있다. 자연은 그에게서 유기체처럼 스스로 생성, 복제하고 유지, 발전할 수 있는 '자기 조직의 시스템 autopoietisches System'으로 간주된다. 이것은 칸트에게서도 발견할 수 있지만 쉘링은 이것을 광범위하게 발전시켰다. 즉 쉘링이 볼 때 개인의 자아를 통해 자연과 정신이 광범위하게 연결되고 있는 것이다. 이것은 자연철학의 존립할 수 있는 근거이자 토대가 된다.

이런 시각에서 쉘링은 자연철학이라는 관점에서 자연과학도 형성되어야 한다고 생각했다. 자연을 연구하는 학문도 철학 내지 정신과 연관을 가지는 것은 '자연과학 자체가 철학적으로 형성될 수 있게 하는 것 die Naturwissenschaft selbst erst philosophisch entstehen zu lassen'이라고 설명한다.[85]

또한 쉘링은 『세계영혼 Weltseele』(1798)에서 개체 형성의 충동은 모든 자연현상에 있는 자유와 법칙성의 근원적인 결합의 표현이라고 여겼다. 그가 볼 때 자연현상에 존재하는 물질적 법칙성과 내적인 자율성이 결합할 수 있는 이유는 자연의 유기적 속성 때문이다. 바꾸어 말하

---

82) 위의 책, 288쪽 이하.
83) Schelling: Ideen zu einer Philosophie der Natur. In: Sämtliche Werke. Bd. 2, 56쪽.
84) R. Blesch: Zur Stellung der Naturphilosophie im Identitätssystem F.W.J. Schellings. In: Il cannocchiale, rivista di studi filosofici. n. 1/2-agosto 1984, 95-116쪽, 여기서는 115쪽.
85) Schelling: Ideen. In: Sämtliche Werke. Bd. 2, 252쪽.

면 자연은 자연에 존재하는 물질적인 법칙성으로부터는 자유롭지만, 반대로 자신의 완전한 자유에서는 법칙적이기 때문이다. 자연에 존재하는 '법칙성 Gesetzmäßigkeit'과 '자유 Freiheit'의 이런 결합에서 그가 말하는 자연의 '조직 개념 Begriff der Organisation'이 놓여 있다.

이로써 쉘링은 '유기체의 합목적성'이란 모델을 설정했다. 이런 모델에는 특정한 개체 형성의 충동과 외부의 힘이 같이 작용하고 있다. 여기서는 방해니, 우연성이니 하는 외부의 힘도 자연에 존재하는 내적인 형성력의 본질적인 요소가 되는 것이다. 칸트가 물질성에 일반적인 형성력을 인정했고 그것에 자연의 합목적적 내적 성향을 부가했다면, 쉘링에게 합목적성 혹은 합목적적 내적 성향이란 '우연성'과도 통하는 것이었다. 즉 그에게 자연의 합목적성이란 자연에서 실현되는 우연과 필연성의 불가분의 결합이었다.

그에게 생명이란 칸트에서처럼 더 이상 미학적 차원에서 존재하는 것이 아니라, 실제적으로 존재하는 것이자 자연에 작용하는 힘들의 '자유로운 유희 freies Spiel'이다. 생명에게는 자연에서 작용하는 일반적인 힘들이 필수적인 요소인 것이다. 이런 힘들의 작용에서 생명에 영향을 미치는 우연적 요소는 특별한 것이 되어야 한다. 이런 맥락에서 유기적 조직과 생명은 상호 작용하는 것이다. 헤르더가 인간을 자연의 거대한 사슬에서 핵심 위치에 있는 존재로 이해하는 것과는 달리, 쉘링은 인간이 아니라 자연의 '무한한 활동 unendliche Tätigkeit'에 특별한 가치를 두었다.

그러면 그가 자연을 연구하는 목적은 무엇인가? 자연과 철학의 상호성과 자연과학 연구의 철학성은 자연 연구의 목적에 대한 암시를 주고 있다. 자연이 자아를 통해 정신과 유관하게 될 수 있다는 것은 자연 역시 정신과 같은 속성을 가지고 있는데 그것은 바로 통일의 원리라 할 수 있다. 자아와 정신의 통일성은 자연에도 그런 통일성을 찾을 수 있다는 것을 직관할 수 있게 한다. 자연을 연구하는 목적은 자연에 존재하는, 그리고 자연이 존재할 수 있게 만드는 거대한 원리를 찾는 것이다. 그 원리는 통일의 원리라고 표현할 수 있다.

쉘링은 자연에서 찾을 수 있는 통일의 원리를 자연과학의 연구에서도 찾을 수 있다고 생각했다. 그는 여기서 당대 화학의 연구에 주목했다.

> "물질 요소들을 가능한 한 기본요소로 환원하려는 일반 화학의 노력을 보면 이미 화학이 (적어도 이념에서는) 통일의 원리를 목전에 가지게 되었음을 알려준다."[86]

쉘링이 화학의 연구에 대해 관심을 가지게 된 것은 당시 독일에서 급증했던 화학에 대한 관심과 맥을 같이 하고 있다. 자연과학의 분야에서 전통적으로 화학은 물리학에 비해 주목을 받지 못하거나 물리학보다 하위에 있는 영역으로 간주되었다.

르네상스부터 물리학은 자연과 세계의 기계적 원리를 밝혀 주는 것으로 주목을 받았지만, 화학은 중세의 연금술 이후 특별한 발전을 이루지 못하고 있었다. 하지만 18세기 말에 화학은 몇몇 중요한 새로운 발견들이 나타나며 독자적 연구 분야로 주목받기 시작했다. 물리학이 자연의 피상적이고 수량적인 기계적 원리만을 밝혀 주는데 비해, 화학은 이제 자연의 내면에 있는 본질적인 특성을 알 수 있게 해주는 학문으로 여겨졌던 것이다. 화학은 자연에 존재하는 물질의 특성, 물질의 결합과 분리를 설명할 수 있기 때문이라는 것이다. 이에 따라 전통적으로 물리학의 현상으로 여겨졌던 자기력, 전기력 등도 화학적 현상으로 설명하고자 하면서, 마치 물리학은 화학의 하위 영역이 된 것처럼 비쳐졌다.

---

86) 위의 책, 291쪽.

쉘링이 학문의 연구 방법론에 관해 논술한 글에서 "물리학이 화학에
대해 가지는 관계는 근대에서 물리학이 화학에 거의 완전히 하위 영역
이 되게 결정되었다 Das Verhältniß der Physik zur Chemie hat sich in der
neueren Zeit fast zu einer gänzlichen Unterordnung der ersten unter die letzte
entschieden"[87]라고 한 것은 이런 상황을 반영하고 있다.

쉘링이 화학에 가졌던 관심은 화학이 기계적 동력학이 아니라 역동
적 동력학 dynamische Mechanik을 보여준다는 점에 있었다. 그것이 자
연이 보여주는 역동적 변화를 설명할 수 있다고 여겼기 때문이다. 따라
서 화학적 현상에서 찾을 수 있는 다양한 물질들 간의 결합과 분리, 합
성과 변화의 모습은 자연현상에서도 찾을 수 있다는 것이 그의 기본
시각이었다. 이런 시각에서 그는 화학을 "기본과학 Elementarwissen-
schaft"[88]으로 이해했다.

기본과학으로서 화학의 목적은 "물질의 질적인 다양성을 연구"하고,
물질의 질적인 다양성에서 나타나는 "끌어당기는 힘과 반발력, 결합과
분리 Attraktionen und Repulsionen, Verbindungen und Trennungen" 등의 현
상을 연구 대상으로 하고 있다.[89] 그가 볼 때 물질의 특성에 나타난
이런 현상들이 발생하는 과정과 법칙성을 고찰하는 것은 자연현상에
나타난 자연의 역동적 변화 과정과 그것에 담겨 있는 법칙성을 찾아내
는 것과 같다는 말이었다. 여기서 그는 당대에 유포되었던 견해인, 물
질과 물질을 연결하는 특별한 매질액체(Fluida)의 존재를 인정했는데,
나아가 이것을 자연에 존재하는 모든 힘을 전달하는 물질적 원리
materielles Princip이자 "자연학의 첫 번째 원리 erstes Princip der Natur-
lehre"라고 상정했다.[90] 물론 지금의 시각에서 보면 그의 견해가 다소

---

87) Schelling: Vorlesungen über die Methode des akademischen Studiums
    1803. In: Sämtliche Werke. Bd. 5, 333쪽.
88) Schelling: Ideen. In: Sämtliche Werke. Bd. 2, 323쪽.
89) 위의 책, 257쪽.
90) Schelling: Weltseele. In: Sämtliche Werke. Bd. 2, 386쪽.

간 아마추어리즘 내지 딜레탕트적인 면모를 보이고 있다는 점을 엿볼 수 있는 대목이기도 하다. 하지만 그는 (자연)철학자이지 화학자는 아니었음을 기억할 필요가 있다.

그의 시각에서 화학이 자연과학의 영역에서 차지하고 있는 의미를 정리해 보자. 화학은 자연현상에서 볼 수 있는 물질적 힘들과 자연현상 배후에 놓여 있는 비감각적, 근원적인 자연적 힘의 원리를 물질의 차원에서 보여주는 자연과학이라고 할 수 있다. 그렇기 때문에 화학의 연구가 가지는 의미는 첫째, 자연의 개별적 경험 Empirie을 자연의 법칙과 연결하는 행위라 할 수 있다. 둘째, 화학은 인간의 경험이 인간의 정신과 연결될 수 있음을 보여주고 있다는 점에 주목해야 한다. 그리고 이를 통해 마침내 자연현상에 대한 경험을 통해 그 배후에 존재하는 자연의 근원적 원리를 도출할 수 있음을 보여주는 영역이라 할 수 있다. 이렇게 본다면 쉘링이 화학을 통해 물질의 특수한 동력학을 인식한다는 것은 자연과학을 철학적으로 설명하고 재구성하는 자신의 의도와 잘 들어맞는 것이라 할 수 있다.

요컨대 쉘링의 자연철학은 자연을 합목적성을 가지고 무한히 활동하는 역동적, 그리고 무엇보다 중요한 것으로 일종의 상징적 힘으로 보는 것이다. 여기서 그의 자연철학의 기본 시각이 도출되는데, 자연과 인간 정신의 모든 영역을 하나의 근본이념인 철학적 주관과 객관의 동일성과 그리고 통일성에서 파생되고 변형된 다양한 단계들로 파악하는 데 있다. 이것은 쉘링의 자연철학이 가지는 특징적 의미지평이자 우리가 그것에서 새롭게 발전시킬 수 있는 현재적 그리고 미래의 의미이기도 하다.

III. 18세기에서 19세기 초까지 독일문학의 인간학, 자연철학과 자연과학 담론

1. 18세기 독일문학의 유기적 자연관의 형성 및 인간학과 자연철학

앞서 언급한 것처럼 프랑스를 중심으로 먼저 발전한 자연과학적 모형들이 일단 독일에 수용되었지만 점차 독일에서는 독일적 관심사에 맞는 자연과학 논쟁이 일어났다. 즉 생명체의 형성에 대한 과학적 논쟁이 그것이었다. 이를 통해 프랑스의 자연과학 모형들은 점차 의문시되었다.

독일에서 관심을 보인 새로운 시각은 생명체의 번식에 필요한 내적인 메커니즘에 대한 지식이었다. 동시에 이를 기초로 해서 자연의 새로운 모형에도 관심을 가졌다. 이 시각은 자연의 생명체는 생명체의 '본질적인 힘 vis essentialis'이며, 자연의 생명체는 자신의 형태를 유지하고 재생산할 수 있는 신적인 능력을 가졌다고 인정했다.[91]

이런 능력은 말하자면 자연의 부분과 전체 사이의 유기적 순환은 물론, 부분과 전체가 동시적으로 존재할 수 있음을 보여준다고 여겨졌다. 여기서는 동물의 본능적 행동 역시 분석 대상이 되었다. 이를테면 블루멘바흐는 유기체의 형성에서 개체 후성성이 중요하다는 견해를 주장했다. 그래서 그는 유기체가 외부로부터의 방해 요소만 없다면 자신을 유지하고 동일한 형태로 자기를 복제하려는 경향을 가지고 있다는 것을 보이고자 했다.[92]

이런 자연관은 결과적으로 독일문학 낭만주의자들의 자연관에 강한 영향을 주었다. 여기서 자연은 이를테면 형이상학적 특성과 인식이론

---

91) 참조 Caspar Friedrich Wolff: Theoria generationis. Ueber die Entwicklung der Pflanzen und Thiere. Übersetzt und herausgegeben von Paul Samassa mit einer Einleitung von O. Breidbach. Thun/ Frankfurt a. M. 1999.

92) 참조 Johann Friedrich Blumenbach: Über den Bildungstrieb. Göttingen 1791.

적 특성을 동시에 가지고 있었다. 이를 다소 도식적으로 풀어 설명하자면 낭만주의의 형이상학적 자연관은 '유기성'과 '무한성'에 대한 시각에서 그 특징적 형태를 찾을 수 있다고 말할 수 있다. 그 점을 간단히 살펴보자.

먼저 유기성에 대한 시각은 유기론적 자연관과 직결된다. 독일의 낭만주의 문학에서는 유기론적 자연관을 보여주는 모티프로 이를테면 나무, 숲 등의 유기체가 종종 등장하곤 한다. 이들 소재들은 동시에 기계론적 자연관을 거부하는 모티브로도 사용된다. 기계론적 자연관을 보여주는 상징은 기계, 특히 정밀하게 작동하는 시계로 자주 묘사되곤 했다. 다시 말하자면 독일 낭만주의 문학은 유기론적 자연관과 기계론적 자연관의 대립에서 자연의 본질을 인식하고자 한 것이다. 이것을 일반화해 보면 낭만주의 시각에서 기계론적 자연관은 세 가지 특성을 보여준다고 말할 수 있다. 폐쇄성, 변화가 없는 정체성, 전체적 획일성이 그것인데, 이것들은 유기론적 자연관에서 개방성, 역동성, 개별성으로 변화되었다.

낭만주의의 무한성은 현실의 내적인 요소와 현실의 초월적 요소 둘로 나타난다. 이른바 '내면으로의 낭만주의 Romantik der Innigkeit'와 '동경의 낭만주의 Romantik der Sehnsucht'가 동시에 가능한 것이 바로 이런 요소 때문이라 할 수 있다.93) 낭만주의 무한성의 요소가 형이상학적 특성을 보여주는 데는 근원성 내지 신성(神性)에 대한 관념을 통해서도 알 수 있다. 이것은 범신론 내지 유신론적인 관념과 직결된다. 여기서 자연은 신성의 본질적인 요소로 이해된다. 범신론적 관념에서 자연은 신성 그 자체로서 나타나고, 유신론적 관념에서는 자연이 신성과 분리는 되지만 마치 신성을 감싸고 있는 껍질처럼 작용한다. 결국 두 경우 모두 자연은 '유기적 전체'로서 모든 존재에 생명과 영혼을 불어넣는

---

93) Max Wundt: Fichte-Forschungen. Stuttgart-Bad Cannstatt 1976, 165쪽.

영역으로 이해되었다.

여기서 낭만주의의 이념과 현실의 관계를 보자. 낭만주의는 외부적 현실과 구체적인 관계를 맺지 않고 현실에 동참해서 현실을 직접적으로 형성하거나 조직하지도 않는다. 오히려 현실을 완전히 새롭게 창조하고 그렇게 창조된 현실을 다시 해체하는 상황을 끝없이 반복하면서 현실을 초월하고자 노력한다고 표현하는 것이 적당하다. 낭만주의자들은 끝없이 계속되는 현실의 창조와 해체의 시도를 이른바 낭만주의적 무한성의 이념이 구현되는 과정으로 이해했다. 독일 낭만주의 문학은 이런 낭만주의 이념을 구현하기 위해, 자연을 주요 소재로 사용하는 낭만주의적 단편성 문학과 낭만주의적 아이러니 형식, 소설 장르 등의 문학적 형식을 사용하고자 했다는 것은 적어도 독일문학사에서는 잘 알려진 사실이다.

독일의 낭만주의 문학이 자연을 매개하는 방식은 이전까지와는 달랐다. 그 점을 간단히 살펴보자. 서양에서 르네상스까지의 자연에 대한 관념은 플라톤 내지 신플라톤적 고대 그리스의 이념에서 출발해서, 이후 중세의 기독교적 자연관이 혼합되고, 다시 이에 더하여 르네상스 시대에 유행하게 된 다양한 마술과 연금술 그리고 유대인들의 카발라 등의 이교적 자연관이 결합하는 양상으로 변화되어 왔다. 그 후 근대에 와서는 이를테면 라이프니츠의 예정조화설에 나타난 신적, 기계론적 자연관 등도 합쳐져 전체적으로 광의의 종교 관념적 모습에 철학적 성격을 가미한 모습을 띠고 있었다.

이에 반해 독일 낭만주의 문학은 역사적으로 형성된 서양의 자연관과 자연철학을 자연과학의 영역으로 넓혀 학문적 자연과학의 이론을 직접 문학에 묘사하고, 문학을 통해 자연과학의 이론을 실험하고자 했다. 이제 그들 문학에서 자연은 단순히 관념의 대상이 아니라 수학과 천문학, 물리학, 화학, 식물학, 동물학, 지질학, 생화학 등의 자연과학과 의학의 전문 분야로 분화되기 시작했다. 여기서 독일 낭만주의 문학은 당대 분화되기 시작하는 자연과학의 분야를 문학적 메타포로 묘사하고 자 했다. 그 묘사에서 볼 수 있는 가장 대표적인 것 중의 하나는 자연에 존재하는 천체의 대우주와 인간이라는 소우주가 상응한다는 메타포를 들 수 있다.

대우주와 소우주의 상응이라는 시각은 이미 칸트에게서도 찾을 수 있다. 그는 『일반 자연사와 천체의 이론 Allgemeine Naturgeschichte und Theorie des Himmels』94)에서 당대 자연과학에 보편적으로 수용되었던 뉴턴의 만유인력의 법칙에 나타난 자연의 기계적인 역학을 더욱 정밀 하게 보완, 확장하여 자연의 법칙성을 더욱 일반화하고자 했다. 칸트는 자연의 법칙이 일반화되면 될수록 '무한한 오성 unendlicher Verstand'과 직접적으로 연결된다고 생각했다.95) 이런 논리로 그는 자연이라는 대 우주 Makrokosmos가 개별적 인간 존재의 내면이라는 소우주 Mikro- kosmos로 옮아갈 수 있는 가능성을 동시에 지적하고 있는 셈이다.

이처럼 18세기 독일에서는 새로운 자연과학 담론을 통해 **자연의 법 칙과 인간의 본질과 더불어 인간 내면의 법칙성이 상호 관련되어 있다 는 것**에 관심을 두게 된다. 이는 두 가지 면에서 새로운 시각 내지 영역 이 탄생하는 것이라고 평가할 수 있다. 바로 새로운 자연철학의 형성과

---

94) Immanuel Kant: Allgemeine Naturgeschichte und Theorie des Himmels oder Versuch von der Verfassung und dem mechanischen Ursprunge des ganzen Weltgebäudes nach Newtonischen Grundsätzen abgehandelt. Hg. v. H. Ebert. Leipzig 1890. 아카데미판 칸트전집에는 1권에 수록되어 있다(Kant's gesammelte Schriften, Bd. 1, 215-368쪽).

95) 위의 책, 79쪽. 칸트(비판)철학에서 오성(Verstand)이란 이성(Vernunft)의 하위 범주로, 인간의 비감각적, 선험적 인식능력의 한 부분을 이룬다. 특히 다양한 관념 과 대상을 결합하고 통일하는 능력을 보여주는 '구성적 원리 constitutive Principien'을 담고 있다고 할 수 있다. 칸트 철학에서는 이런 점에서 오성을 '자연 의 이론적 인식능력 das theoretische der Natur'의 한 부분으로도 본다. (참조, Kritik der Urteilskraft(판단력 비판), 아카데미판, 5권, 196쪽; Kritik der reinen Vernunft(순수이성비판) 2판, 아카데미판, 3권, 135쪽).

동시에 인간에 대한 새로운 인식의 획득, 즉 새로운 인간학의 형성이 그것이다. 이때 18세기 후반 독일문학은 그것을 증명해 주는 결정적 증인의 역할을 한다고도 말할 수 있다. 그 예는 독일문학의 계몽주의부터 낭만주의까지, 즉 18세기 후반부터 19세기 초반까지의 문학작품에서 다양하게 찾을 수 있다. 몇 가지 예만을 언급해 보자.

독일 낭만주의 작가 노발리스가 그렇다. 그는 문학작품을 통해 사실상 자연과학과 문학의 내적인 통합을 주장했다. 그가 볼 때 자연과학과 문학이 18세기 근대에 이르기까지 자연과의 내적인 교감을 이루지 못하고 있었기 때문이다. 그의 소설 『자이스의 도제들 Die Lehrlinge zu Sais』은 그 점을 잘 지적하고 있다.

> "자연과학자와 시인은 한 언어를 통해 항상 한 민족처럼 나타났습니다. 자연과학자가 자연에서 전체적으로 수집하여 크고 질서 잡힌 양(量)으로 제시하는 것을 시인은 인간의 가슴에 매일의 영양분과 일상의 필요를 위해 가공합니다. 그리고 그 측정할 수 없는 자연을 다양하고 작으며 마음에 맞는 자연들의 형태로 분해하고 형성합니다. 만약 시인이 무엇보다 유동적이고 일시적인 것을 가벼운 감각으로 쫓는다면 자연과학자는 예리한 칼을 사용하여 자연의 기관들에 존재하는 내적 구성과 관계를 탐구합니다."96)

『자이스의 도제들』에서는 자연이 기계적으로 처리할 수 있는 객관적 대상물이 아니라 친밀한 상대로 등장한다. 이 작품에서 자연의 움직임은 마치 자연의 철자인 것처럼 등장하는데, 이 자연의 철자는 수학적 숫자와 지리적인 도형을 통해서도 나타난다. 이때 이것들은 이성으로

---

96) Novalis: Die Lehrlinge zu Sais. In: Novalis: Werke, Tagebücher und Briefe Friedrich von Hardenbergs. Hg. v. H.J. Mähl u. R. Samuel. 3 Bde. München u. Wien 1978. Bd. 1, 206쪽 이하.

파악되는 것이 아니라 몸을 통해 감각적으로 체득된다고 묘사된다.

그래서 자연을 감각적으로 체험하는 인간이 중요하다. 이 인간을 가장 감각적인 감성의 상태로 만드는 것이 사랑이라고 지적한다. 그렇기 때문에 그 사랑이 인간과 자연의 모든 것을 지배하고 주재하는 기본 원칙으로도 등장한다. 이 모든 것을 몸소 보여주는 존재가 있는데, 바로 시인이다. 시인은 사랑을 통해 자연을 이해하는 존재이기 때문이다. 또한 노발리스는 사랑과 직접적으로 연관된 감정을 동정과 연민으로 생각했다. 이런 연민의 감정은 자신과 주변의 모든 경계를 극복하고 자연과 교류하고 자연과 하나가 되는 동일성의 감정이다. 노발리스에게 시인이란 그것도 느끼고 진실하게 표현하는 사람이다. 노발리스의 다른 소설 『하인리히 폰 오프터딩엔 Heinrich von Ofterdingen』에서도 그 점은 잘 묘사되고 있으며, 장 파울의 장편소설 『헤스페루스 Hesperus oder 45 Hundposttage』에서도 이런 맥락을 찾을 수 있다.

횔덜린에게도 자연은 인간과의 근원적 동일성과 합일을 보여주는 상징이 된다. 소설 『히페리온 Hyperion』의 결말에서 주인공이 자연의 품 속으로 도망해서 평화를 발견한다는 것도 자연과 인간의 근원적 합일 내지 동일성에서 가능하다.[97] 또한 그에게 자연은 그 자체로 신화화되어 종교적 신성과 동격이 되기도 한다. 횔덜린에게는 자연이 '어머니 대지 Mutter Erde'나 '아버지 하늘 Vater Himmel', '신적인 물결 Flußgötter' 등으로 여겨지기 때문이다. 하지만 여기서 무엇보다 횔덜린에게서 주목할 수 있는 것은 자연과 예술의 관계다. 요컨대 자연은 그 신성에도 불구하고 자체 완결된 영역이 아니라 완성을 위해서는 인간이 창조한 예술을 반드시 필요로 한다는 것이 횔덜린의 자연관이라 할 수 있다. 즉 자연과 예술은 인간과의 완전한 합일과 완성을 위해서 서로를 필요로 하는, 마치 동일한 근원을 가진 다른 모습의 두 영역으로 묘사되고

---

97) Friedrich Hölderlin: Sämmtliche Werke. Stuttgarter Hölderlin-Ausgabe. Hg. v. Friedrich Beissner. 8 Bde. Stuttgart 1946-1986. Bd. 3, 158쪽.

있다.98)

요컨대 18세기에 형성된 독일문학은 당대의 자연과학에 기초한 새로운 자연철학의 모습을 보여주는데, 그것은 **인간과 자연이 본질상 동일하고 인간은 자연과 교감을 해야 하는 존재**라는 발견이다. 이것은 동시에 '**새로운 인간학**'의 탄생이기도 하다. 이제 독일문학의 새로운 자연철학에 기초가 된 18세기 독일 주요 작가들의 인간학과 지식학에 대해 살펴보고, 이어 그들과 교감을 한 동시대 자연과학자들의 자연과학 담론을 살펴보자.

2. 빌란트의 계몽주의 인간학

2.1 빌란트의 정치 담론과 사회인문학적 인간학

크리스토프 마틴 빌란트 Christoph Martin Wieland(1733~1813)는 자신의 저작에서 자연과 자연철학이나 자연과학에 대해 특별히 집중적으로 언급하지는 않았다. 그가 볼 때 인간의 속성과 사회 내 존재로서의 인간의 행동이 자연의 속성을 당연히 반영했기에, 오히려 사회와 문화를 형성하는 인간의 모습과 그 활동을 주로 묘사했다. 하지만 이를 통해 자연의 의미와 그 속성을 간접적으로 제시했고, 빌란트 역시 그 점을 염두에 두고 있었다는 점을 지적해야 할 것이다. 이것은 지금까지 그의 정치 담론과 인간학에서 흔히 간과되어 왔다. 하지만 그의 인간학에서 찾을 수 있는 인간의 모습은 그가 생각하는 자연의 모습을 간접적으로 반영하고 있다는 것이 필자의 판단이다.

그의 인간학은 알려진 것처럼 계몽적 세계시민주의에서 출발한다.

---

98) 위의 책, Bd. 4.1, 152쪽.

그가 말하는 계몽적 세계시민주의는 무엇을 의미하는가? 그것은 근대 정치적 계몽주의와 코스모폴리턴의 이상을 결합한 이념이자 활동이라 평가할 수 있다. 즉 한 국가와 사회를 기능하게 하는 입법과 행정을 수단으로 그 구성원들의 행복을 형성해가는 능동적 활동이자, 동시에 모든 민족들과 다른 국가 시민들과도 평화를 이룰 수 있는 창조적인 행위까지 의미한다고 말할 수 있다. 이것은 예술이라고도 언급된다.

> "모든 예술 중에 지고의 예술이자 존엄한 예술은 민족들을 입법과 국가 행정을 통해 행복한 상태로 만들어 유지하는 것이다."[99]

이것은 근대의 계몽주의 담론에 다름 아니다. 이처럼 그의 계몽주의 담론의 특징적이고 핵심적 영역은 사회 정치 담론이라 할 수 있다. 하지만 그것은 단순히 당대의 사회 담론도, 정치 담론도 아닌 인간의 특성을 바탕으로 한 광범위한 인문학적 담론임을 주목해야 한다. 즉 그의 담론은 동시에 그의 인간학의 핵심을 보여주고 있다.

그 인간학의 핵심이란, 인간이란 개인의 자유와 행복을 이루기 위해 스스로 일정한 조직을 만들어 능동적이고 창조적으로 행위를 하고 이를 통해 자신의 자유와 행복을 추구하는 존재로 본다는 말이다. 국가를 운영하는 정치를 최고의 예술로 본 것도 예술이 인간의 자유와 행복을 만드는 창조적인 활동인 것처럼 정치 역시 그렇게 해야 한다고 믿었기 때문이다. 이것은 이를테면 쉴러가 '예술은 인간을 자유롭게 한다'고 주장한 것과도 상통한다고 할 수 있다.

또한 사회와 국가 및 다양한 조직이 없이 인간은 존재할 수 없고 인간은 필연적으로 사회와 국가를 이루고 조직을 만들어 자신의 행복을

---

99) Christoph Martin Wieland: Das Geheimniss der Kosmopoliten-Ordens. In: Wieland: Sämmtliche Werke. Hg. v. der Hamburger Stiftung zur Förderung von Wissenschaft und Kultur. Bd. X. Hamburg 1984, 185쪽.

추구한다는 인식 역시 여기에 작용하고 있다. 이 같은 시각을 '사회인 문학적 인간학'이라고 할 수 있으며, 이것은 그의 계몽주의 문학예술관과도 연결되고 있다. 즉 문학과 예술은 인간을 이성과 합리성을 가진 존재로 묘사하거나, 인간은 이성적이고 합리적인 사회와 국가를 통해 개인의 행복과 자유를 실현할 수 있음을 보여주어야 한다는 시각이 그 것이다.

빌란트에게 국가는 소수의 자의적인 권력에 의해 움직이는 권력의 영역이 아니라, 이성과 합리성(대표적으로 법치)에 의해 통치되는 조직이 었다. 그 조직의 목적은 궁극적으로 개인의 자유가 보호받는 것이다. 따라서 "일반적인 이성이 아니라, 종종 한 사람 내지 그 한 사람의 권위를 제 것인 양 사용하는 소수의 지극히 몽매한 오성과 불안정한 의지가 법률의 원천인 국가들"이 아니라, 이성과 법치에 의해 "왕과 그 신하들의 자의적인 권력에 합목적적인 적당한 제한을 두는"100) 국가가 그의 인간학에서 의미가 있는 조직이었다. 문제는 군주제나 입헌군주제, 혹은 공화제 등의 국가 체제가 아니라, 국가가 인간의 이성과 합리성을 실현할 수 있고 이를 통해 개인에게 자유를 담보할 수 있는 조직인가 하는 점이다.

빌란트가 그의 정치 담론에서 국가의 형태보다 통치자의 특성에 대해 자세히 분석하는 것도 그의 사회인문학적 인간학에 따른 것으로 평가해야 한다. 국가의 운영은 그 운영을 담당하는 통치자들과 정치인들의 인간적 특성과 능력에 있다고 주장한 것도 이런 맥락이다. 이를테면 『슈틸폰. 메가라의 동업조합회장 선출에 관한 애국적인 대화 – 통치자를 스스로 선출하는 모든 귀족정치 국가들에 선의로 헌정함 Stilpon. Ein patriotisches Gespräch über die Wahl eines Oberzunftmeisters von Megara – Allen aristokratischen Staaten, die ihre Regenten selbst erwählten, wohl-

---

100) 위의 책, 190쪽, 186쪽.

meinenden zugeeignet』(1744)에서 국가의 운영에 부적절한 독재자의 특성에 대해 묘사하고 있다. 그는 정신과 영혼의 허약함 Schwachheit을 지닌 인물이다. 하지만 당시의 대부분의 하층민들은 그런 독재자들을 인식하지 못할 뿐 아니라 오히려 높이 평가하기도 하는데, 대부분의 독재자는 그 점을 이용한다.

> "대단한 인물들을 단지 멀리서만 보게 되는 하층민들은 그 인물들의 내면을 그들의 표정으로만 판단한다. 그래서 다정한 외모, 쾌활한 기분, 일정한 명망은 많은 경우 파렴치한 독재자가 한동안 사랑을 받을 수 있게 하는데 충분하다. 요컨대 대부분의 사람들은 영혼의 허약함과 선한 기질을 매일 혼동하고 있다."101)

이런 하층민들에게 필요한 것은 사회의 적절한 교육이다. 빌란트는 자신의 계몽주의 문학이 그런 역할을 수행한다고 믿었다. 빌란트의 인간학은 교육을 통한 인간성의 개조를 의도하고 있는데, 여기에는 통치자와 지배계급의 교육뿐만 아니라 민중과 하층민에 대한 교육도 같은 맥락에서 실시되어야 한다는 것을 암시하고 있다.

그의 최후 장편소설 『아리스팁과 그의 동시대인들 Aristipp und einige seiner Zeitgenossen』(1800/1801)에서는 특히 4권에서 이런 맥락에 대해 묘사하고 있다. 우선 플라톤이 『국가론 Politeia』에서 '인간 영혼의 내적 경제와 잘 유지되고 있는 공동체의 본질적 헌법과 행정 사이의 유사성'에 대해서 말하고 있는 것에 근거해서 국가도 인간의 본성과 일치하게 운영해야 한다는 것에 공감한다.102) 그것은 이른바 플라톤의 유기적

---

101) Wieland: Stilpon. Ein patriotisches Gespräch über die Wahl eines Ober-zunftmeisters von Megara. In: Wieland: Sämmtliche Werke. Bd. V, 88쪽.
102) Wieland: Aristipp und einige seiner Zeitgenossen. In: Wieland: Sämmt-liche Werke. Bd. XI, 94쪽, 130쪽 이하.

국가관이다.

하지만 빌란트와 플라톤의 국가관은 다르다. 특히 그는 플라톤의 국가관에서 개인이 국가의 한 부분으로 종속된 존재라는 점을 비판한다. 플라톤의 오류는 시민을 그 자체의 권리를 가진 주체로 인정하지 않고, 단지 '하나의 정치적 전체에 속한 유기적 부분들'로 인식한다는 점에 있다는 것이다. 여기서 빌란트의 주장은 인간이 국가를 인정하는 것은, "인간의 자연적인 권리, 즉 세계시민의 권리들을 가능한 한 안전하게 유지하며, 이러한 연대를 통해 자신의 상황을 더욱 호전시키고자 하는" 의도라고 설명한다.103)

빌란트가 『아리스팁』에서 우화와 은유를 통해 그려 보이는 모범적 통치자의 모습은 다음과 같다. 그는 개인과 국가가 상호 조화롭고 건강한 정의를 실현하도록 노력하며, 국가라는 조직과 그 구성원들을 자신의 권력을 위한 보조수단으로 여기지 않고, 자신도 합리성에 순종하며 무엇보다 '이성의 지배 Oberherrschaft der Vernunft'가 가능하게 만드는 인물이어야 한다.104)

현실에서도 이런 모습의 통치자들을 볼 수 있을까? 작품에서 이에 대한 대답은 없다. 대신 당시 독일(신성로마제국)에서는 주변의 열강인 프랑스, 영국과 달리 이성의 지배가 가능할 수 있다는 점을 지적한다. 영국과 프랑스가 중앙집권적 절대왕정 정치체제를 기지고 있었던 것과는 달리 독일은 하나의 국가와 민족을 이루지 못하고, 단일한 정치와 경제의 중심지도 없었으며, 언어와 종교도 분열되어 있었다. 하지만 이런 느슨한 형태의 국가 체제는 오히려 '인간적이고 시민적인 자유'를 실현할 수 있는 조건이 된다고 지적한다. 다음의 주장이 그러하다.

"우리 국가 헌법의 모든 단점들은 [...] 단 하나의 엄청난 유익을 통해

---

103) 위의 책, 179쪽.
104) 위의 책, 94쪽.

확실히 극복된다. 즉 우리가 그 헌법을 유지하는 한, 세계의 어떤 거대한 정치활동과 민족도 우리보다 더 높은 수준의 인간적이고 시민적인 자유를 향유할 수는 없다는 것이다."105)

이런 주장은 당대 독일 애국주의에 대한 담론과 맞물려 근대국가의 애국주의와는 다른 담론을 제공한다. 즉 빌란트는 독일에서 애국주의는 "독일의 현재 헌법에 대한 사랑이자 그 헌법을 유지하고 완성하기 위해 모든 것을 제공하고자 하는 정직한 노력"으로 이해해야 한다고 지적한다.106) 물론 여기서도 빌란트의 인간학은 중요한 담론의 근거로 작용했다고 할 수 있다. 여기서 그가 개인의 자유를 보장해 주는 국가나 정치체제를 강력하게 주장하는 것은 그런 국가와 정치야말로 유기적 자연을 닮은 것이라는 시각에 바탕하고 있었기 때문일 것이다.

빌란트의 정치 담론과 계몽주의는 밀접히 연관된다. 여기서는 인간의 속성과 관련된 인간의 조건은 물론, 국가와 개인, 그리고 통치와 법률의 관계, 국가와 권력의 형태에 대한 성찰, 통치자의 조건, 합리성과 계몽의 의미 등에 대한 담론이 그 주요한 내용을 이루고 있다. 이것은 동시대 칸트와 헤겔의 인간학과도 연관을 찾을 수 있으며, 나아가 인간과 세계, 자연과 예술은 서로 밀접히 연관되는 독립 영역이라는 확대된 인간학과도 연결될 수 있다. 확대된 인간학의 다른 모습으로 인간 지식의 통합이 있다.

---

105) Wieland: Patriotischer Beytrag zu Deutschlands höchstem Flor. In: Wieland: Sämmtliche Werke. Bd. V, 358쪽.
106) 위의 책, 360쪽 이하.

2.2 빌란트 문학에 나타난 지식의 통합[107]

빌란트 문학에 나타난 인간 지식의 통합 형식은 이국성 Exotismus과 비의성 Esoterik의 결합을 통해 묘사되고 있다. 이때 이국성은 공간과 시간을 초월한 지식의 보편성을 암시하는 것이며, 비의성은 현실에서 이해할 수 없는 현상의 이면에 가려진 지식의 특수성을 지적한다. 전자는 그의 작품에서 이를테면 시공의 변화와 상관없이 존재하는 인간의 '지혜 Weisheit'나 '어리석음 Dummheit'을 통해, 후자는 작품의 줄거리에서 밝혀주지 않는 '비밀 Geheimnis' 내지 '마법 Magie' 등을 통해 묘사된다.

이때 특이한 것은 빌란트의 코스모폴리티즘이 그 결합의 핵심적 촉매 역할을 하는 데 있다. 이를테면 『디오게네스 Diogenes』 소설에서 코스모폴리티즘은 지식의 다른 이름으로 사용된다. 이 경우 지식은 두 가지 유형으로 나타난다. 디오게네스와 알렉산더는 그 대표자다. 디오게네스의 경우 코스모폴리티즘은 자연과 인간의 진정한 지식을 얻는 것을 의미한다. 그것은 디오게네스가 '인간의 실제적 친구 Menschenfreund'이자 다양한 상황에서 '인간의 구원자 Menschenretter'로 묘사되고 있기 때문이다. 그의 경우 코스모폴리티즘 내지 지식은 인간의 원래적 자연 내지 천성과 '무지 Unwissenheit'의 상태를 긍정적으로 발전시켜 완전함에 이르게 하는 것임을 보여주고 있다. 반면에 알렉산더에게 코스모폴리티즘은 세상의 모든 사람들에게 '우리들의 언어로 학문과 예술 mit unsrer Sprache, unsre Wissenschaften und Künste'을 부여하는 제국주의적 수단이다. 여기서 학문과 예술은 그 주요 도구로 사용된다.

또한 디오게네스가 글을 통해 자신의 생각과 대화, 경험과 사고를 전

---

107) 참조 졸고: 18세기 후반에서 19세기 초까지의 독일문학을 중심으로 한 인문학적 통합 지식의 패러다임 연구(I). In: 『독일문학』. 제122집. 53권 2호(2012), 213쪽.

달하려고 노력하는 것은 고대의 구술 문화의 전통을 문자를 통해서 계승하려는 시도로도 이해할 수 있다. 고대의 구술문화가 서양 고대에 존재했던 지식의 전달 형태였다면, 그가 글쓰기에 집착하는 것은 고대의 지식을 현대적으로 계승하려는 시도로 볼 수 있다. 이때 문학은 그 주요 수단이 된다. 문학은 통합적 지식이 추구하는 '진리를 느낄 Wahrheit zu fühlen' 수 있게 하기 때문이다. 요컨대 빌란트의 계몽주의 문학은 '이성의 무기 Waffen der Vernunft'[108]이자 고대 그리스의 지식을 받아들여 당대적 지식의 통합 체계로 발전시키는 핵심 수단이었다.

이런 지식의 통합은 그의 인간학 담론의 핵심 형식에 포함되는데, 그의 문학에서는 무엇보다 계몽적 세계시민주의 혹은 코스모폴리티즘의 형식으로 나타난다. 하지만 무엇보다 우리의 맥락에서 중요한 것은 지식의 통합이 보여주는 빌란트의 인간학은 인간의 사회적 본성, 혹은 사회 내 존재로서의 인간에 대한 탐구를 하는 것이 자연 속의 인간에 대한 탐구와 동일하다는 것을 지적한다는 점이다. 즉 빌란트에서는 사회적 인간에 대한 인식이야말로 자연에 대한 인식과 통한다고 평가할 수 있다. 이것이 우리가 주목하는 빌란트 인간학의 중요한 맥락이다. 그렇기 때문에 계몽주의에 바탕을 둔 그의 인간학은 유기적 자연관을 형성하는 당대 독일의 자연철학의 담론을 대체하는 양상을 보이고 있다. 빌란트가 자신의 작품에서 자연 대신에 주로 사회 내 인간의 모습을 묘사하는 이유이기도 하다.

---

108) Andrea Heinz: Der Kosmopolitismusgedanke bei Wieland um 1770. In: Wieland-Studien. Bd. 4. Hg. v. Klaus Manger u. vom Wieland-Archiv Biberach 2005. 49-61쪽, 여기서는 61쪽.

3. 헤르더의 계통발생학적 인간학[109]

요한 고트프리트 폰 헤르더 Johann Gottfried von Herder(1744~1803)의 인간학은 18세기 후반까지 독일문학과 자연철학 분야의 인간학의 발전에 중요한 역할을 한다. 그의 시각은 인간의 영혼 내지 정신의 본질에 대한 분석에서도 의미 있는 역할을 했다.

그는 자연에서 인간이 차지하는 위치를 이중적인 시각에서 해석했다. 즉 인간을 한편으로 자연의 어떤 존재와도 구별되는 특별한 존재로 보면서, 또 다른 한편으로는 인간을 자연에 속한 일부로 보고 있다. 그는 여기서 인간의 '영혼 내지 정신의 특수한 능력'이라는 개념을 18세기 후반의 인간학적 연구의 프로그램으로 도입했다.

헤르더는 콩디약 Condillac, 헬베티우스 Helvétius, 라메트리 Lamettrie, 로크 Locke, 흄 Hume 등 18세기 프랑스와 영국의 유심론적 혹은 경험론적 인간학 내지 인간 정신의 능력에 대한 주장을 인간 영혼 내지 정신의 특수성이라는 관점으로 발전시켰다. 여기에 칸트의 계몽주의적 이성비판철학은 중요한 사상적 토대로 작용을 했다.

그는 『인류 역사의 철학적 이념 Ideen zur Philosophie der Geschichte der Menschheit』(1784~91)에서 기존의 기계론적인 견해에 반하여 세계의 유기론적인 견해를 주장한다. 기계론적 견해에는 무기적 세계가 유기적 세계에 대립한다면 헤르더는 세계를 살아 있는 '어두운 그러나 강력한' 충동을 조직하는 총체성의 영역으로 보았다.

그에게 인류 역사의 철학적 이념은 사실상 인간 정신의 역사적 이념과 직결된다. 당대 계몽주의가 자연과학의 발전에 따라 기계론적 인간관 및 세계관을 보여주었다면, 헤르더는 역사와 철학의 문제를 **인간에 대한 자연과학적 인식**이라는 매개항을 통해 이해하려고 시도했다. 개

---

109) 참조 졸고: 헤르더의 역사인식과 마이네케의 역사주의. In: 『독일어문학』. 제15집. 9권 2호(2001),253-266쪽.

별 인간의 성장이 역사적으로 이루어진 전체 인류의 발전 모습과 상응한다는 이념이 그러하다. "개별 인간의 유년기는 전체 인류의 유년기와 같다 die Kindheit jedes Einzelnen ist der Kindheit des ganzen Geschlechts gleich"는 말은 그 이념을 잘 표현한다.110) 그가 "유전적 힘은 지상의 모든 형상들의 어머니"라고 하며 유전 현상과 유전적 힘에 대해 관심을 보인 것도 이런 이념과 유관하다.111)

이처럼 그는 인간과 자연, 역사를 동일선 상에서 관찰하고자 해서, 인간의 속성을 자연의 속성에 비추어 인식하고, **역사의 현상을 자연의 산물로 이해**하고자 했다.112)

헤르더가 주목한 자연의 속성은 자연에서는 모든 것이 상호 연관되어 있고, 서로 영향을 주고받으며 성장과 변화가 진행된다는 점이다. 자연에서는 다양성이 존재하지만 그 근원을 알 수 있으며, 연속성은 존재하지만 독단적이고 급격한 혁명적 변화는 볼 수가 없다. 다음의 설명은 그것을 알려준다.

> "자연에는 분리된 것이란 아무것도 없다. 모든 것이 알지 못하는 변화를 겪으면서 차례차례 그리고 뒤섞여 진행된다. 창조되어 생명이 있는 것은 형태와 형식 그리고 상호 연결에서 단지 하나의 정신, 하나의 불꽃만이 존재한다."113)

전체 인간이나 개별 인간들의 속성도 이런 자연의 속성에 따라 인식

---

110) Johann Gottfried Herder: Älteste Urkunde des Menschengeschlechts. In: Herder: Sämmtliche Werke. Hg. v. Bernhard Suphan u. Carl Redlich. 33 Bde. Berlin 1877-1913. Bd. 7, 29쪽.
111) Herder: Ideen zur Philosophie der Geschichte der Menschheit. In: Herder: Sämmtliche Werke. Bd. 13, 273쪽.
112) 위의 책, Bd. 14, 200쪽, 202쪽.
113) Herder: Vom Erkennen und Empfinden der menschlichen Seele. In: Herder: Sämmtliche Werke. Bd. 8, 178쪽.

할 수 있다. 자연이 연속적인 것처럼 개인도 시간이 감에 따라 성장하고, 인류 역시 역사를 통해 변화와 항상성을 유지할 수 있게 된다. '아이와 민족이 인류의 가장 고귀한 부분'이라는 인식이나114) 각 민족의 상대성과 다양성을 인정한 것도 모두 이런 자연관에 따른 인간관의 결과이다. 우리는 그의 이런 인간관을 독일 역사주의를 대표하는 역사학자 프리드리히 마이네케 Friedrich Meinecke의 표현을 원용하여 '계통발생학적 인간학 phylogenetische Anthropologie'이라 명명할 수 있다.

인간과 인간의 속성은 시간이 지나고 시대가 바뀐다고 해도 본질적으로는 동일하게 유지되며, 개별 시대와 민족에 따라 그 속성 중 어떤 부분은 강화되거나 어떤 부분은 약화되어 각각의 경우 다양한 양상을 보일 뿐이다. 인간과 자연이 역사와 관계를 가질 수 있게 하는 가장 중요한 요인은 인간의 문화라 할 수 있다. 헤르더가 '민족과 시대를 넘어 계속되는 인류 문화의 끈 über Völker und Zeiten fortgehender Faden der Cultur des Menschlichen Geschlechts'이라는 표현을 사용한 것은 이런 맥락이다.115)

인류 문화는 역사에서 인간이 이루어 낸 필연적인 창조적 활동의 산물이다. 이런 이유로 그는 개인과 인류 사이에 존재하는 자연적 유사성을 바탕으로 역사와 문화를 형성하는 특별한 개인 혹은 대표적 개성에 주목한다. 그 특별한 개인과 개성은 인류의 역사에서 '인본주의 Humanität'를 형성하는 존재라 할 수 있다.

헤르더가 그렇게 강조한 인본주의의 개념은 이렇게 그의 계통발생학적 인간학을 통해 보면 전체적으로 명확한 이해를 얻을 수 있다. 헤르더의 인간학을 알지 못하면 그의 인본주의에 대한 이해는 공허할 것이

---

114) Herder: Älteste Urkunde des Menschengeschlechts. In: Herder: Sämmtliche Werke. Bd. 6, 309쪽.
115) Herder: Kritische Wälder. Oder Betrachtungen, die Wissenschaft und Kunst des Schönen betreffend, nach Maaßgabe neuerer Schriften. In: Herder: Sämmtliche Werke. Bd. 3, 397쪽.

다. 그가 주목한, 인류의 인본주의 이념을 형성하는 최초의 대표적 개성은 소크라테스다. 소크라테스의 모습과 필생의 노력은 인간애의 실현에 있었다. 즉 "소크라테스가 노년에도 할 수 없었던 것, 인간에게 도덕성을 밝고도 명확하게 가르쳐서, 만약 존재할 수 있다면 조국애과 국민에 대한 사랑보다도 거 진실한 인간애를 가지도록 격려하는 것"이116) 그것이다.

인간애는 헤르더 인본주의의 이상인 참된 인간성의 구현과 직결된다. 헤르더는 역사를 지나면서 인류가 인본주의의 이상과는 점점 더 멀어져 갔다고 판단했다.

> "지상에 거주하는 모든 존재들 가운데 인류가 자기 자신을 규정하는 목표로부터 가장 멀리 떨어져 있다는 사실은 의외일지라도 부인할 수 없다."117)

그렇다고 인본주의의 이상을 포기하지는 않았다. 당대의 세계가 보여주는 야만과 혼란함은 역사 속에 인본주의 이상이 존재하지 않았다거나 무용하다는 것을 보여주는 것이 아니라, 인간들을 인본주의 이상으로 제대로 교육하지 못했음을 반증해 주는 것이다. 인간을 여전히 참된 인간성을 갖춘 존재로 교육할 수 있다는 것이 그의 신념이었고, 그것을 위해 인류의 역사와 문화 그리고 문학을 연구해야 한다는 것이 그의 주장이었다.

헤르더는 문학과 예술은 인류의 오랜 역사 동안 많은 시대와 민족 그리고 개인에 따라 나타나는 다양성 가운데에도 어떤 무한성 내지 불변

---

116) Herder: Auch eine Philosophie der Geschichte zur Bildung der Menschheit. In: Herder: Sämmtliche Werke. Bd. 5, 569쪽.
117) Herder: Ideen zur Philosophie der Geschichte der Menschheit. In: Herder: Sämmtliche Werke. Bd. 13, 190쪽.

의 것이 존재한다는 것을 보여주는 강력한 증거라고 생각했다.118) 그렇다고 인류의 문학과 예술이 하나이거나 고정되어 있다는 의미는 아니었다.

> "나는 어떤 전체 민족과 시대의 연속을 몇 마디 말로 특정화 하는 것을 들으면 항상 어떤 두려움이 생긴다. 사실상 민족이나 중세 혹은 고대, 근대 등의 단어가 실로 엄청난 다양성을 내포하고 있는데 말이다. 마찬가지로 한 민족이나 한 시대의 문학에 대해 일반적인 표현으로 말하는 것을 들을 때도 당혹스러움을 느낀다."119)

다만 문학과 예술이 다양성 가운데도 변치 않고 보여주는 아름다움의 무한한 절대성은 인류가 끊임없이 추구해야 하는 인본주의 이상과도 통한다는 것이다. 이것을 우리의 맥락으로 말한다면 다양성과 무한한 절대성은 인간이 본성적으로 추구하는 이상이며, 이는 동시에 자연의 속성이기도 한 셈이다. 헤르더의 계통발생학적 인간학 역시 그것을 지적한다.

요컨대 그의 계통발생학적 인간학이 지적하는 인간의 속성과 인본주의 이상인 인간애 및 다양성과 무한성에 대한 추구는 한편으로 인간의 역사를 통해 구현되고, 다른 한편으로 자연의 다양함과 무한성에서도 나타나고 있다. 이 두 영역은 동일한 차원의 다른 표현일 뿐이라는 것이 헤르더의 인간학에서 찾을 수 있는 핵심적 메시지다.

---

118) 참조 Herder: Adrastea. In: Herder: Sämmtliche Werke. Bd. 24, 349쪽: "아름다운 모든 것에는 어떤 무한한 것이 놓여 있다. In Allem, was Schön ist, liegt ein Unendliches".

119) Herder: Briefe zu Beförderung der Humanität. In: Herder: Sämmtliche Werke. Bd. 18, 56쪽 이하.

4. 쉴러의 역사미학과 미학적 인간학

4.1 쉴러의 역사관, 괴테와의 비교에 나타난 문화 반복성

쉴러의 경우도 빌란트, 헤르더의 경우와 비슷하게 직접적으로 자연철학이나 자연과학 담론을 언급하지 않는다. 자연에 관한 묘사는 그에게서 그렇게 자주 등장하지 않는다. 이에 비해 역사와 역사 속의 인간은 그가 즐겨 내세우는 내용이며 소재들이다. 빌란트가 사회 내 인간을 묘사하고 있다면, 쉴러는 역사 내 인간의 모습을 묘사한다. 그들 모두 인간학을 중심에 두고 이를 통해 자연철학이나 자연과학 담론을 포괄할 수 있다고 믿었거나, 적어도 자연과학 담론을 간접적으로 암시할 수 있는 것으로 이해했을 수 있다. 또한 쉴러의 성향이 괴테보다, 낭만주의자들보다 더 이념적이라는 것도 이런 맥락에서 함께 고려해야 할 것이다.

따라서 쉴러의 자연관에 대한 분석은 직접적으로 가능하지 않고, 직접적 고찰은 오히려 인간학이 가능하다. 그의 인간학을 고찰하기 위해서는 그것을 이루는 요소로 우선 그의 역사관을 언급해야 한다. 그에게서 역사관은 18세기 독일문학과 자연과학의 담론 간의 상호성을 살펴보기 위한 배경을 이루는 것이라고 할 수 있다. 특히 쉴러의 역사관에 나타난 문화의 반복성에 관한 시각은 다른 독일 작가들과 공통적 인식을 보이는 부분이다. 여기서 우선 비교해 봐야 하는 작가는 괴테다. 두 사람의 역사관에서 문화의 반복성에 대한 시각은 성격상 동일한 것이라 할 수 있기 때문이다.

쉴러와 괴테는 헤르더와 비슷한 역사관에서 출발했다. 우선 괴테는 "역사란 최상의 것이라 할지라도 늘 무언가 주검과도 같은 느낌과 지하 납골당의 냄새가 난다."[120]라고 말했는데, 이는 헤르더가 "차가운 역사 kalte Geschichte"로 말한 비관적 역사관의 일면을 보여준다. 이와 아주 흡

사한 표현을 「격렬히 맞서는 이탈리아의 고전주의자와 낭만주의자」에서도 찾을 수 있다.[121]

괴테가 역사를 인식하는 기준은 크게 두 가지로 나눌 수 있는데, 현재와의 연관성과 자연과의 연관성이 그것이다. 우선 그는 역사에 대한 인식이란 단순히 과거에 대한 인식이 아니라 과거에 대한 지식이 현재와 미래의 삶에 대한 인식에 어떤 식으로든 도움을 줄 때 가능하다고 믿었다.[122] 그는 무엇보다 현재의 삶과 그 삶을 통해 영향을 받게 될 미래의 삶에 더욱 관심을 가지고 있었던 셈이다. 현재와 미래에 대한 이런 관심은 과거의 지식을 통해 현재와 미래의 모습을 주체적으로 형성할 수 있다는 자신감에서 나온 것이다. 이것은 독일의 계몽주의적 근대 담론과도 연관되는 특징이다. 때문에 그가 "세계사가 때때로 다시 쓰여야 한다는 점에 대해서는 우리 시대에 어떤 의구심도 남지 않는 명백한 사실이다"[123]라고 할 수 있었던 것도 이런 맥락에서 이해될 수 있다.

---

120) "Die Geschichte, selbst die beste, hat immer etwas Leichenhaftes, den Geruch der Totengruft" (Goethe: Dichtung und Wahrheit, Paralipomenon 40. In: Goethe: Sämtliche Werke nach Epochen seines Schaffens. Münchner Ausgabe (이하 MA). Hg. v. Karl Richter. Bd. 16, 861쪽).

121) Goethe: Klassiker und Romantiker in Italien, sich heftig bekämpfend, MA Bd. 11.2, 259쪽: "단지 과거의 것에 몰두하는 사람은 결국 마치 우리에게 미이라와 같이 바싹 말라서 죽은 이를 자신의 가슴에 품는 위험에 처하게 된다 Wer bloß mit dem Vergangenen sich beschäftigt kommt zuletzt in Gefahr das Entschlafene, für uns mumienhafte, vertrocknet an sein Herz zu schließen".

122) 참조 Goethe: Dichtung und Wahrheit MA Bd. 16, 508쪽: "그[슈트라스부르크 시절 괴테의 스승이었던 쇠플린Schöpflin]는 과거와 현재를 하나로 만들며 삶의 관심사에 역사적 지식을 접목할 줄 아는 행복한 사람들 중에 속했다. Er gehörte zu den glücklichen Menschen, welche Vergangenheit und Gegenwart zu vereinigen geneigt sind, die dem Lebensinteresse das historische Wissen anzuknüpfen verstehen."

123) "Daß die Weltgeschichte von Zeit zu Zeit umgeschrieben werden müsse, darüber ist in unseren Tagen wohl kein Zweifel überiggeblieben" (Goethe: Die Farbenlehre. MA Bd. 10, 478쪽).

또한 인간의 역사는 자연의 여러 현상들처럼 반복되고 있다고 그는 믿었다. 과거의 일이 현재와 미래에도 비슷한 양상으로 반복될 수 있다는 믿음은 문학 작품에서도 형상화되고 있는데,『빌헬름 마이스터의 수업시대 Wilhelm Meisters Lehrjahre』에서 빌헬름이 과거의 방에 대한 경험을 묘사하고 있는 부분은 역사에 존재했던 인간의 삶이란 단순히 과거에만 연관되어 있는 것이 현재와 미래에도 반복될 수 있다는 암시를 던진다.

> "이 과거의 방에서 [...] 삶을 보다니! 이 방을 현재의 방이자 미래의 방으로 불러도 되겠구나. 모든 것이 그랬고 모든 것이 그러할 것이야!"124)

　역사극「에그몬트 Egmont」의 경우도 그러하다. 괴테는 16세기 네덜란드의 독립운동의 배경을 백작 에그몬트의 처형과 브뤼셀의 시민의 묘사를 통하여 그려내는데, 역사극을 통한 이러한 그의 시도가 당대 현실의 역사에서도 똑같이 반복되어 일어나고 있음을 언급한 적이 있다.

> "내가 로마로 돌아가는 길에 에그몬트 원고를 다듬고 있었는데 신문을 읽어야 한다는 생각이 떠올라 살펴보니 내가 묘사하는 장면이 브뤼셀에서 거의 글자 그대로 다시 나타나고 있었다. 결국 여기서도 시적 예지력이 다시 관찰될 수 있었다."125)

---

124) "Welch ein Leben [...] in diesem Saale der Vergangenheit! man könnte ihn eben so gut den Saal der Gegenwart und der Zukunft nennen. So war alles und so wird alles sein!" (Goethe: Wilhelm Meisters Lehrjahre. MA Bd. 5, 542쪽).
125) "Als ich, bei meiner Rückkehr nach Rom, Egmont bearbeitete, fiel mir auf in den Zeitungen lesen zu müssen, daß in Brüssel die Szene, die ich schildert, sich fast wörtlich erneuerten, so daß auch hier die poetische Antizipation wieder in Betracht kam." (Goethe: Tag- und Jahres-Hefte, MA Bd. 14, 13쪽).

문화를 단순히 어떤 특정 사회를 유지하고 있는 내적인 질서로서만이 아니라 인간이 관련된 다양한 현상이자 사실을 판단하고 이해하기 위한 설명의 틀로 본다면,126) 문화란 각자의 현재 삶과 직접적으로 연관될 뿐만 아니라 다른 시대의 사회와 국가 그리고 그 구성원의 삶에서도 동일하게 적용될 수 있다. 달리 표현하자면 문화는 반복될 수 있다는 말이다. 16세기 네덜란드의 이야기가 18세기 말 독일에서 역사극으로 재생되어 나타날 수 있는 것도 이런 문화의 반복성을 담보해야 설명될 수 있다.

이 점은 쉴러의 역사극에서도 잘 나타나고 있다. 쉴러는 특히 자신의 드라마를 통해 역사에 나타난 여러 특징적 사건들에 연루되어 다양하게 해석되고 있는 인간의 행위를 집중적으로 조명하고 있다. 그에게 역사는 인간의 가장 인간적인 모습과 행동을 관찰할 수 있는 최적지였기 때문이다.127) 따라서 쉴러에게 '보편역사 Universalgeschichte'의 연구란 현실에 나타난 인간에 대한 연구와 동일선 상에 있었고, 그것도 시대와 사회를 달리해서도 재구성될 수 있는 인간의 본성에 대해 인식하고자 하는 노력이었다.128) 이처럼 역사에 대한 그의 관점은 그의 인간학에 중요한 요소라 할 수 있다. 이와 함께 그의 인간학을 구성하는 요소로 언급해야 할 것으로 미학에 관한 견해를 들 수 있다. 이것은 미학적 인간학으로 표현할 수 있을 정도로 넓고 핵심적이다. 이 미학적 인간학의 현실적 배경부터 살펴보자.

---

126) 참조 김광억 외: 문화의 다학문적 접근. 서울: 서울대학교출판부 1998, 5쪽.
127) 참조 Schiller: Was heißt und zu welchem Ende studiert man Universal-geschichte? In: Friedrich Schiller: Werke in drei Bänden. Hrsg. v. Herbert G. Göpfert. Bd. II. München: Carl Hanser Verlag 1966, 22쪽.
128) 참조 "인간 본성에 대한 계몽주의적 관점을 명료하게 하려는 시도, 즉 인간이 무엇인가에 대한 이해 가능한 설명을 재구성하려는 노력은 줄곧 문화에 관한 과학적 사유의 기초가 되어 왔다." (클리퍼드 기어츠: 문화의 해석. 문옥표 옮김. 서울: 까치글방 1998, 52쪽).

4.2 쉴러의 미학적 인간학[129]

1) 미학적 인간학 형성의 정치적 배경

아우구스텐부르크 공작위 세습 왕자인 프리드리히 크리스티안 Friedrich Christian II von Schleswig-Holstein-Sonderburg-Augustenburg (1765~1814)과 그의 측근 쉼멜만 Ernst von Schimmelmann 백작은 1791년 11월 27일 육체적, 물질적 어려움을 겪고 있었던 쉴러에게 한 통의 편지를 보낸다. 잘 알려진 바대로 이 편지는 쉴러가 자신에게 향후 3년 동안 3,000탈러를 지원해 주는 새로운 제후 후원자를 얻게 되고 그 결과물로 그의 유명한 미학 서한『인간의 미적 교육론』이 탄생하게 된다는 맥락을 보여준다. 이 일은 프리드리히 크리스티안의 또 다른 측근이자 1790년 여름에 빌란트의 사위 라인홀트와 함께 예나로 쉴러를 찾았던 바게젠 Jens Baggesen이 조직한 것이다. 그는 1791년 11월 29일 쉴러에게 보낸 편지에서 (사실상 1791년 3월부터) 라인홀트를 덴마크로 초빙할 계획을 세웠음을 알린다.[130] 실제 1793년 라인홀트는 킬 대학교의 초빙을 받아 이주했다.

쉴러의 후원이 단순히 문학적 의미만을 지니는 것이 아니라는 것은 최근까지의 연구에서 비교적 잘 밝혀져 있다.[131] 당대의 정치적 맥락이 있기 때문이다. 그것은 후원자 프리드리히 왕자의 정치적 포부와 직결되는 정치적 비밀조직과의 연관성이다. 프라이마우러로 알려진 당대

---

129) 참조 졸고: 쉴러와 감성의 정치학. In:『괴테연구』제22집(2009), 97-117쪽.
130) "우리에게로 오세요! 곧 우리의 라인홀트도 당신을 따라 올 것입니다 Kommen Sie zu uns! Bald wird unser Reinhold Ihnen nachfolgen." (Friedrich Schiller: Werke. Nationalausgabe. Hg. v. Lieselotte Blumenthal und Benno von Wiese. Weimar: Hermann Böhlaus Nachfolger 1969. Bd. 34/1, 117쪽, 이하 NA로 표기하고 권수와 면수를 표시한다).
131) 대표적으로 쉥즈의 연구를 들 수 있다. Hans-Jürgen Schings: Die Brüder des Marquis Posa. Schiller und der Geheimbund der Illuminaten. Tübingen 1996. 또한 W. Daniel Wilson(1991) 참조.

비밀조직은 독일문학에서도 빼놓을 수 없는 그 자체 중요한 하나의 장을 형성하는데, 우리에게 대체로 독일문학과 프라이마우러와의 연관은 잘 알려져 있지만 보다 더 급진적인 일루미나트와의 관련성은 비교적 알려져 있지 않다. 후자는 특히 18세기 이후 계몽·고전주의, 낭만주의 독일문학의 이면에서 프라이마우러보다 더 실제적인 현실 정치적 맥락을 구성하고 있어 아직도 눈여겨 볼 부분이 존재한다.

프리드리히 크리스티안 왕자는 덴마크의 일루미나트 조직의 주요 부분을 형성한다. 그는 1787년 동시대 일루미나트의 창립자 아담 바이스하우프트 Adam Weishaupt의 글을 접하고 '열광하게 in Feuer und Flamme'132) 된다. 그 후 그는 자신의 정치적 이면 조직으로 일루미나트를 선택하고 그 세력을 규합했음을 알 수 있다. 그가 바이스하우프트를 1789년부터 코펜하겐으로 초빙할 계획을 세웠으나 실패하고 대신 1791년부터 1813년까지 지속적으로 거금을 지원했다는 것은 그 대표적 예로 볼 수 있다. 쉴러의 경우 역시 대표적 예로 기록될 수 있을 것이다. 3년간 쉴러에게 주어진 후원금은 이런 맥락에서 출발한다.

그런데 프리드리히 크리스티안 왕자는 1793년 11월 11일자 쉴러의 편지를 받고 나서 누이에게 보내는 편지에서 쉴러의 "첫 번째 편지는 내게 그렇게 썩 마음에 들지 않았어요. 그는 매우 사변적이고 근본 원칙에 있어서나 그 결과에 있어서도 난 그와 의견이 달라요."133)라며 실망감을 드러낸다. 이런 실망감은 그 후에도 채워지지 않는다. 1795년 2월 21일자 역시 누이에게 보내는 편지에서도, "쉴러는 철학자로는 적합하지 않아요. 그는 시적으로 아름답게 말한 것을 철학적인 정밀함으로 발전시킬 수 있는, 그를 시적인 언어에서 철학적인 언어로 옮길 수

---

132) Peter-André Alt: Schiller. Leben-Werk-Zeit. München 2004 (2. Aufl.), 58쪽.

133) "Der erste Brief gefält mir nicht so gut, er ist sehr spekulativ und in den Grundsäzen sowohl als Resultaten weiche ich von ihm ab." (Hans-Jürgen Schings, 위의 책, 218쪽 재인용).

있는 번역가가 필요해요"134)라고 언급하기 때문이다.

아우구스텐부르크 공작은 처음부터 쉴러를 『돈 카를로스』의 작가로 알고 있었다.135) 그가 쉴러를 이해하지 못했던 것은 당시 쉴러가 『인간의 미적 교육론』에서 전개했던 철학적, 미학적 관점이 자신이 알고 있었던 『돈 카를로스』의 쉴러와 그리고 그가 추구했던 정치적 이상과 어떤 맥락에서 연결되는지 알 수 없었기 때문이었다. 1795년 3월 19일의 편지 이후로 그와 미학 서한의 작가와의 문통이 끊긴 것은 작가에 대한 후원금만큼이나 우연이 아니었다. 공작은 더 이상 쉴러에게서 돈 카를로스를 찾지 않았다. 이는 쉴러의 열렬한 찬양자 바게젠이 1795년 3월 22일 라인홀트에게 보낸 편지에서 "쉴러가 작가로서 내게 의미가 없어지기 시작"한다라고 말한 것과도 맥을 같이한다.136)

쉴러와 아우구스텐부르크 공작 사이의 이런 시각의 차이는 단순히 문학(시인)과 정치(인)의 본성적 차이에서 연유할까137) 아니면 그 이면에 쉴러의 현실 정치에 대한 시각과 참여의 방식이 존재하지 않을까? 만약 그 차이가 쉴러의 정치학이 보여주는 현실 정치의 관점에서 기인한 것이라면 그것은 구체적으로 무엇일까? 다음에서는 먼저 구체적 문학작품을 통해 이 질문에 대한 대답을 모색해 보자.

---

134) 위의 책, 219쪽 재인용: "Der gute Schiller ist doch eigentlich nicht zum Philosophen geschaffen. Er bedarf einen Uebersetzer, der das poetische schön gesagte mit Philosophischer Precision entwickelt, der ihn aus dem Poetischen in die Philosophische Sprache übersetzt."

135) 1794년 4월 4일자 쉴러에게 보내는 그의 편지에서도 그가 "더 높이 인정하고 사랑하는 höher schätzen und lieben" 쉴러는 "돈 카를로스의 작가 Verfasser [...] des Don Karlos"임을 분명히 밝힌다. 이로써 그는 쉴러에게 관심을 갖는 자신의 의도를 쉴러에게 다시 밝힌 셈이다. (NA 34/1, 356쪽).

136) "Schiller fängt an, als Schriftsteller bei mir zu fallen". (Jens Baggesen: Aus Jens Baggesen´s Briefwechsel mit Karl Loenhard Reinhold und Friedrich Heinrich Jacobi. Bd. 2. Leipzig 1836, S. 18, Schings, 위의 책, 219쪽 재인용).

137) 참조, Alt, 위의 책, 64쪽.

2) 인간 본성과 현실 정치의 양가성 - 『돈 카를로스』의 경우

1788년 6월 10일자 예나의 『일반 문학 신문 Allgemeine Literatur-Zeitung ALZ』은 『돈 카를로스』의 포자가 음모를 일삼는 존재라고 폄하하며 이런 인물이 작품에 왜 필요한지를 묻는다.

> "포자는 모험적인 음모가가 되고자 자기 개성의 단순한 위대성을 부정한다. 왜냐하면 한 인간의 사고방식을 특징짓는 것은 의도가 아니라 그가 의도를 이루기 위해 선택하는 수단이기 때문이다. 그리고 공개적인 신뢰가 없이 우정은 무엇 때문에 존재할까? [...] 여기서 얽혀 전개되는 전체 이야기는 결국 시인이 의도하는 효과를 낼 수 없다. 왜냐하면 독자나 관객이 이것이 왜 필요한지를 여러 번 묻기 때문이다."[138]

하지만 위 필자는 극 중 포자의 의미를 잘 이해하지 못하고 있거나 당시 정치의 현실을 잘 알지 못하고 있는 것 같다. 『돈 카를로스』는 이념과 역사를 넘어서 당대 현실 정치와 그 현주소를 보여주고 있기 때문이다. 그중 가장 대표적인 것이 현실 정치에서 작용하고 있는 인간에 대한 믿음이다. 우선 돈 카를로스 왕자는 인간을 신봉한다. 이것은 당대의 새로운 미덕이었다.

> "왕자는 [...]
> 무시무시한 구상을 하고 있습니다.

---

138) "Posa verleugnet die einfache Größe seines Charakters, um ein abentheuerlicher Intrigant zu werden. Denn die Absichten sind es nicht sowohl, die die Denkart eines Menschen charakterisiren, als vielmehr die Mittel, die er erwählt, sie zu erreichen. Und was bleibt Freundschaft ohne offenes Vertrauen? [...] Die ganze verwickelte Geschichte kann die Wirkung, die der Dichter hervorbringen will, endlich nicht hervorbringen, weil der Leser oder Zuschauer mehr als einmal fragen wird, warum dies notwendig?" (Allgemeine Literatur-Zeitung Jena vom 10. Juni 1788, 535쪽).

통치자가 되면 우리들의 신성한 믿음을 빼앗으려는

광기 어린 구상이죠.

그의 마음은 어떤 믿음도 구걸하지 않으려는

[...]

새로운 미덕에 열광하고 있어요.

[...] 그는 인간을 신봉합니다."139)

유럽의 봉건 전통은 개인과 국가의 관계에서 정치적으로나 종교적으로나 인간에 대한 믿음은 없다. 인간은 그저 군주와 신의 명령을 따르는 사소하고 보잘것없는 수동적인 존재일 뿐이다. 필립왕의 시대는 그러했다.

"그 말씀을 들으니, 폐하께서

인간의 존엄에 대해 얼마나 사소하고 보잘 것 없이 여기시는지 알겠습니다."140)

이에 반해 돈 카를로스는 "온당함이라는 좁은 중용의 길 die schmale Mittelbahn des Schicklichen"(418)과 "인간의 우월함에 대한 믿음을 den Glauben an menschliche Vortrefflichkeit"(418) 가지고 있다. 이것은 인간이 올바른 행위를 할 수 있다는 인간에 대한 신뢰이다. 또한 인간의 우월

---

139) Schiller: Don Carlos. In: Friedrich Schiller: Werke in drei Bänden. Bd. I. Hg. v. Herbert G. Göpfert. München: Carl Hanser Verlag 1966, 408쪽. (이하 이 작품의 인용은 이 책에 따름. 본문 중 괄호 안의 숫자는 이 책의 쪽수): "Der Infant [...]/ Hegt einen schrecklichen Entwurf/ Den rasenden Entwurf, Regent zu sein/ Und unsern heiligen Glauben zu entbehren./ Sein Herz entglüht für eine neue Tugend,/Die [...]/ Von keinem Glauben betteln will./ [...] er verehrt den Menschen."

140) III막/10장, 442쪽: "Ich höre, Sire, wie klein,/ Wie niedrig Sie von Menschenwürde denken."

함에 대한 믿음이란 인간 중심(Humanität)과 인간 완전성(Perfektibilität)에 대한 신념이다. 시대의 이념으로 이는 계몽주의의 정신에 다름 아니다. 그는 계몽주의 왕자인 것이다. 포자 후작 역시 기본적으로 계몽주의의 신념을 공유한다. 하지만 포자의 신념은 카를로스보다 더 급진적이고 이상적이다. 그는 "더 높은 이성이 배태하여 인류의 고통을 없애고자 추구하는 계획은 수만 번 실패하더라도 결코 포기할 수가 없다 ein Anschlag, den höhere Vernunft gebar, das Leiden der Menschheit drängt, zehntausendmal vereitelt, nie aufgegeben werden darf"(421)는 것을 확신하고 있다. 쉴러 당대의 많은 계몽주의자들이 시대와 역사의 긍정적 동지였다면 그는 시대와 현실을 부정하는 미래의 동료이다.141) 그에게 현실의 부정은 미래의 긍정으로 통한다.142) 이렇듯 모순적 이상주의자는 급진적 계몽주의자의 다른 이름이다. 바로 여기서 시대의 이념인 계몽주의는 정치적 이데올로기이자 현실 정치의 개념으로 급변한다. 바꾸어 말하면 급진적 계몽주의의 이념에 근거를 둔 현실 정치는 야누스의 얼굴을 가진다는 말이다. 한편으로 왕권을 통해 시민의 권리와 자유를 보장받고 싶어 하지만143) 다른 한편으로는 시민의 권리와 자유를 위해 왕권을 제거하려 하기 때문이다. 누군가 한편으로 시대와 인류를 먼저 생각하는 이타적, 희생적 모습을 보이지만 다른 면으로는

---

141) "이 세기는/ 저의 이상을 실현시킬 만큼 성숙하지 못했습니다. 저는/ 다가오는 시대의 시민으로 살겠습니다. Das Jahrhundert/ Ist meinem Ideal nicht reif. Ich lebe/ Ein Bürger derer, welche kommen werden." (III막/10장, 442쪽).

142) "온건한/ 시대가 필립의 시대를 밀어낼 것입니다./ 그 시대는 온화한 지혜를 가져올 것입니다. 그러면 시민의 행복은/ 군주의 권력과 화해하며 지내게 될 것입니다. Sanftere/ Jahrhunderte verdrängen Philipps Zeiten;/ Die bringen mildre Weisheit; Bürgerglück/ Wird dann versöhnt mit Fürstengröße wandeln". (III막/10장, 444쪽).

143) "시민이/ 이전에 그랬던 것처럼/ 다시 왕권의 목적이 되게 하십시오 - 동료 시민들과 평등하게 되는 고귀한 권리 외에는/ 어떤 의무도 그들을 속박하지 않기를 바랍니다. Der Bürger/ Sei wiederum, was er zuvor gewesen,/ Der Krone Zweck - ihn binde keine Pflicht/ Als seiner Brüder gleich ehrwürdige Rechte." (III막/10장, 446쪽).

자신의 탐욕을 위해 수단과 방법을 가리지 않는다면 그는 모순적 이상주의자이자 급진적 계몽주의자 그리고 현실 정치인이다. 이들을 합친 이름이 포자다.

『돈 카를로스』의 3막 10장에서 필립 왕과 포자 후작의 대화는 극적 절정이자 계몽주의자 포자의 이념과 현실 정치인 포자의 모습이 교차되는 곳이다. 여기서 정치인 포자는 시대의 계몽주의 이념을 정치적 이념으로 변화시키고 있다. 계몽주의의 핵심 이념 중 하나가 코스모폴리티즘, 즉 세계주의 내지 세계시민 사상이다. 포자는 스스로를 세계의 시민이라 공언하지만 그것을 단순히 철학적 파롤이 아닌 정치적 행동 강령이나 혁명적 공화정치의 지침으로 사용한다.

"저는
[...] 제가 이 세계의 시민으로 생각한 것을
폐하의 신하의 말로 바꿀 수 있는
준비를 하지 않았습니다."[144]

"저는 군주의 하인이 될 수 없습니다."[145]

혁명적 공화 정치의 목표는 왕을 물러나게 하는 것이다. 자유를 빼앗는 왕이라면 차라리 그의 곁에서 물러나게 해달라고 포자가 말한 것은 바꿔 말하면 자유를 박탈하는 왕은 물러나게 해야 한다는 말과 같다.[146] 이런 포자의 정치적 요구가 절정을 이루는 곳은 정치적 자유를

144) III막/10장, 440쪽: "Ich bin / [...] so gleich nicht vorbereitet,/ Was ich als Bürger dieser Welt gedacht,/ In Worte Ihres Untertans zu kleiden."
145) III막/10장, 440쪽: "Ich kann nicht Fürstendiener sein."
146) "자유를 없애는 것이/ 폐하를 만족시킬 수 있는/ 유일한 것인가요? - 그렇다면, 폐하/ 저를 물러나게 해주십시오. [...] wenn die Freiheit,/ Die Sie vernichteten, das einzige wäre,/ Das Ihre Wünsche reifen kann? - Ich bitte,/ Mich zu

되돌려 줄 '사상의 자유'를 요구하는 대목이다.

"우리에게서 가져가신 것을
다시 돌려주십시오.
[...] 우리를 파멸시키는
부자연스러운 신격화를
중지하십시오.
[...] 사상의 자유를
주십시오."147)

이제 4막 3장에서 포자 후작이 왕비에게 카를로스의 계획을 설명하자 왕비가 '모반을 Rebellion'이라고 말한 것은 포자 후작의 계획이 결국 왕권에 대한 반역을 실행하는 것임을 알 수 있게 한다. 포자의 정치적 야심은 자신의 급진적 계몽주의의 이상을 카를로스의 모반을 통해 현실 정치에서 실현하고자 하는 것이다. 이념이 현실로 변화되는 상황이 4막에서 발생하는 셈인데 이로써 극의 구조와 내용은 일치한다. 이 점은 4막의 다른 장에서도 찾아 볼 수 있다.

"그[돈 카를로스]는
자신의 무력으로써 스페인의 왕권을 떨게 만들 것입니다."148)

오, 그[돈 카를로스]에게 말해주세요!

---

entlassen, Sire."(III막/10장, 443쪽).
147) III막/10장, 445쪽: "Geben Sie,/ Was Sie uns nahmen, wieder/ [...] Geben Sie/ Die unnatürliche Vergötterung auf,/ Die uns vernichtet./ [...] Geben Sie/ Gedankenfreiheit."
148) IV막/3장, 454쪽: "Er mache/ Den span'schen Thron durch seine Waffen zittern."

우리들이 꿈꾸는 모습을 실현시켜 달라고,

우리들이 꿈꾸는 새로운 국가의 대담한 모습을 실현시켜 달라고,

우정의 신적인 탄생을 실현시켜 달라고 말입니다."149)

쉴러 역시 『돈 카를로스에 관한 서한 Briefe über Don Karlos』에서 포자 후작은 공화국의 이념을 표현한다고 언급한다.150) 쉴러는 이 서한에서 당대 현실 정치와 유관한 중요한 한 요소를 언급하는데 바로 당시의 계몽주의적 비밀조직과 현실 정치의 연관성이다.

"나는 일[루미나트]나 마[우러]의 인사가 아닙니다. 하지만 그 두 단체가 어떤 하나의 도덕적인 목적을 서로 공유하고 있다면, 그리고 그 도덕적 목적이 인간 사회를 위해 가장 중요한 것이라면 그것은 포자 후작이 의도했던 것과 적어도 아주 가까울 정도로 유사함에 틀림없을 것입니다."151)

포자는 어쩌면 당시의 정치적 비밀조직인 일루미나트나 프라이마우러 조직의 한 사람이라고 할 수 있다. 그러면 포자를 통해 얻을 수 있는

---

149) IV막/21장, 485쪽: "Er mache ~/ O, sagen Sie es ihm! das Traumbild wahr,/ Das kühne Traumbild eines neuen Staates,/ Der Freundschaft göttliche Geburt."

150) "후작의 모든 원칙과 좋아하는 감정은 공화국의 미덕을 중심으로 돌아가고 있다. 그의 친구에 대한 희생 역시 이것을 증명한다. 왜냐하면 희생의 능력은 모든 공화국 미덕의 총체이기 때문이다. Alle Grundsätze und Lieblingsgefühle des Marquis drehen sich um republikanische Tugend. Selbst seine Aufopferung für seinen Freund beweist dieses, denn Aufopferungsfähigkeit ist der Inbegriff aller republikanischen Tugend." (Schillers Werke. Nationalausgabe. Weimar 1962/1986(NA). Bd. 22, 141쪽).

151) NA Bd. 22, 168쪽: "Ich bin weder I[lluminat] noch M[aurer], aber wenn beide Verbrüderungen einen moralischen Zweck miteinander gemein haben, und wenn dieser Zweck für die menschliche Gesellschaft der wichtigste ist, so muß er mit demjenigen, den Marquis Posa sich vorsetzte, wenigstens sehr nahe verwandt sein."

현실 정치의 의미는 무엇일까? 다음 구절은 그 의미를 정치 현장의 "일반적 경험"과 직결시킨다.

> "나는 그[포자]가 보편적인 자유를 향유할 수 있게 만드는 것을 목적으로까지 되게 했다. 그리고 만약 내가 그를 자유의 향유라는 목적을 향해 가는 도중에 독재로 빠지게 만들었다고 해도 그것은 내 일반적 경험과 전혀 모순되지 않는다고 생각한다."[152]

포자의 모습은 '자유의 향유'와 '독재로의 변질'은 경험과 일치하는 현실 정치(인)의 양가적 경향임을 폭로한다. 이 맥락은 단순히 프랑스 혁명 후의 공포정치나 민중의 폭력을 언급하는 것이 아니라, 더 넓게는 쉴러가 예감하는 현실 정치의 양가적 원리를 설명한다. 마키아벨리즘은 표면적 도덕 정치에선 경계의 예시가 되기도 하지만 이면적 정치 현실을 이해하는 사람에겐 모범적 원리가 되며 마키아벨리의 군주는 성공적인 현실 정치인의 모습이 된다.

그러면 이런 문학작품의 이면에 존재하는 쉴러의 인간학이 지향하는 바는 무엇일까. 그것은 인간의 미적 교육이다.

3) 미학적 인간학에 나타난 인간의 미적 교육

『인간의 미적 교육론 Über die ästhetische Erziehung des Menschen』은 흔히 쉴러가 정치로부터 방향을 선회해서 미학과 문학의 세계에 집중하는 계기를 보여주는 서한 형식의 글로 이해된다. 하지만 이런 기존의 평가는 일면적이라 할 수 있다. 오히려 쉴러가 외면한 것은 이상주의자

---

152) NA Bd. 22, 172쪽: "ich gab ihm die Hervorbringung eines allgemeinen Freiheitsgenusses sogar zum Zwecke, und ich glaube mich auf keinem Widerspruch mit der allgemeinen Erfahrung zu befinden, wenn ich ihn, selbst auf dem Wege dahin, in Despotismus verirren ließ."

포자이지 현실 정치는 아니라고 표현하는 것이 정확할 것이다.

『인간의 미적 교육론』 글의 전체적 방향은 인간에게 미적 경험을 허용하는 미학 정치의 의미와 미학 국가의 본질을 설명하는 것이다. 여기서 쉴러는 국가의 강제와 통제를 통한 개인의 완성을 부정했다. 그의 미적 교육론이 제시하는 해법은 다분히 인간학적이며 간접적이다. 이점에서 쉴러는 동시대의 정치적 자유주의자들과는 구별된다. 그들이 정치적 변화의 가능성을 국가와 정부에 두고 있었다면, 이에 비해 쉴러는 개인의 주체적인 역량을 강조한다. 그는 근대의 문명인이 보여주는 자기 소외를 극복할 수 있는 지적 본성과 감각적 본성의 화해는 물론, 계몽주의가 추구하는 완전한 인간의 형성이 미적 경험을 통해서 가능하다고 설명하고 있다. 여기에 서술된 그의 논리를 간단히 살펴보자.

편지는 당대 사회와 문화에 대한 비판적인 진단에서 출발한다.[153] 당대의 모든 민족들이 처한 상황 역시 비슷함을 다음과 같이 서술한다.

> "현재 상태는 문화의 영향을 받는 모든 민족들에게 동일하다. 그들은 모두 차이 없이 동일하게 이성을 통해 자연으로 돌아갈 수 있기 전에, 얕은 이성을 통해 자연으로부터 떨어져 나와야 했기 때문이다."[154]

쉴러는 민족들의 이런 상황을 서양의 역사를 통해 그 원인을 찾고 있다. 우선 고대 그리스 민족이 시대를 대표하는 민족이 된 이유를 언급한다.

> "왜 개별적 그리스 민족이 그 시대의 대표자로 인정받고, 왜 그 이후

---

153) NA Bd. 20, 321-330쪽.
154) 위의 책, 321쪽: "es gleicht überhaupt allen Völkern, die in der Kultur begriffen sind, weil alle ohne Unterschied durch Vernünfteley von der Natur abfallen müssen, ehe sie durch Vernunft zu ihr zurückkehren können."

근대 민족은 그것을 하려 하지 않는가? 전자에게는 모든 것을 통일하는 자연이, 후자에게는 모든 것을 분리하는 오성이 형식을 부여하기 때문이다."155)

고대 그리스 민족에게 자연이 그들을 통합하는 조화로운 원리로 작용했다면, 근대 민족들은 오성의 원칙을 내세웠다는 것이 그가 내린 진단이었다. 하지만 오성은 조화와 통합의 원리가 아닌 분리와 분석의 역할을 했기 때문에 사람들을 연결하고 통합하는 힘이 약해진 것이 문제였다. 그래서 국가의 구성원들은 서로 분열되어 투쟁하는 양상을 보이는 것이다. 그 분열로 국가와 교회, 법과 풍속이 분열되었을 뿐만 아니라 개인 역시 정체성을 잃고 내면적 조화를 상실하고 있다고 진단한다.

"한편에서 확장된 경험과 특정된 사고가 학문을 더 예리하게 구분하고, 다른 한편으로 국가의 감긴 태엽장치가 신분과 업무의 더 엄격한 분리를 필요하게 만들자마자, 인간 속성의 내면적 연대 역시 찢어지고 전자들과의 파괴적인 투쟁이 그들의 조화로운 힘들을 분열시켰다."156)

"이제 국가와 교회, 법과 풍속이 서로 분열되고, 즐거움이 노동에서, 수단이 목적에서, 노력이 보상에서 분리되었다. 남은 거라곤 전체에서 떨어져 나온 작은 파편만이 있고, 인간 자신은 단지 파편으로 이루어진다.

---

155) 위의 책, 322쪽: "Warum qualifizirte sich der einzelne Grieche zum Repräsentanten seiner Zeit, und warum darf dieß der einzelne Neuere nicht wagen? Weil jenem die alles vereinende Natur, diesem der alles trennende Verstand seine Formen ertheilten."

156) 위의 책, 322쪽 이하: "Sobald auf der einen Seite die erweiterte Erfahrung und das bestimmtere Denken eine schärfere Scheidung der Wissenschaften, auf der anderen das verwickeltere Uhrwerk der Staaten eine strengere Absonderung der Stände und Geschäfte notwendig machte, so zerriß auch der innere Bund der menschlichen Natur, und ein verderblicher Streit entzweyte ihre harmonischen Kräfte."

인간이 움직이는 바퀴의 천편일률적 소음만이 계속해서 귀에 울리고 있다. 인간은 결코 자신 존재를 조화롭게 발전시킨 적이 없고, 자신의 본성에 있는 인간성을 나타내는 대신에 단지 자신의 업무와 학문을 보여주는 조형물이 되었다."157)

여기서 쉴러가 당대의 민족과 국가들이 처한 문제 상황을 개별적 인간의 문제로 연결시키는 것에 주목해야 한다. 그의 진단은 시대의 문제가 개인의 문제로 연결되고 있음을 지적하고, 개별적 인간의 행동 방식 역시 오성과 그에 관련된 능력을 강조하는 데 있다고 언급한다.

"죽은 철자가 살아있는 오성을 대표한다. 그리고 익숙한 기억이 재능과 감성보다 더 확실하게 나타난다."158)

"추상적 사상가는 따라서 대개 냉혈한이다. 그는 단지 전체로서 영혼에 와 닿는 인상들을 분해하기 때문이다. 사업가는 대개 옹졸하다. 그의 상상력은 그의 직업의 단조로운 형식에 갇혀 낯선 상상으로 확장될 수 없기 때문이다."159)

---

157) 위의 책, 323쪽: "Auseinandergerissen wurden jetzt der Staat und die Kirche, die Gesetze und die Sitten; der Genuß wurde von der Arbeit, das Mittel vom Zweck, die Anstrengung von der Belohnung geschieden. Ewig nur an ein einzelnes kleines Bruchstück des Ganzen gefesselt, bildet sich der Mensch selbst nur als Bruchstück aus, ewig nur das eintönige Geräusch des Rades, das er umtreibt, im Ohre, entwickelt er nie Harmonie seines Wesens, und anstatt die Menschheit in seiner Natur auszuprägen, wird er bloß zu einem Abdruck seines Geschäfts, seiner Wissenschaft."

158) 위의 책, 324쪽: "Der todte Buchstabe vertritt den lebendigen Verstand, und ein geübtes Gedächtniß leitet sicherer als Genie und Empfindung."

159) 위의 책, 326쪽 이하: "Der abstrakte Denker hat daher gar oft ein kaltes Herz, weil er die Eindrücke zergliedert, die doch nur als ein Ganzes die Seele rühren; der Geschäftsmann hat gar oft ein enges Herz, weil seine Einbildungskraft, in den einförmigen Kreis seines Berufs eingeschlossen, sich zu fremder

위의 인간의 유형에 대한 분석 역시 그 연장선에 있다. 즉 그의 진단은 인간의 본성에 대한 분석과 밀접하게 연관되어 있다. 다음은 그것을 보여준다.

"순수 오성은 감각의 세계에서 권위를 행사하는 가운데, 그리고 경험적 오성이 순수 오성을 경험의 조건 하에 두는데 열심인 가운데, 두 오성은 가장 최상으로 성숙된 상태로 발전된다. 그리고 그들 영역의 전체 범위를 소진한다. 상상력은 여기서 자의적으로 세계의 질서를 해체하려고 시도하는 가운데, 그곳에서 이성은 그것을 인식의 최고 원천으로 상승시키는 것이 필요하고, 이성에 반해 필요성의 법칙에 도움을 요청하는 것이 필요하다."160)

여기서는 인간에게 주어진 가장 중요한 능력은 이성과 오성의 능력이며, 이것이 인간의 감각과 상상력을 통제할 수 있다는 전제를 인정하고 있다. 이런 인식은 칸트의 철학과 직결된다. 쉴러가 칸트 철학을 연구한 것은 잘 알려진 사실이다. 그가 그 철학을 연구한 것은 인간의 본성을 철학적으로 설명할 수 있기 위함이었다. 결과적으로 쉴러는 인간의 본성을 칸트의 이성 중심의 비판 철학에서 가져왔고 그 바탕에서 인간을 자신의 방식으로 설명하고 있는 것이다.

위에서 언급한, 그가 내린 진단을 인간의 본성과 연결시키는 것도 이런 바탕에 있다. 즉 근대 국가와 사회에서 볼 수 있는 현상은 인간의

Vorstellungsart nicht erweitern kann."
160) 위의 곳: "Indem der reine Verstand eine Autorität in der Sinnenwelt usurpirt, und der empirische beschäftigt ist, ihn den Bedingungen der Erfahrung zu unterwerfen, bilden beyde Anlagen sich zu möglichster Reife aus, und erschöpfen den ganzen Umfang ihrer Sphäre. Indem hier die Einbildungskraft durch ihre Willkür die Weltordnung aufzulösen wagt, nöthiget sie dort die Vernunft zu den obersten Quellen der Erkenntniß zu steigen, und das Gesetz der Nothwendigkeit gegen sie zu Hülfe zu rufen."

소외의 결과인데, 인간 소외는 인간이 지녔던 본성이 훼손된 결과이며, 개인과 계급, 국가와 시민, 국가와 교회, 법률과 풍속, 학문과 노동 등이 개별화되고 분화되는 것도 그에 따른 현상으로 지적하고 있다고 볼 수 있다.

이에 대한 해결책은 대단히 어렵고 중요한 과제이기는 하지만, 무엇보다 근본적으로 인간 본성을 회복하는 것이 해법이다. 쉴러가 자연의 영역과 능력을 강조하는 것은 자연이 인간 본성과 동일하다는 것을 인정하고 있는 것이며, 자연에 대한 강조는 인간의 본성에 대한 강조와 다름 아니라고 봐야 한다. 자연에 대한 다음의 묘사는 이런 맥락을 이해하게 한다.

"자연은 물질적 창조을 하는 것에서 우리들에게 도덕적인 창조에서 행동할 수 있는 길을 제시한다. [...] 그곳에서 자연의 맹목적인 힘을 피하고, 여기서는 자연의 단순성, 진리와 풍요함으로 회귀한다."161)

여기서 자연은 무한 긍정의 대상이 아니라 긍정과 부정의 양면적 속성을 가지고 있음을 지적하고 있다. 쉴러에게 자연은 긍정과 부정의 양면적인 속성을 가진다는 것이다. 이것은 쉴러의 인간학과 미적 교육을 위한 출발점이자 전제가 된다.

이런 전제에서 쉴러는 칸트의 인간학 내지 비판철학의 변형인 감성의 인간학을 제시한다. 다음을 보자.

"이성은 그것이 법칙을 발견하고 세울 수 있다면 그것이 할 수 있는 것

---

161) 위의 책, 329쪽: "Die Natur zeichnet uns in ihrer physischen Schöpfung den Weg vor, den man in der moralischen zu wandeln hat. [...] [D]ort der blinden Gewalt der Natur sich entziehen, und hier zu ihrer Einfalt, Wahrheit und Fülle zurückkehren".

을 행할 것이다. 용감한 의지와 생생한 감정이 그것을 집행해야 한다. 진리가 그 힘들과의 투쟁에서 승리를 얻을 수 있으려면, 진리는 스스로 힘이 되어야 한다. 그리고 현상의 제국에서 자신의 안내자로 충동을 세워야 한다. 왜냐하면 충동은 감수성의 세계에서 유일하게 움직이는 힘이기 때문이다. 진리가 지금까지 자신의 승리의 힘을 잘 증명하지 못했다면, 그 이유가 진리를 위장하지 못하는 오성에 있는 것이 아니라, 진리에 감춰져 있는 가슴에, 그리고 진리를 위해 행동하지 않는 충동에 있다.162)

여기서 그는 인간의 감성의 능력에 주목하고 있다. 인간의 본원적 이성이 법칙을 발견하고 세우는 일을 한다는 것은 칸트 비판철학의 영향임을 짐작할 수 있다. 하지만 현실에 나타난 인간의 오성은 법칙을 세우지도 진리를 발견하지도 못하는 것으로 비판한다. 이것은 쉴러가 인간의 오성이 오도되고 있다고 판단하고 있음을 보여준다. 이에 반해 인간의 가슴과 충동이 진리를 밝히고 진리를 위해 일하는 요소가 될 수 있다고 언급한 것은 인간의 감성의 능력에 주목을 한 것이다. 이것은 본원적 이성주의의 칸트 철학과는 결이 다른 지적이다. 말하자면 쉴러는 칸트의 철학을 자신의 시각으로 발전시키고 있는 셈이다. 적어도 여기서는 데이비드 흄의 감성철학의 영향도 느낄 수 있다. 당시 쉴러가 흄의 철학을 어느 정도 알고 있었는지는 불분명하기 때문에 이 맥락은

---

162) 위의 책, 330쪽 이하: "Die Vernunft hat geleistet, was sie leisten kann, wenn sie das Gesetz findet und aufstellt; vollstrecken muß es der muthige Wille, und das lebendige Gefühl. Wenn die Wahrheit im Streit mit Kräften den Sieg erhalten soll, so muß sie selbst erst zur Kraft werden, und zu ihrem Sachführer im Reich der Erscheinungen einen Trieb aufstellen; denn Triebe sind die einzigen bewegenden Kräfte in der empfindenden Welt. Hat sie bis jetzt ihre siegende Kraft noch so wenig bewiesen, so liegt dieß nicht an dem Verstande, der sie nicht zu entschleyern wußte, sondern an dem Herzen, das sich ihr verschloß, und an dem Triebe, der nicht für sie handelte."

앞으로의 연구 과제라 할 수 있다. 확실한 것은 쉴러 역시 인간의 감성 내지 정서에 인간의 자연적 본성이 있음을 인정했고, 그것을 인간이 진리를 받아들일 수 있게 하는 인간의 능력으로 지적하고 있다는 점이다.

> "핵심은 사물에 놓여 있는 것이 아니고 인간의 정서에 존재한다. 그러니까 진리는 그것이 아무리 밝게 빛날지라도, 또 진리가 아무리 생생하게 확신시킨다고 할지라도, 그것을 받아들이는 것에는 걸림돌이 있는 것이 틀림없다. 과거의 현자가 느꼈고, 의미심장한 표현에 나타나 있는 것처럼 네 이성을 사용할 용기를 가져라."[163]

칸트가 계몽주의의 모토로 천명한 'sapere aude'(네 이성을 사용할 용기를 가져라)를 쉴러 역시 그대로 사용하고 있는 것은 칸트의 계몽주의 이성철학을 인정하고, 인간의 이성은 인간의 정서와 감성도 포괄하고 있다고 인정하는 것이다. 하지만 이것은 쉴러가 칸트와는 다른 자신의 시각을 과도하게 칸트적으로 맞춘 것이라 할 수 있다. 오히려 쉴러는 여기서 인간의 감성을 이성과는 다른 또 하나의 인간의 본성임을 인정하고, 나아가 인간의 감성이 이성과 밀접히 연관되어야 한다고 지적하는 것이라 볼 수 있다. 이른바 독일 계몽주의가 주장했던 가슴을 통한 계몽을 주장하고 있는 셈이다.

가슴을 통한 계몽주의란 인간 계몽의 완성은 인간의 머리, 즉 이성적 능력과 인간의 가슴 즉 감성의 조화에 있다는 것과 같다. 이런 계몽의 이상은 독일 계몽주의에서는 레싱 이후 지속되는 시각이다. 이 시각

---

163) 위의 책, 331쪽: "Es muß also, weil es nicht in den Dingen liegt, in den Gemüthern der Menschen etwas vorhanden seyn, was der Aufnahme der Wahrheit, auch wenn sie noch so hell leuchtete, und der Annahme derselben, auch wenn sie noch so lebendig überzeugte, im Wege steht. Ein alter Weiser hat es empfunden, und es liegt in dem vielbedeutenden Ausdruck versteckt: sapere aude."

은 레싱과 빌란트, 괴테와 쉴러, 베첼 등 당대 계몽주의 독일문학의 인간학을 이해하는 데 핵심이 된다. 쉴러는 이때 가슴을 '감성적 능력 Empfindungsvermögen'이라고 표현하고 있다. 이 역시 쉴러의 계몽주의 인간학의 핵심을 보여준다.

> "오성의 모든 계몽은 (감성적) 특성으로 다시 흘러들 때만 주목을 받는다. 그것은 우선 어느 정도 그 특성에서 출발한다. 가슴을 거쳐 머리로 가는 길이 열려야 되기 때문이다. 그러므로 감수성의 형성은 시대의 더욱 절실한 요구다. 단순히 그것이 삶의 혜안을 열어주는 수단이 되기 때문이 아니라, 삶에 대한 인식을 발전시키게 작용하기 때문이다."164)

쉴러는 이런 감성적 능력을 키우는 것이 바로 인간의 미적 교육이라고 이해하고 이에 따라 편지의 본론은 인간의 미적 교육이 된 것이다.

이제 11번째 편지부터 쉴러는 인간의 감각적, 물질적, 현실적 상태와 이성적, 정신적, 도덕적 개성을 구별한다. 그는 이 두 영역이 인간의 내부에서 길항 작용을 하는 두개의 힘 또는 충동으로 존재한다고 주장하면서, 각각을 '감각 충동 der sinnliche Trieb'과 '이성 충동'이라 할 수 있는 '형식 충동 Formtrieb'으로 명명한다.165) 이런 두 충동은 인간에게 주어진 자연의 두 가지 상반된 요구에서 기인한다.

> "여기서 이제 두 가지 상반된 인간에 대한 요구, 즉 인간의 감각-이성적

---

164) 위의 책, 332쪽: "[A]lle Aufklärung des Verstandes nur insoferne Achtung verdient, als sie auf den Charakter zurückfließt; sie geht auch gewissermaßen von dem Charakter aus, weil der Weg zu dem Kopf durch das Herz muß geöffnet werden. Ausbildung des Empfindungsvermögens ist also das dringendere Bedüfniß der Zeit, nicht bloß weil sie ein Mittel wird, die verbesserte Einsicht für das Leben wirksam zu machen, sondern selbst darum, weil sie zu Verbesserung der Einsicht erweckt."

165) 위의 책, 341-352쪽.

자연본성이라는 두 가지 토대법칙이 발생한다. 전자는 절대적 현실로 돌진한다. 그것은 단순히 형식인 모든 것을 만들어 내고, 자신의 모든 성향을 드러낸다. 후자는 절대적 형식성으로 돌진한다. 그것은 세계에 있는 모든 것을 자신 속에서 없애버리고 자신의 모든 변화와 그것을 일 치시킨다. 바꾸어 말하면 그것은 자신 내부의 모든 것을 외면화하고 모 든 외부적인 것에 형식을 부여한다."166)

여기서 흥미 있는 것은 쉴러가 설정하는 이런 자연의 상반된 요구는 사실상 자연의 두 속성에 따른 것임을 지적하는 것이다. 즉 자연은 - 위에서도 언급했듯이 - 쉴러에게 항상 양면성을 가지고 있는데, 여기 서는 그것이 '감각-이성적 자연 sinnlich-vernünftige Natur'이라는 독특한 (쉴러적) 표현으로 나타난다. 즉 자연의 감각적이고 이성적인 이중 속성 을 말한다. 감각과 이성의 이중성은 인간을 움직이는 내적인 힘, 즉 충 동에서도 그대로 나타난다. 그 첫 번째 충동은 감각 충동이다.

"우리들 안에 필연적인 것을 현실로 만들고, 우리들 외부의 현실적인 것을 필연성의 법칙 하에 두는 이런 이중의 과제를 충족시키기 위해 우 리들은 [...] 아주 적절하게 충동이라 명명하는 두 가지 상반된 힘에 이 끌리게 된다. 내가 감각적이라 부르는 그 첫 번째 충동은 인간의 물질 적 현존재 혹은 감각적 자연본성에서 출발한다. 이것은 인간을 시간에 가두어서 질료로 만들려고 노력하지만 질료를 주는 것은 아니다. 그것 을 위한 자유로운 활동은 질료를 수용하고 고정적 자신과 구분하는 사

---

166) 위의 책, 344쪽: "Hieraus fließen nun zwey entgegengesetzte Anforderungen an den Menschen, die zwey Fundamentalgesetze der sinnlich- vernünftigen Natur. Das erste dringt auf absolute Realität: er soll alles zur Welt machen, was bloß Form ist, und alle seine Anlagen zur Erscheinung bringen: das zweyte dringt auf absolute Formalität: er soll alles in sich vertilgen, was bloß Welt ist, und Uebereinstimmung in alle seine Veränderungen bringen; mit anderen Worten: er soll alles innre veräußern und alles äussere formen."

람에게 속하는 것이기 때문이다. 하지만 질료는 여기서 다름 아닌 시대
를 채우는 변화와 실제를 말한다. 이런 충동은 그 변화가 존재하고 시
대가 하나의 내용을 가지고 있음을 요구한다. 단순히 채워진 시대의 이
런 상태는 감성이라 불린다. 이 상태는 물질적 현존재가 드러나는 바로
그것이다."167)

여기서 '질료' 역시 독특한 맥락에서 설명되고 있다. 즉 질료는 인간
이 자유 행위를 통해 만들 수 있는 변화되는 현실을 의미한다. 아래에
서 서술하는 칸트적 질료와는 구분되며, 칸트보다 대단히 확장된 의미
를 가진다고 할 수 있다. 감각 충동의 속성은 다음과 같다.

"그것은 물론 인류의 전체 현상이 결국 구속되어 있는 감각적 충동이다.
하지만 그 충동만이 인간의 성향을 일깨우고 발전시킬지라도 그 완성을
불가능하게 만드는 것도 역시 그 충동이다. 그 충동은 끊을 수 없는 결
속의 끈으로 더 높은 곳으로 향하는 정신을 감각 세계에 묶고, 무한한
것으로 가장 자유롭게 변화하려는 그 행로를 현재의 경계로 묶고 추상
화로 환기시킨다. 사고는 그 충동에서 순간적으로 피할 수 있으나 확고
한 의지가 그것에 대항하여 자신의 요구를 관철시킨다."168)

---

167) 위의 곳: "Zur Erfüllung dieser doppelten Aufgabe, das Nothwendige in uns
zur Wirklichkeit zu bringen und das Wirkliche ausser uns dem Gesetz der
Nothwendigkeit zu unterwerfen, werden wir durch zwey entgegengesetzte
Kräfte gedrungen, die man [...] ganz schicklich Triebe nennt. Der erste dieser
Triebe, den ich den sinnlichen nennen will, geht aus von dem physischen
Daseyn des Menschen oder von seiner sinnlichen Natur, und ist beschäftigt, ihn
in die Schranken der Zeit zu setzen und zur Materie zu machen: nicht ihm
Materie zu geben, weil dazu schon eine freye Thätigkeit der Person gehört,
welche die Materie aufnimmt, und von Sich, dem Beharrlichen, unterscheidet.
Materie aber heißt hier nichts als Veränderungen oder Realität, die die Zeit
erfüllt; mithin fordert dieser Trieb, daß Veränderung sey, daß die Zeit einen
Inhalt habe. Dieser Zustand der bloß erfüllten Zeit heißt Empfindung, und er ist
es allein, durch den sich das physische Daseyn verkündigt."

정신과 감각의 상반성은 감각 충동에 의한 것이다. 인간의 '의지 Wille' 역시 감각 충동의 하나로 본 것은 칸트와는 달리 흄 David Hume (1711~1776)을 떠올리게 한다. 왜냐하면 칸트의 경우 의지는 요컨대 이 성적 인간이 스스로 행동하는 능력을 말한다. 다시 말하면 의지를 이성 의 능력으로 본다는 말이다. 다음 구절은 그것을 보여준다.

> "의지는 일정 법칙의 관념에 따라 자신 스스로 행동을 규정짓는 능력으 로 생각된다. 그리고 그런 능력은 단지 이성적 존재에서만 나타날 수 있다."169)

흄은 이에 비해 의지를 감각적 지각(perception)을 통해 형성되는 감 성(sentiment)의 능력으로 인식했다. 따라서 이 점은 칸트 철학에 바탕 한 쉴러의 시각이 칸트와 차이를 보이는 대표적 내용 중 하나로 볼 수 있다. 혹자는 칸트 철학과의 이런 차이를 칸트 철학의 창조적 오해라고 설명하기도 하지만, 인간 감성을 다루는 작가로서 그의 작가적 감각과 직관적인 능력에서 나온 것이라 추측할 수 있다. 이것은 인간 감성에 대한 대표적 연구라 할 수 있는 흄의 철학과도 통하는 점이다.

쉴러는 두 번째 충동을 다음과 같이 설명하고 있다.

---

168) 위의 책, 345쪽: "[S]o ist es freylich der sinnliche Trieb, an dem zuletzt die ganze Erscheinung der Menschheit befestigt ist. Aber, obgleich er allein die Anlagen der Menschheit weckt und entfaltet, so ist es doch allein, der ihre Vollendung unmöglich macht. Mit unzerreißbaren Banden fesselt er den höher strebenden Geist an die Sinnenwelt, und von ihrer freyesten Wanderung ins Unendliche ruft er die Abstraktion in die Grenzen der Gegenwart zurück. Der Gedanke zwar darf ihm augenblicklich entfliehen, und ein fester Wille setzt sich seinen Forderungen sieghaft entgegen".

169) Kant: Grundlegung zur Metaphysik der Sitten. Akademische Ausgabe. Bd. 4, 427쪽: "Der Wille wird als ein Vermögen gedacht, der Vorstellung gewisser Gesetze gemäß sich selbst zum Handeln zu bestimmen. Und ein solches Vermögen kann nur in vernünftigen Wesen anzutreffen sein."

"형식충동이라 명명할 수 있는 두 번째 충동은 절대적 존재로서 인간 혹은 인간의 이성적 속성에서 나타난다. 이것은 인간을 자유의 상태로 만들고, 자신이 보여주는 다양한 현상의 모습을 조화롭게 해주며, 현상의 상태가 아무리 변하더라고 자신의 존재를 주장하고자 노력을 한다. [...] 이것은 진리와 권리로 돌진한다."[170]

두 번째 충동을 '형식 충동'으로 규정지은 것은 형식의 의미를 특별히 생각한다는 것을 의미한다. 사실상 '형식 Form'은 '질료 Materie'와 더불어 칸트 비판 철학의 핵심 개념들에 속한다. 간단히 말하자면, 형식은 다른 실재와는 구별되는 어떤 특정 실재를 의미하거나, 좁게는 어떤 질료의 질서를 이루는 구조를 의미하기도 한다. 이때 질료라는 것은 구조를 가진 어떤 대상을 말한다.[171] 즉 위에서 언급한 쉴러의 질료보다 훨씬 협의의 의미로 한정되어 사용된다. 요컨대 칸트와 비교해서 쉴러는 질료를 훨씬 확장적 맥락에서 사용하고 있는 것이다.

형식의 의미를 좀 더 비교해 보자. 칸트는『순수이성비판』의 첫 부분인 「선험 미학 Transzendentale Ästhetik」에서 형식과 질료를 다음과 같이 정의한다.

"현상에서 감각적 지각과 연관되는 것을 현상의 질료라 명명한다. 하지만 다양한 현상이 일정한 관계를 가질 수 있게 질서를 부여하고 관조할 수 있게 만드는 것을 나는 현상의 형식이라 명명한다."[172]

---

170) NA Bd. 20, 345쪽 이하: "Der zweyte jener Tiebe, den man den Formtrieb nennen kann, geht aus von dem absoluten Daseyn des Menschen oder von seiner vernünftigen Natur, und ist bestrebt, ihn in die Freyheit zu setzen, Harmonie in die Verschiedenheit seines Erscheinens zu bringen, und bey allem Wechsel des Zustands seine Person zu behaupten. [...] er dringt auf Wahrheit und auf Recht."
171) 참조 Kant-Lexikon, 1권, 615쪽.
172) Kant: Kritik der reinen Vernunft. 제1판, 20쪽(제2판, 34쪽). In: Akademi-

즉 칸트 철학에서 형식은 현상 내지 감각적 대상의 속성에 속한다. 쉴러는 이런 칸트적 시각을 더욱 확대해서 이성적 인간의 본질적 속성과 능력으로 확장하고 있다. 이런 맥락에서 보면 이 형식 충동은 요컨대 인간의 이성적 능력이라 할 수 있다. 이 점 역시 칸트 철학과는 다른 쉴러 미학과 계몽주의 인간학의 특징적 부분이라 할 수 있다.

인간 문화의 과제는 이제 이런 인간의 감각적 능력과 이성적 능력을 조화롭게 결합하는 것이다.173) 이것을 가능하게 하는 것이 저 유명한 '유희 충동 Spieltrieb'이라고 규정했다.

> "감각 충동은 규정되기를 원한다. 그것은 자신의 대상을 인지한다. 형식 충동은 스스로를 규정하기를 원한다. 그것은 자신의 대상을 불러낸다. 그러므로 유희 충동은 자신이 스스로를 불러냈던 방식대로 그렇게 대상을 인지하고자 노력하고, 감각이 인지하고자 추구하는 바대로 대상을 불러내고자 한다."174)

계속해서 쉴러는 이것을 구체적으로 설명하고자 시도한다.

> "감각 충동은 자신의 주체로부터 자신의 모든 행동과 자유를 배제한다. 형식 충동은 자신의 것으로부터 모든 의존성과 고통을 배제한다. 그러나 자유의 배제는 물질적 필요성이고 고통의 배제는 도덕적 필요성이다.

---

sche Ausgabe. Bd. 4(제1판), 30쪽: "In der Erscheinung nenne ich das, was der Empfindung correspondirt, die Materie derselben, dasjenige aber, welches macht, daß das Mannigfaltige der Erscheinung in gewissen Verhältnissen geordnet, angeschauet wird, nenne ich die Form der Erscheinung".
173) 참조 NA Bd. 20, 347-352쪽.
174) 위의 책, 354쪽: "Der sinnliche Trieb will bestimmt werden, er will sein Objekt empfangen; der Formtrieb will selbst bestimmen, er will sein Objekt hervorbrungen: der Spieltrieb wird also bestrebt seyn, so zu empfangen, wie er selbst hervorgebracht hätte, und so hervorzubringen, wie der Sinn zu empfangen trachtet."

따라서 두 충동은 감성을 필요로 한다. 전자는 자연법칙을 통해, 후자는 이성의 법칙을 통해 그러하다. 두 충동이 결합되어 작용하는 유희 충동은 감성을 도덕적이고 물질적인 측면에서 동시에 필요로 한다. 유희 충동은 모든 우연성을 해결하기 때문에 이런 모든 필요성 역시 해결한다. 그리고 인간을 물질적 도덕적으로 자유롭게 만든다. 만약 우리가 경멸을 받을 만한 어떤 사람에게 열정을 가지게 되면 그것은 우리의 자연 본성에 거스르는 것임을 느끼게 된다. 반면 만약 우리가 존경을 받을 만한 어떤 사람에 대해 적대적인 감정을 품게 되면 그것은 이성에 거스르는 것임을 느끼게 된다. 하지만 그 사람이 우리들의 호감을 사고 우리들의 주목을 얻게 되자마자 감성의 강제와 이성의 강제가 사라지고, 우리들은 그를 사랑하기 시작한다. 즉 우리는 호감과 주목과 유희를 하게 된다. [...]

그 두 충동이 통합되어 작용하는 유희 충동은 그러므로 한편으로 우리의 형식적이고 물질적인 토대가 되고, 다른 한편으로 우리들의 완전함과 우리들의 행복감을 자연스럽게 얻을 수 있게 한다. 그러므로 유희 충동은 그 둘을 자연스럽게 얻게 만들기 때문에, 그리고 필연성으로 우연성을 사라지게 하기 때문에 두 충동에 있는 우연성을 다시 지양하여 형식을 질료로, 현실을 형식으로 변화시키게 된다. 유희 충동이 감수성과 감정을 역동적으로 제어할 수 있는 만큼, 감성을 이성의 이념과 일치시킬 수 있게 된다. 그리고 유희 충동이 이성의 법칙에 도덕적인 필요성을 가하는 만큼 이성을 감각의 이해와 화해시킬 수 있게 된다."[175]

---

175) 위의 책, 354쪽 이하: "Der sinnliche Trieb schließt aus seinem Subjekt alle Selbsttätigkeit und Freyheit, der Formtrieb schließt aus dem seinigen alle Abhängigkeit, alles Leiden aus. Ausschließung der Freyheit ist aber physische, Ausschließung den Leidens ist moralische Nothwendigekeit. Beyde Triebe nöthigen also das Gemüth, jener durch Naturgesetze, dieser durch Gesetze der Vernunft. Der Spieltrieb also, in welchem beyde verbunden wirken, wird das Gemüth zugleich moralisch und physisch nöthigen; er wird also, weil er alle Zufälligkeit aufhebt, auch alle Nöthigung aufheben, und den Menschen, sowohl

이런 유희충동은 인간을 완전하게 만들어 준다. 즉 "인간은 말의 완전한 의미에서 인간인 곳에서만 유희를 하고, 유희를 하는 곳에서만 완전한 인간이 된다."176) 만약 감각 충동의 대상이 '생명 Leben'이고, 형식 충동의 대상이 '형상 Gestalt'이라면, 유희 충동의 대상은 '살아있는 형상 lebende Gestalt'이라고 설명하며 이를 미 Schönheit로 이해했다.

> "유희 충동의 대상은 일반적인 구조로 볼 때 살아있는 형상이라 불릴 수 있을 것이다. 이 개념은 외부 현상들의 모든 미학적인 상태, 한마디로 말하면 가장 광의의 의미에서 미라고 명명할 수 있는 것을 표현한다."177)

---

physisch als moralisch, in Freyheit setzen. Wenn wir jemand mit Leidenschaft umfassen, der unsrer Verachtung würdig ist, so empfinden wir peinlich die Nöthigung der Natur. Wenn wir gegen einen andern feindlich gesinnt sind, der uns Achtung abnöthigt, so empfinden wir peinlich die Nöthigung der Vernunft. Sobald er aber zugleich unsre Neigung interessiert und unsre Achtung sich erworben, so verschwindet sowohl der Zwang der Empfindung als der Zwang der Vernunft, und wir fangen an, ihn zu lieben, d.h. zugleich mit unsrer Neigung und mit unsrer Achtung zu spielen. [...]/ Der Spieltrieb also, in welchem beyde vereinigt wirken, wird zugleich unsre formale und unsre materiale Beschaffenheit, zugleich unsre Vollkommenheit und unsre Glückseligkeit zufällig machen; er wird also, eben weil er beyde zufällig macht, und weil mit der Nothwendigkeit auch die Zufälligkeit verschwindet, die Zufälligkeit in beyden wieder aufheben, mithin Form in die Materie und Realität in die Form bringen. In demselben Maaße als er den Empfindungen und Affekten ihren dynamischen Einfluß nimmt, wird er sie mit Ideen der Vernunft in Uebereinstimmung bringen, und in demselben Maaße, als er den Gesetzen der Vernunft ihre moralische Nöthigung benimmt, wird er sie mit dem Interesse der Sinne versöhnen."

176) "Der Mensch spielt nur, wo er in voller Bedeutung des Worts Mensch ist, und er ist nur da ganz Mensch, wo er spielt"(위의 책, 359쪽).

177) 위의 책, 355쪽: "Der Gegenstand des Spieltriebes, in einem allgemeinen Schema vorgestellt, wird also lebende Gestalt heißen können; ein Begriff, der allen ästhetischen Beschaffenheiten der Erscheinungen, und mit einem Worte dem, was man in weitester Bedeutung Schönheit nennt, zur Bezeichnung dient."

미를 실현하는 것이 미적 교육의 과제다. 미적 교육을 받은 사람은 '미적 상태 ästhetischer Zustand'에 도달하게 되어 '완전한 인간 ganz[er] Mensch'이 된다. 미적 상태는 "인간이 어쩔 수 없이 육체에 의존한다고 해서 인간의 도덕적인 자유가 결코 포기될 수 없다는 사실"을 인식하는 것이며,178) "인간에게 자신이 되어야 할 존재가 되는 자유를 완전히 돌려주는 상태"를 의미한다.179) 개인이 이런 자유를 어떻게 사용하는가는 각자의 의지에 달려 있다. 이처럼 인간에게 미적 교육은 인간에게 완전한 자유를 부여하며 완전한 인간성을 실현한다.

마지막 단계로 인간의 미적 교육의 목표는 인간에게 시민적, 정치적 자유를 부여한다. 따라서 미적 교육은 국가 정치의 프로그램이 되어야 한다. 이 점에서도 『인간의 미적 교육론』의 계몽주의적 성격은 충분히 드러난다. 국가는 시민의 미적 교육을 통해 시민을 '미적 국가 ästhetischer Staat'의 시민으로 교육한다. 미적 국가는 윤리적 국가 ethischer Staat와 구별된다. 윤리적 국가에서는 도덕적 의무가 인간을 지배하고 일반적 의지가 개인적 의지를 굴복시키지만, 미적 국가에서는 전체의 의지가 개인을 통해서만 시민의 자유로 실현되기 때문이다.180)

> "역동적 국가는 인간의 자연적 속성을 (물리적) 자연의 방식으로 길들이는 것으로 사회가 단지 유지될 수 있게 할 뿐이다. 윤리적 국가는 개인의 의지를 일반 의지에 굴복시키는 것으로 단순히 (도덕적으로) 사회가 필요하게 만든다. 미적 국가만이 개인의 자연적 속성을 통해 전체의 의지를 실현하기 때문에 사회를 실제로 만들어 낼 수 있다."181)

---

178) "[D]aß mithin durch die notwendige physische Abhängigkeit des Menschen seine moralische Freyheit keineswegs aufgehoben werde"(위의 책, 397쪽).

179) "[D]aß ihm die Freyheit, zu seyn, was er seyn soll, vollkommen zurück-gegeben ist"(위의 책, 378쪽).

180) 위의 책, 410쪽, 또한 347쪽 이하.

181) 위의 책, 410쪽: "Der dynamische Staat kann die Gesellschaft bloß möglich machen, indem er die Natur durch Natur bezähmt; der ethische Staat kann sie

여기서 언급된 역동적 국가는 법이 지배하는, 현대적으로 말하면 일종의 법치국가를 말한다.("만약 역동적인 법치국가에서 인간이 인간을 힘으로써 만나고 그의 행위를 제한한다면"182)) 법치국가의 이상 역시 당대 계몽주의(또한 현대 자유민주주의) 국가 이상에 속하는 것이지만, 그것 역시 윤리적 국가처럼 불완전하다는 것을 지적하고 있다.

개인은 미적 국가에서 자신의 정치적, 도덕적 의무를 자율적으로 실현한다. 그는 자신의 자유가 국가 통치자의 의지를 통해 실현되는 것을 목격한다.183)

시민의 입장에서 보면 미적 국가란 시민에게 미적 교육을 베풀어 시민의 자유를 완성하는 국가지만, 국가의 입장에서 보면 미적 국가의 시민은 미적 교육을 받은 완전한 인간이어야 할 것이다. 이것은 상호모순이다. 쉴러가 볼 때 미적 국가도, 그 시민도 여전히 존재하지 않은 이유는 논리적으로 당연한 귀결이다. 그가 미적 국가의 존재와 그 시민을 구체적으로 지적하지 않은 것은 일차적으로 이런 모순에 기인한다.

이런 모순을 해결하기 위한 쉴러의 결론은 국가에 대한 요구보다 인간에 대한 미적 교육의 논리를 더욱 강화하는 데 있다. "감각적 인간을 이성적으로 만들 수 있는 유일한 길은 그를 먼저 미적으로 교육하는 것"184)이기 때문이다. 이에 대한 그의 논리는 이 직전에 다음과 같이

---

bloß (moralisch) nothwendig machen, indem er den einzelnen Wille dem allgemeinen unterwirft; der ästhetische Staat allein kann sie wirklich machen, weil er den Willen des Ganzen durch die Natur des Individuums vollzieht."

182) "Wenn in dem dynamischen Staat der Rechte der Mensch dem Menschen als Kraft begegnet und sein Wirken beschränkt".(위의 책, 410쪽).

183) 위의 책, 317쪽 이하.

184) "es giebt keinen andern Weg, den sinnlichen Menschen vernünftig zu machen, als daß man denselben zuvor ästhetisch macht"(위의 책, 383쪽). 또한 참조, "우리는 시민들에게 헌법을 주기 전에 헌법에 맞는 시민들을 길러내는 일을 먼저 해야 할 것입니다 Man wird damit anfangen müssen für die Verfassung Bürger zu erschaffen, ehe man den Bürgern eine Verfassung geben kann".(NA Bd. 26, 265쪽).

설명된다.

> "감성이 고통당하는 상태에서 사고와 의지의 활동 상태로 넘어가는 것
> 은 다름 아닌 미적 자유의 중간 상태를 통해 발생한다. 그리고 이런 상
> 태는 그 자체로는 우리의 인식과 성향 모두를 위해 뭔가를 결정할 수 있
> 는 것은 아니라 할지라도, 그리고 우리들의 지성적이고 도덕적인 가치
> 를 완전히 문제시 할 수 있을지라도, 우리들이 어떤 인식과 성향으로 이
> 르게 할 수 있는 필요한 조건인 것은 확실하다."[185]

미적 자유의 힘, 그리고 미적 교육을 통해 아름다움에 대한 인식과
체험을 한 사람만이 얻을 수 있는 자유. 이 미적 체험과 교육이 주는
자유로운 상태는 인간의 감각/감정과 도덕/이성의 두 상태를 결합할
수 있는 수단이 된다는 주장이다. 이것이 쉴러가 주장하는 미적 교육에
나타난 미학적 인간학의 본질적 내용이자 특징이다.

또한 이것은 쉴러가 자연철학이나 자연의 연구에 관심을 덜 보이는
이유를 짐작하게 한다. 자연을 느끼고 관찰하는 데 필요한 감각과, 감
각에 예민한 인간을 쉴러는 미완성의 상태로 여겼다. 미적 교육을 받은
이성적 인간이 더 완전한 인간이라는 것이 그의 인간학적 관점이다. 그
래서 미적 교육을 통해 성숙하게 된 인간이 자연을 관찰하는 것이 순서
였다.

---

185) 위의 책, 383쪽: "Der Uebergang von dem leidenden Zustand des Empfindens
zu dem thätigen des Denkens und Wollens geschieht also nicht anders, als durch
einen mittleren Zustand ästhetischer Freyheit, und obgleich dieser Zustand an
sich selbst weder für unsere Einsichten, noch Gesinnungen etwas entscheidet,
mithin unsern intellektuellen und moralischen Werth ganz und gar problematisch
läßt, so ist doch die nothwendige Bedingung, unter welcher allein wir zu einr
Einsicht und zu einer Gesinnung gelangen können."

하지만 이런 그의 처방은 앞서의 『돈 카를로스』와는 정반대의 논리다. 『인간의 미적 교육론』에 존재하는 미학적 인간학의 이면을 이해하기 위해서는 쉴러와 당대 현실 정치와의 관계를 간단히 살펴보는 것도 유익하다.

4) 쉴러의 미학적 인간학과 정치의 관계

쉴러는 1784년 12월 26일 다름슈타트 궁정 행사에 참석한 많은 내외 귀빈들 앞에서 1783년부터 집필하기 시작한 희곡 『돈 카를로스』 제1막을 낭독했다. 낭독은 성공적이었다. 그 자리에 귀빈으로 참석했던 바이마르 공작 칼 아우구스트도 쉴러의 카를로스를 들었다. 기록에 의하면 그다음 날 아우구스트 공작은 쉴러를 '바이마르 고문관 Weimarischer Rat'으로 임명한다.[186]

아우구스트 공작이 그를 고문관으로 임명한 것은 단순히 시인에 대한 그의 순수한 관심에 따른 것일까? 이른바 바이마르 문예궁정의 명성에 도움이 되는 또 한명의 시인을 얻기 위한 활동일까? 아니면 당시 독일 민중에 급속히 알려지기 시작한 탈영 군의관 출신의 한 젊은 시인이 낭독한 새로운 작품이 이전과는 달리 궁정 귀족들의 마음에도 들었기 때문일까? 또한 쉴러 역시 자신의 작품을 문학적으로 인정받기 위해서 그 행사에 참석했고 그의 고문관 임명을 그 보상으로 이해했을까?

『돈 카를로스』의 발생사를 면밀히 조사해보면 이 질문들은 어떤 것도 단순히 대답할 수 없음을 알려준다. 이에 대한 모든 답은 『돈 카를로스』는 쉴러와 그의 문학이 현실 정치와 연관을 맺고 있다는 전형적 예임을 암시한다. 그 작품의 발생사에서 문학적 맥락을 배제하고 정치적 맥락만을 분리해 바이마르 공작과 『돈 카를로스』 작가의 만남을 분석해 본다면, 정치적 목적으로 독일의 공국들을 방문 중이었던 아우구스

---

186) Peter-André Alt, 위의 책, Bd. 1, 394쪽.

트 공작은 쉴러를 후일 자신이 시도할 수도 있는 정치적 기획에서 쓸 수 있는 하나의 카드로 생각했을 수 있다.[187] 또한 쉴러는 탈영병 신분인 자신을 지켜 줄 정치권력을 공작에게서 찾고자 했을 수 있다. 확실한 것은 쉴러의 주변에는 정치권력이 어떤 목적에서건 늘 그를 관찰하고 있었다는 점이다.

『인간의 미적 교육론』의 발생사도 마찬가지다. 앞서 언급한 것처럼 1791년 11월 27일 덴마크의 프리드리히 크리스티안 왕자와 쉼멜만이 쉴러에게 보낸 편지는 그들의 정체를 "세계시민 의식을 통해 서로 연결된 두 친구 Zwey Freunde, durch Weltbürgersinn mit einander verbunden"로 소개한다.[188] 장차 작은 국가의 군주가 될 왕자와 백작이 서로 동등한 친구로서 소개하는 것은 그들이 세계시민의 의식을 공유하는 계몽주의 동지임을 표방하는 것이다. 사실 당시 독일의 정치 무대에서 계몽주의 이념은 개혁과 변화의 동의어였다. 계몽주의 이념을 신봉하는 프리드리히 왕자는 덴마크를 개혁할 수 있는 새로운 정치를 원했고, 그가 그 정치의 구심점이 되기를 원했다. 이념의 동지들을 모으는 것은 어쩌면 당연했다. 그는 이 편지에서 당시 병석에서 벗어나지 못했던 쉴러를 세계시민의 동지로 돕겠다며, 총 3년 동안 해마다 천 탈러라는 적지 않은 돈을 후원하겠다는 뜻을 전한다. 또 나중에 쉴러를 자신이 있는 덴마크 코펜하겐으로 불러들일 계획이 있음을 강력하게 시사한 것도 이런 맥락에서였다.

  "여기 우리에게 있으면 당신께서 정신의 필요를 만족시키는 데 부족한

---

187) 이를테면 독일 제후동맹은 공작의 대표적 정치 기획 중 하나라 할 수 있다.
188) NA Bd. 34/1, 113쪽: "세계시민 의식을 통해 서로 연결된 두 친구가 고귀한 당신에게 서신을 보냅니다. 우리 두 사람을 당신이 모르겠지만, 우리 둘은 당신을 존경하고 사랑합니다. Zwey Freunde, duch Weltbürgersinn mit einander verbunden, erlassen dieses Schreiben an Sie, edler Mann! Beyde sind Ihnen unbekannt, aber beyde verehren und lieben Sie."

것은 없을 것입니다. 여기 수도는 정부의 주재지이며 동시에 커다란 상업의 중심지이고 대단히 귀중한 장서들도 보유하고 있습니다. 여러 측에서 존경과 우정으로 당신의 덴마크 체류를 편안하게 하고자 경주할 것입니다. 왜냐하면 우리들이 여기서 당신을 알고 사랑하는 유일한 사람들은 아니기 때문입니다. 그리고 당신께서 건강이 회복된 후에 국가의 공직을 받고자 한다면 그 희망을 만족시키는 것이 어렵지 않을 것입니다."189)

왕자는 『돈 카를로스』의 작가에게 위의 매력적인 제안을 하며 자신과 뜻을 같이하는 사람들이 많음을 지적한다. 쉴러에 대한 이런 제안이 단순히 우연한 개인적 호의의 차원이 아닌, 왕자가 계획하고 있는 계몽주의 정치의 차원임을 암시하는 것이다. 또한 계속되는 내용을 보면 왕자가 단순히 이념적 계몽주의 정치를 꿈꾸는 것이 아닌, 보다 급진적인 공화정치적 계몽주의 이념을 실천하고 싶어 한다는 것을 알려준다. 그의 표현은 포자의 그것과 크게 다르지 않으며, 넓은 의미에서 포자가 형상화한 일루미나트의 이념과도 맥이 통한다.

"우리들은 그 경계가 개별 세대의 삶을 넘어서고, 지구의 경계를 넘어서는 거대한 공화국의 시민인 인간으로 존재하는 긍지만을 가지고 있습니다. 당신께서는 여기서 오로지 인간으로만 만나는 형제들을 가지

---

189) 위의 책, 114쪽: "Hier bey uns würde es Ihnen nicht an Befriedigung für die Bedürfnisse Ihres Geistes fehlen, in einer Hauptstadt, die der Siz einer Regierung, zugleich ein groser Handlungsplaz ist, und sehr schäzbare Büchersammlungen enthält. Hochachtung und Freundschaft würden von mehrern Seiten wetteifern Ihnen den Aufenthalt in Dännemark angenehm zu machen, denn wir sind hier nicht die einzigen welche Sie kennen und lieben. Und wenn Sie nach wiederhergestelter Gesundheit wünschen solten im Dienste des Staats angestelt zu werden, so würde es uns nicht schwer fallen diesen Wunsch zu befriedigen."

게 될 것입니다."190)

이틀 후 쉴러는 바게젠의 편지를 받는다. 그는 왕자와 쉼멜만 백작이 쉴러에게 편지를 보낸 이유 중 하나를 "당신[쉴러]의 지속적인 영향의 중요성에 대한 확신 Ueberzeugung von der Wichtigkeit Ihres fortdauernden Wirkens"191)이라고 언급한다. 이것은 단순한 존경과 호의의 표현을 넘어선다. 이 표현의 이면에는 그들이 자신들의 정치적 조직의 연대를 위해 현실적으로 쉴러의 영향력과 쉴러의 작품에 나타난 도덕적, 이념적 대표성이 중요한 역할을 할 수 있을 것이라는 기대를 전하고 있다. 이어서 "그들의 목적이 인류의 구원 ihr Zweck ist das Heil der Menschheit"이라고 당대의 계몽주의적 정치 조직이 사용하는 구호를 그대로 표현한 것은 그 편지의 의도에 대한 너무나 당연하고 명백한 메시지였다. 상대가 이를 이해하지 못할 것이 염려됐을까? 바게젠은 편지의 말미에 다시 한 번 특별한 부탁을 전한다. 자신과 왕자의 이름을 비밀로 해달라는 쉼멜만의 부탁이다.192) 이것은 왕자가 보낸 편지가 일상적인 것이 아닌 특별한 의도를 담고 있음을 의미한다. 즉 그와 왕자의 이름이 공개된다면 그들의 입장이 곤란해질 것임을 전하는 것이다. 정치적 조직의 맥락을 알지 못하면 그들의 부탁은 이해하기 어렵다. 편지의 이면에 담긴 이 모든 정치적 맥락과 암시를 쉴러는 간파했을 것이다.

---

190) 위의 곳: "Wir kennen keinen Stoz als nur den, Menschen zu seyn, Bürger in der grosen Republick, deren Grenzen mehr als das Leben einzlener Generationen, mehr als die Grenzen eines Erdbals umfassen. Sie haben hier nur Menschen, Ihre Brüder vor sich."

191) 위의 책, 115쪽.

192) "내가 막 쉼멜만 백작으로부터 짧은 편지를 받았는데, 그는 내게 이 일과 관련해서 자신의 이름을 비밀로 해줄 것을 각별히 부탁하는 일을 맡겼습니다. [...] 이것은 왕자님의 부탁이기도합니다. So eben erhalte ich ein Billet von den (sic!) Grafen Schimmelmann, worin er mir aufträgt, Sie inständigst zu bitten, seinen Nahmen in dieser Sache geheim zu halten. [...] Das nehmliche gilt von den (sic!) Prinzen."(위의 책, 116쪽).

이듬해인 1792년 1월 10일 바게젠은 다시 편지를 보낸다. 이 편지에서 그는 자신이 포자와 같으며 쉴러가 카를로스처럼 고귀한 친구가 되기를 원한다는 뜻을 전한다.[193] 쉴러 역시 비밀조직의 동지가 되기를 바란단 말이다. 이와 같은 맥락에서 바게젠의 군주 프리드리히 크리스티안 왕자는 1793년 9월 2일자 쉴러에게 보낸 편지에서 자신이 남과는 다른 종류의 통치자임을 말하고 싶어 한다.

> "사람들이 아마 몇 가지 근거로 내게 말할 수 있는 모든 것은 내가 흔히 알고 있는 유형의 군주가 아니라는 사실입니다."[194]

그가 확신하는 것은 "정치적인 고리가 없이 주변을 변화시키려는 모든 시도는 실패할 것 jeder Versuch ohne politische Ketten umherzuwandeln [wird] uns mislingen"[195]이라는 점이다. 이런 태도는 특히 앞서 받은 쉴러의 편지에 대한 자신의 분명한 입장을 전달하고자 한 의도에서 나온 것이다.

쉴러는 자신의 후원자에게 보내는 1793년 7월 13일자 편지에서 '하층민들 niedere Klassen'이 나서는 프랑스 혁명을 비판한다. 그는 "국가가 억압한 것은 자유로운 사람들이 아니라 쓸모 있는 사슬에 묶어 놓은 야생동물이었을 뿐이었습니다."[196]라고 프랑스 혁명의 의미를 극도로 폄하했다. 그는 프랑스 혁명을 - 계몽주의자들이 그렇게 증오했던 '야

---

193) "쉴러 당신께서 우정이 충분하지 않거나, 아마 아주 친절하게도 마치 카를로스가 포자에게 요구했던 것처럼 내게 격정을 표출하는 것을 자제하도록 경고한다면 Sollten Sie, theuerster Schiller, denn nicht freundschaftlich genug, oder vielleicht zu freundschaftlich seyn, um mich zu warnen, und wie Carlos von Posa verlangte im Lauf meiner Leidenschaft zurückzuhalten" (위의 책, 126쪽).

194) 위의 책, 309쪽: "Alles was man vielleicht mit einigem Grunde von mir sagen kann, ist daß ich nicht ein Fürst von gewöhnlichen Schlage bin."

195) 위의 책, 308쪽.

196) "es waren also nicht freie Menschen, die der Staat unterdrückt hatte, es waren bloß wilde Tiere, die er an heilsame Ketten legte" (NA Bd. 26, 263쪽).

만과 노예 상태'로의 후퇴로 평가함으로써 - 전면적으로 부정한다.

> "신성한 인권을 추구하고 정치적 자유를 얻고자 했던 프랑스 민족의 시
> 도는 그들의 무능과 무가치함만을 백일하에 드러냈습니다. 그래서 이
> 불행한 민족뿐만 아니라 그들과 함께 유럽의 상당 부분을 그리고 한 세
> 기 전체를 야만과 노예 상태로 되돌려 버렸습니다."[197]

이로써 그는 자신의 후원자이자 장래의 동지가 되고 싶어 했던 프리
드리히 크리스티안과는 전혀 다른 생각을 하고 있음을 드러냈다. 여기
서 그가 보여주는 보수성 혹은 보수로의 선회에 대한 이유로 프랑스 혁
명에 대한 개인적, 주관적 시각의 변화라는 내적 원인 외에, 외적인 원
인으로 바이마르 공국이나 외부의 직간접적 압력을 생각할 수 있다. 하
지만 지금까지 어느 것도 정확하게 확인되는 것은 없다. 아마 둘 다 일
면의 진실을 담고 있을 것이다. 지금까지 흔히 간과되어 온 또 하나 중
요한 사실은 쉴러와 현실 정치와의 관계다. 특히 쉴러와 현실 정치의
맥락에서 잘 알려지지 않은 부분, 따라서 흥미를 끄는 부분이 당대 독
일의 비밀 조직 일루미나트와의 관계다.

쉴러와 일루미나트 조직과의 관계를 한 마디로 정의하기는 어렵다.
한 가지 분명한 것은 쉴러는 그 조직에 가입하지 않았다는 사실이다.
1776년 잉골슈타트의 바이스하우프트가 설립한 이 비밀결사단에 대해
칼 테오도르 바이에른 선제후는 1784년 6월 22일 암시적 금지령을 내

---

197) 위의 책, 262쪽: "Der Versuch des Französischen Volks, sich in seine heiligen
Menschenrechte einzusetzen, und eine politische Freiheit zu erringen, hat bloß
das Unvermögen und die Unwürdigkeit desselben an den Tag gebracht, und
nicht nur dieses unglückliche Volk, sondern mit ihm auch einen beträchtlichen
Theil Europens, und ein ganzes Jahrhundert, in Barbarey und Knechtschaft
zurückgeschleudert."

린 후 1785년 3월 2일에는 명시적 금지령을 발효한다. 그 후 1788년에는 프로이센이 종교칙령에서 일루미나트 결사를 금지한다. 이런 정치적 금지의 다른 배경에는 당시 국제 정치의 상황과 함께 비밀결사 프라이마우러와 특히 일루미나트에 대한 음모론이 존재했다.

이와 관련된 동시대의 주장을 살펴보면, 대표적으로 괴히하우젠 Ernst August von Göchhausen은 익명으로 간행한 자신의 책 『세계시민 공화국 체계의 폭로 Enthüllung des Systems der Weltbürger-Republik』(1786)에서 일루미나트 결사를 인류를 파멸로 몰고 가는 계몽주의 집단으로 규정했다. 이런 종류의 주장들은 이후 일루미나트가 프랑스 혁명의 배후와 연결되어 있다는 음모론으로 발전한다. 바이에른의 금지가 있기까지 일루미나트 조직은 급속히 세력을 늘려 독일 전역으로 진출했는데, 특히 바이마르는 그 대표적 중심지 가운데 하나였다. 그 비밀조직의 특징은 적지 않은 수의 독일 귀족이 가입했고, 특히 실제 통치하는 귀족 군주인 제후들도 몇몇 참여하거나 관심을 보였다는 점이다. 그리고 여기에 가담한 시민계급의 인사들은 주로 현실적이고 상대적으로 급진적인 계몽주의 이념을 가진 사람들이었다. 따라서 이 조직은 독일의 현실 정치에 어떤 식으로든 밀접히 관여하고 있거나 관여하고자 하는 인사들이 주를 이루고 있었던, 이를테면 현실 정치의 이면 조직이라고 할 수 있었다.

괴테가 1783년 2월 11일에, 그리고 그 전날인 2월 10일에 칼 아우구스트 공작이 일루미나트에 가입한 것도 이런 맥락에서였다. 아마 쉴러는 이 모든 상황을 잘 알고 있었을 것이다.[198] 그렇지만 일루미나트가

---

198) "바이스하우프트는 이제 세상의 주요 대화거리가 됐네. 자네는 그의 꾸민 편지들(아이 낙태의 가능성을 언급한 바이스하우프트의 창작 편지, 필자)을 읽었겠지. 그리고 내가 보기에 탁월한, 문학신문의 첫째 권에 실린 후페란트의 서평도 말일세. 그의 불행한 범죄에 대해 자네는 어떻게 생각하는가? 내가 얘기를 들었던 모든 메이슨들은 그에게 내려진 지위를 박탈하고 무자비하게 그의 시민신분을 없앨 거라고 했네. 하지만 바이스하웁프가 나쁜 인물이라 하더라도 그 결사는 여전히 신뢰할

음모론에 휩쓸려 금지를 당하고 공개적인 정치적 숙청이 뒤따르자, 쉴러는 정치적으로 위협을 느꼈을 것이다. 즉 자신의 견해가 정치적으로 이용당하고 나아가 독일의 보수 귀족들에 의해 자신이 정치적 박해를 당할 수 있다고 느꼈을 수 있다. 심지어 자신의 정치적 안전을 담보해 주는 최후의 보루라고 할 수 있는 바이마르 공국조차 자국의 안전을 염려하여 그를 보호해주지 못할 수 있다는 불안이 생겼을 수도 있다. 결국 불안한 시인은 그때까지 미뤄 온 자신의 입장을 정리하여 일루미나트와의 실제적 관계를 끊고 멀리했을 것으로 추측할 수 있다. 하지만 이것 역시 어디까지나 추측일 뿐 정확한 근거는 지금까지 어디에서도 찾을 수 없다.[199]

하지만 쉴러를 둘러싼 이런 현실 정치의 역학 관계는 그의 인간학이

만하네. [...] 아이를 낙태하는 것은 누구에게도 틀림없는 악행이네. 하지만 한 집단의 수장에게는 용서할 수 없는 일이야. [...] 내가 가지고 있는 도덕성을 재는 유일한 기준은, 이것은 아마 가장 엄격한 것이겠지만, 바로 내가 세상에 좋거나 혹은 나쁜 결과를 가져올 수 있는 행위이네 – 그것이 보편적 아닌가? 보데는 내가 메이슨이 되지 않을지 묻더구만. 이곳[바이마르, 필자]에서는 그를 전체 결사에서 가장 중요한 인물 중 하나로 여기고 있네. 자네는 그에 대해 알고 있는 게 있는가? Weishaupt ist jetzt sehr das Gespräch der Welt. Seine ausgefundene Briefe wirst Du gelesen haben, so wie auch die Recension des ersten Bandes in der Litteratur Zeitung, welche von Hufeland und nach meinem Urtheil vortrefflich ist. Was denkst Du denn von seinem Unglücklichen Verbrechen? Alle Maurer die ich noch gehört habe, brechen den Stab über ihn und wollen ihn ohne Gnade bürgerlich vernichtet haben. Aber der Orden bleibe ehrwürdig, auch nachdem Weishaupt ein schlecht Kerl sei. [...] Ein Kind abteiben ist unstreitig eine lasterhafte That – für jeden. Aber eines machen ist für einen Chef de parti unverzeihlicher. [...] Ich habe nur einen Maaßstab für Moralität und ich glaube den stengsten: Ist die That, die ich begehe von guten oder schlimmen Folgen für die Welt – wenn sie allgemein/칸트 보편적이라면 ist? Bodes hat mich sondiert ob ich nicht Maurer werden wolle. Hier hält man ihn für einen der wichtigsten Menschen im ganzen Orden. Was weißt Du von ihm?"(1787년 9월 10일자 쾨르너에게 보낸 편지, NA Bd. 24, 153쪽).

199) 쾨르너에게 보낸 1788년 8월 20일자 편지 참조 (NA Bd. 25, 97쪽).

왜 현실 정치의 맥락을 벗어난 미학적 차원에서 추구되고 있는지를 설명해주는 하나의 근거로 작용한다.

4.3 쉴러 인간학의 논리

쉴러는 정치인이 아니라, 독일적 표현으로는 시인(Dichter) 즉 작가, 문인이다. 가까이 있었던 괴테가 바이마르 공국에서의 현실적 역할에서 시인이라기보다는 궁정 권력의 핵심인 추밀고문관으로 출발하여 이후 공국의 최고 각료로 생애 끝까지 남아 있었던 사실과는 다르다.

그래서 비록 일부의 낭만적 괴테 팬들에게는 그들이 사랑하고 존경하는 괴테가 위대한 낭만적 시인 외에 다른 모습이 있음을 인정하기 힘들겠지만, 사실상 정치인 괴테라는 표현은 사실이고 어색하지 않다. 그렇지만 우리가 사랑하고 때로 혐오하는 괴테는 우리의 관념에 각인된 시인 괴테일 뿐이다. 정작 정치인 괴테는 시인 괴테에게 보내는 비난을 이해할 수도 수용할 수도 없을 것이다. 정치는 문학과 예술로써 미화할 수 없는 현실이고 일상이었기 때문이다. 이렇게 우리의 괴테는 관념과 현실의 기이한 공존의 공간에 존재한다.

이에 반해 쉴러에게는 관념과 현실의 이런 이중성을 허용하지 않는 것 같다. 쉴러는 우리에게도 늘 시인이었지 정치인은 아니었다. 그러나 살펴본 것처럼 그는 문인이었지만 자의든 타의든 항상 정치 현장에 가까이 있었고, 결과적으로 일정한 정치적 역할을 수행하게 되었다. 그중 문학과 문학 미학을 통해 자유주의적 민족운동의 형성에 기여한 것이 그의 중요한 정치적 기여라고 평가한다면 과히 틀리지는 않을 것이다. 이에 비해 학문적 내지 자연과학적 담론에 기여한 것은 그의 인간학이라 할 수 있다. 위에서 살펴본 미학적 인간학은 그것을 보여준다.

그가 정치에서 문학으로 돌아온 것은 현실 정치에서 인식과 진보는 동일하게 이루어지지 않는다는 회의 때문이라고 말할 수도 있다.[200]

하지만 이런 평가는 그의 정치 미학과 인간학의 중요한 한 가지 맥락을 간과하고 있다. 그가 등을 돌린 것은 정치의 현장으로 무모하게 들어가는 것이지 현실 정치가 아니었다. 그는 현실 정치의 본질을 파악하고 있었을 뿐만 아니라 현실 정치의 미래도 예측하고자 했다. 그 예측에 따라 그는 자신의 방식으로 '행동'했을 뿐, 정치 현실을 외면하거나 정치 현실로부터 도피하지는 않았다고 하는 것이 옳을 것이다.

이처럼 정치 현장을 판단하고 정치 현실에 대응하는 지혜를 주는 것이 그의 정치 미학이라 할 수 있다. 만약 지혜가 지식과 정보를 분석하고 이성과 감각을 종합적으로 활용해서 총체적으로 판단하는 능력이라면, 정치의 지혜는 정치를 이해하고 정치 현실의 이면까지 감각적, 직관적으로 판단할 수 있는 능력을 말한다. 이런 면에서 지혜와 감수성은 밀접한 연관성을 보인다. 따라서 어떤 의미에서 그의 정치 미학은 '정치 지혜의 감성적 미학'이라 할 수 있다. 이것은 '감수성의 정치 미학'이며 감각적 인식이다. 감수성의 정치 미학이 정치에서 필요하고 유용한 이유는 무엇일까? 정치의 현실은 논리와 이성을 넘어선 영역이기 때문이다.

정치의 현실, 정확히 말하자면 현실 정치의 논리는 무엇일까? 정치 현실, 특히 권력의 현장에서는 믿을 수 있는 것이 아무것도 없다는 것이다. 쉴러는 그것을 경험했고 감성적으로 간파했다. 『돈 카를로스에 관한 서한』에서 그가 포자와 같은 해법을 선택한 것은 정치 실상에 따른 것임을 지적한다. "내가 진실로 여겼던 것이 더 가깝게 다가왔다 was ich für Wahrheit hielt, ging mir nähr"[201])는 것은 사실적 고백이다.

위에서 살펴본 쉴러의 후원자 아우구스텐부르크 공작이 쉴러의 글에

---

200) 참조 Klaus Ries: Friedrich Schiller - ein politischer Professor? In: Klaus Manger (Hg.): Der ganze Schiller - Programm ästhetischer Erziehung. Heidelberg 2006, 101쪽.
201) NA Bd. 22, 170쪽.

실망했다는 것은 그가 쉴러의 글에 숨겨진 이면의 의미를 간파하지 못했기 때문일 수도 있다. 그가 공작에게 줄 수 있는 정치적 조언이란, 신중하게 때를 기다리라는 것일 수 있다. 때를 기다리지 않는 경거망동이나 국내외의 정세를 고려하지 않는 무모한 개혁은 오히려 위험하다는 경고를 보낸다고도 할 수 있다. 이런 점에서 『돈 카를로스』에서 필립왕의 치명적인 실수는 그의 주변에 진정하게 조언해줄 한 사람의 친구도, 측근도 두지 못했다는 점이다.[202] 이것은 그의 정치가 실패했으며, 그가 실패한 군주라는 반증이기도 하다.

쉴러는 괴테식 '체념의 정치학'이 아닌 '감성의 정치학'을 보여준다. 감성의 정치학이 당대 자연철학의 논리와 다른 것은 후자가 자연의 원리를 인간의 현실에 적용하려는 노력에 기초한다면, 전자는 인간의 미학적 감수성이 주는 예지력을 삶의 지혜로서 인식하는 데 있다. 다시 말하면 쉴러식 감성의 정치학은 정치 현실의 숨겨진 맥락을 파악하고 미래의 상황을 예측할 수 있게, 담론적 정치 분석과 직관적 정치 판단을 행하며, 이것을 수행하는 인간의 정치적 판단 능력을 문학과 예술에서 실천되는 인간의 미적 판단의 능력과 동일한 것으로 인식하는 데 있다.

이것은 그대로 쉴러 인간학의 논리를 보여준다. 그의 인간학이 주는 이런 논리를 통해 보면, 그의 미학적 인간학이란 인간을 둘러싼 역사와 현실의 현장에 감성의 논리가 작용하거나 작용할 수 있음을 보여주는 것이며, 이는 바로 자연에 대한 관조와 자연의 연구를 통해 얻을 수 있는 삶의 지혜와 통하는 것이라 평가할 수 있다.

---

202) "이제 제게 한 사람을 보내주십시오. [...] 부디 한 친구를 부탁합니다. Schenke mir jetzt einen Menschen. [...] Ich bitte dich um einen Freund"(Ⅲ막/5장, 433쪽).

5. 요한 칼 베첼의 회의적 계몽주의 인간학203)

5.1 베첼의 회의적 인간학

요한 칼 베첼 Johann Karl Wezel(1747~1819)은 1819년 그의 사망 시에 이미 동시대인들에게 잊힌 작가로 치부되었고, 이후 1980년대에 이르기까지 독일문학사에서 거의 연구가 되지 않고 망각된 채로 남아 있었다.204) 그 이유는 그의 시각이 정통 문학사 서술의 주류 시각에서 벗어나 있었기 때문이다. 무엇보다 인간의 이성과 합리성 및 역사와 사회의 진보는 물론 인간의 조화로운 감성에 대한 믿음과 신뢰를 표방하는 독일의 주류 계몽주의의 시각에 강한 회의를 보이는 그의 글은 독일문학사의 주류 흐름에서 어떤 자리도 차지할 수 없었다. 하지만 최근 그의 글과 문학작품이 다시 주목을 받기 시작했다. 그 이유는 그의 글에 나타난 계몽주의에 대한 비판적 시각이 사실상 독일의 후기 계몽주의 문학과 미학의 특징적 성격 ('인간학적/문학적 회의주의')205) 및 그 인간학에 대한 새로운 해석을 가능하게 하기 때문이다. 나아가 이른바 '슈투름 운트 드랑' 운동의 천재 개념의 상대적 성격을 알 수 있게 해주는 독창성을 지니고 있기 때문이다.206) 또한 간과할 수 없는 것은 사실상 그의

---

203) 참조 졸고: 요한 칼 베첼의 문학비평. In:『독일어문화권연구』제22집(2013), 119-136쪽.

204) 참조 Arno Schmidt: Belphegor oder Wie ich Euch hasse (Funkessay, 1959). In: Arno Schmidt: Das essayistische Werk zur deutschen Literatur. Band 1. Bargfeld und Zürich: Haffmans 1988, 191-222쪽.

205) 참조 Dennis Brain: Johann Karl Wezel. From Religious Pessimism to Anthropological Skepticism. New York u.a.: Peter Lang 1999. 또한 Michael Hammerschmid: Skeptische Poetik in der Aufklärung. Formen des Widerstreits bei Johann Karl Wezel. Würzburg: Königshausen & Neumann 2002. 그리고 Cornelia Ilbrig: Aufklärung im Zeichen eines "glücklichen Skeptizismus". Johann Karl Wezels Werk als Modellfall für literarisierte Skepsis in der späten Aufklärung. Hannover: Wehrhahn 2007.

206) 참조 Franz Futterknecht: Leser als "prädestinirte Thoren". Leseridiotismus

글이 독일 계몽주의 문학의 실제적 핵심을 보여준다는 데 있다. 즉 독일 계몽주의 문학의 문학성 배후에 존재하는 강력한 사회정치적, 문화적 맥락이 계몽주의 문학의 핵심이라는 점이다. 이를 통해 그의 글은 당대의 특징적 인간학을 제시하는 대표적 한 예가 될 수 있다.207) 이것은 기존 독일문학의 주류에 대한 비판적 접근을 요구하는 하나의 예로 해석할 수 있다.208)

그의 소설『벨페고르, 혹은 해 아래 가장 그럴 듯한 이야기 Belphegor oder Die wahrscheinlichste Geschichte unter der Sonne』(1776),209)『헤르만과 울리케, 희극적 소설 Herrmann und Ulrike. Ein komischer Roman』(1780),210)『빌헬름미네 아렌트, 혹은 감상주의의 위험 Wilhelmine Arend, oder die Gefahren der Empfindsamkeit』(1782)211) 등은 독일 후기 계몽주의 소설의 특징적 정점을 보여준다. 이 소설에서 볼 수 있는 회의주의는 일단 당대 계몽주의에 대한 비판적 자기성찰로 평가할 수 있다.212) 예술미학

bei Wezel. In: Johann Karl Wezel(1749-1819). Hg. v. Alexander Košenina. St. Ingbert: Röhrig 1997, 49-67쪽. 또한 참조 Franz Futterknecht: Infantiles Bewußtsein: Johann Karl Wezels Kritik der Moderne. München: Iudicium 1999.

207) 참조 Irene Karpenstein-Eßbach: Johann Karl Wezel als Treffpunkt aufklärerischer Energien aus der Perspektive des New Historicism. DVjs 77(2003), 564-590쪽.

208) 참조 Irene Boose(Hg.): Warum Wezel?. Zum 250. Geburtstag eines Aufklärers. Heidelberg 1997.

209) Johann Karl Wezel: Belphegor oder Die wahrscheinlichste Geschichte unter der Sonne. (Crusius: Leipzig 1776). Hg. und mit einem Nachwort von Hubert Gersch. Frankfurt am Main 1984(1965), 혹은 Walter Dietze 후기 및 편찬(Berlin 1966), Lenz Prütting 후기 및 편찬(Frankfurt am Main 1982).

210) Wezel: Hermann und Ulrike. Ein komischer Roman in vier Bänden. Leipzig 1780 (Reprint hg. und mit einem Nachwort von Eva Becker. Stuttgart 1977). 혹은 Gerhard Steiner 후기 및 편찬(Leipzig 1980), 최근엔 예나전집판 제3권 (Johann Karl Wezel: Gesamtausgabe in acht Bänden. Jenaer Ausgabe. Hg. v. Klaus Manger u.a. Bd. 3: Hermann und Ulrike. Hg. v. Bernd Auerochs. Heidelberg: Mattes Verlag 1997).

211) Wezel: Wilhelmine Arend, oder die Gefahren der Empfindsamkeit. 2 Bd. Dessau 1782 (Reprint Frankfurt am Main 1970).

적, 철학적 측면에서 보면 그의 작품은 당대 문학이 보여주는 감성과 이념에 대한 과도한 편향성에 대한 비판이자, 레싱과 괴테로 대표되는 독일 계몽주의의 이념 자체에 대한 비판으로 볼 수 있다.[213] 사회문화적, 정치적 측면에서는 그의 글은 봉건절대주의와 계몽절대주의에 대한 비판이기도 한데, 여기서 보여주는 사회에 대한 회의와 풍자는 독일문학에서 찾을 수 있는 이른바 문학정치성의 또 하나의 전형적 예로 평가할 수 있다.[214]

베첼의 소설이 라이프니츠와 독일 계몽주의 철학이 제시한 긍정적이고 조화로운 세계상과 그 세계의 능동적 주체로서 인간에 대한 근본적 신뢰가 우스꽝스러운 허구일 뿐이라는 점을 형상화했다면, 이것은 바로 그가 화두를 던지는 회의적 인간학의 담론이다.[215]

그가 라이프치히에서 발표한 『인간 지식에 관한 논고 Versuch über die Kenntniß des Menschen』(1784/1785)는 그 인간학의 일면을 보여주고 있다. 그는 여기서 인간을 감각적 경험을 수행하는 기계로 정의했다.

> "인간은 일정 수의 기관과 힘들로 이루어진 하나의 기계다. [...] 인간의 전체 육체의 삶은 따라서 액체와 고체 영역 사이의 상호적인 자극과 저항의 연속이다. 음식은 위장을 자극하여 위가 움직이고 음식물을 분쇄

---

212) 참조 Ewa Grzesiuk: Auf der Suche nach dem "moralischen Stein der Weisen": die Auseinandersetzung mit der frühaufklärerischen Utopie der Glückseligkeit in den Romanen Johann Karl Wezels. Lublin 2002.

213) 참조 Hans-Peter Nowitzki: Der wohltemperierte Mensch. Aufklärungs-anthropologien im Widerstreit. Berlin 2003.

214) 참조 Martin-Andreas Schulz: Johann Karl Wezel. Literarische Öffentlichkeit und Erzählen. Untersuchungen zu seinem literarischen Programm und dessen Umsetzung in seinen Romanen. Hannover: Wehrhahn 2000.

215) 베첼 자신이 집필한 대표적인 경험적 인간학 저술은 『인간 지식에 관한 논고 Versuch über die Kenntniß des Menschen』(Leipzig 1784/1785)가 있다. (Wezel: Versuch über die Kenntniß des Menschen. In: Wezel: Gesamtausgabe in acht Bänden. Jenaer Ausgabe. Bd. 7. Hg. v. Jutta Heinz. Heidelberg 2001, 7-281쪽).

하여 장으로 보낸다. 피는 심장을 자극하고, 침은 분비선을, 점액은 신경을 자극한다. 동맥의 협소한 개방은 혈액의 역류를 막고, 몸의 근섬유는 액체가 침투하는 것을 막는다."216)

"인간과 영혼, 세계와 신에 대한 철학적 관찰은 이론적 혹은 사변적 철학의 대상이다. 하지만 이것은 철학이 그의 주요 전공이 아닌 전문가들로부터는 흔히 관심을 끌지 못하거나 거의 조롱을 받았다."217)

그 인간이라는 기계는 외부의 현상을 감각적 도구를 통해 육체로 받아들이는 것이며, 인간 내부의 모든 것을 원인과 결과의 과정으로 관찰할 수 있게 한다는 것이다.

"내가 인간을 제한시키는 법칙에 순종하고 영혼과 그것의 육체와의 결합, 외부적 대상들과의 결합에 대한 관념을 인간에 관한 관찰로 만들어야 하기 때문에, 두 가지 방식을 선택해야 했다. 즉 자연에 관한 모든 이념들은 영혼에 놓여 있고, 영혼을 통해 육체와 외부 사물들과 하나가 되어 발전되거나, 혹은 영혼 없이 이 두 원인들의 작용을 통해 발전된다고 생각하는 것이 그 하나다. 혹은 영혼을 외부적 대상으로부터 감각적 도구를 통해, 그리고 육체로부터 작용을 받아들이고 외부 대상과 육체

---

216) 위의 책, 38쪽: "Der Mensch ist eine Maschine, aus einer gewissen Anzahl von Organen und Kräften zusammengesetzt. [...] Das ganze körperliche Leben des Meschen ist folglich eine Reihe von wechselseitigem Reiz und Widerstande zwischen flüssigen und festen Theilen: die Speisen reizen den Magen, daß er sich bewegt, sie zerreibt und in die Gedärme stößt, das Blut reizt das Herz, der Speichel die Drüsen, die Säfte die Nerven; die engen Öffnungen der Adern widerstehen dem Strome des Bluts, die Fleischfasern dem zudringenden Safte."
217) 위의 책, 17쪽: "Die philosophische Betrachtung des Menschen, der Seele, der Welt und Gottes, welches die Gegenstände der theoretischen oder spekulatifen Philosophie sind, wurde gewöhnlich von den Meistern vernachlässigt oder beinahe verachtet, die nicht aus der Philosophie ihr Hauptgeschäft machten".

에 작용을 전달하는 어떤 것으로 상상할 수 있다. 나는 후자의 생각을 선호한다. 그것이 인간 내부에 있는 모든 것을 원인과 결과의 연속으로 관찰할 수 있게 만들기 때문이다. 또한 전자가 공존하는 사물과의 비교에 근거하고 있기 때문이기도 하다. 왜냐하면 후자는 이념을 영혼 안에 두고 그것이 영혼에서 발전하거나 영혼으로부터 전개되어 나오는 것은 전혀 생각할 수 없다.

[...] 우리들이 기계가 된다면, 그 기계는 상호적 작용을 받아들이게 된다. [...] 그는 의지 없는 기계로 머물러 있는 것이 아니라 자신의 시간에 행동하는 존재가 되어야 한다. 경험에 따라 그렇게 되는 것이다."218)

이런 그의 기계적 인간관에는 로크와 흄으로 대표되는 영국의 경험론이 기초되어 있다. 무엇보다 그 자신도 밝히고 있듯이, 로크 John Locke(1632~1704)의 인간관은 그의 시각에 결정적 영향을 주었다. 물론 이에 더하여 필자가 볼 때 흄의 영향 내지 흄의 시각과 비교하는 것도

---

218) 위의 책, 36-37쪽: "Da ich also dem Gesetze der menschlichen Ein-schränkung gehorchen und eine Vorstellung von der Seele und ihrer Verbindung mit dem Körper und mit dem äußerlichen Gegenständen zur Betrachtung des Menschen mitbringen mußte, so hatte ich unter zweyen zu wählen: entweder ich konnte mir denken, daß alle Ideen von Natur in der Seel liegen, und durch die Seele selbst übereinstimmend mit dem Körper und den äußerlichen Dingen, oder ohne die Seele durch die Wirkung dieser beiden Ursachen entwickelt werden; oder ich stelle sie mir als ein Etwas vor, das von den äußern Gegenständen durch die sinnlichen Werkzeuge und von dem Körper Wirkungen empfängt, und beiden Wirkungen mittheilt. Ich zog die letzte Vorstellungsart vor, weil sie mich alles im Menschen als eine Reihe von Ursachen und Wirkungen betrachten läßt, und weil die erste sich auf Vergleichung mit koexitirenden Dingen gründet; denn sie setzt die Ideen in die Seele, und bey dem Entwickeln oder Herauswickeln derselben aus der Seele läßt sich gar nichts denken./[...] wollen wir eine Maschine seyn, worin wir Wirkungen wahrnehmen, die wechselweise einander veranlassen. [...] er soll darum nicht willenlose Maschine bleiben, sondern zu seiner Zeit wieder ein thätiges Wesen werden, so dehr er es nach der Erfahrung ist."

중요하다. 이에 대해서는 흄의 감성적 인간관의 비교가 앞으로의 연구 과제라 할 수 있다. 나아가 인과론적 인간론에는 간접적으로 스피노자의 영향을 느낄 수도 있다. 특히 스피노자와의 비교가 의미 있는 것은 베첼이 인간을 단순한 기계가 아니라 '행동하는 존재'가 되어야 한다고 주장하는 데 있다. 그의 인간학이 지향하는 목표점이 어디에 있는지를 짐작하게 하는 대목이다.

그렇지만 그의 인간학은 성격상 기본적으로 회의적이라 할 수 있는 단서를 이 글에서 찾을 수 있다. 즉 인간을 움직이는 근본 원인인 힘들이 존재하기는 하지만 그것을 알기는 지극히 어렵다는 것을 그가 여기서 인정하고 있기 때문이다.

> "근본 원인인, 전체를 움직이고 그에 따라 현상들을 불러일으키는 숨겨져 있는 힘들을 우리는 알려 하지 않는다. 왜냐하면 그것들은 우리들의 눈에는 너무 깊은 곳에 놓여 있기 때문이다."[219]

5.2 베첼 인간학의 확장 - 문학비평의 배경과 논리

베첼의 문학비평 내지 문학비평적 논고 역시 논리적이고 분석적이며 동시에 논쟁적으로 문학과 문화, 문학과 정치의 관계를 통해 새로운 인간학의 논리를 제시한다.[220] 또한 이런 비평 논고는 그의 소설을 통해서는 볼 수 없는, 문화·정치적 시사성을 전시하는 계몽주의

---

219) 위의 책 37쪽: "Die Grundursachen, die verborgenen Kräfte, welche das Ganze in Bewegung setzen und also die Phänomene *hervorbringen*, wollen wir nicht wissen, weil sie unserm Auge zu tief liegen".(강조는 원문).

220) 참조 Alfred Baeumler: Das Irrationalitätsproblem in der Ästhetik und Logik des 18. Jahrhunderts bis zur Kritik der Urteilskraft. Darmstadt 1981 또한 Dennis Brain: Johann Karl Wezel: from religious pessimism to anthroplogical skepticism. New York: Lang 1999 그리고 Alexander Košenina: Der gelehrte Narr. Gelehrtensatire seit der Aufklärung. Göttingen: Wallenstein 2003.

문학비평의 특징적 한 측면을 알 수 있게 한다. 이런 맥락에서 언급할 수 있는 그의 글은 『독일시인에게 보내는 시 Epistel an die deutschen Dichter』(1775/1776),[221] 『대중을 향한 모음의 항소 Appellation der Vokalen an das Publikum』(1778),[222] 『독일의 언어와 학문 그리고 미적 감각에 대하여 Über Sprache, Wissenschaften und Geschmack der Teutschen』(1781),[223] 그리고 『플라트너-베첼 논쟁집 Schriften der Platner-Wezel-Kontroverse』(1781/1782)[224]에 담긴 글 등이지만, 특히 『독일의 언어와 학문 그리고 미적 감각에 대하여』는 논의의 내용과 범위에서 가장 핵심적 작품으로 평가할 수 있다.

문학비평 논고 『독일의 언어와 학문 그리고 미적 감각에 대하여』는 한편으로 문학이 가진 사회문화적, 정치적 맥락에서의 비평적 역할을 밝혀 주고, 다른 한편으로 언어와 문학, 미학과 문화철학적 분야에서 작가가 제시하는 새로운 인간학의 논리를 보여주는 저작이라고 평가할 수 있다.

우선 이 글을 통해 베첼은 당대의 주류 독일문학을 비판적으로 고찰하고, 이런 맥락에서 독일의 언어와 문학을 문화적 맥락뿐만 아니라 사회정치적 맥락에서도 관찰해야 한다는 주장을 펼친다. 이로써 그의 글은 기존 독일문학사의 서술에서 정설로 통했던 당대 독일문학 작가들의 성격에 대해 다른 시각에서 해석하고 평가할 수 있는 계기를 마련해 주고 있다. 또한 그의 논고가 '슈투름 운트 드랑'을 포함해서 18세기 후

---

221) Wezel: Epistel an die deutschen Dichter. In: Johann Karl Wezel: Gesamt-ausgabe in acht Bänden. Jenaer Ausgabe. Bd. 6. Hg. v. Hans-Peter Nowitzki. Heidelberg 2006, 7-33쪽.

222) Wezel: Appellation der Vokalen an das Publikum. In: Wezel: Gesamtausgabe in acht Bänden. Bd. 6, 35-47쪽.

223) Wezel: Über Sprache, Wissenschaften und Geschmack der Teutschen. In: Wezel: Gesamtausgabe in acht Bänden. Bd. 6, 49-198쪽.

224) Wezel: Schriften der Platner-Wezel-Kontroverse. In: Wezel: Gesamtausgabe in acht Bänden. Bd. 6, 259-487쪽.

반 독일문학을 망라하는, 독일문학의 핵심적 성격이 정립되는 시기에 발표되었다는 것도 시사점을 던져 준다고 할 수 있다.

이 글의 집필과 연관되는 직접적인 계기는 프로이센의 대표적 계몽 군주 프리드리히 대왕의 문학서한『독일문학에 대하여 De la Littératur Allemande』에 대한 반론이라 할 수 있다. 프리드리히 2세의 글은 1780년 말 상수시에서 집필하여 완성되었고, 1780년 11월 말 데커출판사에서 프랑스어와 독일어 번역이 동시에 출판되었다.[225] 독일어권에서 커다란 반향을 일으킨 이 글의 역사적 배경은 최근의 연구에 의하면 스페인 왕위세습전쟁과 연관해서 오스트리아와 벌인 평화협상에서 부수적으로 행한 문학에 관한 대화가 계기가 되었을 거라 추측된다.[226] 여기서 프리드리히 대왕은 프랑스어가 독일어보다 더 정확하다는 프랑스어 우위론을 펼쳤다. 또한 그의 글은 '훌륭한 프랑스 작품을 독일어로 옮길 수 있는가'라는 당대의 의문에 대한 답변의 성격도 지니고 있다고 볼 수 있다.[227]

프리드리히 문학서한의 사상적 출발점은 18세기 초반까지 거슬러 올라간다. 예를 들어 1737년 7월 6일 프리드리히 2세는 볼테르에게 쓴 편지에서, 문제는 독일의 정신에 있는 것이 아니라 그것을 표현할 독일어가 그러한데, 수많은 소규모 주권국가들로 형성된 독일지역의 정치적 특성상 독일어의 단어와 용법이 통일되지 않고 지역마다 다르다는 점을 언급했다. 이 때문에 독일의 지식인들과 작가들은 외국어를 사용할 수밖에 없고 이것은 독일문학의 발전에 치명적이라는 내용으로 독

225) Hans Droysen: Histoire de la dissertation: Sur la littérature allemande publiée à Berlin en 1780. Ein Beitrag zur Charakteristik des Staatsministers Gr. von Hertzberg. Berlin 1908, 5쪽.
226) 참조 Anne-Margarete Brenker: Aufklärung als Sachzwang. Realpolitik in Breslau im ausgehenden 18. Jahrhundert. Hamburg u. München: Dölling u. Galitz Verlag 2000.
227) Droysen, 위의 책, 13쪽 이하. 또한 Werner Langer: Friedrich der Große und die geistige Welt Frankreichs. Hamburg 1932.

일어와 독일문학의 열악성과 후진성을 비판했다.[228]

1775년 7월 24일에도 역시 볼테르에게 같은 취지의 내용, 즉 독일어의 유동성과 독일인의 미적 감각(독일어로 Geschmack)의 결함을 지적했다. 하지만 여기서는 당시의 독일문학이 과거 프랑스의 정치적 융성기처럼 장차 천재들을 배출할 가능성이 있음을 기대했는데, 이것은 그의 문학론의 목적을 알 수 있게 한다.[229] 프리드리히 대왕은 독일어와 독일문학을 통해 독일문화의 수준을 말하고 동시에 독일의 문화, 문학은 독일의 정치 상황과 밀접히 연관된다는 것을 지적하고자 한 것이다. 그의 문학서한은 이처럼 사실상 독일문학에 대한 관심보다는 문학과 문화 역시 정치와 밀접히 연결되어 있다는 그의 정치론 내지 문학정치론을 보여주고 있다.

프리드리히 대왕의 문학서한은 당시 독일의 젊은 작가들을 중심으로 강력한 저항과 거부감을 도발시켜 단기간에 많은 반박의 글이 쏟아져 나왔다. 그중 질적, 양적인 측면에서 가장 높이 평가할 수 있고, 넓은 독자층에서 주목을 받았으며, 그 자체 논란이 되었던 글이 베첼의 이 논고라고 할 수 있다.

이 논고는 대부분 긍정적으로 평가되었다. 이를테면 『라이프치히 교양 신문 Neue Leipziger Zeitungen von Gelehrten Sachen』에서는 그의 평론을 독일문학이 알지 못했던 새로운 시학이 탄생하는 것에 비유했고,[230] 『문학과 연극 신문 Literatur- und Theater-Zeitung』, 『괴팅엔 교양지 Göttingische Anzeigen von Gelehrten Sachen』, 『교양과 예술의 새로운 도

228) Johann David Erdmann Preuss: Friedrich der Große als Schriftsteller. Vorarbeit zu einer echten und vollständigen Ausgabe seiner Werke. Berlin: Verlag von Veist und Comp 1837, 217쪽 이하.

229) 위의 곳.

230) Wezel: Gesamtausgabe in acht Bänden. Jenaer Ausgabe. Bd. 6, 640쪽: "여기서 문학에 대해서 언급된 것은 우리들이 여태껏 가지지 않았던 (새로운) 시학의 맹아를 담고 있다. Was hier über die Dichtkunst gesagt wird, enthält den Keim zu einer Poetik, wie wir noch keine haben."

서 Neue Bibliothek der schönen Wissenschaften und der freyen Künste』 등도 긍
정적인 논평을 상세하게 실었다.231) 하지만 『에어푸르트 교양신문
Erfurtische gelehrte Zeitung』은 1782년 1월 7일자에 비판적인 논평을 신
고 베첼을 공격했는데, 그중 다음의 내용은 당시에 이미 독일문학의 주
류 흐름이 된 대표 작가들을 비판한 그를 비난하고 있어 흥미롭다.

> "겔러트는 그에게 교훈적이나 재미있지는 않다. [...] 빌란트는 진짜 고
> 대를 위해 고대의 손과 발을 가진 근대 인물들을 우리들에게 팔고 있다.
> 클롭슈톡과 괴테 역시 그의 풍부한 위트에서 얼마를 받아들이고 있다.
> 그 외에 그는 누구도 언급하지 않는다. 하지만 어디에서도 갈채나 청찬
> 을 표하지 않고, 오히려 조롱을 하는 일에는 인색하지 않다."232)

베첼이 독일문학의 비주류로 취급받은 원인은 이미 여기서도 짐작할
수 있다.

동시대 작가들의 반응도 대부분 긍정적이었다. '북방의 현자'라 불리
며 기독교적 감성과 체험 철학의 대표자로 인정받았던 동시대 철학자
하만 Johann Goerg Hamann(1730~1788)은 지인에게 보내는 편지에서 베
첼의 글을 "언어에 대한 예리한 논고 scharfsinnige Abhandl über Sprache"
라고 인정했으며, 헤르더에게도 그의 글이 훌륭히 읽을 수 있는 작품이
라고 언급한 것으로 보아 베첼 논고의 성격을 잘 평가하고 있음을 짐작
할 수 있다.233) 그 외에도 작가 딕 Johann Gottfried Dyk은 베첼의 글을

---

231) 위의 책, 640쪽 이하.
232) 위의 책, 643쪽 이하: "Gellert ist ihm erbaulich, aber nicht unterhaltend, [...]
  Wieland verkauft uns moderne Figuren mit antiken Händen und Füßen für ächte
  Antiken. Klopstock und Göthe empfangen ebenfalls etwas aus der Fülle seines
  Witzes. Sonst nennt er niemand, aber auch nirgends äußert er Beyfall oder Lob,
  mit seinem Spott hingegen ist er desto freygebiger."
233) 1781년 7월 22일자 하만의 편지 Hamann an Johann Friedrich Kleuker vom 22.
  7. 1781 또한 헤르더에 보낸 하만의 1781년 8월 5일자 편지 Hamamm an Johann

명확한 판단을 아름답게 쓴 가장 중요한 비평문이라고 칭찬했고, 234)
뤼디거 Johann Christian Christoph Rüdiger는 베첼의 논고가 언어와 학문, 미
적 감각에 대해 상세하게 설명하는 동시에 그에 대한 괄목할 만한 판단
을 내렸다고 인정했다. 235) 또한 『소설 시론 Versuch über den Roman』
(1774)의 저자인 블랑켄부르크 Christian Friedrich von Blanckenburg는 베첼
의 논고가 가장 철저하고 통찰력 있는 글이라고 진단했고, 236) 프리드
리히 대왕에 대한 전기로 유명한 프로이서 Johann David Erdmann Preuss는
그 전기에서 프리드리히 대왕의 문학서한에 대한 공격에서 가장 성공
을 거둔 논쟁적 작품으로 베첼의 논고를 꼽았다. 237)

　　베첼의 논고 『독일의 언어와 학문 그리고 미적 감각에 대하여』는 우
선 슈투름 운트 드랑 작가들과의 비판적 관계를 전시하고 있다는 점에
서 중요하다. 이 점에 중요한 시사점은 뫼저 Justus Möser(1720~1794)의
글이 보여준다. 오스나브뤽의 주요 정치가이자 역사가, 작가인 뫼저는
이미 1773년 봄에 독일 슈투름 운트 드랑 운동의 강령적 글인 『독일적
양식과 예술론 Von Deutscher Art und Kunst』에서 젊은 괴테와 헤르더와
함께 독일문학의 독자적 성격을 강하게 주장했다. 따라서 넓은 의미에
서 슈투름 운트 드랑의 작가라고 할 수 있는 뫼저는 1781년에는 『오스

　　Gottfried Herder vom 5. 8. 1781 참조.
234) Johann Gottfried Dyk: Briefe von und an Lord Rivers. Während seines
　　zweyten Aufenthalts in Deutschland. In: Johann G. Dyk: Die besten Werke der
　　Frau Marie Riccoboni. Dritter Band. Leipzig 1782, 159-224쪽, 여기서는 207쪽.
235) Johann Christian Christoph Rüdiger: Neuester Zuwachs der teutschen,
　　fremden und allgemeinen Sprachkunde in eigenen Aufsätzen, Bücheranzeigen
　　und Nachrichten. Leipzig 1785, 158쪽.
236) Christian Friedrich von Blanckenburg: Artikel: Dichtkunst. Poesie. In: Ch. F.
　　von Blanckenburg: Literarische Zusätze zu Johann George Sulzers allgemeiner
　　Theorie der schönen Künste in einzelnen, nach alphabetischer Ordnung der
　　Kunstwörter auf einander folgenden, Artikeln abgehandelt. Erster Band. Leizip
　　1796, 371쪽.
237) Johann David Erdmann Preuss: Friedrich der Große. Eine Lebensgeschichte.
　　Berlin: Naucksche Buchhandlung 1832-34. Bd. 3(1833), 351쪽 이하.

나브뤽 지성지 Osnabrückische Intelligenz-Blätter』에 발표한 글(3월 3, 17, 24, 31일, 그리고 4월 28일)을 묶은 『독일 언어와 문학에 대하여 Über die deutsche Sprache und Literatur』에서 프리드리히 2세의 문학서한에 대한 자신의 비판적 입장을 천명했다.[238]

그는 프리드리히 문학서한에서 찾을 수 있는 논거의 약점으로 독일인들이 현재 높은 수준의 고유문화를 보여주고 있는지 아닌지에 대한 명확한 대답을 제시하지 않은 것에 있다고 설명한다.

문학에 대한 뫼저의 시각은 문학과 문화의 인과적 발전 단계에 토대를 두고 있다. 즉 인간의 사고와 표현은 인간 감성의 크기에 영향을 받고 인간의 감성은 역사적 사건의 규모에 영향을 받는데, 그 사건들에서 중요한 역할을 하는 것은 평화와 사교보다는 전쟁과 같은 사건이 더 큰 영향력을 가지고 있다는 것이다. 영웅의 시대나 전쟁은 인간의 감성을 더 자극하고 이때 훌륭한 문학이 탄생하기 쉽다면, 당시처럼 평화 시에는 영웅의 시대에 관심을 두고 영웅과 전쟁을 소재로 문학 창작을 하는 것이 중요한데 괴테의 『괴츠 Götz von Berlichingen』는 그 대표적 작품이라고 설명한다.

또한 프리드리히 문학서한이 전개하는 문화정치적 강령과 그 방법론에 이의를 제기하면서, 다양한 종류의 문화를 민족에 따라 그 가치와 우위를 결정하는 것은 적절치 못하기에 민족문화의 단순 비교는 거부하고, 대신 한 민족의 정치적, 문화적, 문학예술적 발전은 민족 발전의 고유한 법칙성을 따른다고 주장한다. 프리드리히 대왕이 주장한 시공을 초월해서 존재하는 의고전적 보편 법칙에 의거한, 문화의 전형적, 위계적 발전규범을 거부한 것이다. 대신에 평등한 관계에 있는 다양한 시대와 민족들이 보여주는 가치체계의 상대성을 인정한 것이다. 그의

---

238) Justus Möser: Über die deutsche Sprache und Literatur. Schreiben an einen Freund nebst einer Nachschrift die National-Erziehung der alten Deutschen betreffend. Osnabrück 1781.

주장에 따르면 독일의 문학과 문화적 전통은 프랑스를 모방하는 것에서 벗어난 독자적 문화관, 세계관으로서 감성의 영역을 합리성의 영역보다 더 중요한 가치로 규정하고 있다는 것이다.[239]

하지만 베첼은 뫼저의 입장에 대해서도 비판적 거리를 두고 있다. 그의 입장은 어떤 면에서 중도적이라 할 수 있는데, 프리드리히 2세의 프랑스문화의 양식론에 입각한 문화절대주의와 뫼저의 문화상대론을 모두 배격하고 있는 셈이다. 그는 프랑스 연극의 의고전주의와 뫼저나 슈투름 운트 드랑 작가들이 주장한 천재 개념에 의거한 문학 규범을 연결하고 그 중도를 취하고자 하는데, 전자의 맹목적 규범 준수와 후자의 규범 파괴를 모두 극단적 시각이라고 주장했다.

베첼이 뫼저를 비판하는 점은 우선 뫼저가 방법과 논리를 가지고 사실관계에 의거해서 논구하는 것이 아니라 단순히 프리드리히 2세의 의견에 대해서만 반박한다는 것이다. 다음으로 비판한 것은 뫼저의 정치 우위적 태도다. 왕은 먼저 국가의 번영과 정치적 힘을 강화시키는 데 관심을 가진 후에, 학문과 예술을 후원해야 한다는 뫼저의 견해가 그것이다. 뫼저는 프리드리히 2세와 마찬가지로 역사적 진실을 고찰하기보다는 단순히 학문과 예술의 가치를 보편적 수준에서 증대시키기 위한 계몽적 목적으로 글을 썼다는 것이다. 하지만 베첼은 학문이란 단순히 정치의 장식 정도의 역할이 아니라 발전하는 국가의 본질적인 구성 요소라고 믿었다. 또한 독일어와 독일문학의 발전 단계에 대한 평가에서 프리드리히 대왕의 주장이 잘못된 것만큼, 뫼저가 문화발전의 단일형성론에 반대하여 다중적 언어 및 문화 공동체의 형성에 따른 문학과 언어 발전의 상대성을 주장한 것 역시 역사적 사실과는 거리가 먼 것이라고 지적했다.

독일문학과 관련해 가장 핵심적 내용은 베첼의 슈투름 운트 드랑 운

---

239) 참조 Helmuth Fechner: Friedrich der Große und die deutsche Literatur. Braunschweig: Verlag Karl Pfankuch 1968.

동의 비판이라 할 수 있는데, 그 중심에 괴테에 대한 비판적 평가가 있다. 그는 괴테의 작품이 독일문학의 가능성을 보여주는 모범적 예로 평가하는 것에 의구심을 표한다.

"여러 소녀들에게 [괴테의] 베르터가 마음에 드는 것은 그들이 막 사랑에 빠졌기 때문이고, 또 다른 사람들에게 마음이 들지 않는 것은 주인공이 전혀 다른 사람들처럼 행동하지 않기 때문이다."[240]

"괴테 추종이 여전히 유행이었을 때 문학을 제대로 알지 못하는 집단의 모든 무리가 괴테식 작풍을 아름답다고 여겼고, 그 특징을 지니지 않은 모든 것을 비난했다. 또 이전에는 그 사람들이란 잘못 이해한 연극론에서 나온 비평에 따라 그들의 기호를 결정했고, 좀 전까지만 해도 셰익스피어를 아름다움의 시금석으로 삼기도 했다."[241]

이런 의구심은 결국 독일 슈투름 운트 드랑의 작가들은 그들의 문학적 능력을 일반 독일 독자들의 문학적 감각과 취향을 고양시키는 데 사용하는 것이 아니라, 독자들의 무지와 무관심을 이용해서 자신들의 작품을 내세우는 수단으로 삼고 있다는 암시적 비판으로 이어진다.

"최고의 프랑스 연극이 그들의 마음에 들지 않았던 것은 그 작품의 내적

---

240) Wezel: Über Sprache, Wissenschaft und Geschmack der Teutschen. In: Wezel: Gesamtausgabe in acht Bänden. Jenaer Ausgabe. Bd. 6, 173쪽: "[M]anchem Mädchen gefiel Werther, weil sie eben verliebt war, und Andern misfiel er, weil der Held nicht allemal handelt wie andere Menschen."
241) 위의 책, 183쪽 이하: "Als der Göthianismus noch Mode war, hielt die ganze Schaar[sic!] der Halbkenner die Göthische Manier für schön und verwarf alles, was nicht ihren Stempel trug: vorher entschieden sie nach falsch verstandenen Kritiken aus der Dramaturgie; und vor kurzem wurde Shakespear der Probierstein des Schönen."

가치가 부족해서가 아니라, 단순이 그들이 문학의 장르와 형식 그리고 작풍에 대해 익숙하지 않았기 때문이고 자신들의 이런 상태를 넘어설 수 없었기 때문이다."242)

즉 베첼은 자기 민족의 역사에서 나온 주제를 선택해서 자신의 문학으로 작품화하는 것이 프랑스문학을 모방하는 것보다 낫다는 뫼저의 주장에 대해, 자민족(즉 독일민족)의 역사에 나온 사건이 그 자체로 문학적인 가능성을 담보하는 것이 아니라, 독자들(즉 독일인)이 잘 아는 당대(즉 근대)의 관점을 취해서 독자들에게 호소하는 것이 그 작품의 문학적 수준을 담보하는 데 중요하다고 주장한다. 즉 민족화 Nationalisierung와 근대화 Modernisierung는 한 민족의 문학 발전에 중요한 두 가지 요소지만, 독자들을 계몽할 수 있는 근대화가 더 중요한 요소라고 평가하는 것이다.

5.3 『독일의 언어와 학문 그리고 미적 감각에 대하여』의 독일 계몽주의 문학 비판

『독일의 언어와 학문 그리고 미적 감각에 대하여』에서 베첼은 괴테식 작풍을 비판하며 독일인들에게 끼친 "잘못 이해한 연극론에서 나온 비평 falsch verstandene Kritiken aus der Dramaturgie"의 부작용을 언급하고 있다. 이것은 그가 당대 독일 계몽주의를 보는 비판적 시각을 알 수 있게 한다. 그가 여기서 비판하는 연극론이란 독일 연극을 특히 프랑스 연극과의 차별성을 바탕으로 발전시키고자 했던 당대의 대표적 계몽주

---

242) 위의 책, 184쪽: "[D]as beste französische Stück würde ihnen misfallen, nicht wegen seines Mangels an innerem Werth, sondern blos weil sie Gattung, Form und Manier nicht gewohnt sind und sich über diese Ungewohnheit nicht erheben können".

의 작가 레싱의 연극론이기 때문이다.243) 베첼은 이 글에서 고췌트 시대 이후 독일문학이 이룩한 발전에 대해 비판적 거리를 취하고 있으며, 프리드리히 2세가 제안한 독일어 개선의 수단(문법과 사전을 통한 개선)에 대해서도 비판한다. 그 논거는 독특하며 그 자체로 독일 계몽주의 문학에 대한 그의 시각이자 비판이다. 그 점을 간단히 살펴보자.

그는 영국과 프랑스의 동시대 문학은 "천재의 창조력 die schöpferische Kraft des Genies"이 소진했음을 지적하고, 그 증거로 그들 문학에서는 더 이상 독창적 작품을 모방하는 여타 많은 작품들이 탄생하지 않고 있음을 지적한다.

> "만약 지금 런던과 파리에서 우리들보다 허튼 작품들이 더 작게 나온다면 그것은 오히려 그 지역에서 천재의 창조력이 소진했다는 것을 증명하는 셈이다. 그래서 독창성과 여타의 뛰어난 장점들로 중간정도의 범상한 문학능력을 가진 무리들이 모방하게 자극하는 어떤 작품도 출현하지 않는다. 그곳에서 삼류작가는 수천 번 얘기한 내용을 다시 반복하는 것 외에는 아무것도 하지 않는데, 그러니까 이웃 독일인들보다 앞섰다는 허망한 장점을 즐기다 무미건조하게 된 것은 아니지만 활기가 없고 지루해진 것이다."244)

그가 염두에 두고 있는 천재성이란 수많은 모방을 자극하는 것이어

---

243) 참조, 위의 책 해설 부분, 909쪽.
244) 위의 책, 52쪽: "Wenn itzo in London und Paris weniger Unsinn erscheint als bey uns, so beweist es, daß dort die schöpferische Kraft des Genies erloschen ist, und daß daher keine Werke zum Vorschein kommen, die durch ihre Originalität und durch andere hervorstehende Vorzüge den Haufen der mittelmäßigen Geister zur Nachahmung reizen: die Schmierer können dort weiter nichts thun als tausendmal gesagte Sachen wiederkauen, und genießen also den traurigen Vorzug vor ihren teutschen Mitbrüdern, daß sie nicht abgeschmackt, sondern matt und langweilig sind."

156   독일문학과 자연과학

야 하며, 그와 반대로 상투성을 재생산하는 문학은 발전을 멈춘 것이라고 강조한다. 그는 차라리 주어진 형식에서 벗어난 바보(der Narr) 같은 작품을 많이 생산하는 문학은 천재가 활동할 수 있는 곳이며 어떤 면에서 발전의 잠재력을 갖춘 문학이라고 주장한다. 당대 독일문학은 바로 그런 상태에 있다는 것이 그의 주장이다.

당대 계몽주의 문학의 문학성과 계몽주의가 주장하는 역사와 사회의 진보 내지 발전에 대한 그의 시각은 반어적 풍자에 놓여 있다. 즉 역사와 사회의 발전이란 현실이 문제없음을 드러내거나, 라이프니츠 식의 이미 주어진 조화를 찾는 것이 아니라, 현실에 존재하는 많은 문제들을 노출시키고 그것들이 차지하는 현실에서의 의미를 어떻게 표현하느냐에 달려 있다는 것이다. 독일문학의 계몽주의적 실천은 이런 맥락을 찾아내고 표현할 수 있는, "이념의 풍부함과 다양함을 가지는 많은 지성들 viele Köpfe, die Reichthum und Mannichfaltigkeit der Ideen haben"이 존재할 때 가능하다고 주장한다.[245]

이에 비춰 볼 때 당시 독일의 대표적 계몽주의 소설가로 인정받는 빌란트 식의 소설작법은 계몽주의 문학의 실천이 아니라고 비판한다.

> "우리들은 그리스인들도 기사들의 시대도 알지 못한다. 따라서 아주 단순하게 상상해보면, 그 작가[빌란트]는 우리들에게 고대의 팔과 다리를 가진 근대인의 모습을 완전한 고대라며 팔고 있다고 할 수 있다. 왜냐하면 그 역시 이런 고대인들을 단지 책으로만 알기 때문이다. [...] 그[빌란트]의 작품은 바로 우리 식으로 생각하는 것에도 맞지 않는다. 만약 우리같이 감각을 가진 사람들에게 무엇인가를 볼 수 있게 만들려면 먼저 그것을 우리들에게 감각적으로 묘사할 수 있어야 하고 그 후에 일반적인 관찰과 성찰이 뒤따르게 해야 한다. 그런 다음에야 우리들은 이미

---

245) 위의 책, 53쪽.

그것에 관한 감각적인 모습을 머릿속에 가지고 있기 때문에 일반적으로 표현된 것을 명확하게 사고할 수 있는 것이다. 하지만 이 사람은 이 과정을 흔히 반대로 하고 있다. 즉 그는 어떤 상황을 묘사하기 전에 먼저 그 상황에 대해서 머릿속으로 생각하거나, 아니면 그가 자신의 주인공이 어떤 상황에 처해 있는 것을 묘사하기 전에 그 주인공이 그것에 관해 생각해보게 하고 있다."[246)

또한 외국문학이 아닌 각 민족문학의 상대성을 문학적 이상으로 강조하는 유스투스 뫼저류의 '애국적 환상 patriotische Phantasie'을 '애국적 열광 patriotische Schwärmerei'이라고 평가절하한다.

5.4 『독일의 언어와 학문 그리고 미적 감각에 대하여』에 나타난 인간학적 이념의 중층적 의미

베첼은 『독일의 언어와 학문 그리고 미적 감각에 대하여』에서 언어 및 독일어에 대한 논구에 특별히 많은 양을 할애하고 있다. 그는 당대 독일어의 문제점 혹은 퇴보는 네 명의 대표적 독일 작가들의 문학어에서 나타난다고 진단한다. 즉 1) 고췌트, 2) 클롭슈톡, 3) 빌란트, 4) 한스 작스 식의 문학어가 그것인데, 고췌트류의 엄격한 규범문학어, 클롭

---

246) 위의 책, 191쪽: "[W]ir kennen weder die Griechen noch die Ritterzeiten: wir stellen uns daher in aller Einfalt vor, daß uns der Autor moderne Figuren mit antiken Armen und Füßen für ganze Antiken verkauft, weil auch er diese Leute nur aus Büchern kennt [...] Seine Manier paßt auch nicht recht auf unsere Art zu denken: wenn man uns sinnlichen Leuten etwas anschaulich machen will, so muß man uns erst die Sache sinnlich darstellen und die allgemeinen Betrachtungen und Reflexionen hinterdrein folgen lassen: als dann denken wir das allgemein ausgedrückte deutlich, weil wir schon ein sinnliches Bild davon im Kopfe haben. Dieser Mann kehrt es gemeiniglich um: er räsonnirt erst über die Situationen, eh er sie darstellt, oder läßt seinen Helden darüber räsonniren, eh er ihn darein versetzt."

슈톡식의 이념 없이 공허한 언어의 장식적 왜곡 및 히브리어풍, 그리스어풍, 라틴어풍으로 뒤덮인 문학어, 빌란트류의 끝없이 늘어지는 삽입문으로 이루어진 프랑스식 장광설의 문학어, 조야한 지방색과 한스 작스류의 민중문학어 등이 그것이다.

> "우리들의 언어는 다음의 네 가지 곤경을 극복해야 한다. 즉 고췌트 식의 엄숙주의, 클롭슈톡주의자들의 언어 왜곡, 빌란트 식의 프랑스풍, 조야한 지방색, 한스 작스풍. 요컨대 - 이런 말을 할 수 있다면 - 존재감을 보이려는 천재와 민중 시인이 그들이다."247)

이에 비해 베첼이 언어를 보는 첫 번째 이념은 언어의 자연적 생명성과 역사적 개성이다. 그는 언어를 역사적 개성을 가진 생명체로 파악했다. 때문에 언어는 태어나고 성장·발전하다 사멸할 수 있는 대상이며, 이런 토대에서 언어의 형성 내지 변형을 논해야 한다고 믿었다. 이런 언어의 형성과 변형은 구체적으로 억양과 음성, 통사론과 의미론, 모방과 제스처 등의 세 영역에서 발생한다고 지적한다. 두 번째로 언어는 언어공동체에 교양과 교육을 실행하는 사회적 현재성과 문화적 창의성을 가진다고 여겼다. 다시 말하면 언어는 이미 지난 역사적 산물이자 단순히 생물적 형성과 성장의 현재성만을 지닌 것이 아니라, 사회적으로 항상 동시적 상황이며 동시대 인간을 변화시킬 수 있는 창조적 힘을 가진 것이라는 시각이다. 세 번째 이념이라 할 수 있는 것은 사고와 정신의 언어상대성의 원리이다. 즉 인간의 사고와 정신은 언어를 통해 발전, 성장, 변화할 수 있는데, 여기서 언어는 단순히 의사소통의 수단이

---

247) 위의 책, 54쪽: "Unsere Sprache mußte vier harte Stürze ausstehn - die Gottschedische Puristerey, die Verdrehungen und Verrenkungen der Klopstockianer, den Wielandischen Gallicismus, den pöbelhaften Provinzialismus und den Hans-Sachsismus - wenn mir dies Wort erlaubt ist - der seynwollenden Genies und der Volksdichter."

아니라 인식적 기능을 가진 것이며, 언어와 사고는 밀접히 상호작용을 하게 되는 것이다.

언어에 대한 이런 근본이념은 상호 복합적으로 작용해서 베첼의 인간학적, 사회정치적 언어에 대한 시각과 주장이 도출된다. 그 내용을 보자. 우선 베첼은 표준독일어로서 보편적 언어 규범이 존재하는 것이 정당하다고 주장했는데, 이것은 당대의 대표적 언어문헌학자 아델룽 Adelung의 주장과는 통하지만, 규범을 넘어서 규범을 창조하는 슈트룸 운트 드랑의 천재관에 근거한 언어문학관과는 정면으로 충돌하고 있다. 하지만 오버작센의 고지독일어를 표준어로 추천한 아델룽의 언어지형적 표준어 개념이 아닌 언어사회적, 언어정치적인 이념에서 표준어를 주장한다. 즉 독일어 역시 독일어권의 모든 지역에 걸쳐 먼저 다양한 방언에서 시작해서 대표적 시인과 작가들이 사용하는 주도적 언어가 등장하고, 이후 통일된 하나의 민족이나 국가의 경우 그 수도를 중심으로 통일된 표준어(urbanitas)가 형성되거나, 독일처럼 다수의 나라들로 나누어진 경우는 상업과 교역, 문화의 언어가 표준어의 역할을 수행하게 된다는 견해이다. 나아가 표준어는 당시에 사용하는 언어가 되어야 한다는 현재성을 강조함으로써 고어의 사용이나 특히 루터의 성서번역에 근거한 성경어(stilus Biblicus)가 표준독일어로 사용되는 것에 거부감을 보인다. 이것 역시 근대독일어 해석의 주류 경향에 반하는 견해인 셈이다.

궁극적으로 그는 독일문학과 더불어 독일어 역시 이웃의 프랑스어나 영어와는 달리 발전하고 있기 때문에 결국 표준독일어는 독일의 지방적, 문화적, 정치적 경계를 넘어 유럽의 문화어의 역할을 할 것이라고 주장했다. 이렇게 되기 위해서는 독일어와 독일문학은 유럽문화의 전통적 교양 이상을 표현할 수 있어야 한다고 여겼다.[248]

---

248) 참조 Marek Konopka: Strittige Erscheinungen der deutschen Syntax im 18. Jahrhundert. Tübingen: Max Niemeyer 1996, 76쪽.

또한 교양어 내지 학문어와 일상어 사이의 구분에도 반대했다. 그 이유는 문학어가 일상어와 학문어가 상호 교류하고 결합할 수 있게 하는 매개 역할을 하기 때문이라고 주장한다. 이것은 사실상 사고의 언어상대성 테제와 통하는 주장이다. 그는 언어가 역사적으로 축적된 지식과 경험의 저장소로서 인간의 사고를 분석할 수 있는 도구라는 콩디약의 관점을 더 발전시켜, 언어의 창조적인 사용은 그때까지 발전하지 못했던 사상이 성장하고 문화적으로 보통 이상의 결과를 낼 수 있게 만든다고 주장한다.[249] 언어의 발전 단계는 그 언어의 발전 잠재력을 뜻하는 것은 아니며, 그 언어의 특정한 사회화, 정치화의 단계와 연관되어 있다는 것이 그의 사회정치적 언어관이며 동시에 프랑스어의 보편성에 관한 비판의 논거이기도 하다. 따라서 언어의 발전은 문헌학적, 언어철학적 요인들에 의거하는 것이라기보다는 오히려 사회정치적, 문화적 전제들과 밀접한 연관성을 가진다는 말이 된다.

요약하자면 베첼의 언어에 대한 성찰은 인간학적 전제에서 출발해서, 경험적·심리적 관찰을 거쳐, 인간의 이성과 감성적 본성에 대한 탐구와 함께 인간의 문화적, 사회·정치적 본질에 대한 분석에서 완성된다고 할 수 있다. 그에게 언어는 단순히 언어학적 맥락이나 철학적 관점에서 중요한 것이 아니라, 인간의 내적 본성과 문화적 및 사회적 본성을 보여주는 인간학의 맥락에서 더욱 중요한 연구의 대상이었다.

5.5 문학비평과 지식의 유형학으로서 인간학

베첼의 문학비평에서 찾을 수 있는 핵심적 메시지는 학문에 대한 그의 성찰 내지 지식의 유형학 혹은 지식론에 있다. 그의 지식론은 지식

---

249) 참조 Hans Arens: Sprachwissenschaft. Der Gang ihrer Entwicklung von der Antike bis zur Gegenwart. Freiburg u. München: Karl Alber 1969, 107쪽.

을 우선 그 대상과 방법론에 따라 세 가지로 구분하고 있는데, 기억 Gedächtnis과 학문 Wissenschaft 그리고 미 Schönheit가 그것이다. 그는 미를 미적 학문 schöne Wissenschaften이라고도 하여 미를 지식에 속한 것으로 설명하고 있는데, 이는 그의 지식론의 특징이며, 미에 대한 이념과 문학에 대한 그의 관념에서 당대의 다른 작가들과 차별성을 보여 주는 변별적 측면이라 평가할 수 있다. 기억이란 자료들을 정리하고, 모으고, 저장하는 능력을 말하며, 학문이란 그 자료들을 분석하고, 추리하고, 평가하는 능력을 지적하고 있다. 학문은 이성의 능력을 사용하여 관찰하고 경험한 것에서 추상적 개념을 도출하고 보편적 원리를 정립한다. 학문에도 상상력은 어느 정도 작용하고 있다면, 상상력이 가장 많이 작용하고 있는 곳은 아름다움 내지 미적 감각을 보여주는 미적 학문 belles lettres의 영역이라고 할 수 있다.

동시에 이 세 영역은 지식의 역사적인 진행 방향을 보여주고 있다. 지식은 기억을 토대로 탄생해서 학문으로 성장하고 결국 미와 관련된 미적 학문 혹은 문학으로 발전한다. 이런 발전의 과정은 역사적으로 모든 민족에서 관찰할 수 있다는 것이다. 즉 그의 지식론은 인간의 모든 지식이란 결국은 아름다움 내지 인간의 미적 감각에 대해 알 수 있게 하는 단계로 발전함을 지적하고 있다.

베첼 지식론의 두 번째 유형론은 지식의 유용성에 따른 분류이다. 외형적인 유용함을 추구하는 지식은 넓은 의미의 박식함 Gelehrsamkeit과 좁은 범위의 직업학문 Professionswissenschaft을 이룬다. 반면에 지식의 내적인 유용함을 추구하는 것은 이성[즉 이론]학문 räsonnierende Wissenschaften과 미적 학문 schöne Wissenschaften이라 할 수 있다. 이것들은 '인간 정신 전체의 문화'에 참여하기 때문에 더 높은 단계에 있는 '고상한 교양 학문 edlere Wissenschaften'이라고 부를 수 있다고 주장한다. 지식의 내적 유용성을 추구하는 이런 학문은 문화와 교양의 가치를 표현하는데, 이성학문은 일차적으로 진리의 이상을 추구하기에 계몽과 문명화를 이루는 데 유용하다면, 미적 학문은 미의 이상을 추구하고 즐거움을 만들어 인간을 세련되게 하고 인간의 행복감을 증진하는 데 기여한다.

베첼 지식론의 목적은 당대 독일의 학계와 문화계의 발전 단계를 판단하는 분석과 평가의 기준을 제시하는 데 그 목적이 있다고 판단할 수 있다. 결론적으로 그의 비평에 나타난 지식의 유형론 역시 문학과 언어, 학문과 미 그리고 인간의 관계를 문화와 사회정치의 맥락에서 정립하는 문화정치적 지식의 유형학임을 이해할 수 있다. 그러므로 이런 지식의 유형학은 18세기 후반부터 생겨나는 독일의 인간학 담론이라는 맥락에서 보면 베첼이 제시하는 새로운 회의적 계몽주의 인간학 담론으로 볼 수 있다.

그 인간학은 사실상 아래에 그가 천명하는 문화적 계몽주의의 새로운 강령으로 요약된다고 할 수 있다.

"한 민족의 계몽주의는 그들의 학자들에 따라 판단할 필요는 없을 것이다. 기억력의 박식함조차도 그리고 학문적 박식함은 더욱더, 비록 그것이 완전히 일면적이라고 하더라도 대부분은 일정한 정도의 문화를 제공한다. 왜냐하면 영혼의 힘은 육체의 힘과 똑같이 단순히 사용해서도 강화되기 때문이다. 만약 학자들이 단순히 많이 안다고 해서, 그래서 미래의 학자들을 가르칠 뿐 그 외에는 민족 전체에게 아무런 영향을 주지 못한다면, 학자들의 숫자가 더 많으냐 적어냐는 문제되지 않는다. 학문적 천재의 수는 더 중요하다. 비록 그들이 필자로서 독자들에 대한 영향력은 아무것도 드러나지 않았다 하더라도, 그들은 이미 선생으로서 계몽주의를 준비할 수 있으며 종종 그 징표가 되지만 결코 문화의 증거는 아니다. 토마지우스나 볼프와 다른 사람들이 그랬다. 그들은 단순히 지식을 가진 것이 아니라 그것을 잘 사고하는 사람들이었다. 비록 그들에게 대단한 천재성을 인정할 수는 없었지만. 많은 문학 천재의 존재는 가장 가까운 전령이라 할 수 있다. 그들은 어떻게 글을 잘 쓸 수 있는지 그 길을 보여주며, 결과적으로 어떻게 작가들로서 민족에 영향을 줘야 하는지 보여준다. 그들의 독자들에게 대한 영향력은 항상 아주 대단하지는 않다. 하지만 학자들에게 미치는 그들의 영향은 상당히 유익하다. 사람들은 누구도 학교 구석에 앉아 책을 모으고 읽고 가르치는 일에 만족하지 않을 것이다. 누구나 작가로서 빛나고 자신의 글이 널리 읽혀지기를 추구한다. 이런 소망에 도달하고자 한다면 그는 머리와 글 쓰는 방식을 연마해야 한다. 아름다운 것과 마음에 드는 것에 대한 느낌을 획득하고, 예술의 기를 얻고자 노력해야 한다. 그러면 고상한 학문의 대상들은 즐겁고 쉽게 파악할 수 있는 언어로 전달되고, 민족을 독서를 통해 계몽하고 세련되게 하는 이념들은 전파된다. 그러므로 민족교육의 수준을 정하고자 한다면, 먼저 그 민족이 훌륭한 시인을 가지고 있는지 물어야 한다. 그 시인은 그들 시의 묘사 대상을 민족 자체에서 취하고 그래서 민족의 진정한 관심과 즐거움을 일깨워야 한다. 둘째로 그 민족이 학문적인 대상을 즐겁고 대중적인 방식으로 다룰 수 있는 다수의 괜찮은 작가를 보유하고 있는지를 물어야 한다. 그 다음에 학자도 아니고 작가도 아닌 사람들의 차례가 된다. 만약 가장 높은 계급에서 가장 낮은 계급에 이르기까지 모든 계급에서 비교적 많은 건강한 이성과 고귀한 학문에서 나온 지식, 미적 감각, 문학과 독서를 위한 애호를 발견할 수 있다면 그 민족은 문화적으로 발전된 것이다."250)

---

250) Wezel: Über Sprache, Wissenschaft und Geschmack der Teutschen, 위의 책, 194-196쪽: "Die Aufklärung einer Nation muß man nie nach ihren Gelehrten beurtheilen: selbst die Gedächtnißgelehrsamkeit und noch mehr die wissenschaftliche, wenn sie auch ganz einseitig ist, giebt meistens einen gewissen Grad (sic!) der Kultur; denn die Seelenkräfte werden eben wie die körperlichen, durch den bloßen Gebrauch gestärkt. Die größere oder geringere Anzahl der Gelehrten kommt nicht in Betrachtung, wenn sie blos viel wissen, künftige Gelehrte unterrichten und sonst keinen Einfluß auf die ganze Nation haben. Die Menge der wissenschaftlichen Genies ist von mehr Wichtigkeit, wenn auch ihr schriftstellerischer Einfluß auf das Publikum nichts beträgt: sie

그가 주장하는 계몽주의는 민족과 신분, 독자 및 관객들 모두에게 영향을 미치는 문화의 형성 능력을 의미한다. 따라서 성공한 계몽주의는 특정 집단이나 계급만이 아닌 사회의 전체 계급과 구성원들에게 건강한 정신력과 학문적 지식, 미적 감각 등의 능력을 갖추게 하는 문화를 이루는 것이라 할 수 있다.

그의 인간학이 보여주는 이런 계몽주의적 지식의 유형학은 후술하게 될 괴테의 형태론적 유형학과 비견될 만하다. 인간과 세계, 자연을 보는 두 사람 시각의 구조는 유사하지만 그 초점이 상이하게 나타난다. 베첼의 경우 지식의 유형학이 인간학의 형태로 집중되어 나타난다면, 괴테의 경우 자연과학 담론의 형태로 제시되는 것이 다를 뿐이다.

---

können schon als Lehrer die Aufklärung vorbereiten und sind oft Anzeichen, aber nicht allemal Beweise der Kultur: so war es Thomasius, Wolf und Andere, die nicht blos Kenntnisse hatten, sondern auch räsonnirten, wenn man ihnen gleich keinen hohen Grad des Genies zugestehen kan. Das Daseyn vieler dichterischen Genies ist der nächste Vorbote: sie weisen den Weg, wie man angenehm schreiben und folglich auf die Nation als Schriftsteller wirken soll: ihr unmittelbarer Einfluß auf das Publikum ist nicht allzeit sehr beträchtlich, aber einen desto heilsamern haben sie auf die Gelerhten. Keiner begnügt sich mehr, im Schulwinkel zu sitzen, zu sammeln, zu lesen und zu lehren: Jeder sucht als Schriftsteller zu glänzen und allgemein gelesen zu werden: will er seinen Wunsch erreichen, so muß er seinen Kopf und seine Schreibart poliren, sich Gefühl für das Schöne und Angenehme erwerben und sich um die Kunst, zu gefallen, bemühen: die Gegenstände der edleren Wissenschaften werden in einer ergötzden leichten faßlichen Sprache vorgetragen, Ideen ausgebreitet, die Nation durch die Lektüre aufgeklärt und polirt. Will man also den Grad der Nationalbildung bestimmen, so frage man erstlich, ob sie gute Dichter hat, die die Gegenstände ihrer Darstellung aus der Nation selbst nehmen und also wahres Interesse und Vergnügen erwecken können: zweitens, ob sie viele angenehme Schriftsteller besitzt, die wissenschaftliche Gegenstände auf eine unterhaltende populäre Art behandeln; und dann geht man mit den Leuten um, die keine Gelehrte noch Schriftsteller sind, und wenn sich in allen Ständen, vom höchsten bis zum geringsten, verhältnißmäßig viel gesundes Räsonnemennt, Kenntnisse aus den edleren Wissenschaften, Geschmack, Liebhaberey für die Literatur und Lektüre findet, so ist die Nation kultivirt".

6. 장 파울의 소설과 자연과학 담론251)

6.1 장 파울의 자연과학 담론의 발생 배경

18세기 유럽의 지식 패러다임에서 중요한 축을 형성했던 것 중의 하나는 바로 자연과학 담론이다. 따라서 자연과학 담론은 당대 지식인들의 새로운 세계관을 이루는 원동력이 되기도 했다. 이 18세기 자연과학 담론의 출발점에는 우주와 세계의 해석 모델인 시계와 시계제조인의 메타포를 통해 두 가지 시각이 대변되고 있다. 라이프니츠 Leibniz의 '변신론 Theodizee'에 따라 신이 우주라는 시계를 만들어 작동시킨 후에 그 시계는 완전하게 작동되고 있다는 것과, 뉴턴식으로는 그것이 완전하게 작동되기 위해서는 신의 계속적인 개입과 활동이 필요하다는 견해로 대별된다.252) 이런 자연과학 담론은 이후 유럽의 각 지역에서 때로는 공통적인 때로는 상이한 논의를 거치면서 유럽 전체의 자연과학 담론의 지형도를 형성해 갔다. 독일에서는 이런 담론의 지형도에 어떤 논의로 기여를 했던 것일까? 독일적 담론의 성격은 무엇일까?

독일의 자연과학 논의와 관련해서 당대의 철학자 칸트는 독일의 자연과학, 특히 천문학의 담론에서 진화론적인 우주론의 최초의 대표자로서 언급되고 있다. 그는 『일반 자연사와 천체의 이론 Allgemeine Naturgeschichte und Theorie des Himmels』에서253) 뉴턴의 만유인력의 법칙에 나타난 자연의 기계적인 역학을 더욱 정밀하게 보완하여 자연의

251) 참조 졸고: 독일문학의 자연과학 담론에 나타난 문화적 토포스에 대하여. In: 『뷔히너와 현대문학』 제18호(2002), 307-323쪽.

252) 참조 Alexandre Koyré: Von der geschlossenen Welt zum unendlichen Universum. Frankfurt a.M. 1980, 211-249쪽

253) Immanuel Kant: Allgemeine Naturgeschichte und Theorie des Himmels oder Versuch von der Verfassung und dem mechanischen Ursprunge des ganzen Weltgebäudes nach Newtonischen Grundsätzen abgehandelt. Hg. v. H. Ebert. Leipzig 1890.

법칙성을 좀 더 일반화하며 그 적용 범위를 확장하고자 한다.[254] 그에 의하면 자연의 법칙이 일반화되면 될수록 그것은 결국 '무한한 오성 unendlicher Verstand'과 직접적으로 연결된다.[255] 이로써 그는 또한 자연이라는 거대우주 Makrokosmos가 개별적 존재의 내면이라는 미시적 우주 Mikrokosmos로 옮아갈 수 있는 가능성을 지적하고 있는 것이다.[256]

이처럼 18세기 독일의 자연과학 담론의 배경에는 자연의 법칙과 인간과 사회의 발전의 법칙성과의 관련성에 대한 관심이 깔려 있었다. 이런 맥락은 당대 독일문학에서 대체로 두 부류의 작가들로 대별해서 살펴볼 수 있는데, 바로 계몽주의 혹은 계몽·고전주의 성격의 작가들과 낭만주의 작가들이다. 빌란트와 괴테 그리고 쉴러 등이 전자의 경우라면 노발리스와 아르님, 슐레겔, 호프만 등은 후자의 경우다. 물론 전자의 작가들도 어느 정도 후자의 경향을 선취하고, 낭만주의 작가들도 계몽주의의 자연과학 담론을 이어받고 있어 둘의 경향은 공통점도 보이는 것이 사실이다. 이런 맥락에서 두 부류를 모두 수용하거나 선취하고 있는 특징적 작가가 장 파울이다. 우선 그의 한 소설을 통해 그 두 부류에서 찾을 수 있는 자연과학 담론의 특징적 일단을 확인해

---

254) 참조 Otto Heckmann: Die Astronomie in der Geschichte der Neuzeit. In: Von der Naturforschung zur Naturwissenschaft. Vorträge, gehalten auf Versammlungen der Gesellschaft deutscher Naturforscher und Ärzte (1828-1958). Hg. v. J. Autrum. Berlin u. Heidelberg 1987, 538쪽: "Selbst Newtons vermag den Bau des Sonnensystems nur hinzunehmen als Schöpfung Gottes und rationalisiert den Anlauf der Bewegungen. - Erst Kant macht den - nach unserem heutigen Wissen grundsätzlich richtigen - Versuch, das Sonnensystem entstanden zu denken aus einer chaotischen, rotierenden, diffusen und undifferenzierten Materieverteilung unter Annahme der allgemeinen Gültigkeit der Newtonschen Mechanik und Gravitation."
255) Kant: Allgemeine Naturgeschichte und Theorie des Himmels, 위의 책, 79쪽.
256) 참조 Rudolf Unger: "Der bestirnte Himmel über mir ...". Zur geistes- geschichtlichen Deutung eines Kant-Wortes. In: R. Unger: Aufsätze zur Literatur- und Geistesgeschichte. Berlin 1929, 40-66쪽.

보자.257)

6.2 장 파울의 소설 『헤스페루스』에 나타난 자연과학 담론

『헤스페루스 Hesperus oder 45 Hundposttage』(1795)는 장 파울의 두 번째 장편으로 그가 비로소 당대 문단의 주목을 받게 되는 작품이다. 작품의 줄거리는 주인공 빅토르 Viktor의 인생에서 중요한 역정인 약 일년 반 동안의 사건을 다루고 있다. 즉 빅토르는 그의 부친으로 등장하는 로트 호리온 Lord Horion으로부터 제후 야누아르 Januar의 주치의로서 궁정에 머물며 야누아르에게 영향력을 행사하라는 일종의 임무를 부여받는다. 호리온은 그의 제후 야누아르에게 영향력이 있는 인물로 이제 야누아르의 흩어져 있는 다섯 명의 아들들을 찾아 불러 모으는 일을 맡아 궁정을 떠나게 되었기 때문이다. 소설의 외적 줄거리로만 보면 호리온은 결국 자신의 임무를 완수하여 그 다섯 아들들을 찾게 모으게 되고 그들로 해서 제후국은 마침내 공화국으로 변모하게 된다. 일견 당시에도 지극히 평범해 보이는 이러한 줄거리는 그러나 내적으로 보면 당대의 중요한 문화적 토포스를 담고 있으며 더욱이 그것이 자연과학의 담론을 통해 매개되고 있다는 점에 주목해야 한다.

이런 맥락에서 소설의 자연과학 담론을 위해 중요한 인물이 등장하는데 바로 에마누엘 Emanuel이다. 그는 빅토르의 내적인 발전에 중요한 역할을 한다. 사실 그는 빅토르의 영국에서의 스승이었던 다호레 Dahore와 동일인물이라는 것이 나중에 밝혀진다. 그래서 소설에서 빅토르와 에마누엘이 처음이자 다시 만나는 장면은 중요한 의미를 담고 있다. 호리온으로부터 자신의 임무를 부여받은 빅토르는 마이엔탈 Maienthal에 있는 에마누엘을 만나러 간다. 산중에 위치한 마

---

257) 장 파울의 미학과 자연철학에 대해서는, 참조 Götz Müller: Jean Pauls Ästhetik und Naturphilosophie. Tübingen: Max Niemeyer 1983.

이엔탈에 자리잡은 에마누엘의 집에는 한 그루 보리수가 울창하게 자리고 있었다. 남쪽에 있는 산의 기슭에서 정상까지는 영국식 정원이 조성돼 있고 그곳에 에마누엘의 천문대가 있었다. 빅토르는 마치 다른 별로 다가가는 것처럼 밤공기를 가르며 그 천문대로 갔다. 그리곤 그곳에서 울리는 풍금(風琴)의 소리를 듣고 일종의 가수(假睡) 상태에 빠진다.

> "그는 점점 더 그 소리와 천문대 주위를 감싸고 있는 정적에 정신을 잃어 갔다. 그의 영혼은 그에게 꿈으로 바뀌고 사방의 밤 풍경은 졸음을 재촉하는 안개가 되어 그 속에 꿈이 환하게 자리 잡고 있었다. 영원함이 쏟아 붓는 무한한 삶의 원천은 땅으로부터 멀리 날아올라 거대한 곡선을 그리며 태양의 흩날리는 은색 불꽃과 함께 무한을 넘어갔다. 그것은 희미한 빛으로 곡선을 그리면서 온 밤을 돌아갔고, 무한함이 남겨 놓고 간 자취가 어두움으로 사라지는 영원함을 덮어 버렸다."[258]

여기서 묘사되는 빅토르의 개인적인 자연에의 체험은 그것이 곧 영

---

258) Jean Paul: Hesperus. In: Jean Paul: Sämtliche Werke. Hg v. Norbert Miller. München: Carl Hanser. I. Abteilung. Bd. 1. München 1960, 677쪽: "Er verlor sich immer mehr in die Töne und in die Stille rings um sie - seine Seele wurde ihm zu einem Traum, und die ganze Nachtlandschaft wurde zum Nebel aus Schlaf, in dem dieser lichte Traum stand - die Quelle des unendlichen Lebens, die der Ewige ausgießet, flog weit von der Erde im unermeßlichen Bogen mit den stäubenden Silberfunken der Sonne über die Unendlichkeit, sie bog sich glimmend um die ganze Nacht, und der Widerschein des Unendlichen bedeckte die dunkle Ewigkeit." 이 소설은 장 파울의 아카데미 역사비판본 전집에는 1부 3/4권으로 수록되어있다.(Jean Paul: Sämtliche Werke. Historisch-kritische Ausgabe. Hg. v. der Preußischen Akademie der Wissenschaften. Weimar: Hermann Böhlaus Nachfolger 1929. I. Abteilung. B. 3 u. 4. Hg. v. Hans Bach u. Eduard Berend) 또한 최근에 출판된 역사비판본에는 1-3권으로 간행됐다(Jean Paul: Werke. Historisch-kritische Ausgabe. Hg. v. Helmut Pfotenhauer. Bd. 1-3. Hg. v. Barbara Hunfeld. Tübingen: Max Niemeyer 2009).

원성에 대한 체험인 동시에 인간과 인간적인 삶의 유한함에 대한 체험과 직접적으로 연결됨을 알려주고 있다. 바꾸어 말하면 자연에 대한 본원적인 인식은 인간에 대한 인식과 맞닿아 있다는 것이다. 이 점에서 이 소설은 자연과 인간 그리고 인간 사회는 더 이상 분리할 수 없는 공동의 영역이라는 메시지를 전달하고 있다. 그런데 이런 인식이 단순히 장 파울의 개인적인 견해만은 아니다. 『헤스페루스』의 메시지는 일회성 개별 발언이 아니라 당대의 자연과학 담론과 밀접히 연관되는 내용이며 그 담론의 맥락에서 비로소 더욱더 잘 이해되고 그 실체가 잘 드러나게 되는 것이다. 그 점을 살피기 전에 『헤스페루스』의 메시지를 좀 더 자세히 살펴보자.

빅토르는 이런 체험의 와중에 드디어 에마누엘을 만나게 되는데, 놀랍게도 그는 다름 아닌 빅토르의 이전 스승인 다호레임을 알게 된다. 이때 에마누엘은 빅토르에게 중요한 사실을 지적하여 깨닫게 한다.

> "다만 너의 두 번째 세계가 이 머리와 가슴을 채우기를. 그러면 작고 어두운 이 땅은 결코 만족하지 못할 것이야! ‒ 오 나의 호리온! 여기 이 산 위에서 내가 일 년 이상 세상에서 벗어나 있으면서, 난 너에게 우리들 위에 있는 거대한 두 번째 세계에서 그리고 이제 너의 내면에 있는 영원함이 너에게서 나타나게 하는 모든 위대한 사상을 두고 너에게 간청하네. 내가 오랫동안 죽어 있더라도 자네는 훌륭히 남아있기를 말일세."259)

---

259) 위의 책, 679쪽: "Nur deine zweite Welt fülle dieses Haupt und dieses Herz aus und die kleine dunkle Erde befriedig' es nie! ‒ O mein Horion! hier auf diesem Berge, auf dem ich über ein Jahr aus der Erde ziehe, beschwör' ich dich bei der großen zweiten Welt über uns, bei allen großen Gedanken, womit dir jetzt der Ewige in dir erscheint, beschwör' ich dich, daß du gut bleibst, auch wenn ich lange gestorben bin."

그가 언급하고 있는 "두 번째 세계 die zweite Welt"란 지상에 나타난 '어두운' 현실의 세계와 구별되는 영역으로 빅토르에게 더 넓은 이상을 구현할 수 있게 하는 유토피아적 세계이다. 그렇다고 그것이 단순히 현실적 실체가 없는 추상적인 범주에 머물고 있는 영역은 결코 아니다. 그 세계에 대한 체험과 인식으로 이후 빅토르는 자신의 사회적 임무를 정확히 인식하게 되고 결국 야누아르의 봉건적 통치영토를 공화국으로 변화시키는 데 중요한 역할을 수행하기 때문이다. 사실 빅토르는 이미 이전에 현실정치의 불행과 모순을 인식하고 이를 변화시킬 가능성을 갈구했다.

"아, 각각의 옥좌들 주변에는 손도 없이 사지가 잘린 사람들이 올려다보고 있는 그들의 수많은 젖은 눈들이 서 있다. 그 너머에 냉혹한 운명이 제후의 모습으로 앉아 손도 뻗지 않는다. 왜 어떤 연약한 인간이라도 올라가서 그 운명에 굳은 손을 내밀지 않아야 하며 그 수많은 젖은 눈들 중의 하나를 닦아주지 않아야 할까?"260)

이런 상황에서 그가 체험한 천체의 하늘이란 단순히 물리적 천체가 아닌 그의 사회정치적 이상을 펼칠 수 있는 장(場)으로서의 제2의 세계, 즉 자연을 통해 형상화된 사회정치적 유토피아인 셈이다.

"하지만 그 [빅토르]가 독일 옥좌들의 하늘 아래 나타났을 때 그의 태양 (야누아르)은 하지의 위치에 있었고 점차로 줄어드는 열기에서 차가운 폭풍으로 넘어가고 있었다."261)

---

260) 위의 책, 522-523쪽: "Ach, um jeden Thron stehen tausend nasse Augen, die von verstümmelten Menschen ohne Hände hinaufgerichtet werden: droben sitzt das eiserne Schicksal in Gestalt eines Fürsten und streckt keine Hand aus - warum soll kein weicher Mensch hinaufgehen und dem Schicksal die starre Hand führen und mit einer unten tausend Augen trocknen?"

이렇게 보면 에마누엘이 보여주는 천문학적 지식은 인간 사회에 대한 지식이며 또한 그의 집에 설치된 망원경은 사회의 미래를 내다보는 그의 예지력을 알려주는 대상인 셈이다.

천체뿐만 아니라 산들도 정치적 의미를 내포하고 있는데, 전자가 유토피아적 성격을 가진다면 후자는 실제적 현실정치의 성격을 보여준다. 따라서 현실정치의 지배세력을 '정치적 산'으로 표현할 수 있는 것이다.

> "정치적 산들은 자연적인 산처럼 높이가 나날이 (특히 산들이 불을 뿜을 때면) 더 낮아져서 마침내 계곡들과 하나의 평지에 놓이게 될 것이 틀림없다."[262]

당대 독일문학에 묘사된 자연의 화산활동은 땅의 기원과 관련된 지질학적 논의를 당시의 현실 정치체제를 불안정하게 만드는 (민중의) 혁명적인 활동이라는 맥락과 결부시키는 토포스라는 것은 잘 알려진 사실이다. 장 파울의 산에 대한 묘사도 이런 맥락에서 움직이고 있다. 그 역시 당대 자연과학의 담론을 유사한 맥락으로 끌어들이고 있는 것이다. 장 파울이 생각하는 당대의 자연과학적 지식이 함의하는 의미 그

---

261) 위의 책, 517쪽: "Aber als er unter dem deutschen Thronhimmel erschien, stand seine Sonne (Januar) in der Sommer-Sonnenwende, die von abnehmender Wärme allmählich zu kalten Stürmen überging." 참조: "빅토르는 레 바우트를 방문할 것을 미뤘다. 다음과 같이 생각했기 때문이다. "나는 어차피 곧 자연의 부드러운 품에서 내려와서 철망대 궁정으로 올라가 현미경 궁정의 제물대(왕좌)에 앉아야 한다." Viktor hatte den Besuch Le Bauts verschoben, weil er dachte: ≫Ich muß ohnhin bald genug vom weichen Schoße der Natur herunter und auf das Hof-Drahtgestell hinauf und auf den Objektenträger (Thron) des Hof-Mikroskops≪"(위의 책, 592-593쪽).

262) 위의 책, 873쪽: "Die politischen Berge werden wie die physischen täglich kürzer (zumal wenn sie Feuer speien) und müssen endlich mit den Tälern in einer - Ebene liegen."

리고 자연을 탐구하는 것이 어떤 의의를 가지는지는 다음의 묘사에서 잘 지적되고 있다.

"나는 자주 자연연구자로서 자연이 자신의 딸들인 풀들이 퍼지게 하는 현명한 기관들에 감탄했다. 난 자연사를 연구하는 괴체에게 말했다. '자연이 자신의 어린 풀들이 그 생애에서 풍부한 광천수를 필요로 한다면 그들에게 갈고리로 걸 수 있는 무엇인가를 주어 그것으로 그 풀들이 자신들을 비옥한 곳으로 옮겨 줄 가여운 매개체인 피리새에 앉는 것을 보면 자연은 현명한 장치를 가지고 있는 것이 아니겠어요? 아시다시피 린네가 언급하기를 거름이 많은 땅에서만 살아갈 수 있는 씨앗들은 작은 갈고리를 가지고 있어 자신들을 우리와 거름에 옮겨 줄 가축에 더 수월하게 붙게 된다고 했죠. [...] 그리고 월귤나무 열매에서는 자연의 보살핌이 더 사소할까요? 린네가 같은 논문에서 해설하기를, 월귤 열매가 영양이 풍부한 과즙에 싸여 있는 것은 여우를 유인하여 그것을 먹게 하기 위해서라지요. 어차피 그 열매의 씨까지 소화시키지 못하는 여우가 자신이 그 열매의 씨를 뿌려 주는 사람이 된다는 것을 잘 알 수 있을까요?'"263)

---

263) 위의 책, 809쪽: "Ich habe oft als Naturforscher die weisen Anstalten der Natur zur Verbreitung sowohl der Töchter als Kräuter bewundert. ≫Ists nicht eine weise Einrichtung,≪ sagt' ich zum naturhistorischen Goeze, ≫daß die Natur gerade denen Mädchen, die zu ihrem Leben einen reichen mineralischen Brunnen brauchen, etwas Anhäkelndes gibt, womit sie sich an elende Ehe-Finken setzen, die sie an fette Örter tragen? So bemerkt Linné, wie Sie wissen, daß Samenarten, die nur in fetter Erde fortkommen, Häckchen anhaben, um sich leichter ans Vieh zu hängen, das sie in den Stall und Dünger trägt. [...] Und finden wir bei den Heidelbeeren eine geringere Vorsorge der Natur? Merket nicht derselbe Linné in derselben Abhandlung an, daß sie in einen nährenden Saft gehüllet sind, damit sie den Fuchs anreizen, sie zu fressen, worauf der Schelm - verdauen kann er die Beeren nicht -, so gut er weiß, ihr Säemann wird?≪"

그는 여기서 자연현상이 인간의 삶과 인간사회의 감추어진 작동원리를 이해할 수 있게 해준다고 언급하고 있는 것이다. 따라서 자연현상에 대한 탐구는 바로 인간의 삶과 사회에 대한 탐구에 다름 아닌 셈이다.

그런데 장 파울은 『헤스페루스』에서 당대의 자연과학의 발전이 가져다 준 인식의 변화를 특히 천문학적 지식과 연관시켜 묘사하고 있다. 천문학에서 코페르니쿠스의 발견이 있은 이후에 천체는 더 이상 종교적 우주를 보조하는 하나의 부속품, 인간세계의 관심을 끌지 않는 물리적 개별영역이 아니라 세계의 현실과 인간의 관심사에 직결되는 본질적 영역이 되었다. 이후 전개되는 자연과학에서의 수학적 기계론적 지식의 패러다임화는 독일을 포함한 유럽의 여러 나라에서 각기 다른 양상으로 수용되고 발전했지만, 전체적으로 봐서 부정할 수 없는 것은 변화된 자연과학의 패러다임이 천체 역시 예측 가능한 하나의 현상이자 지상의 현실과 연관되는 범주에서 관찰할 수 있는 하나의 영역으로 자리매김을 하게 됐다는 점이다. 이런 맥락을 장 파울은 잘 인식하고 있었다. 『헤스페루스』의 하늘은 바로 이런 맥락에 놓여 있는 것이다.[264]

---

264) 참조 Thomas S. Kuhn: Die kopernikanische Revolution. Braunschweig 1981, 134-240쪽. 또한 Rainer Baasner: Das 'Universum der Bilder' und seine Gesetze. In: Jahrbuch der Jean-Paul-Gesellschaft. 25. Jhg. (1990). München, 153-167쪽, 특히 164쪽: "Gesprengt wird diese Gesetzmäßigkeit [der naturwissenschaftlichen Erkenntnisse], die die Fiktionalität zunächst zwingt, nichts anderes als eine aufklärerische 'mögliche Welt' zu werden, durch die von der autonomisierten 'Dichtung' gegebene Möglichkeit, willkürlich gegen Positionen der Naturwissenschaft zu verstoßen oder andere Deutungsmuster der Natur konkurrierend einzuflechten. Deren Elemente - wie zum Beispiel der Phönix - erscheinen dann nicht nur als durch eine rhetorische Tradition verbürgte Bilder, sondern als Widerstand gegen die Eindeutigkeit einer naturwissenschaftlichen Weltsicht des 18. Jahrhunderts. So erzielt die ästhetische Gestaltung ihre Eigenleistung, so 'geraten durch die Dichtung latente Wirklichkeitszusammenhänge ins

이런 점에서 호리온과 귀족 레 바우트 Le Baut는 소설에서 빅토르와 에마누엘의 대조적인 인물들이다. 호리온의 물질적인 세계관이나 레 바우트의 자연사 전시실 Cabinet d'histoire naturelle은 그 점을 잘 보여주고 있다.

> "그 전시실은 희귀한 표본들과 몇몇 진기한 것들을 갖추고 있었다 - 길이 2/17인치와 폭 2/17인치 아니면 그 반대일지도 모르는 아이에서 나온 방광 결석물 - 그리고 어느 늙은 장관의 경화되고 속이 뚫린 혈관 - 미국 깃털 바지 한 쌍 - [...] - 석화된 새둥지 - 복제품들은 전혀 계산할 수 없었다 - 그사이 나와 독자들은 이런 죽은 잡동사니 더미에 살면서 전시실을 혼자서 꾸미고 있던 원숭이를 본다."265)

그는 자연을 인간과 교감하지 않고 생명 없이 박제된 전시대상물 정도로만 이해하고 있음을 알 수 있다. 호리온에게도 역시 자연은 개별 인간과는 관계없는 물리적 개체들로 나뉘어져 있을 뿐 인간과는 아무런 교감을 이루지 못한다. 자연을 대하는 그의 분석적 태도는 인간의 삶에 대한 회의적 태도와도 연결된다.

> "인생은 공허하고 사소한 놀이다 [...] 우리들 무가치한 것들에겐 무가치한 것들이면 충분히 족하다. 잠자는 사람에겐 꿈이 충분하듯이. 해서 우리 내부에서나 외부에서도 놀랄만한 것이란 존재하지 않는다. 태양은

Blickfeld'."
265) Jean Paul: Hesperus, 위의 책, 596쪽: "Das Kabinett hatte rare Exemplare und einige Curiosa - einen Blasenstein eines Kindes, 2/17 Zoll lang und 2/17 Zoll breit, oder umgekehrt - und verhärtete Hohlader eines alten Ministers - ein Paar amerikanische Federhosen - [...] - und ein versteinertes Vogelnest - Doubletten gar nicht gerechnet -- inzwischen zieh' ich und der Leser diesem toten Gerümpel darin den Affen vor, der lebte und der das Kabinett allein zierte und - besaß."

가까이에 지구가 있고, 지구란 단순히 흙덩이가 어느 정도 자주 반복되는 것일 뿐. - 그 자체 고귀하지 않은 것은 여러 차례 걸러봐도 현미경을 통해 보는 벼룩만큼 보잘것없거나 기껏해야 더 작아질 뿐이다. 왜 뇌우가 전기 실험보다 더 고귀해야만 하며, 무지개가 비누방울보다 더 위대해야 할까? [...] - 시간은 순간으로 흩어져버리고 민족들은 개별 개인들로, 천재는 사상으로, 무한함은 각각의 점들로 사라져버리니. 위대한 것이란 없는 법이다."266)

『헤스페루스』에서 찾아볼 수 있는 천체와 자연의 의미와 연관된 이런 맥락은 비단 장 파울의 작품에서만 관찰되는 것이 아니다. 당대의 또 다른 대표자 괴테의 작품에서도 자연과 천체는 유사한 맥락에 놓여있다고 할 수 있다. 이와 관련해서 『빌헬름 마이스터의 편력시대 Wilhelm Meisters Wanderjahre』에 등장하는 한 장면은 『헤스페루스』의 천체가 새로운 의미를 가질 수 있게 하는 자연과학 지식에 나타난 패러다임의 변화를 다음과 같이 형상화한다.

"그는 수학자여서 고집이 세고 또 명석한 두뇌의 소유자여서 무엇을 쉽게 믿는 편이 아니었다; 그는 오랫동안 마카리에의 말을 받아들이지 않았지만, 그녀가 진술한 것을 정밀하게 관찰해 보면서, 여러 해에 걸쳐 나타난 결과를 가지고 결론에 도달해 보려고 노력했다. 그러던 중 서로

266) 위의 책, 1179-1180쪽: "Das Leben ist ein leeres kleines Spiel [...] Für uns nichtige Dinge sind nichtige Dinge gut genug; für Schläfer Träume. Darum gibt es weder in noch außer uns etwas Bewundernswertes. Die Sonne ist in der Nähe ein Erdball, ein Erdball ist bloß die öftere Wiederholung der Erdscholle. - Was nicht an und für sich erhaben ist, kann's durch öftere Setzung so wenig werden als der Floh durchs Mikroskop, höchstens kleiner. Warum soll das Gewitter erhabner sein als ein elektrischer Versuch, ein Regenbogen größer als eine Seifenblase? [...] - Die Zeit zergeht in Augenblicke, die Völker in Einzelwesen, das Genie in Gedanken, die Unermeßlichkeit in Punkte; es ist nichts groß".

마주보고 있는 별들의 위치와 일치하는 마카리에의 가장 최근의 진술에 특별히 주목하게 되고 마침내 이렇게 외치게 되었다. 그럼, 신과 자연이 하나의 살아 움직이는 천구를, 그러니까 정신적인 시계의 톱니바퀴 역시 만들어서 설치하면 왜 안 된단 말인가, 그러면 마치 시계들이 날마다 시간마다 우리들에게 해주는 것처럼 그 톱니바퀴도 독자적인 방식으로 천체의 운행을 저절로 따라갈 수 있게 될 거야."[267]

수학자가 마카리에의 진술을 확인하는 과정을 언급하고 있는 이 부분은 사실상 천체 역시 땅의 영역과 떨어져 우리와 무관한 것이 아니라 인간처럼 살아 있는 것이며 또한 시계처럼 기계적인 법칙을 통해 이해될 수 있는 구체적 대상이라는 점을 마카리에의 예를 통해 보여주고자 한다. 그 누구보다도 먼저 수학자가 깨달았다는 것도 자연과학의 변화된 패러다임의 성격을 단적으로 지적하는 셈이다. 독일문학에서 18세기 후반에서 19세기 초반은 넓게 보면 자연과 인간, 그리고 인간사회의 상호 관련성이 부각되던 시기다. 이때 독일문학은 당대의 계몽주의적 사상의 맥락을 통해 새롭게 획득된 자연의 의미를 수용했을 뿐 아니라 동시에 자연과학을 단순히 현상적 자연에 대한 지식의 한 형식으로 인식하기보다는 인간과 사회에 대한 인식을 강화하는 매개체로 관찰했던 것이다. 『헤스페루스』에서도 인간과 사회 그리고 역사는 자연과 밀접히 연관되는 동일선상의 현상이었다.[268]

---

267) Goethe: Wilhelm Meisters Wanderjahre. Sämtliche Werke nach Epochen seines Schaffens. MA Bd. 17, 678쪽: "Er ist ein Mathematiker und also hartnäckig, ein heller Geist und also ungläubig; er wehrte sich lange, bemerkte jedoch was sie angab genau, suchte der Folge verschiedener Jahre beizukommen, hielt sich besonders an die neusten mit dem gegenseitigen Stande der Himmelslichter übereintreffenden Angaben, und rief endlich aus: nun warum sollte Gott und die Natur nicht auch eine lebendige Armillarsphäre, ein geistiges Räderwerk erschaffen und einrichten, daß es, wie ja die Uhren uns täglich und stündlich leisten, dem Gang der Gestirne von selbst auf eigne Weise zu folgen im Stande wäre."

"나는 대체 이런 삶의 기술에서 자연의 최고 복사자로서 늘 현실을 그대로 기록으로 옮겨왔다."269)

여기서 묘사되는 빅토르의 개인적인 자연에의 체험은 그것이 곧 영원성에 대한 체험인 동시에 인간과 인간적인 삶의 유한함에 대한 체험과 직접적으로 연결됨을 알려주고 있다. 바꾸어 말하면 자연에 대한 본원적인 인식은 인간에 대한 인식과 맞닿아 있다는 것이다. 이 점에서 이 소설은 자연과 인간 그리고 인간 사회는 더 이상 분리할 수 없는 공동의 영역이라는 메시지를 전달하고 있다.

따라서 자연현상에 대한 탐구는 인간 삶에 대한 탐구와 다름이 아닌 셈이다. 자연에 대한 탐구는 궁극적으로 인간의 삶에 대한 진리를 발견하는 것이고, 그 계기는 무엇보다 자연을 감각적으로 느낄 수 있고 교감할 수 있는 친밀한 대상으로 경험할 때 가능하다는 것이 장 파울 자연과학 담론의 핵심이다.270)

---

268) 참조 "그는 역사를 큰 숲들과 비슷하다고 여긴다. 그 중앙에는 침묵과 밤, 맹금류들이 있는 곳. 그 가장자리를 빛과 노래가 채우는 곳. - 물론 이 모든 것은 내게 유용하다. 하지만 나 역시 모든 것에 유용하다. 자연이란 영원해서 시간을 상실하지 않는 곳, 무궁무진해서 생명력이 상실되지 않는 곳, 사라지는 규칙 외에는 어떤 다른 규칙도 존재하지 않는 곳이다. [...] 도덕적인 혁명은 물질적 혁명보다 우리를 더 교란한다. 전자는 그 속성상 후자보다 더 큰 활동 공간과 시간을 취하기 때문이다. [D]ie Geschichte findet er den großen Wäldern ähnlich, in deren Mitte Schweigen, Nacht und Raubvögel sind, und deren Rand bloß Licht und Gesang erfüllen. - Allerdings dient mir alles; aber ich diene auch allem. Da es für die Natur, die bei ihrer Ewigkeit keinen Zeitverlust, bei ihrer Unerschöpflichkeit keinen Kraftverlust kennt, kein anderes Gesetz der Sparsamkeit gibt als das der Verschwendung [...] Die moralischen Revolutionen machen uns mehr irre als die physischen, weil jene ihrer Natur nach einen größern Spiel- und Zeitraum einnehmen als diese". (Jean Paul, Hesperus, 위의 책, 870쪽)

269) 위의 책, 1232쪽: "Ich habe überhaupt in dieser Lebensbeschreibung als Supernumerarkopist der Natur allezeit die Wirklichkeit abgeschrieben."

7. 괴테의 형태론과 자연철학 및 자연과학 담론271)

7.1 지식의 형태론과 괴테의 자연과학 담론

독일의 계몽주의 내지 고전주의 문학은 유한한 현실과 그 현실을 구성하는 정신적 무한성의 이념 사이의 관계가 균형과 조화를 지향한다. 현실과 이념은 분리되어 있지만 이념은 현실을 형성하고 세계는 이념에 의해 조직되어 완성을 향해 가는 전체(Weltganze)로 나타난다.

쉘링을 통해 자연이 비로소 인간과 연관을 맺을 수 있는 하나의 살아 있는 영역이 되었다면, 이런 자연관을 지식의 새로운 형태론으로 변화시키는 데는 18세기 후반 독일의 자연과학 담론이 중요한 역할을 했다. 이런 과정에서 특히 주목해야 할 인물은 괴테이다.

'지식의 형태론'은 괴테가 서양의 전통을 새롭게 해석한 것이다. 그때까지 서양의 지적 전통에서 지식이란 라이프니츠에서 절정을 이룬 것처

---

270) 참조, 위의 책, 1099-1100쪽: "빅토르는 위대한 자연이나 위대한 시인을 통해 자신의 영혼을 고무시켰으며, 그 후에 그는 비로소 하나의 체계가 분명해지리라 기대했다. 그는 비상하여 주변을 살피고 또 멀리 내다봄으로 해서 진리를 발견했지, 자연을 뚫고 들어가서 미시적으로 살펴보고, 자연이라는 책의 한 음절에서 다른 음절들로 삼단논법적 논리에 따라 여기저기 옮겨 다녀 발견한 것은 아니었다. 그렇게 했다면 자연의 단어들은 알 수 있었겠지만 그 단어들의 의미는 얻지 못했을 것이다. 그는 말하기를, 여기저기 옮겨 다니며 손을 대보는 것은 진리를 발견하기 위한 것이 아니라 그것을 시험하여 확인하는 것이라고. Viktor befruchtete seine Seele vorher durch die große Natur oder durch Dichter, und dann erst erwartete er das Aufgehen eines Systems. Er fand (nicht erfand) die Wahrheit durch Aufflug, Umherschauen und Überschauen, nicht durch Eindringen, mikroskopisches Besichtigen und syllogistisches Herumkriechen von einer Silbe des Buchs der Natur zur andern, wodurch man zwar dessen Wörter, aber nicht den Sinn derselben bekömmt. Jenes Kriechen und Betasten gehört, sagt' er, nicht zum Finden, sondern zum Prüfen und Bestätigen der Wahrheit".

271) 참조 졸고: 18세기 후반에서 19세기 초까지의 독일문학을 중심으로 한 인문학적 통합 지식의 패러다임 연구(II). In:『독일문학』. 제123집. 53권 3호(2012), 239-259쪽.

럼 '세계의 질서를 사고의 질서에 반영하는 것'을 의미했다. 지식의 체계는 세계의 구조를 확실히 모사하고 있는 셈이었다. 이런 전통은 18세기 후반 독일의 자연과학 담론에서 서서히 와해되어 지식의 새로운 형태로 바뀌었다. 새로운 형태의 지식이란 자연과학의 새로운 형태론의 형성과 밀접한 관련이 있다. 당시까지 서양에서 형태론이라는 것은 자연의 모든 형태를 관찰하고 분석하는 분야를 의미했다. 하지만 당시에 새롭게 형성된 자연과학의 형태론이란 그때까지 이어온 자연현상의 서술과는 성격을 달리하고 있다. 그 형태론은 히스토리아 나투랄리스에서 중요한 방법론으로 자리 잡았던 자연의 모형을 통한 자연의 일방적, 인위적 분류와 이를 통한 자연 역사의 서술이라는 제한된 방식을 고수하지 않았다. 이 형태론에서는 인간과 인간의 예술, 그리고 역사 역시 하나의 형태로 관찰하여 서술하려고 시도했다. 즉 형태론이란 인간과 인간 경험의 유형을 전체적으로 파악하려는 포괄적인 시도를 말했다.

지식의 새로운 형태라는 것은 자연과학의 이런 새로운 형태론의 방법론에 기초된 이념과 연관된다. 이런 형태론에서 지식이란 인간의 경험이나 기억의 단순한 반영이 아니라, 지식이 연상되고 관련성을 가져 하나의 전체로 구성되어 다양한 경험이 하나의 새로운 연관으로 조직될 수 있는 질서 체계였다. 따라서 이것은 일종의 '지식의 형태론 Morphologie des Wissens'이라 할 수 있다.272)

당대에 형성되었던 이런 자연과학과 지식 담론의 맥락을 바탕으로 하여 괴테는 한 단계 더 나갔다. 당시 형태론의 새로운 이념을 자신의 자연관과 연관시킬 수 있었기 때문이다. 괴테의 자연관은 그의 『식물 변형론 Die Metamorphose der Pflanzen』에서 잘 나타나 있다. 여기서 알 수 있는

---

272) 참조 Olaf Breidbach: Die Typik des Wissens und die Ordnung der Dinge. Zur Systematik des Gotheschen Sammelns. In: Markus Bertsch und Johannes Garve (Hg.): Rume der Kunst. Blick auf Goethes Sammlungen. Gttingen 2005, 322-341쪽.

그의 자연관의 핵심은 자연의 현상을 정태적으로 규정된 것이 아니라 자연에 존재하는 역동적인 하나의 과정으로 이해하며, 이런 과정을 통해 경험적으로 관찰한 개별 자연을 자연의 전체 질서에서 다시 인식하는 데 있다. 그는 이런 자연관을 '(형태)변형론 Metamorphose'이라 명명했다. 즉 그의 형태변형론에서 새로운 점은 자연에서 어떤 새로운 것을 발견하는 데 있는 것이 아니라, 전체 자연에서나 개별 자연의 현상에서 발견할 수 있는 역동적인 과정을 체계적으로 인식할 수 있다는 데 있다.

괴테는 그 역동적 과정에 자연뿐 아니라 인간의 삶도 포함된다고 여겼다. 이로써 자연이 유럽의 전통적 지식 담론에 기초한, 철학적이거나 추상적인 인식의 대상에서 해방되어 생명력 있는 부분과 전체로 파악될 수 있게 되었다. 괴테의 형태변형론에서 볼 수 있는 형태 Gestalt와 형태론적인 사고는 이후 독일의 지식과 자연과학의 담론을 통해 20세기까지 그 영향을 미친다고 할 수 있다.

7.2 자연에 대한 통합적 인식과 분석적 방법론

괴테는, 말하자면, 첫째 당시 학문의 준거인 양적 특성(양의 학문 Wissenschaft des Quantitativen)을 질적 특성(질의 학문 Wissenschaft des Qualitativen)으로 변화시켰다. 또한 학문의 법칙성에 대한 인식도 변화시켰다. 칸트에서부터 (현대의 포퍼에 이르기까지) 학문과 과학의 법칙성은 항상 주관적인 의식에 포함되어 있었다. 칸트에게 법칙은 인간이 경험한 것을 주관적 의식을 위해 정리하는 수단이지만, 괴테에게 법칙이란 인간의 정신에게 인지할 수 있는 원칙이자 이념이었다. 이를 통해 그는 칸트에 의해 완성된 인지적, 이론적 지식의 형태를 확장하여 '시엔티아 인투이티바 Scientia intuitiva' 즉 직관적 지식의 체계를 형성하고자 했다. 즉 계몽주의에서 완성된 이론적, 지적 지식의 형태를 지식보다 광범위한 지혜의 전통을 포괄하는 이론적 지식과 경험적 지식을 통합하는 지식의 체계를 시도한 셈이다. 그의 지적 지식의 기초는 관조와 사고가 하나가 되는 것이다.

> "나의 인식방식은 [...] 그러니까 나의 사고력이 대상에 따라 활동한다는 것인데, [...] 내 사고는 대상과 분리되지 않는다는 말이다. 그 대상에 존재하는 요소들로 관조가 들어가서 그것에서부터 가장 내면인 것으로 나아가는 방식이다. 결국 나의 관조 자체가 하나의 사고이며 나의 사고는 하나의 관조라는 말이다."273)

이런 지식의 특징은 자연의 관찰과 해석을 전제로 하고 있다. 여기서 자연의 정확한 관찰은 특히 핵심인데, 자연의 관찰이란 자연현상들의 연결 체계를 발견하는 것을 의미한다. 하지만 그것은 자연의 체계를 찾는 행위는 아니다.

> "자연의 책이 내게 어떻게 읽히는지는 당신에게 표현할 수 없어요. [...] 내가 새로운 것을 발견하면 그건 예상하지 못했던 것을 발견하는 것이 아닙니다. 그 새로운 것은 모든 것에 맞게 연결되어 있어요. 왜냐하면 나는 어떤 체계도 가지고 있지 않고 진리 그 자체 외에는 아무것도 원하지 않기 때문이지요."274)

---

273) Goethe: Goethes Werke. Hg. im Auftrag der Großherzogin Sophie von Sachsen. Weimar 1887ff. Weimarer Ausgabe. ND: München 1987 (WA). II, Bd. 11, 58쪽 이하: "meine Verfahrungsart [...] daß nämlich mein Denkvermögen gegenständlich tätig sei, [...] daß mein Denken sich von den Gegenständen nicht sondere, daß die Elemente der Gegenstände, die Anschauungen in dasselbe eingehen und von ihm auf das innigste durchdrungen werden, daß mein Anschauen selbst ein Denken, mein Denken ein Anschauen sei".
274) WA IV, Bd. 7, 229쪽: "Wie lesbar mir das Buch der Natur wird, kann ich dir gar nicht ausdrücken [...] So viel ich neues finde, find ich doch nichts unerwartetes, es passt alles und schliest sich an, weil ich kein System habe und nichts will als die Wahrheit um ihrer selbst willen."

괴테는 자연에 기계적 체계가 없다고 여긴다는 말이다. 그는 이로써 르네상스에서 근대까지 통용되던 서양의 기계적 자연관에 정면으로 반박한다. 그의 지식 체계가 직관적이고 통합이 될 수 있는 것은 역설적으로 체계가 존재하지 않기 때문이라 할 수 있다. 다음의 언급은 이런 논리를 잘 표현하고 있다.

> "자연 체계, 이것은 모순적 표현이다. 자연은 체계가 없다. 자연은 생명이고, 알 수 없는 중심에서 나와 인식할 수 없는 경계로 향하는 결과다. 따라서 자연의 관찰은 무한하다. 사람들은 자연의 관찰을 가장 작은 부분으로 나누어 갈 수 있고, 아니면 전체적으로 넓이와 높이에 따라 그 흔적을 추적할 수도 있다."[275]

둘째 그의 통합적 지식체계에서는 현실에 대한 관점을 변화시키고자 했다. 현실은 더 이상 단순히 감각의 세계나 과학적 환원주의에서 주장하는 것처럼 원자나 세포의 집합만이 아니라 감각과 원자/세포의 세계

---

[275] Goethe: Die Schriften zur Naturwissenschaft. Vollständige mit Erläuterungen versehene Ausgabe Leopoldina. Hg. von D. Kuhn und Wolf von Engelhardt. Weimar 1947ff. Bd. I, 9, 295쪽: "Natürliches System, ein widersprechender Ausdruck. Die Natur hat kein System, sie hat, sie ist Leben und Folge aus einem unbekannten Zentrum, zu einer nicht erkennbaren Grenze. Naturbetrachtung ist daher endlos, man mag in's einzelnste teilend verfahren, oder im ganzen, nach Breite und Höhe die Spur verfolgen." 또한 참조: "그[괴테]는 자연과 정신을, 그리고 경험적이고 분석적인 연구의 결과만을 합치는 것이 아니라, 관찰에서 대단히 가치 있는 상형문자들의 모음을 보고, 원칙과 이념에서 그 문자를 푸는 열쇠를 보는 [...] 상충되는 노력들을 서로 화해시키고 있다. Er[Goethe] hält, nicht die Natur und den Geist, nur die Resultate der empirischen und analytischen Forschung zusammen, er sieht in der Beobachtung die Sammlung einer unschätzbaren Buchstabenschrift und in dem Prinzip, in der Idee, den Schlüssel zur Entzifferung derselben [...] feindselige Bestrebungen einander befreunden." (Johann Heinroth: Lehrbuch der Anthropologie. Zum Behuf academischer Vorträge, und zum Privatstudium. Nebst einem Anhange erläuternder und beweisführender Aufsätze. Leipzig 1822, 367쪽 이하).

를 구조적, 기능적으로 정리하는 법칙이 외부로 감각화되어 나타나는 영역이 된다. 현실을 이 법칙의 측면에서 보면 이상적, 정신적이다. 이런 그의 통합적 지식의 관점은 인간과 세계의 관계를 현대의 학문이 보여주는 환원주의의 일면성을 극복할 수 있게 한다. 이것은 세 가지 관점에서 수행되는데, 물질과 생명 그리고 의식의 이해에서 그렇다. 물질은 외부 현상으로 보면 감각적이고, 법칙성이라는 측면에서는 정신적이다. 생명은 그의 관점에서는 식물이든, 동물이든 혹은 인간이든지 간에 형태론Morphologie 내지 유형론Typologie으로 인식했는데, 괴테가 유형 Typus으로 명명한 것은 유기적 생명체에 작용하는 실제적 법칙을 의미한다.

당대의 자연과학자 카루스 Carl Gustav Carus(1789~1869)가 인간학 An-thropologie의 다양한 방법론을 기술적, 분석적, 목적론적 방법론 및 형태론-생성론적 방법론 morphologisch-genetische Methode 등으로 분류하면서 자신과 괴테의 방법론을 형태론-생성론적 방법론으로 소개한 것도 같은 맥락이라 할 수 있다.276) 달리 말하면 괴테의 유형론에 나타난 분석 방법론은 경험주의와 형이상학을 연결하는 제3의 방식이라 할 수도 있다.277) 이를 위해 그는 일단 자신의 경험에 주목하고 그것을 철저히 분석한다. 이때 경험의 자기 분석은 하나의 출발점으로 역할을 할 뿐 곧 다른 경험으로 연결된다. 이러한 연결은 끝없이 계속된다고 단정할 수는 없지만 계속될 수 있는 개연성을 지닌다. 괴테의 유형론에서 볼 수 있는 경험의 이런 측면은 경험의 병렬체적 인식이라 할 수 있다.

---

276) 참조 Jutta Müller-Tamm: Kunst als Gipfel der Wissenschaft, ästhetische und wissenschaftliche Weltaneignung bei C.G. Carus. Berlin 1995.

277) 참조 Dieter Käfer: Methodenprobleme und ihre Behandlung in Goethes Schriften zur Naturwissenschaft. Köln 1982.

7.3 자연의 유형론

괴테가 주장하는 자연의 유형론은 당대 자연과학계에 널리 수용되었던 다윈주의를 넘어서 그것에 정신적인 토대를 제공한다. 다윈이 생명체의 본질에 대한 전통적인 유심론적이고(Spiritualismus) 생기론적(Vitalismus) 시각에 반하여 진화의 외적 현상을 발견했고, 그의 후배 자연과학자들은 물질적(Materialismus), 환원주의적(Reduktionismus) 방식으로 자연의 외적 현상을 설명하고자 했다. 이에 반해 괴테의 유형론은 유기체의 개별 현상에 존재하는 내적인 유형에 의해 자연을 설명한다. 이것은 단순히 전통적 시각의 계승이나 거부가 아니라 전통적 시각과 다윈주의를 통합하는 시도이다. 그가 제시한 유형은 자연과학의 인식을 수용하고 있을 뿐 아니라 생명체의 유형이 보여주는 내재적인 생명형성력 Bildungskraft을 인식하게 만들기 때문이다.

나아가 의식의 문제에서는 이를테면 『색채론 Farbenlehre』에서 잘 보여주는 것처럼 인간의 의식에는 '감정 Gefühl'과 '기분 Stimmung' 그리고 '영적인 것 das Seelische'이 함께 존재한다고 지적한다. 즉 인간 의식의 발전은 인간의 육체를 구성하는 분자와 그것의 생물학 과정에서만이 아니라, 인간 유형 자체에서 발생하는 정신적인 에너지(Entelechie)에서도 영향을 받는다는 말이다. 괴테가 뉴턴의 빛과 색채 이론에 반대한 것이나 빛의 입자설과 파동설 모두에 반대한 것은 모두 뉴턴 이후 자연과학의 추상적, 수리적, 개별적 지식의 분화 현상에 반대했기 때문이다.[278] 그는 지식의 이런 추상성과 개별성이 역설적이게도 지식 내부의 주관성과 자의성을 은폐하거나 증가시켜 결국 지식 영역 전체가 객관성을 벗어나 조작, 통제될 수 있게 만드는 핵심 요인이라고 생각했다. 지식의 영역

---

278) 참조 John Neubauer: Quellen und Wellen der Wissenschaft: Goethe und Thomas Young. In: Goethe und die Weltkultur. Hg. v. Klaus Manger. Heidelberg 2003, 17-31쪽.

내부에서 개별 지식의 담당자들이 보이는 개인적이고 심리적인 요인은 그 대표적 예라 할 수 있는데, 그릇된 상상력 Einbildungskraft, 조급함 Ungeduld, 성급함 Vorschnelligkeit, 자기만족 Selbstzufriedenheit, 선입견 vorgefaßte Meinung, 안이함 Bequemlichkeit, 경솔함 Leichtsinn, 변덕 Veränderlichkeit 등을 지적하며 괴테는 이를 '지식 내부의 적 innere Feinde'이라고 명명했다.

> "사람들은 따라서 실험을 통해 너무 신속히 결론을 유도하지 말아야 할 것과 실험을 통해 간접적으로 어떤 것을 증명하려고 하거나 또는 어떤 이론을 실험을 통해 입증하지 말아야 하는 것에 충분히 주의하지 않는 다. 왜냐하면 여기 이 지점에서, 경험에서 판단으로 혹은 인식에서 적용 으로 넘어갈 때가 사람들에게는 자신의 모든 내부의 적이 공격을 노리 는 지점이기 때문이다. 자신이 여전히 지상에 닿아 있다고 믿으면서도 자신을 현실과 분리된 곳으로 끌어 올리려는 상상력, 조급함, 성급함, 자기만족, 경직됨, 사고의 형식, 선입견, 안이함, 경솔함, 변덕 등이 그 내부의 적이다."[279]

그는 참된 지식의 증명과 형성을 위해 실증적으로 보이는 개별적 실

---

279) Goethe: Der Versuch als Vermittler von Objekt und Subjekt. In: Goethe: Sämtliche Werke nach Epochen seines Schaffens. MA Bd. 4.2. Hg. v. Klaus H. Kiefer u.a., 321-332쪽, 여기는 326쪽: "Man kann sich daher nicht genug in acht nehmen, daß man aus Versuchen nicht zu geschwind folgere, daß man aus Versuchen nicht unmittelbar etwas beweisen, noch irgendeine Theorie durch Versuche bestätigen wolle: denn hier an diesem Passe, beim Übergang von der Erfahrung zum Urteil, von der Erkenntnis zur Anwendung ist es, wo dem Menschen alle seine inneren Feinde auflauern, Einbildungskraft, die ihn schon da mit ihren Fittigen in die Höhe hebt, wenn er noch immer den Erdboden zu berühren glaubt, Ungeduld, Vorschnelligkeit, Selbstzufriedenheit, Steifheit, Gedankenform, vorgefaßte Meinung, Bequemlichkeit, Leichtsinn, Veränderlichkeit [...]".

험의 중요성을 과장하거나 과대하게 해석해서는 안 된다고 지적한다.

"내가 감히 주장하는 것은 다음과 같다. 즉 하나의 실험, 그러니까 몇몇
유사 시도들은 연결되어 아무것도 증명하지 못한다는 것, 어떤 명제를
실험을 통해 직접적으로 증명하려는 것보다 위험한 것은 없다는 것, 그
리고 가장 큰 오류는 사람들이 이런 방법의 위험과 불충분함을 자세히
알려 하지 않는다는 데 있다. [...] 우리들이 하는 모든 개별 경험, 우리
들이 경험을 반복하게 만드는 어떤 실험도 사실상 우리 인식의 고립된
부분이며, 몇 차례의 반복을 통해 우리들은 이런 고립된 지식을 확신하
게 된다. [...] 즉 하나의 실험은 많은 대상들이 서로 어떤 구체적인 관계
를 가진 것으로 파악하게 하지만 그것은 엄격하게 말하면 서로 아무런
관련이 없다. 따라서 단순한 성향을 가설로, 우리들이 부인할 수 없는
이론들, 전문용어와 시스템으로 만든다. 하지만 이런 것들은 반드시 우
리 본질이 조직되어 생성되어야 한다."[280]

즉, 개별적으로 조직된 실험들을 통해서는 고립된 파편적 지식만을
만들지 하나의 진정한 인식을 형성해낼 수 없기 때문이다. 그러면 어떤
실험이 필요할까? 그것은 자연현상을 결합하여 전체와의 연관을 보여

---

280) 위의 책, 326쪽 이하: "Ich wage nämlich zu behaupten: daß Ein Versuch, ja
mehrere Versuche in Verbindung nichts beweisen, ja daß nichts
gefährlicher sei als irgend einen Satz unmittelbar durch Versuche beweisen
zu wollen, und daß die größten Irrtümer eben dadurch entstanden sind, daß
man die Gefahr und die Unzulänglichkeit dieser Methode nicht eingesehen.
[...] Eine jede Erfahrung die wir machen, ein jeder Versuch, durch den wir
sie wiederholen ist eigentlich ein isolierter Teil unserer Erkenntnis, durch
öftere Wiederholung bringen wir diese isolierte Kenntnis zur Gewißheit.
[...] das heißt, ein Versuch viele Gegenstände in ein gewisses faßliches
Verhältnis zu bringen, das sie, streng genommen, unter einander nicht
haben, daher die Neigung zu Hypothesen, zu Theorien, Terminologien und
Systeme, die wir nicht mißbilligen können, weil sie aus der Organisation
unsers Wesens notwendig entspringen müssen."

주고, 인간의 경험에 내포된 모든 측면과 그 변화의 양상들을 있을 수 있는 모든 가능성에 따라 탐구하고 규명하고자 하는 실험이라 할 수 있다.[281]

> "살아있는 자연에서는 어떤 것도 전체와 연관되어 있지 않는 것은 발생하지 않는다. 만약 우리에게 경험이 단지 고립되어서 나타난다면, 그리고 우리들이 실험들을 단지 고립된 사실들로 관찰해야 한다고 할지라도, 이를 통해 그것들이 고립되어 있다는 말을 할 수 있는 것은 아니다. 그것은 단지 우리들이 이런 사실들이 나타나는 현상들의 결합을 어떻게 발견할 수 있는가 하는 문제이다."[282]

이런 실험은 그의 통합 지식론을 이루는 데 핵심적 역할을 한다. 자유롭고 통합적인 관점을 허락하는 그 실험은 자연을 진정으로 알 수 있게 한다. 모든 자연현상은 상호 어떤 식으로든 영향을 주고받는 관계로 연결되어 있다는 것이 그의 자연관이기 때문이다. 따라서 자연의 연구는 이런 자연의 연결 관계를 규명하는 것이고, 자연을 전체적인 관점에서 연구해야 하는 이유도 여기에 있다고 할 수 있다.

> "극히 다양한 견해들에 하나의 경험 [...] 여러 다른 관점들로 구성된 그런 경험은 명백히 더 높은 형식의 경험이다. [...] 그런 더 높은 형식의

---

281) 참조: "유일한 한 가지 실험이 주는 유일한 경험의 모든 측면과 변화의 양상들을 모든 가능성에 따라 탐구하고 규명하는 것 alle Seiten und Modifikationen einer einzigen Erfahrung eines einzigen Versuches nach aller Möglichkeit durchzuforschen und durchzuarbeiten" (위의 책, 329쪽).

282) 위의 책, 328쪽 이하: "In der lebendigen Natur geschieht nichts, was nicht in einer Verbindung mit dem Ganzen stehe, und wenn uns die Erfahrungen nur isoliert erscheinen, wenn wir die Versuche nur als isolierte Fakta anzusehen haben, so wird dadurch nicht gesagt, daß sie isoliert seien, es ist nur die Frage: wie finden wir die Verbindung dieser Phänomene dieser Begebenheit?"

경험을 얻기 위해 노력하는 것을 자연과학자의 의무로 여긴다."283)

이런 경험을 연결하여 전체의 인식을 만들어 내는 것은 오성이자 상상력 혹은 위트라 할 수 있다.

"일련의 더 높은 형식의 경험들을 합치면 그 후에 오성, 상상력, 위트가 그 경험들에 할 수 있는 한 작동한다."284)

괴테가 말하는 오성은 단순히 인간의 지적이고 논리적인 능력만이 아니라, 논리를 뛰어넘는 상상력과, 전혀 다른 요소들의 공통점을 발견할 수 있는 정신의 능력인 위트도 포괄하는 통합적 지성의 개념으로 볼 수 있다. 이런 오성은 여러 경험을 하나로 합칠 때 기존의 논리와 체계를 사용하는 것은 아니다. 자연과학자는 인과 관계 내지 종속과 지배 관계를 가정하고 있는 가설이나 체계에 따른 법칙에 얽매이지 않고, 자연을 자유롭게 인간의 상상력과 오성이 접근할 수 있는 동등한 계열의 집단으로 정리하고 기록하면 된다. 그러면 그것을 이용해서 더욱 완전한 전체를 형성하는 것은 동시대나 다음 세대의 몫이 된다.

---

283) 위의 책, 330쪽: "Eine Erfahrung unter den mannigfaltigsten Ansichten [...] Eine solche Erfahrung, die aus mehreren andern besteht, ist offenbar von einer höhern Art. [...] Auf solche Erfahrungen der höheren Art los zu arbeiten halt´ ich für die Pflicht des Naturforschers". 참조, "개별 시도를 치밀하게 형성해서 더 높은 형식의 경험을 만들어 내는 것 durch die sorgfältigste Ausbildung einzelner Versuche die Erfahrungen der höheren Art auszubilden" (위의 책, 331쪽); "이런 더 높은 형식의 경험을 이루는 요소는 많은 개별 실험들이다 Die Elemente dieser Erfahrungen der höheren Art, welches viele einzelne Versuche sind" (위의 책, 331쪽).
284) 위의 책, 331쪽: "Hat man aber eine Reihe Erfahrungen der höheren Art zusammengebracht, so übe sich alsdann der Verstand, die Einbildungskraft, der Witz an denselben wie er nur mag."

"하지만 이런 경험들의 자료는 일련의 집단으로 정리되어 기록되어야지, 가설적 방식으로 합쳐지거나 체계의 형식으로 사용되어서는 안 된다. 그러면 누구나 자유롭게 그것들은 자신의 방식으로 결합하고 이를 통해 하나의 전체를 형성할 수 있다."[285]

경험들이 이루는 이런 경험군들은 유형에 따라 서로 동등한 자격으로 연결되어 있어 일종의 병렬체(Parataxis)라 할 수 있다. 이런 연결 방식은 하나의 경험에 다른 경험들을 종속시키거나 경험들 간의 인과적 연관을 보여주기보다는 경험이 형성하는 네트워크를 새롭게 발견할 수 있게 해주기 때문에 병렬체 자체가 새로운 지식이나 이와 연관된 인식의 발견 수단이 된다. 이것이 괴테가 의도하는 자연의 유형론이자, 괴테의 유형론적 인식이라 할 수 있다. 이런 괴테의 유형론적 인식은 서양에서 르네상스 이후 추구해 온 새로운 지식(Scientia nova)의 수단이 되었다고 할 수 있다.

8. 프란츠 요젭 쉘버의 자연과학 담론

8.1 쉘버의 생애와 자연철학 개요

프란츠 요젭 쉘버 Franz Joseph Schelver(1778~1832)는 의학자, 식물학자, 자기력(磁氣力)치료사 등으로 알려지기도 했지만, 기본적으로 자연철학자라고 할 수 있다. 그의 자연철학에 대한 시각과 연구는 당대의

---

285) 위의 곳: "Aber diese Materialien müssen in Reihen geordnet und niedergelegt sein, nicht auf eine hypothetische Weise zusammengestellt, nicht zu einer systematischen Form verwendet. Es steht alsdenn einem jeden frei sie nach seiner Art zu verbinden und ein Ganzes daraus zu bilden".

자연과학 담론을 발전시키는 데 기여했으며, 지금의 시각에서 보면 그의 자연과학 담론은 당대 독일적 자연철학의 수준을 알 수 있게 한다.

그는 1778년 7월 24일 오스나브뤼에서 태어났다. 1796년 4월에 예나대학의 의학부에 등록하고 강의를 듣는다.[286] 그는 아우구스트 요한 게오르크 칼 바취 August Johann Georg Batsch(1761~1802)에게 자연과학사, 지질학, 광물학, 식물학을 듣고, 요한 프리드리히 아우구스트 괴틀링 Johann Friedrich August Göttling(1753~1809)에게 화학, 요한 다니엘 주코 Johann Daniel Suckow(1722~1801)에게서 경제학, 유스투스 크리스티안 로더 Justus Christian Loder(1753~1832)로부터는 해부학과 생리학, 크리스토프 빌헬름 후펠란트 Christoph Wilhelm Hufeland(1762~1836)에게는 병리학과 '특수치료학 specielle Therapie'을, 칼 크리스티안 에어하르트 슈미트 Carl Christian Erhard Schmid(1761~1812)로부터는 '경험 심리학 empirische Psychologie' 등을 들었다. 또한 피히테(1762~1814)로부터는 '선험과학 transzendentale Wissenschaft'과 논리학, 형이상학, 도덕학, 자연법 등에 관한 강의를 들었음을 알 수 있다.[287]

1797년 여름학기에는 괴팅엔으로 옮겨 요한 프리드리히 블루멘바흐 Johann Friedrich Blumenbach(1752~1841)에게서 해부학, 의학사, 생리학, 골상학, 자연과학사 등의 강의를 들었다. 또한 1798년 여름학기에는 당시 의학부 학장 하인리히 아우구스트 브리스베르크 Heinrich August Wrisberg(1739~1808)에게서 부인과질병 Frauenzimmerkrankheit에 관한 강의를 들었고, 프리드리히 벤야민 오지안더 Friedrich Benjamin

---

286) 참조 Johannes Günther: Lebensskizzen der Professoren der Universität Jena seit 1558 bis 1858. Eine Festgabe zur 300jährigen Säcularfeier der Universität am 15., 16. und 17. August 1858. Jena 1858. 여기서 언급하고 있는 예나대학의 강의 목록은 『지식인을 위한 예나 일반 문학 신문 Intelligenzblatt der Jenaischen Allgemeinen Literatur-Zeitung』 등에서도 알 수 있다.

287) 참조 Olaf Breidbach/Paul Ziche(Hg.): Naturwissenschaften um 1800. Wissen-schaftskultur in Jena-Weimar. Weimar 2001, 71쪽.

Osiander(1759~1822)에게 출산학 Entbindungswissenschaft을 수강했다. 그해 1798년 10월에는 '과민성 연구 De irritabilitate'라는 주제로 박사 학위를 받았다.[288]

그 후 1801년부터 1803년까지 할레대학교에서 프리바트도첸트 Privatdozent로 강의를 한다. 그곳에서 1802년에 자연철학에 대한 강의 를 개설한다. 그 외에도 생리학, 동물학, 식물학, 해부학, 광물학, 병리 학, 일반 치료요법 등에 대한 강의를 개설하거나 개설한다고 공고했으 나 정확한 자료는 찾을 수 없다.

1803년에 교수직을 얻게 되는데, 자신이 대학 공부를 시작했던 예나 대학교에서였다. 당시 학내의 파벌적 권력 관계와 바이마르 공국과의 갈등 등으로 어수선했던 예나대학교에서는 적지 않은 신진 교수들이 다른 곳으로 옮겼는데, 그중 한 명이 식물학의 바취 교수였다. 이때 쉘 버는 바취의 후임으로 초빙을 받은 것이다. 바취를 잃은 것을 누구보다 도 애석해했던 괴테는 쉘링의 협조를 받아 쉘버를 칼 아우구스트 바이 마르 공작에게 추천하고 그의 초빙을 위해 지원했음을 짐작할 수 있다.

예나대학교에서 쉘버는 바취의 후임인 만큼 식물학과 자연과학사 Allgemeine Naturgeschichte를 강의하고 '약학 Theorie der Arzneykunst'과 '생리학 Physiologie des menschlichen Körpers'도 강의했다. 하지만 1806 년 10월 14일 예나와 그 근교 아우어슈테트에서 프로이센 군대가 나폴 레옹의 군대에게 대패한 예나-아우어슈테트 전투가 발생하자, 쉘버는 하이델베르크로 피신한다. 당시 그의 피신에 관해 알려주는 현재 남아 있는 기록으로는 괴테의 보고가 유일하다. 괴테는 아우구스트 공작에 게 보고하기를, 쉘버는 전투 이후 예나가 무법천지로 바뀌자 점령 군인 들과 폭도들에게 '속옷까지 빼앗기고, 그가 신뢰하는 부상당한 장교 한 명과 함께 피신했다'고 한다.[289]

---

288) 참조 F.J. Schelver: Dissertatio inavgvralis physiologica de irritabilitate. Göttingen 1798.

쉘버는 하이델베르크에서 1807년부터 의학 교수직을 얻어 활동한다. 그가 한 강의는 '학문적 의학의 체계 System der wissenschaftlichen Medicin', '병리학과 치료법 Pathologie und Therapie', '자연과 정신의 철학 Philosophie der Natur und des Geistes', '전체 철학의 체계 System der ge-samten Philosophie' 등으로 의학에 대한 관심 외에 자연철학과 정신철학에 대한 관심을 지속적으로 가지고 있음을 알 수 있다.290) 또한 1811년에 공국 식물원의 책임자가 되면서 학기마다 식물학 관련 강의와 특히 자연철학을 주로 강의했다. 여기서 짐작할 수 있는 것은 그의 식물학에 대한 연구는 자연철학에 대한 관심과 자연철학에 기초한 자연과학과 밀접한 관련이 있다는 점이다. 그는 자연철학을 통해 자연에 존재하는 생명, 그것이 사람이든 식물이든, 그 생명의 법칙과 비밀에 대한 탐구를 그의 자연 연구의 주요 목표로 삼았음을 짐작할 수 있다. 그가 하이델베르크에서 시도한 자장(磁場)치료요법 역시, 비록 현재의 시각에서 비판할 수 있지만, 생명의 신비를 탐구하고자 하는 그의 관심사의 연장선에서 나온 것이라고 이해하는 것이 좋을 것이다.291)

8.2 쉘버의 자연과학 담론의 특징

1) 자연과학 담론으로서 자연철학

쉘버가 보여주고 있는 자연과학 담론의 특징은 먼저 자연철학을 자

---

289) Goethe an den Herzog Carl August. In: Goethes Werke. Hg. im Auftrag der Großherzogin Sophie von Sachsen. WA IV. Bd. 19. Weimar 1895, 202쪽.

290) 참조 Klaus-Dieter Müller: Franz Joseph Schelver 1778-1832. Romanti-scher Naturphilosoph, Botaniker und Magnetiseur im Zeitalter Goethes. Stuttgart 1992, 38쪽 이하.

291) 참조, 현대적 시각에서 비판적 평가는 위의 책, 68쪽: "Seinem blinden, som-nambulen Medium brachte Schelver ein ebenso blindes Vertrauen entgegen. Er hegte an dessen angeblichen hellseherischen Fähigkeiten ebensowenig Zweifel wie an den außergewöhnlichen Verordnungen."

연과학담론으로 발전시키려고 노력했다는 점을 들 수 있다. 1802년 할 레에서 행한 강연 '자연철학 강의 Vorlesungen ueber Naturphilosophie'에 서 자연철학의 방법론이 자연에 대한 실증적 경험으로는 알 수 없는 자 연에 대한 인식을 보완해 준다고 강조한다. 자연에 대한 경험론자들은 그들의 경험으로 얻은 자연에 대한 지식이 어디로 향해야 하는지 방향 성을 알지 못하고 있다는 것이다. 그 때문에 그때까지의 자연에 대한 경험적 지식은 주로 우연에 의존해서 획득되었다고 주장하면서, 이런 점에서 자연에 관한 모든 실험은 우연에 맡기는 것이 아니라 방향성을 담보하는 이념과 정확한 계산을 통해서 성공할 수 있어야 한다고 역설 한다. 여기서 필요한 것이 자연철학이며, 자연철학은 이런 점에서 경험 적 자연연구를 보완한다고 주장한다.292) 이런 관점은 이미 1799년 그 의 저서 『유기적 자연의 요소론 Elementarlehre der organischen Natur』에서 나타난다. 다음의 내용은 그 점을 잘 보여준다.

> "유기적 자연의 요소론은 근본이념들을 규정해야 한다. 이 근본이념 내에서 자연의 관찰자가 개별적으로 수집한 개체들의 조각을 연결할 수 있어야 한다. 그러니까 그 근본이념은 개체들의 조각에서 출발할 수 있는 것이 아닌데, 그것은 근본이념이 개체의 조각을 위해 존재할 뿐 아니라 그 개체들이 있기 전에 선험적으로 규정되어야 하기 때문이 다. 그렇지만 이 근본이념은 개체들과 일치해야만 한다. 만약 그것이 순수하고 정확하게 파악된 관찰과 일치하지 않으면 우리들은 다음과 같은 결론을 내려야 할 것이다. 즉 그것이 정확한 전제로부터 출발했 지만 부정확하게 추구되었거나 아니면 부정확한 전제에서 유도되었다 고 할 수 있다."293)

---

292) Schelver: Vorlesungen über Naturphilosophie. Halle 1802, 26쪽.
293) Schelver: Elementarlehre der organischen Natur, 13쪽. In: Olaf Breidbach/Paul Ziche(Hg.), 위의 책, 75쪽: "Die Elementarlehre soll die

그가 스스로 선험철학이라고 불렀던 이 시각은 그의 자연철학의 사상적 뿌리가 칸트적 계몽주의에 있다는 것을 짐작하게 한다. 그의 자연철학은 특별한 목적을 추구하는데, 관찰자의 관심이 개체에서 전체로 혹은 다양한 자연현상에서 하나의 이념으로 향해야 한다는 점이다.294) 이것은 자연이 하나의 전체 시스템을 가진 영역이라는 점을 인정하는 것이다. 그리고 그 시스템은 자연의 법칙으로 나타나고 그것을 알기 위해서는 그것을 인식할 수 있는 이성이 필요하다는 논리가 성립한다.295)

초기의 그의 사상에 영향을 미친 것은 칸트 외에 피히테도 언급할 수 있다. 그는 자신의 저작에서 식물과 동물, 인간의 위계를 엄밀히 인정하고 인간 생명의 특별한 속성을 우선시한다. 식물과 동물은 충동을 위한 조직이 있고, 식물은 비유기적인 질료를 통해 그리고 동물은 유기적인 질료를 통해 생장해간다면, 이에 반해 인간은 자유를 통해 성장하고 이를 위해 인간은 조직되어 있다고 지적한다. 인간의 자연적 생명에서 가장 중요한 요소로 자유를 언급한 것이다.296) 이 점에서 피히테의 영

Grundideen bestimmen, worin der Beobachter die einzelnen gesammelten Bruchstücke verbinden soll. Jene können also nicht von diesen ausgehen, da sie für diese sind, und also vor denselben, mithin a priori bestimmt seyn müssen. Aber jene müssen mit diesen übereinstimmen: und wenn sie einer rein und richtig aufgefaßten Beobachtung widersprächen, so wären wir zu dem Schluss berechtiget, daß sie entweder von richtigen Prämissen unrichtig gefolgert, oder von unrichtigen Prämissen hergeleitet wären."

294) 참조, "관찰자의 관심을 개체에서 전체로, 다양한 현상에서 하나의 통일성으로 이끄는 것 die Aufmerksamkeit des Beobachters von dem Einzelnen aufs Ganze, und von dem Mannigfaltigen aufs Eine zu leiten" (Schelver, Elementarlehre der organischen Natur, 12쪽. In: Olaf Breidbach/Paul Ziche(Hg.), 위의 책, 76쪽).

295) 참조, "그 시스템에서 자연의 법칙과 자연의 구속성을 관조하는 이성의 법칙이 있기 때문이다. da auf demselben die Gesetze der Natur, die Gesetze der in ihrer Gebundenheit angeschauten Vernunft [seien]" (Schelver: Elementarlehre der organischen Natur, 14쪽. In: Olaf Breidbach/Paul Ziche(Hg.), 위의 책, 76쪽.

296) 참조 Schelver: Versuch einer Naturgeschichte der Sinneswerkzeuge bey den

향을 뚜렷이 인식할 수 있다.

하지만 자연의 궁극적 목적은 그 자신의 자족적 존립이 목적이 아니라고 규정한다. 자연이 그 자체로 존재한다고 하는 순간 자연의 의미는 사라지며, 오히려 자연은 항상 자연의 외부에서 규정되는 영역이라고 지적한다.[297] 이런 지적의 의도는 자연이란 인간이 필요에 따라 항상 유용하게 사용할 수 있는 영역이라는 점을 강조하고자 하는 것이다. 여기서 쉘버의 자연관은 엄밀히 말하면, 자연을 자족적이고 신비한 생태공동체로 여기는 낭만주의의 그것과는 다른 것으로 볼 수 있다. 오히려 그의 자연관의 뿌리는 계몽주의 철학임을 확인할 수 있다. 이렇게 '자연은 외부의 정의에 따라 규정되고 이용할 수 있다'는 자연관이 그의 자연철학의 출발점이자 핵심이라 평가할 수 있다.

쉘버는 인간을 포함한 생명에 대한 본질을 물질성에 두고, 인간의 육체 역시 물질적 에너지를 필요로 하는 존재로 관찰했다. 식물이나 동물도 물질적 에너지를 필요로 하지만, 인간이 필요로 하는 물질은 인간이라는 본질에 적합한 높은 차원의 물질이다. 이때 그가 인간에게 더 높은 차원으로 지적하고 있는 것은 자연의 최종 목적과 일치하는 것으로 그 내용은 형이상학이 추구하는 것이라 설명한다.[298] 여기서 쉘버가 주목하는 것처럼 고대의 자연관찰과 근대의 자연철학이 분리된다. 고대의 자연관찰은 자연에 대한 단순한 경험적 등급을 보여주는 것이라면 근대의 자연철학은 자연에 대한 경험론을 넘어서는 자연과 생명이 존재하는 근본 원리에 대한 탐구라 할 것이다. 이런 점에서 근대의 자연철학은 자연과학 담론으로 볼 수 있다는 주장이다. 다음의 설명은 그

Insecten und Würmern. Göttingen 1798, 7쪽. In: Olaf Breidbach/Paul Ziche(Hg.), 위의 책, 76쪽.

297) 참조 Schelver: Elementarlehre der organischen Natur, 85쪽. In: Olaf Breidbach/Paul Ziche(Hg.), 위의 책, 76쪽.

298) 참조 Schelver: Elementarlehre der organischen Natur, 92쪽. In: Olaf Breidbach/Paul Ziche(Hg.), 위의 책, 77쪽.

점을 잘 보여준다.

> "자연철학의 목적을 보여주는 원칙을 학문적으로 서술하는 것은 경험적
> 자연연구자를 위한 문법이자 연구의 주요 수단이라 할 수 있다. 그 서술
> 은 자연연구자가 관찰하고 실험하거나 비교하고, 관찰하고 경험한 것을
> 통해 포착된 것을 종합하는 일을 하는 것으로, 그 이후에는 그 서술이
> 확실한 규칙과 법칙을 세우는 데 도움이 될 수 있을 것이다. 그 서술은
> 자연연구자에게 그때까지 발생한 것의 의미를 정확하게 평가하는 척도
> 가 되고, 자연을 연구하는 그의 노력이 우선 어떤 것을 가져올 수 있는
> 지 그 결과에 대해 주목[예상]할 수 있게 만드는 일을 한다."299)

2) 쉘버의 자연과학 담론의 특징

쉘버는 자연과학 잡지를 간행하기도 했는데, 바로 『유기 물리학 잡
지 Zeitschrift für organische Physik』가 그것이다. 이 잡지에서 그는 특히
쉘링의 자연철학에 대해 집중적으로 연구했다. 그가 한 신문에 기고
한 다음의 글은 그가 쉘링의 자연철학에 관심을 가졌던 이유를 짐작
하게 한다.

> "자연철학의 새로운 작업은 의학에도 좋은 영향을 끼쳤다. 그리고 만약
> 의사가 광범위한 정신을 만족시키고 과학과 예술의 더 높은 목표에 도

---

299) Schelver: Erster Beitrag zur Begründung eines zoologischen Systems. In:
Archiv für Zoologie und Zootomie(1800), 136-151쪽, 여기서는 137쪽. In: Olaf
Breidbach/Paul Ziche(Hg.), 위의 책, 77쪽: "Eine wissenschaftliche Dar-
stellung der Prinzipien für diesen Zweck, wäre eine Gramatik und ein Organon
für den emirischen Naturforscher; sie würde ihm je nachdem er im Beobachten,
Experimentieren oder Vergleichen und Zusammenstellen des durch Beo-
bachtung und Erfahrung erhaltenen begriffen ist, durch sichere Regeln und
Gesetze zu Hülfe kommen; sie würde ihm den Maaßstab zur Würdigung des
bisher geschehenen bestimmen, und seine Aufmerksamkeit auf das leiten, was
seine Bemühungen zunächst erwartet."

달하려면 가야만 하는 길을 제시해주었다."300)

그가 여기서 말하는 자연철학은 쉘링의 자연철학과 밀접히 연관되어 있다. 쉘버가 생각하는 자연철학의 과제란 개별적 존재에서 공통적인 어떤 것이 존재하는 것을 보이고, 나아가 그 공통의 것을 통해 절대적 존재를 증명해 보이는 것이다. 이것은 바로 쉘링의 자연철학이 지향하는 점과 일치한다. 쉘버는 철학이란 기본적으로 '제한적인 것을 무제한 적인 것으로, 그리고 절대적인 것으로 고양하는 것 das Bedingte zum Unbedingten, Absoluten erheben'이라 했다. 또한 '자연의 여러 모사물이나 흔적들 혹은 여러 현상들에서 근원상을 보는 것 in den Abbildungen, Abdrücken, Erscheinungen das Urbild zu sehen'이라고 했다.301) 여기서 인상적인 점은 그가 자연에서 '근원상 Urbild'이 존재한다고 생각했다는 점이다. 이것은 이미 괴테의 '근원현상 Urphänomen'에서부터 찾을 수 있는, 자연에 대한 근원적 사상, 즉 총체적 자연관 Totalitätsnaturauffassung 내지 전일적 자연관 holistische Naturauffassung에 따른 것이라 해석할 수 있다. 쉘버의 이런 시각은 분명 괴테의 영향을 받은 것이라 짐작할 수 있다. 다만 괴테가 근원현상이라고 한 모든 것을 쉘버가 근원상이라 한 것인지는 알 수 없다. 쉘버는 근원상에 대해 괴테만큼 철저하게 궁구하지 않았다.

대신 쉘버는 자연의 기본 현상을 삼차원의 수학적 비유를 사용하여

---

300) Schelver: Rezension von Röschlaubs Lehrbuch der Nosologie. In: Erlanger Literatur-Zeitung 19(1802), Sp. 145-152, Sp. 145. (Olaf Breidbach/Paul Ziche (Hg.), 위의 책, 78쪽: "Die neuere Bearbeitung der Naturphilosophie hat auch ihre wohltätigen Wirkungen auf die Medicin erstrekt, und den Weg angegeben, welcher betreten werden muß, wenn der Arzt den weiter-strebenden Geiste befriedigen und das höhere Ziel der Wissenschaft und Kunst erreichen will.").
301) Schelver: Vorlesungen über Naturphilosophie, 12쪽. In: Olaf Breidbach/ Paul Ziche(Hg.), 위의 책, 79쪽.

설명하는데, 일차원적 선은 자기장, 이차원적 각도는 전기, 삼차원의 삼위일체의 공간은 화학적 과정으로 규정했다. 여기서는 유기물과 비유기물 사이에 아무런 대립이 없고, 생명과 땅은 같은 정체성을 가진 이중적 현상이라고 설명된다. 자연의 활동을 이런 이중성으로 파악하고 이것을 쉘링 식으로 모든 자연철학의 원리인 '세계영혼 Weltseele'이라 표현했다.

요컨대 쉘버가 볼 때 자연의 유기물이란 자연철학이 연구의 토대로 삼아야 하는 대상이고, 자연철학은 자연의 유기물에서 생명의 법칙과 체계를 찾아내는 작업이라고 생각했다. 이것이 쉘버의 자연과학 담론의 특징이라 할 수 있다.

9. 칼 크리스티안 에어하르트 슈미트의 자연과학 담론

9.1 슈미트의 생애와 자연철학 개요

칼 크리스티안 에어하르트 슈미트 Carl Christian Erhard Schmid(1761~1812)는 1761년 4월 14일 튀링엔 지방의 루돌슈타트 Rudolstadt 근처에 있는 작은 마을 하일스베르크 Heilsberg에서 태어났다. 아버지는 하일스베르크의 목사였다. 1777년부터 예나대학교에 등록하여 신학을 공부했고, 1780년에 신학국가시험을 바이마르에서 치렀는데 당시 시험관 중의 한 사람이 헤르더였다. 그 후 1784년까지 하르덴베르크 집안의 가정교사로 일했는데, 이때 그의 제자가 노발리스였다. 1784년 예나로 돌아와서 철학부에서 철학 석사를 받고 동시에 의학과 자연과학을 전공하면서 로더 Loder, 그루너 Gruner, 바취 Batsch 등의 강의를 들었다. 1785년 여름학기부터 칸트에 관한 강의를 맡았다. 1791년부터 1793년까지는 기센대학에서 철학 교수로 있다가 1793년부터는 다시 예나로 와서 철학 교수직을 맡게 된다. 1794년부터 이듬해에 이르기까지 피히테와의 유명한 무신론 논쟁을 펼치게 된다. 피히테의 주장을 무신론이라 비판하고 결과적으로 바이마르 당국의 입장을 옹호한 그의 태도는 1798년 예나대학에서 신학 교수로 취임하게 되는 데 긍정적으로 작용했으리라 추측할 수 있다. 이후 1800년에서 이듬해까지 예나대학의 총장으로 취임하는 것도 바이마르 궁정 당국과의 좋은 관계가 영향을 미쳤을 것이다. 1796년에서 1797년에 걸치는 겨울학기에 '생물생태학 혹은 유기적 자연과 동물적 자연의 법칙에 관한 철학 Zoonomia oder Philosophie über die Gesetze der organischen und thierischen Natur'이라는 자연과학과 자연철학에 관한 강의를 한다. 1809년 마르부르크대학에서 명예의학박사를 받고, 예나와 독일의 많은 자연과학 관련 학술 단체들에서 중요 멤버로 활동하다 1812년 4월에 예나에서 작고한다.

그의 철학 및 신학 교수 활동 외에 즐겨 했던 연구는 의학과 자연과학에 관한 탐구라고 할 수 있다. 그가 관심을 가진 자연과학 분야를 당시 그의 저작 용어로 말하자면 『경험심리학 Empirische Psychologie』(1791)과 『철학적 생리학 Physiologie, philosophisch bearbeitet』(1798~1801, 3권)이라 말할 수 있다. 하지한 슈미트가 간행한 주요 잡지인 『심리학 매거진 Psychologisches Magazin 1796~98』과 『인간학 저널 Anthropologisches Journal 1803~1804』에서는 그의 관심사인 의학과 생리학, 생물학, 화학 등의 분야에 대한 구체적 글은 찾을 수 없다. 대신 다른 의학 내지 자연과학 관련 잡지에서는 그의 글을 찾을 수 있다. 이를테면 「의학-외과학 신문 Medicinisch-Chirurgische Zeitung」과 자연과학자 의사인 후페란트 Hufeland가 간행한 『저널 Journal』 등이 그것이다.

요컨대 슈미트는 철학의 고전적 영역과 특히 칸트의 수용에 더하여 당대의 경험심리학, 인류학, 생리학과 임상 의학 등에 관심을 가졌다. 이 경향은 1790년대를 중심으로 당시 적지 않은 학자들이 관심을 가지던 분야이기는 했지만, 그것을 일관되게 추구하거나 일정한 학술적 결실을 거둔 사람은 적었다. 하지만 슈미트는 평생 그 관심사를 추구하는 태도를 보였음을 인정할 수 있다.

특히 슈미트의 저작과 핵심 사상은 주로 예나와 예나대학교에 있던 시절에 형성된 것이 특이하다. 당시 예나와 바이마르가 독일의 선구적 자연과학 연구에 중심 역할을 하고 있었던 것을 염두에 두면 어쩌면 당연한 일일지도 모르겠다. 무엇보다 예나대학교에 초빙된 젊은 교수들이나 교수가 되고자 예나로 왔던 젊은 학자들을 중심으로 이런 자연과학 담론을 주도하거나 적어도 활발히 참여했음을 알 수 있는데, 슈미트도 그중 한 사람이라 할 수 있다.

9.2 슈미트의 『경험심리학 Empirische Psychologie』의 내용

슈미트가 1791년 출간한 『경험심리학』의 주요 주제를 보면 다음과 같다. 1) 인간의 영혼, 2) 표상능력과 영혼의 표상력에 관한 심리학적 연구, 3) 능력과 힘을 느끼는 것에 관한 연구, 4) 욕망능력과 욕망의 힘에 관한 연구, 5) 영혼과 육체의 상호관계에 대한 연구 등이다. 여기서 표상능력 Vorstellungsvermögen이란 당대에 통용되던 인간의 세 가지 기본 능력과 관계되는 것으로, 가장 중요한 것이 표상능력이다. 이것은 상상력 Einbildungskraft과 인식능력 Erkenntnisvermögen을 포괄하는 인간의 기본 능력이라고 설명한다.[302] 표상력 Vorstellungskraft은 그 하위 범주라고 규정한다. 표상능력 외에 인간의 기본 능력은 감정능력 Gefühlsvermögen과 욕망능력 Begehrungsvermögen으로 규정했다. 인간의 감성적 영역이 감정과 욕망으로 나뉘어져 따로 취급되고 있음을 알 수 있다. 다만 슈미트는 감정능력에 대해서는 별도 주제를 설정하지 않고 있는 것이 특이하다. 아마 그의 관심사가 주로 표상능력과 욕망능력에

---

302) 참조 Olaf Breidbach/Paul Ziche (Hg.), 위의 책, 86쪽.

있기 때문일 것으로 추측할 수 있다.

이 저작에서 표상능력에 대한 연구가 주요 주제로 등장하는 것은 물론 칸트 철학의 영향이다. 인간의 기본 능력으로 표상능력에 대한 관심은 철학의 전통적 관심사로 다양하게 통찰되었다고 할 수 있으나, 18세기 말에는 칸트의 철학적 규정이 가장 강력한 영향력을 행사했다고 말할 수 있다. 특히 슈미트가 칸트의 철학을 받아들인 것은 무엇보다 당시 예나에서 강력한 칸트학파를 대표했던 라인홀트 Karl Leonhard Reinhold의 영향이라 간주된다. 그는 칸트 철학을 토대로 해서 『인간 표상능력의 새로운 이론 Versuch einer neuen Theorie des menschlichen Vorstellungsvermögens』(1789)이라는 슈미트에게도 익히 알려진 책을 썼기 때문이다. 라인홀트의 영향하에서도 그와 다른 점은 라인홀트가 칸트의 철학을 근본적 인식철학으로 두고 인간의 표상능력 또한 그런 성격을 가진 주로 철학적 인식담론으로 보려고 한 반면, 슈미트는 인간의 표상능력을 철학적 담론이 아닌 경험적 성격을 토대로 한 자연과학적 담론에 속한 것으로 이해하려 했다.

영혼과 육체의 상호관계에 대한 연구에서도 서양의 전통적인 철학적 심리학이 관심을 가져왔던 영혼의 불멸성, 영혼의 본질이나 영혼의 위치 등에 대한 주제를 언급하지만 그의 관심사는 그보다는 오히려 생리학적 연구 주제에 있는 것으로 보인다. 즉 그 소주제를 보면, ① 생리학적, 화학적, 수학적으로 규정할 수 있는 물질적 자연으로서 인간의 몸, ② 기계적 성질을 가진 인간의 몸, ③ 식물적 본성을 가진 인간의 몸, ④ 동물적 본성을 인간의 몸, ⑤ 인간의 동물적 본성, ⑥ 동물적 본성의 특별한 능력과 힘 그리고 충동, ⑦ 동물적 인간 본성의 특별한 상태, 변화, 완전성과 불완전성, ⑧ 인간의 동물적 본성과 영혼의 일반적 관계 그리고 영혼의 인간의 몸에 대한 일반적 관계, ⑨ 인간의 세 가지 기본 능력과 인간의 감성의 능력에 대한 동물적 본성의 특별한 관계, ⑩ 위를 통해 결론지을 수 있는 특수인간학 및 실용인간학 등으로 언급되어

있다.303)

이들 소주제는 슈미트가 인간은 정신적 본성과 함께 물질적 본성도 가진 존재라는 것을 지적한다. 이러한 인간의 물질적 본성은 자연의 물질적 속성과도 직결되는 것으로 물질적 자연에 대한 경험적 탐구가 인간의 본성을 이해하는 데 유용하다는 것을 인정하고 있다.

또한 슈미트는 생리학과 심리학을 결합하려고 시도한다. 당시 많은 주목을 받았던 연구 대상인 신경계와 자극의 관계에 대한 이론 역시 그가 수용한 것도 물론 이런 노력에 따른 것으로 봐야 한다. 그 외에도 에른스트 플라트너 Ernst Platner의 『의사와 교양지식인을 위한 인간학 Anthropologie für Ärzte und Weltweise』에서 찾을 수 있는 의학과 생리학의 결합에 대한 시도 역시 슈미트가 언급하는 것은 바로 그의 관심사가 인간의 물질적 속성과 정신적 속성의 관계를 밝히고 그것이 어떻게 결합되어 있는 것인지와 직결되어 있기 때문이다. 이런 그의 관심이 결국 인간 몸의 생리학과 인간의 정신적 본성을 탐구하는 심리학과의 결합에 대한 관심으로 나타난다고 할 수 있다. 여기서 그를 예나대학의 신학 교수로 추천한 헤르더의 영향도 간과할 수 없다. 이와 관련해서 헤르더의 다음 말을 살펴보자.

> "내 생각으로는 어떤 심리학도 모든 단계에서 특정한 생리학이 되지 않는다면 존재하는 것이 불가능하다. 할러의 생리학적 작품을 심리학으로 고양시키고 피그말리온의 조각처럼 정신으로 생기를 불러일으키고 난 다음에야 우리들은 사고와 느낌에 대해 약간 말할 수 있을 것이다."304)

---

303) 참조, 위의 책, 86쪽 이하.
304) Johann Gottfried Herder: Vom Erkennen und Empfinden der menschlichen Seele (1778). In: Herder: Werke in zehn Bänden. Frankfurt a.M. 1994. Bd. 4, 327-393쪽, 인용은 340쪽: "Meines geringen Erachtens ist keine Psychologie, die nicht in jedem Schritt bestimmte Physiologie sei, möglich. Hallers physio-

헤르더의 이 말은 슈미트의 다음의 언급과 동일하다고 이해할 수 있다. "몸은 우리들 모든 관념의 기본 소재이고, 우리들 모든 정신활동의 최초의 자극이다. Der Leib ist der Grundstoff aller unserer Vorstellungen, der erste Reiz aller unserer Geistestätigkeiten".305) 슈미트가 볼 때 당시의 인간학 Anthropologie은 당연히 인간의 생리학적 측면을 포함한다. 그는 인간학의 소재로는 첫째로는 인간의 내적인 것, 즉 느낌과 사고 및 욕망 등, 둘째 인간의 외적인 것, 즉 신체 내지 몸, 그리고 내적인 것과 내적인 것의 상호작용을 들고 있다. 이것은 그가 이해하고 있었던 경험심리학의 모습과 동일하다. 즉 경험심리학은 그에게 인간학의 다른 이름이다.

그의 경험심리학은 질병학과 의학 치료학 영역도 포함하고자 시도한다. 이것에 대한 연구는 인간의 생명력을 유지하기 위해서 필요한 영역이다. 이를 위해 당시에 관심을 끌었던 이른바 동종용법 Homeopathie, 이종요법 Allopathie, 혹은 브라운주의 Brownianismus 등의 질병학 내지 치료학을 언급하고 있다. 여기서는 원칙적으로 질병을 생명력의 약화로 이해하고, 질병을 치료하기 위해서 인간 몸의 자연적 치유능력을 믿느냐 아니면 의학적으로 만든 인공의 약으로 치료를 하는 것이 우선이냐 하는 시각의 대립을 언급하고 있다. 슈미트가 주장하는 것은 당대에 관심을 끌던 대표적인 질병학 및 치료학 담론에서 공통적으로 인정하는 핵심 시각이다. 그가 '모든 질병은 하나의 열이다. 열은 질병의 일반적 형태다 Jede Krankheit ist Fieber. Fieber ist ihr allgemeiner Typus'라고 언급한 것이나, '원래 특수한 질병은 없다 Es gibt keine eigentlich spezifischen Krankheiten'라고 주장한 것(『경험심리학』, 81항), 그리고 '원래 특수한 치료약은 없다 Es gibt keine eigentlich spezifischen Heimittel'라고 지적하고 있는 것(『경험심리학』, 25조) 등은 모두 그 단면을 보여주는 예라 할

---

logisches Werk zur Psychologie erhoben und wie Pygmalions Statue mit Geist belebet – alsdann können wir etwas übers Denken und Empfinden sagen."
305) C.C.E. Schmid: Empirische Psychologie. Jena 1791, 489쪽.

수 있다.

9.3 슈미트의 『철학적 생리학 Physiologie, philosophisch bearbeitet』 의 내용

슈미트는 이 저작의 서론에서부터 다윈의 동물생태학 Zoonomie을 언급하고 있다. 그만큼 그에게 다윈 시각의 영향력은 강력했다고 말할 수 있다. 즉 다윈이 "자연에 근거한 이론은 의학의 분산된 사실을 결합하고 유기적 생명의 법칙을 하나의 관점하에 들 수 있는 것이어야 한다. 그래야 그것은 많은 관점에서 인간사회를 위해 중요한 역할을 할 것이다."[306]라고 언급한 그 시각을 슈미트도 그대로 물려받고 있다. 슈미트는 여기서 다윈보다 좀 더 이론적으로 접근하는데, 의학이 이론적 과학성과 일관성이 없음을 지적하고 자신이 의학을 더 과학적이고 이론적으로 완성하고자 한다고 의도를 말한다. 이를 통해 인간 육체의 생생한 현상들을 완전히 설명하고, 그에 따라 인간의 질병과 그 치료법에 대해서도 학문적으로 규정할 수 있으리라 기대했다.[307] 다음의 설명은 이런 맥락을 잘 보여주고 있다.

"이제 만약 생리학이 이런 목적을 충족해야 한다면 그리고 그 목적을 통해 규정된 이념에 부응해야 한다면, 생리학은 인간 육체의 본성론(물리학), 즉 인간 육체의 본성에 대한 법칙들의 체계 외에는 다른 것이 될 수 없다. 유기체의 본성에 관한 학문(유기체론)과 동물적 본성의 학문

---

306) E. Darwin: Zoonomie oder die Gesetze des organischen Lebens. Bd. 1. Hannover 1795, VII쪽: "Eine auf die Natur gegründete Theorie, welche die zerstreuten Tatsachen der Arzeneykunde verknüpfen und die Gesetze des organischen Lebens unter einen Gesichtspunkt bringen könnte, würde in vieler Rücksicht für die menschliche Gesellschaft von Wichtigkeit seyn."
307) C.C.E. Schmid: Physiologie, philosophisch bearbeitet. 3 Bde. Jena 1798-1801. Bd. 1, XVI쪽.

(동물생태학)이라는 일반론을 인간이라는 특별한 조직에 그리고 그 조직이 인간 정신에 대해 가지는 고유의 관계를 좀 더 긴밀하게 연관시키고 적용한다면 비로소 우리들이 그것들에 대한 그리고 인간 육체의 변동(감정)에 대한 경험적 지식을 얻을 것이다."308)

'철학적 생리학'의 제1권에서는 동물생태학의 개념과 생명력 Lebens-kraft에 관한 학문에 대해서 자세히 설명하고 있다. 또한 동물생태학의 역사와 연구방법, 자극성에 관한 관찰, 유기체가 지닌 네 가지 주요 속성인 생성 Generation, 재생 Regeneration, 재생산 Reproduktion, 치유력 Heil-kraft에 대한 이론도 소개하고 있다. 특이한 것은 의학과 자연과학적 이론을 설명하는 가운데, 군데군데 이와 관련된 자신의 신념들을 써 두고 있는 것이 보인다. 이런 저술 태도는 학문적 일반 이론과 개인적 신념은 일치해야 한다는 그의 자연과학적 세계관에 기초한 것이라 평가할 수 있다. 이런 표현들은 자연과학의 이론은 아니지만 즉시 자연철학의 담론이 될 수 있거나 적어도 당대의 자연철학 담론의 수준을 보여주는 흥미 있는 내용이다. 이를테면 의사에 대한 잠언들을 살펴보면 다음과 같다.

"의사는 자연을 따라야 한다. Der Arzt folge der Natur". "의사는 모든 것을 자연에 맡겨야 한다. 그는 결코 자연에 개입해서는 안 된다. Der Arzt soll alles der Natur überlassen, er soll ganz und gar nicht eingreifen". "의사

---

308) 위의 책, XVII쪽: "Soll nun die Physiologie diesem Zwecke Genüge tun und der durch ihn bestimmten Idee entsprechen, so kann sie nichts anderes seyn, als eine Naturlehre (Physik) des menschlichen Körpers, ein System der Gesetze seiner körperlichen Natur; nähere Beziehung und Anwendung der allgemeinen Lehren einer Wissenschaft organischer (Organomie) und thierischer Naturen (Zoonomie) überhaupt auf die besondere Organisation des Menschen und auf deren eigentümliches Verhältnis zu dem menschlichen Geiste, insofern wir von diesem und seinen Veränderungen (als Gemüth) eine empirische Kenntnis besitzen."

는 자연이 단순히 활동할 수 있게 일깨워야 한다 Der Arzt soll die Natur blos zur Tätigkeit wecken". "의사는 자연의 노력을 단순히 지원해야 한다 Der Arzt müsse blos die Bemühungen der Natur unterstützen".

이런 언급들은 의사의 노력이란 자연에 추종적인 사소한 것으로 보이게 한다. 하지만 자세히 살펴보면 의사는 자연의 활동에 주체적으로 대응하는 존재가 되어야 한다는 것이 그의 소신임을 알 수 있다. 다음의 언급은 그것을 잘 보여준다. "의사는 자연의 노력을 즉시 지원하고 활성화시켜야 한다. 하지만 어떤 자연의 활동에서는 그것을 즉시 약화시키고 절제시켜야 한다 Der Arzt muß die Bemühungen der Natur bald unterstützen und beleben, bald aber auch in etwas schwächen und mäßigen." 요컨대 의사는 자연이라는 원칙을 잘 이용하면 자연의 주인이 될 수 있을 만큼 더 현명해지고 주체적이 될 수 있다는 말이다.

슈미트는 자신의 철학적 생리학의 저술에 영향을 미친 사람들을 언급하고 있는데, 무엇보다 인체에 가해지는 자극과 그에 대한 반응을 통해 질병을 연구한 존 브라운 John Brown(1735~1788)과 인간의 생명력을 탐구한 크리스토프 빌헬름 후페란트 Christoph Wilhelm Hufeland (1762~1836)를 들 수 있다. 그 외에도 테오도르 로제 Theodor Georg August Roose(1771~1803) (특히 1797년에 나온 그의 저술『생명력에 관한 이론 개요 Grundzüge der Lehre von der Lebenskraft』), 『생리학』을 저술한 에른스트 고트프리트 발딩어 Ernst Gottfried Baldinger(1738~1804), 에라스무스 다윈 Erasmus Darwin(1731~1802), 요아힘 디트리히 브란디스 Joachim Dietrich Brandis(1762~1845), 요한 프리드리히 블루멘바흐 Johann Friedrich Blumenbach(1752~1840), 에른스트 헤벤슈트라이트 Ernst Benjamin Gottlieb Hebenstreit(1758~1803) 등을 언급하고 있다.

그 외 이 저작의 실증적 자연철학의 세계관에 영향을 미친 사람으로 생각해 볼 수 있는 당대의 유력 인사는 괴테와 쉴러를 빠트릴 수 없다.

쉴러가 군의관으로 사회생활을 출발했다는 것은 주지의 사실이다. 그의 박사논문인 「생리학의 철학 Philosophie der Physiologie」은 그 제목과 주제로만 보아도 당대의 의학과 자연과학의 핵심 주제를 보여주고 있다. 특히 슈미트의 저작과도 주제로 아주 유사함을 알 수 있어 인상적이다. 비록 그 내용에서는 쉴러의 논문과 슈미트의 주저를 비교할 수 없지만, 적어도 주제의 선정과 관심사에서는 쉴러의 논문은 슈미트에 영향을 미친 것으로 쉽게 짐작할 수 있다. 괴테의 경우도 슈미트의 실증주의적 자연관에 대한 관심을 일깨우는 데 충분히 영향을 주었을 것으로 생각할 수 있다. 그가 괴테의 자연과학적 시각을 잘 보여주는 핵심적 이념을 담은 글인 「식물의 형태변형론 Metamorphose der Pflanzen」을, 비록 제목이지만 수차례 언급하고 있는 것은 이에 대한 방증이다.

9.4 슈미트 자연과학 담론의 특징과 현재적 평가

슈미트가 '경험심리학'과 '철학적 생리학'을 통해 펼친 자연과학 담론에 대한 평가를 내려 보자. 우리의 맥락에서 보면 일단 그는 독일에서 18세기 후반부터 시작되는 실증적 자연철학의 새로운 시도들을 이어받고 있는 자연과학자 겸 철학자라 할 수 있다. 하지만 슈미트의 자연과학 담론에 대한 관심은 최근까지 거의 미미했다. 최근에 와서야 그에 대한 내용과 의미를 평가하고 있는데 그 점을 우선 언급할 필요가 있다.

일단 슈미트는 의학과 생리학의 지식과 이론에 관심을 가졌는데, 그는 당대의 자연과학 및 의학 관련 주요 저작과 글들에 나타난 넓은 의미의 자연과학 담론을 수용하고 이를 통해 자신의 자연과학 담론을 형성했다고 평가할 수 있다. 수용자의 시각이 우세하다는 말이다.

경험심리학의 범주에서 보면 그가 관심을 가진 주제는 유기체의 조직과 그 기능에 대한 것을 토대로 인간 육체와 영혼의 긴밀한 상호작용을 해명하는 것이라 할 수 있다.

생리학의 영역에서 그가 추구한 것은 인간의 본성에 존재하는 물질성에 대한 규명과 탐구에 있었다. 그는 인간을 규정할 때 결코 정신적 존재로만 설명하지 않았다. 물질성도 정신적 영역과 함께 독립적으로 존재한다고 믿었다. 이와 같은 논리로 자연의 세계도 물질성의 영역을 인정해야 한다고 지적한다. 이로써 그는 18세기 후반 독일의 사변적 자연철학 담론에 반대하는 입장을 보인다. 이런 점에서 그는 실증적 경험주의자라고 평가할 수 있다.

반면에 그는 실증주의적 물질론자는 아니다. 오히려 합리적 질서와 인과론적 원칙을 견지하고 칸트의 인식론을 지지하고 있음을 알 수 있다. 이런 점에서 보면 그는 합리적 실증주의자 혹은 물질적 합리주의자라고 자리매김할 수 있겠다.309)

그에 대한 이런 최근의 평가는 일단 주목할 만하지만 최종적으로 받아들여서는 안 된다. 앞으로의 연구에서 주목할 그의 입장은 피히테와 쉘링의 자연과학 담론과 비교해 보면 잘 드러날 수 있다. 슈미트는 피히테에 대해서는 새로운 '합리적-심리학적 변증법 rational-psychologische Dialektik'을 통해 경험적 연구에 꼭 필요한 존재가 되었다고 인정했다.310) 물론 어떤 면에서 그런지 학술적인 자세한 논의는 찾을 수 없다.

쉘링에 대해서는 그의 자연철학적 이념이 자연과학의 연구에 미친 영향과 공적을 인정하면서도 그의 저작 『세계영혼 Weltseele』에서 나온 정신 Geist의 본질과 물질 Materie의 변화 등에 대해서는 회의적으로 언급하고 있다. 정신이 자연철학에서는 이념적 주도 역할을 할 수는 있으나, 자연과학자의 실제 연구에서는 정신 역시 그 본질은 물질과 같다고 이해해야 한다는 것이다. 그렇지 않으면 정신에 관한 연구는 자연과학의

---

309) 참조 Olaf Breidbach/Paul Ziche (Hg.): Naturwissenschaften um 1800, 앞의 책, 95쪽.
310) 참조 Schmid: Physiologie, philosophisch bearbeitet, 위의 책, Bd. 1, 351쪽 이하.

실증적 연구에서는 쓸모가 없는 사변적 차원의 이념일 뿐이라는 말이다. 자연에서는 물질도 다른 물질과의 화학적 혹은 물리적 관계를 이루지 않고 정신에 의해 변화될 수 있는 성질의 것은 아니라고 지적한 것은 그의 자연과학 담론의 특징을 이루는 핵심적 단면으로 볼 수 있다.[311]

슈미트는 자연의 연구에서 물질과 정신은 동일한 속성을 가진 두 개의 현상으로 봐야지, 어느 한 쪽에 치우치거나 두 개를 별개로 두는 것은 자연의 본질을 파악하는 데 유익하지 못하다고 생각했다. 그의 시각과 피히테와 쉘링의 철학과의 자세한 비교와 분석은 이 분야에서 앞으로의 연구 과제로, 그의 담론의 의미도 이를 통해 더 잘 평가될 수 있을 것이다.

괴테의 자연과학 담론도 바로 이런 맥락에서 슈미트와 유사하다. 하지만 괴테와 비교해서 조금 다른 점은, 괴테보다는 관심 영역이 특화되어 이를테면 '생리학적 의학'에 더 관심을 가지고 있었으며, 자연과학 연구에서 경험과 관찰을 중시했던 괴테에 비해 이론적인 측면에 더 관심이 있었음을 알 수 있다. 슈미트는 의학과 자연과학적 인간학의 분야에서 이론적 체계를 세우려는 의도가 강했고, 그의 자연과학 담론은 그 이론적 체계를 만드는 토대작업으로 평가할 수 있다.

10. 칼 구스타프 카루스의 자연과학 담론과 영혼론

10.1 카루스 자연과학 연구의 출발점

칼 구스타프 카루스 Carl Gustav Carus(1789~1869)는 교수이자 의사, 자연과학자 그리고 예술가로서 다양한 재능을 보여준 인물이다. 예술

---

311) 위의 책, 353쪽 이하.

가로서의 그의 활동은 어쩌면 예술애호가이자 자연미학자로서 평가하는 것이 적당할 것이다. 하지만 자연미학에 관심을 가진 그의 시각은 예술과 미학이 자연과학 연구와 연관을 맺을 수 있다는 가능성을 보여주고 있다는 점에서 우리에게 현재에도 여전히 흥미롭다.

그는 프랑스혁명이 발발한 해인 1789년 라이프치히에서 태어났다. 그의 첫 번째 가정교사는 화가로 알려진 율리우스 아타나지우스 디츠 Julius Athanasius Dietz(1770~1843)가 맡았다. 카루스가 그림 그리는 것을 좋아하게 된 것은 디츠의 영향뿐 아니라 디츠를 통해 화가 외저 Adam Friedrich Oeser(1717~1799)를 알게 된 것도 언급할 수 있을 것이다. 디츠를 통해 카루스는 자연의 다양한 식물과 경치를 그리는 훈련을 받게 된다. 15세가 되는 1804년에 그는 라이프치히 대학교 철학부에 입학할 수 있었다. 철학부에서 물리, 화학, 식물학 등의 강의를 수강하고 식물학자 크리스티안 프리드리히 슈베그리헨 Christian Friedrich Schwägrichen (1775~1853)을 위해서 식물표본을 그리는 작업을 했다. 이처럼 그는 어린 시절부터 넓게 말하면 자연과학과 예술의 두 가지 영역에 대한 관심과 재능을 보이기 시작했다.

그는 식물학과 동물학, 지질학과 같은 자연과학의 여러 분야에 그림을 그려 묘사하는 작업은 아주 생산적이라고 생각했다. 그림을 그리는 작업은 형태에 대한 의미를 알 수 있게 하고 형상의 연관성을 알 수 있게 하며, 나아가 그것들이 보일 수 있는 형태적 변용에 대해서도 상상력을 가질 수 있게 한다고 여겼다. 그의 회상을 살펴보자.

> "예술은 더욱이 나의 자연과학 연구에 아무런 손해도 주지 못했고 오히려 나의 연구에 동반해서 다양한 장점을 가져다주었다. 왜냐하면 한편으로 식물학, 동물학, 지질학 등에 그림으로 묘사하는 것은 아주 바랄만한 것이자 유용했던 경우가 많이 있었다. [...] 다른 면으로 그림을 그리는 것은 형태에 대한 감각을 연습하는 데 특별했다. 그래서 이렇게 하면

내가 정신에서 형상의 관계를 확보하고 그 관계가 형태변형을 일으키는 일에 활발한 환상으로 몰두하는 것이 항상 쉬운 일이 되었다."312)

"골상학을 공부하고자 나는 여름에서부터 노트를 준비해서 인간 신체의 모든 뼈들을 연필로 깨끗하게 그렸고 자세한 설명을 병기해서 볼 수 있게 했다."313)

그는 1814년부터 드레스덴에 정착하고 1816년에는 새로 만들어진 의학 아카데미에 들어간다. 하지만 이때부터 드레스덴의 화가 요한 크리스티안 클렝엘 Johann Christian Klengel(1751~1827)과 교류하게 된다. 또한 카루스는 자신의 회화작품을 드레스덴의 한 예술전시회에 참여하는 계기로 당대 낭만주의 대표 화가인 카스파 다피드 프리드리히 Caspar David Friedrich와도 개인적으로 교류하게 된다. 그리고 프리드리히를 통해 유화의 기법까지 배우게 된다. 그는 프리드리히가 독일의 내면적 감성을 시적으로 그려내는 놀라운 채색 기법을 통해 당시의 인습적 유화기법을 공격하고 흔들어 놓았다고 칭찬했다.

이처럼 카루스는 처음부터 자연과학과 의학의 연구와 더불어 그림과

---

312) C.G. Carus: Lebenserinnerungen und Denkwürdigkeiten. Teil 1-4. Leipzig 1865-1866. Neu herausgegeben v. Elmar Jansen. Weimar 1966. Bd. 1, 43-44 쪽: "Die Kunst tat übrigens meinen naturwissenschaftlichen Studien nicht nur keinen Eintrag, sondern sie ging mit ihnen Hand in Hand und brachte sogar mannigfache Vorteile; denn einesteils gab es bei Botanik, Zoologie, Geologie manche Gelegenheit, wo bildliche Darstellungen höchst erwünscht und nützlich waren [...] anderenteils übte das Zeichen den Sinn für Formen ganz außerordentlich, und es wurde mir somit immer leichter, im Geiste Gestaltungsverhältnisse festzuhalten und den Metamorphosen derselben mit regsamer Phantasie nachzugehen".

313) 위의 책, 59쪽: "Über Osteologie hatte ich mir schon im Sommer ein Heft anglegt, in welches ich alle Knochen des menschlichen Körpers sauber mit Bleistift gezeichnet und mit den ausführlichsten beigeschriebenen Erklärungen versehen hatte". 또한 60쪽 이하 참조.

예술에 대한 관심을 키우며 그 둘의 경계를 넘나드는 일을 했다. 18세기 후반부터 19세기 초반까지의 독일 자연과학자들 중에서 카루스만큼 회화와 예술에 관심을 가지고 자연미학에 대한 연구를 한 사람은 드물다. 자연연구와 예술미학을 넘나드는 이런 면모는 그의 자연과학 연구에서 특이한 출발점이라 평가할 수 있다.

10.2 카루스의 자연과학 담론과 영혼론의 특징

고대 그리스와 로마 시대의 자연연구라 할 수 있는 '박물학' 이후 자연의 연구자들은 세계를 자연의 각 영역과 현상들이 내적으로 서로 긴밀하게 연결되어 있는 거대한 유기적 구조물로 이해하고 있었음을 보여준다. 이런 시각이 18세기 유럽에 와서는 자연철학으로, 그리고 자연철학은 그 후 자연과학으로 변화된다. 이런 변화가 특히 독일에서는 계몽주의와 낭만주의의 대표자들에 의해 주도되었다. 칸트의 계몽주의 철학이 그러했고, 쉘링의 '세계영혼 Weltseele' 사상이 그러했다. 이미 언급한 것처럼 이를테면 쉘링은 세계가 거대한 구조물일 뿐 아니라 나아가 유기적 생명체와 같이 영혼을 가진 구조물이라는 시각을 주장했다. 여기서 중요한 것은 발생적인 진보와 발전의 원칙이었다.

카루스는 이런 시각을 이어 받아 우주적 자연과 인간을 연결하는 고리를 무엇보다 미와 예술에 대한 성찰과 아름다움에 대한 인식에 두었다.

> "아름다움이 결국 전체이자 완성된 것(우주)이라면, 만약 그것이 완전한 영혼으로 포착되지 않는다면 어떻게 아름다움이 아주 깊이 인식되고 내면적으로 받아들일 수 있을까?"314)

314) C.G. Carus: Neun Briefe über Landschaftsmalerei, geschrieben in den Jahren 1815-1824. Zuvor ein Brief als Einleitung. Leipzig. Nachdruck mit einem

자연과학이 인간을 자연의 더 높은 비밀의 문턱으로까지 이끌 수 있는 것처럼, 예술에 대한 관심과 성찰은 인간에게 동일한 비밀을 줄 수 있다고 믿었다. 자연과학과 예술은 모두 비밀을 여는 수단으로 동일한 차원으로 여겼던 것이다. 이것은 독일 낭만주의자들과 비교해 보면 그 유사성이 드러나는, 낭만주의적 자연과학 연구의 자세이자 낭만주의적 자연과학의 관점이라는 것을 금방 알아차릴 수 있다.

> "진정한 자연연구는 어떤 것이나 인간을 더 높은 비밀의 문턱으로만 이끌어야 하는 것처럼 [...] 우리들은 그 동일한 것을 예술에 대한 개방적인 성찰에서도 기대할 수 있다."315)

이런 낭만주의적 자연과학의 시각은 인간과 자연, 인간과 기계가 경쟁 관계에 있는 것이 아니라, 적어도 서로 협력의 관계에 두거나, 인간의 감성과 이성적 능력을 기계에 비해 우위에 두는 것이라 할 수 있다. 이처럼 인간과 자연 혹은 기계는 서로 상응하거나 통합의 관계에 있다. 또한 자연과학과 예술을 비교해볼 때 자연과학을 예술의 우위에 둘 수 없고, 오히려 자연과학이 예술의 도움을 받아 인간을 완성할 수 있는 수단이 된다.

> "사람들은 식물의 잎을 세포, 기공, 체관과 섬유질 등으로 분해한다. 비교해부학은 우리들에게 가장 작은 동물을 훨씬 더 작은 조직으로 해체하는 것을 알려준다. 그런데 하지만! 누가 이런 모든 학문을 사용하여

Vorwort v. Hans Kahns. Villingen 1947, 13쪽: "ja wie sollte das Schöne, welches doch eben zuletzt nur das Ganze und Vollendete (Kosmos) ist, überhaupt recht tief erkannt und innig aufgenommen werden, wenn es nicht mit ganzer Seele umfangen wird?"

315) 위의 책, 14쪽: "So wie jede echte Naturforschung den Menschen nur an die Schwelle höherer Geheimnisse führen [...] muß, so erwarten wir das Gleiche auch von einer offenen Erwägung der Kunst".

가장 작은 진드기라도 살릴 수 있으며, 누가 그런 학문으로 가장 작은 식물의 잎을 다시 조합할 수 있을까?"316)

하지만 그의 자연관은 전체적으로 보면 낭만주의적 자연관이라고 할 수는 없다. 낭만주의의 특징을 관찰할 수는 있어도 궁극적으로 계몽주의적 무게중심이 가지고 있기 때문이다. 그가 괴테의 자연 연구에 관한 잠언인, '모든 형상은 비슷하고 어떤 것도 다른 것과 같지 않다. 이 모든 형상이 어울려 이루는 합창은 자연의 비밀스러운 법칙을 지적한다. Alle Gestalten sind ähnlich, und keine gleichet der Andern, Und so deutet das Chor auf ein geheimes Gesetz.'라는 주장을 자신의 모토로 삼은 것은 그의 자연과학 연구에 괴테의 영향력을 짐작할 수 있게 한다. 괴테의 자연관은 낭만주의라기보다는 여전히 계몽주의적 성격이 강했다.

이러한 맥락은 '아름다움이 이성과 자연의 균등한 조화에 있다'는 그의 시각에서도 잘 드러난다. 그가 지적한, '아름다움은 신과 자연 그리고 인간의 삼원적 조화에 있다'는 말이 그러하다. 그에게 자연과학은 그 조화를 설명해 주는 고귀한 수단이 된다.

> "미(美)는 다름이 아닌 바로 감각적 현상의 세계에서 존재하는 신적인 본질을 자연에서 느끼는 것을 자극하는 것이다. 그것도 진리가 신적인 본질을 인식하고, 미덕이 신적인 본질의 삶을 같은 식으로 명명되는 것과 같은 방식으로 그러하다. [...] 따라서 이성과 자연의 동일하게 조화를 이루고 있는 것만이 아름답게 될 수 있다. 왜냐하면 그곳에서 최상이자 유일한 것은 자연과 이성의 형식 하에서만 계시되기 때문이다. 그래

---

316) 위의 책, 15쪽: "Man zerlegt das Pflanzenblatt in seine Zellen, Atmungs-öffnungen, Gefäße und Fasern, das kleinste Tier lehrt uns die vergleichende Anatomie in noch kleinere Gebilde trennen, und doch! wer belebte mit all dieser Wissenschaft auch nur die kleinste Milbe, wer setzte dadurch das kleinste Pflanzenblatt zusammen?"

서 자연이 이성에 의해 영향을 받아 형태를 갖추어 나타나자마자 신적인 본질의 이념도 우리에게 나타난다. 자아는 이렇게 시작되는 영원성과 관련되고, 감각과 감정은 [...] 바로 미적 감정으로 나타난다. 그러면 그 미적 감정에서 인간의 모든 측면은 자신의 초점과 목표(미적 만족)에 도달하게 된다. 그래서 아름다운 것은 신과 자연 그리고 인간의 3화음으로 만들어진다."317)

또한 카루스가 괴테의 구름의 형성에 관한 자연과학 노트와 그에 덧붙인 시를 읽고 나서, '예술은 과학의 정상으로 나타난다 die Kunst erscheint als Gipfel der Wissenschaft'고 말한 것도 같은 맥락이다.318) 예술과 과학의 관계에 대한 이러한 그의 성찰은 독일의 계몽주의 작가 이후 낭만주의까지 계속되는 것이라 할 수 있지만, 계몽주의적 시각에 뿌리를 두고 이것을 낭만주의적 시각으로 확대시켰다고 말할 수 있다. 여기서 괴테의 시각은 중요한 기준이 되었다고 할 수 있다.

따라서 카루스에게 자연의 미에 대한 인식은 자연의 법칙에 대한 인식과 분리할 수 없는 동일한 것이었다. 그의 노년의 저작 『자연과 이념 Natur und Idee』에서는 정신철학 Geistesphilosophie을 '존재의 철학

---

317) 위의 책, 30쪽 이하: "[daß] Schönheit nichts anderes sei, als das, wodurch Empfindung göttlichen Wesens in der Natur, das ist in der Welt sinnlicher Erscheinungen, erregt wird, und zwar auf gleiche Weise, wie Wahrheit das Erkennen göttlichen Wesens und Tugend das Leben göttliche Wesens in derselben zu nennen ist [...] Schön kann daher nichts sein als die gleichmäßige Durchdringung von Vernunft und Natur; denn da das Höchste und Eine sich nur unter den Formen der Natur und Vernunft offenbart, so wird, sobald Natur von Vernunft durchdrungen und gestaltet erscheint, auch die Idee des göttlichen Wesens uns erscheinen, das Ich wird mit dieser sich eröffnenden Unendlichkeit in Beziehung treten, und die Empfindung, das Gefühl [...] zeigt sich angesprochen als Schönheitsgefühl, in welchem dann diese gesamte Seite des Menschen ihren Brennpunkt, ihr Ziel (ästhetische Befriedigung) erreicht. Das Schöne ist sonach der Dreiklang von Gott, Natur und Mensch".

318) 위의 책, 52쪽.

Philosophie des Seienden'으로 규정하고, 이에 반해 자연철학을 '과정의 철학 Philosophie des Werdenden'으로 언급한다.[319] 이것은 자연철학이란 자연에서 관찰할 수 있는 발생과 변화의 모습을 파악하는 것이라 이해하는 것이다. 나아가 자연현상의 근저에 절대자 내지 신이 존재한다면 자연철학은 그것에 대해 알고자 하는 것도 의미한다. 절대자와 신에 대한 지식은 스피노자 식으로 얘기하면 '절대지 absolutes Wissen'라고 표현할 수 있다. 괴테는 자연현상에 존재하는 이런 절대자의 이념에 대해 절대자나 신이라는 표현을 사용하지 않고 '근원현상 Urphänomen'이라는 중립적인 표현을 사용했다. 만약 정신의 작용이 자연에 존재하는 절대적 존재의 의미를 파악하려 하거나, 파악할 수 있다면 정신과 자연이 서로 통하는, 서로 상응하는 속성의 것이라고 판단할 수 있다. 그렇다면 정신철학 역시 자연철학과 조화할 수 있고 궁극적으로 같은 것이라 할 수 있다. 정신과 자연의 이런 조화와 합일성에 대한 관심은 독일의 18세기 후반 계몽주의 작가와 학자들부터 찾을 수 있는 맥락으로 볼 수 있다.

카루스는 이처럼 자연현상의 실증적 관찰과 현실에 대한 판단이나 정신의 작용은 서로 상응할 수 있지만 각자의 영역을 고수할 때 궁극적으로 합일될 수 있다고 주장한다.

"따라서 물론 저울과 현미경, 물리-화학적 기구와 해부용 칼이 계속해서 자연의 현상들을 모든 방식으로 가장 철저하게 탐구하고 그 결과를 학문에 보여주기를. 하지만 또한 [...] 전체 아름다움과 이른바 현실적인 것의 충만함과 힘이 [...] 만약 순수하고 단순한 철학의 빛에서 관찰되고 측정된다면 그러면 비로소 완전하게 드러난다는 사실도 역시 우리가 확립할 수 있기를."[320]

---

319) C.G. Carus: Gebundene Ausgabe. Hg. v. Petra Kuhlmann-Hodick und Gerd Spitzer. 2 Bde. Band 1: Natur und Idee. Katalog. Band 2: Wahrnehmung und Konstruktion. Essays. Berlin/München: Deutscher Kunstverlag 2009. Bd. 1, 3쪽.

낭만적 자연관과 자연철학의 특징은 발생론적 시각과 전체와 부분의 상호 연관성으로 나타난다. 여기서 자연철학의 논리는 과학의 이름으로 받아들여진다. 이에 반해 자연과 자연철학에서 논리적이고 역사적인 관점은 계몽주의적 관점이라 할 수 있다. 이런 자연철학에서 논리와 역사적 관점의 우위는 자연과학의 형태로 수용된다. 여기서 계몽주의와 낭만주의 자연철학의 속성이 갈라서고, 각각의 자연철학은 자신들의 자연과학의 형태로 형성된다.

카루스의 자연철학과 영혼론은 전체적 원리를 두고 보면 자연과 인간 그리고 예술의 연결 가능성과 상응성에서 자연과 인간의 의미가 드러나는데, 특히 자연과 인간의 연결 고리로 예술과 미의 역할을 강조하는 것이 특징이다. 빌란트와 쉴러에서 볼 수 있는 독일의 계몽주의 인간학과, 괴테와 독일 낭만주의자 작가들이 보여주었던 예술과 자연과학의 담론 모습과 유사하다.

예술과 미에 대한 성찰은 따라서 자연과 인간에 대한 탐구와 같은 본질적 의미를 가진다. 이것은 언급한 것처럼, 한편으로 부분에서 전체의 의미를 찾고, 전체와 개별자가 합일을 이루는 낭만주의적 자연관을 반영하고 있지만, 그의 실제 연구에서는 계몽주의적 자연과학의 관점을 적용하고 있다는 것이 특징적이다.

---

320) C.G. Carus: Gelegentliche Betrachtungen über den Charakter des gegenwärtigen Standes der Naturwissenschaft 1854. In: E. Meffert (Hg.): C.G. Carus. Zwölf Briefe über das Erdbeben. Stuttgart 1986, 21-27쪽, 여기는 27쪽: "Möge deshalb allerdings Waage und Mikroskop, physikalisch- chemischer Apparat und anatomisches Messer fortfahren, die Naturerscheinungen in aller Weise gründlichst zu untersuchen und ihre Resultate der Wissenschaft darzustellen, aber möge man auch festhalten, [...] daß die ganze Schönheit und Fülle und Macht des sogenannten Wirklichen [...] erst dann recht vollkommen hervortrete, wenn es in dem Lichte einer reinen und einfachen Philosophie betrachtet und ermessen wird".

11. 로렌츠 오켄의 자연철학과 자연과학 담론

로렌츠 오켄 Lorenz Oken(1779~1851)은 '철학은 자연철학에서 발전했으며, 자연철학이 없는 철학이나 윤리학은 쓸모없는 것이며 모순'이라고 주장한다.[321] 그를 당대 대표적 자연철학자의 한 사람으로 인정하고 있는 것도 이런 맥락에 있다. 그는 자연에서 생명의 발생에 대해 관심을 가진다.

그가 보여주는 자연철학은 카루스의 경우와 유사하게 계몽주의적이며 동시에 낭만주의적이라 할 수 있다. 그는 자연철학의 방법론을 두 가지로 구분한다. 논리적인 방법론과 실제적이고 물리적인 방법론이 그것이다. 전자의 경우 전적으로 추상적이고 일반적인 분류 방식을 따르고 있어 자연의 특정한 개체에 적용하는 것이 아니라 과학의 일반적인 원칙으로 발전할 수 있다. 이에 반해 후자의 경우는 자연철학이 자연의 개체에도 적용되어야 한다는 관점에 고착한다.

오켄이 볼 때 셸링은 전자를, 자신은 후자의 입장에 있다.[322] 셸링의 경우 자연철학은 자연에 존재하는 단일한 절대적 원리에 대한 신념에서 성립하기 때문에, 추상적이고 논리적 일관성은 있을지라도 경험적

---

321) Lorenz Oken: Lehrbuch der Naturphilosophie. Jena 1809/2012. Bd. 3, 358쪽 이하.
322) "나는 광물들을 개체로서 관찰한다. 그리고 식물과 동물들도 그렇게 관찰한다. 여기서 차이가 있다면 후자의 경우에 개체적 특징이 형태가 아니라 그것이 생겨나는 방식과 화학적 구성요소와 물리적 작용에 있다면, 전자의 경우는 단순히 화학적 혼합뿐만 그 형태도 중요하다는 것이다. Ich bertrachte die Mineralien als Individuen, so wie die Pflanzen und Thiere, mit dem Unterscheide, daß bei ihnen der individuelle Character bloß in ihrer Entstehungsart, in den chemischen Bestandtheilen und den physischen Wirkungen besteht, und nicht in der Gestalt, während den anderen nicht bloß die chemische Mischung, sondern auch die Gestalt wesentlich ist." (Lorenz Oken: Allgemeine Naturgeschichte für alle Stände. Bd. 1, Stuttgart 1839, III쪽) 또한 "자연사의 연구대상은 지구상의 개별체이지 일반적 개체는 아니다. Die Gegenstände der Naturgeschichte sind einzelne Dinge auf dem Planeten, nicht allgemeine". (같은 책, 1쪽)

자연의 연구는 불가능하다. 경험적 자료를 통한 개체적 자연의 연구로 연결되지 않는 추상적 자연과학의 방법론을 그는 거부했으며, 쉘링의 자연철학을 이런 맥락에서 비판한다. 위의 슈미트와 카루스의 자연과학 담론의 관점은 유사하다고 할 수 있다.

요컨대, 개체나 개별적 사건에 나타난 일회성과 부분성에서 자연 전체의 의미와 그 신성을 찾아내는 일이 그에게 자연과학의 연구의 목적이자 방법이었다.323) 이때 자연에 나타난 개체의 연구는 전적으로 물리적이고 '경험적인 연구'에 기초를 둬야 그 성과를 보장할 수 있다는 것이 그의 견해였다.324) 그의 자연철학은 전체적 원리를 두고 보면 부분에서 전체의 의미를 찾고, 전체와 개별자가 합일을 이루는 낭만주의적 자연관을 반영하고 있지만, 실제 연구에서는 계몽주의적 자연과학의 관점을 적용하고 있다는 것이 특징적이다. 이것은 위에서 언급한 동시대 그의 동료 자연과학자들과 유사한 입장임을 알 수 있다.

지금까지 언급한 이들 자연과학자들은 자신들의 자연철학 내지 자연과학관이 독일문학의 작가와 독일 철학자들의 철학적, 관념적 자연철학과 자연과학 관점으로부터 영향을 받았다고 인정했지만, 그렇다고 그 영향에서 머물지 않았다. 각자 자신만의 영역에서 실증적 자연과학의 담론을 발전시키는 경로를 보여주었다. 독일의 작가와 철학자들에게보다 그들 사이의 공통점이 더 두드러지는 것은 이런 이유에서이다. 당대의 이런 독일 자연과학자들은 지금의 관점으로 보면 일종의 자연과학 연구의 융합적 시각을 발전시키고 있음을 보여준다. 독일문학과의 동거는 이런 융합적 시각이 독일문학에 존재하는 19세기 초반, 혹은 독일 낭만주의까지였다. 그 이후로는 자연과학은 분과 학문으로, 독일문학은 자신의 정체성으로 각자 마이 웨이를 갔다.

---

323) Oken: Lehrbuch der Naturphilosophie, VI쪽 이하.
324) 위의 곳.

IV. 19세기 초반 독일문학과 실험과학

1. 낭만적 자연과학 이념 혹은 실험과학의 정신[325]

독일의 낭만주의는 단순히 계몽주의에 대비되는 미학적 세계관만을 보여주고 있는 것은 아니다. 독일의 근대 자연과학 담론에서도 중요한 기여를 하고 있다. 독일 낭만주의의 자연과학 담론에서 중요한 역할을 하고 있는 것은 물론 낭만주의적 자연과학자들과 작가들이다.

낭만주의 작가들이 자연관을 형성하는 데 자연철학의 역할을 무시할 수 없다. 18세기 후반부터 독일의 자연철학은 자연과학이 분과학문으로 발전하기 이전에, 자연과 자연과학에 대한 많은 암시를 주는 영역이었다. 이런 자연철학의 역할은 19세기 초반까지 계속된다. 특히 독일 낭만주의 작가들에게 많은 영감을 준 자연철학의 대표자는 위에서 서술한 피히테와 헤겔, 그리고 쉘링 등을 들 수 있다.

헤겔과 쉘링의 경우 18세기 말에 인간학과 자연철학을 각각 전개한다. 이들의 자연철학은 칸트의 선험철학과 일정한 거리를 취하고 있을 뿐만 아니라, 실험에 바탕을 둔 새로운 자연과학의 연구 경향과도 구분되는 성격을 보인다. 이들의 자연관과 철학을 사변적 자연철학으로 부르는 것도 이런 맥락에 있다.

서양의 근대사회는 기능적 분화사회다.[326] 18세기 말 이후의 새로운 학문의 성장과 자연과학의 분과학문화는 근대화의 과정과 밀접한 연관을 가진다고 할 수 있다. 하지만 이와는 달리 18세기 계몽주의부터 시작하여 19세기 초의 낭만주의에서 절정에 이르는 독일문학은 과학과 지식의 연계성과 전체적 범위의 통합적 연관성을 추구했다. 이것은 두 가지 성격을 동시에 가지고 있다. 한편으로 근대 독일문학이 보여주는

---

325) 이하 참조, 졸고: 낭만주의와 근대과학의 실험정신. In: 『괴테연구』 제25집 (2012), 131-153쪽.

326) 참조 Niklas Luhmann: Die Wirtschaft der Gesellschaft. Frankfurt/M. 1988 u. Luhmann: Beobachtungen der Moderne. Opladen 1992.

역사와 전통에 대한 천착과 애착을 드러낸다. 이것은 근대의 논리를 거스르는 일면 과거회귀성으로 해석될 수도 있다. 하지만 독일문학의 강점이자 진정한 특성은 이를 바탕으로 오히려 미래지향적 동력과 모티프를 발전시킨 데 있다. 괴테와 독일 낭만주의 문학은 그 대표적 예라 할 수 있다.

독일 낭만주의자들에게 자연은 형이상학적 인식론의 특성과 감각 경험적 특성을 동시에 가지고 있다. 따라서 낭만주의 문학이 자연을 매개하는 방식은 이전과는 달랐다. 독일에서 18세기에 이르기까지 자연에 대한 관념은 플라톤 내지 신플라톤적 고대 그리스의 자연관, 중세의 기독교적 자연관과 르네상스의 자연관에 라이프니츠의 자연관이 합쳐진 관념적, 철학적 모습이었다면, 낭만주의는 자연관을 자연과학의 영역으로 넓혀 자연과학의 이론을 직간접으로 문학에 묘사하고자 했다. 당시 자연은 단순히 관념의 대상이 아니라 물리학, 화학, 식물학, 동물학 등의 자연과학 전문분야의 연구대상으로 되기 시작했다. 여기서 독일 낭만주의문학은 분화되기 시작하는 전체 자연과학 분야를 문학적 메타포로 포괄하고자 했다.

낭만주의의 형이상학적 자연관은 무한성과 유기성에 있다. 유기성은 유기론적 자연관과 직결된다. 낭만주의는 유기론적 자연관을 보여주는 모티프로 나무, 숲 등의 공동체적 유기체가 등장한다. 이들은 기계론적 자연관을 거부하는 모티브로도 사용된다. 바꾸어 말하면 낭만주의는 유기론적 자연관과 기계론적 자연관의 대립에서 자연의 본질을 인식하고자 한 것이다.

낭만주의의 무한성은 현실의 내적인 요소와 현실의 초월적 요소로 동시에 나타난다.[327] 무한성의 요소가 형이상학적 특성을 보여주는 데는 근원성 내지 신성(神性)에 대한 관념에서 알 수 있다. 이것은 범신론

---

[327] 참조 Max Wundt: Fichte-Forschungen. Stuttgart-Bad Cannstatt 1976, 165쪽.

적 내지 유신적인 관념과 직결된다. 여기서 자연은 신성의 본질적인 요소다. 범신론적 관념에서 자연은 신성 그 자체로서 나타나고, 유신론적 관념에서는 자연이 신성과 분리되지만 신성을 대리하는 작용을 한다. 두 경우 모두 자연은 유기적 전체로서 모든 존재에 생명과 영혼을 불어넣는 영역이다.

하지만 낭만주의 문학이 자연을 매개하는 방식은 이전까지와는 다르게 나타고 있음을 발견할 수 있다. 낭만주의는 자신의 자연관을 자연과학의 영역으로 넓혀 자연과학의 이론을 직접 문학에 묘사하고 실험하고자 했다. 즉 자연은 이제 단순히 관념의 대상이 아니라 실제이자 현실이었다.

루드비히 틱 Ludwig Tieck의 「성녀 게노베바의 삶과 죽음 Leben und Tod der heiligen Genoveva」에서는 인간과 자연 및 자연과학의 이런 연관을 인간의 감각과 '전체 세계가 기호'라는 메타포로 사용하고 있다.

> "하늘에서 움직이는 것이,
> 지상에서 형상으로도 주관하는 법,
> 그건 인간의 가슴도 자극하네
>
> 자연은 그 어떤 것도 가두어 둘 수 없으니,
> 중심에서 나와 위로 향하는 번개는,
> 모든 형상에서 비치고 있으니
>
> 천체와 인간 그리고 땅이 움직여
> 같은 속도로 진행하고 서로에게 비추고,
> 그 소리 모든 창조물을 통해 울리네.
>
> 지혜를 아는 사람은 경계를 모르니,

그는 전 세계를 온갖 기호로 볼 수 있어,
천체의 세계로 오를 수 있노라."328)

이처럼 독일 낭만주의 문학 작가들에게 영향을 미친 것은 비단 자연
철학만이 아니라 물리, 화학 분야의 자연과학 담론도 작용하고 있다.
여기서는 자연과학적 실험의 정신과 실험에 대한 관심이 매개되고 있
다. 당대의 낭만주의적 자연과학자인 요한 빌헬름 리터의 실험과 그의
갈바니즘 이론은 그 대표적 예라 할 수 있다. 18세기 말에서 19세기 초
까지 독일에서 낭만주의적인 자연과학과 실험의 정신은 이미 독일 계
몽·고전주의에서 출발한, '전체적 자연 Ganze Natur'에 대한 탐구와 직
결된다.

2. 노발리스의 낭만주의 자연과학 담론

노발리스는 19세기 초반 독일 낭만주의 문학을 대표하는 작가이자
낭만주의 자연과학 담론을 작품에서 발전시킨 주요 증인이라 할 수 있
다. 이를 통해 낭만주의 자연과학 담론이 문학은 물론 자연과학의 연구
에 까지 영향을 미치게 되어, 자연과학과 문학, 자연철학과 세계의 관
념, 자연과학 담론과 인간에 대한 담론이 교감을 이루는 성공적인 사례

---

328) L. Tieck: Werke in 4 Bdn., nach dem Text der Schriften von 1828-1854,
unter Berücksichtigung der Erstdrucke. Hrsg. v. M. Talmann. München
1963-1966. Bd. 2: Die Märchen aus dem Phantasus. Dramen, 407쪽: "Was in
den Himmelskreisen sich bewegt,/ Das muß auch bildlich auf der Erde walten,/
Das wird auch in des Menschen Brust erregt,// Natur kann nichts in engen
Grenzen halten,/ Ein Blitz, der aufwärts aus dem Centro dringet,/ Er spiegelt
sich in jeglichen Gestalten,// Und sich Gestirn und Mensch und Erde schwinget/
Gleichmäßig fort und eins des andern Spiegel,/ Der Ton durch alle Kreaturen
klinget.// Drum wer die Weisheit kennt, kennt keinen Zügel,/ Er sieht die ganze
Welt in jedem Zeichen,/ Zur Sternenwelt trägt ihn der kühne Flügel."

로 볼 수 있다. 노발리스의 자연과학 담론이 자연과학에게 생산적 영감의 사례가 된다는 것은 동시대 자연과학자 리터의 경우에서 증명되고 있다. 리터는 낭만주의의 자연과학 담론을 통해 낭만주의 물리학자와 자연과학자가 되었다고 해도 과언이 아니다.

노발리스의 대표적 장편 소설 『하인리히 폰 오프터딩엔 Heinrich von Ofterdingen』에서는 자연이 인간과 맺고 있는 관계가 자주 묘사되고 있다. 이들 묘사에서 자연과 우주 그리고 인간이 서로에게 가지게 되는 특징적 상호관계가 그려진다. 즉 인간과 개별 자연이 전체로서의 자연과 우주의 일부이면서, 동시에 그 자체 전체성을 가진 개별적 전체로 작용하고 있음을 보여준다. 다음의 예를 보자.

"우주는 항상 더 큰 세계에 의해 다시 포착되는 무한한 세계로 떨어집니다. 모든 감각은 결국 하나의 감각이 되고. 하나의 감각은 하나의 세계인 양 서서히 모든 세계로 나아갑니다. 하지만 모든 것은 자신의 시간과 자신의 방식이 있는 법. 우주의 원리를 아는 사람만이 우리 세상을 꿰뚫어 볼 수 있습니다. 우리가 육체의 감각에 갇혀 있으면서 우리의 세계를 새로운 세계로, 우리의 감각을 새로운 감각으로 확장할 수 있을지는 말하기 어렵죠. 아니면 우리의 인식이 증가하는 것이, 새로 얻은 모든 능력이, 우리가 현세계의 의미를 이해하게 만드는 데 도움이 될 수 있는지는 말하기 어렵죠. '아마도 두 가지가 하나겠죠', 하인리히가 말했다."329)

329) Novalis: Werke. Hg. v. G. Schulz. München 1969. 3. Aufl. 1987, 273쪽 이하: "Das Weltall zerfällt in unendliche, immer von größern Welten wieder befaßte Welten. Alle Sinne sind am Ende Ein Sinn. Ein Sinn führt wie Eine Welt allmählich zu allen Welten. Aber alles hat seine Zeit, und seine Weise. Nur die Person des Weltalls vermag das Verhältnis unserer Welt einzusehen. Es ist schwer zu sagen, ob wir innerhalb der sinnlichen Schranken unsers Körpers wirklich unsre Welt mit neuen Welten, unsre Sinne mit neuen Sinnen vermehren können, oder ob jeder Zuwachs unsrer Erkenntnis, jede neu erworbene

여기서 노발리스는 우주가 무한하지만 그렇다고 신비한 영역이 아니라 인간의 감각과 인식으로 점차 해명될 수 있는 대상으로 묘사한다. 이것은 근대 천문학적 지식의 발전에 대한 낭만주의적 묘사라고 할 수 있다. 천문학 분야의 독자적 발전은 우주를 파악할 수 있는 하나의 세계가 더 생겼다는 것을 의미하지만 그것은 여전히 '더 큰 세계들' 중 하나의 세계일 뿐, 유일한 세계는 결코 될 수 없다. 우주 즉 자연에 대한 완전한 인식은 자연과 인간이 하나가 될 수 있음을 느끼고, 인식할 때 가능할 것이다. 이런 식으로 낭만주의문학의 묘사는 근대 이후 자연과학의 발전에 영향을 받았지만 동시에 그 인식을 넘어서는 관점의 단초도 제공하고 있는 셈이다.

노발리스의 『자이스의 도제들 Die Lehrlinge zu Sais』에서 자연은 처리할 수 있는 객관적 대상물이 아니라 친밀한 상대로 등장한다. 이때 시인은 자연의 내면을 느끼고 이해하는 존재가 된다.

> "시인만이 자연이 인간에게 무엇이 될 수 있는지를 느꼈습니다 [...] 바람은 여러 외부 원인들을 가질 수 있는 공기의 움직임이지만, 고독하고 동경에 찬 가슴에게는 더 이상 그런 것이 아닙니다. 바람이 소리를 내며 지나가고, 그것이 사랑스러운 곳에서 불어와서, 수없이 어둡고 슬픈 소리를 내며 고요한 고통을 전체 자연이 내는 깊은 선율의 한숨으로 풀어헤치는 것처럼 보인다면 그렇지 않나요?"330)

Fähigkeit nur zur Ausbildung unsers gegenwärtigen Weltsinns zu rechen ist. 'Vielleicht ist beides Eins', sagte Heinrich."

330) 위의 책, 117쪽 이하: "Nur die Dichter haben es gefühlt, was die Natur den Menschen sein kann [...] Der Wind ist eine Luftbewegung, die manche äußere Ursachen haben kann, aber ist er dem einsamen, sehnsuchtsvollen Herzen nicht mehr, wenn er vorübersaust, von geliebten Gegenden herweht und mit tausend dunkeln, wehmütigen Lauten den stillen Schmerz in einen tiefen melodischen Seufzer der ganzen Natur aufzulösen scheint?"

시인이 느끼고 인식하는 것은 바람의 자연과학적 지식 그 이상이다. 근대의 자연과학은 바람의 발생에 대해 여러 원인이 있음을 알려줄 수는 있지만 그것이 전체 자연의 내면적 본질은 물론 인간이 자연과 어떻게 교감하는지를 알려주지는 않는다. 결국 시인은 작가나 예술가의 문학적 상징이라기보다는 오히려 원자적, 인과론적, 분리주의적, 환원주의적 성향을 보이는331) 근대 자연과학의 방향성을 비판하고, 자연과학의 의미와 그 발전의 방향성을 진단하며, 자연과학 연구의 새로운 모델을 제시할 수 있는 미래의 진정한 과학자를 의미한다고 할 수 있다. 그는 자신과 자연의 모든 경계를 극복하고 자연과 교류하며 자연현상의 본질을 탐구하는 사람이어야 한다.332) 노발리스는 이런 사람만이 자연과학을 통해 '미래의 비밀'을 캘 수 있다고 묘사한다.

> "시인들은 예언자이자 사제이며, 입법자이자 의사였던 겁니다. 인간보다 더 높은 존재조차도 그들의 마법의 힘을 통해 인간 세상으로 끌어내려져, 미래의 비밀들을 알려주었기 때문이죠."333)

노발리스의 작품에서 자연과의 깊은 교감은 자연의 움직임을 자연의 철자로 이해하게 만든다.334) 또한 물은 삶의 흐름이자 생명의 근원을

---

331) 참조, 에롤 E. 해리스:『파멸의 묵시록. 과학적 패러다임과 일상의 사유양식』. 이현휘 옮김. 서울 2009. 45쪽 이하.

332) 참조 W. Heisenberg: Wandlungen in den Grundlagen der Naturwissenschaft. Stuttgart 1949.

333) Heinrich von Ofterdingen. In: Novalis: Werke, 위의 책, 147쪽: "Sie [Dichter] sollen zugleich Wahrsager und Priester, Gesetzgeber und Ärzte gewesen sein, indem selbst die höhern Wesen durch ihre zauberische Kunst herabgezogen worden sind, und sie in den Geheimnissen der Zukunft unterrichtet."

334) "사람들이 단지 몇몇 움직임들만이라도 자연의 철자로 찾아냈다면 자연의 해석은 점점 더 쉬울 것이야. 사고를 해내고 움직임을 만드는 힘은 자연의 관찰자가 이전에 받은 실제 인상이 없이도 자연의 생각을 산출하고 자연의 구성을 설계할 수 있는 상태에 있게 하지. 그러면 최종 목적이 달성된 거야. Hätte man dann nur erst einige Bewegungen, als Buchstaben der Natur, herausgebracht, so würde

나타내는 통합의 원칙으로,[335] 불과 불꽃은 자연의 여러 요소들을 연결하고 조화롭게 만드는 동적 요소로 등장한다.[336] 이와 더불어 화학적인 과정도 역시 자연의 결합과 분리, 혼합, 상승 등을 나타내는 수단이 된다. 이때 '화학자 Chymist'[337]나 '참된 실험자 echter Experimentator'[338]는 시인 혹은 미래의 자연과학자와 동의어가 된다.

그의 『자이스의 도제들 Die Lehrlinge zu Sais』에서 자연은 처리할 수 있는 객관적 대상물이 아니라 친밀한 상대로 등장한다.

> "바로 내가 그에게 말을 건네면 바위가 실제로 너가 되는 것이 아닌가요? 그리고 내가 폭풍이 몰고 오는 파도를 쳐다보며 파도를 따라 생각을 쫓아갈 때 나는 폭풍과는 다른 무엇일까요?"[339]

또한 사랑은 모든 것을 지배하고 주재하는 기본 원칙으로 등장한다. 이때 시인은 사랑을 통해 자연을 이해하는 존재가 된다.

---

das Dechiffrieren immer leichter vonstatten gehn, und die Macht über die Gedankenerzeugung und Bewegung den Beobachter in Stand setzen, auch ohne vorhergegangenen wirklichen Eindruck, Naturgedanken hervorzubringen und Naturkompositionen zu entwerfen, und dann wäre der Endzweck erreicht." (Die Lehrlinge zu Sais. In: Novalis: Werke, 위의 책, 115쪽 이하).

[335] "공기가 응축되어 첫 번째로 태어난 아이인 물은 자신의 관능적 근원을 부정할 수 없어 자신을 사랑의 원소이자 지상에서 천상의 모든 힘들을 혼합한 원소로 드러냅니다. Das Wasser, dieses erstgeborene Kind luftiger Verschmelzungen, kann seinen wollüstigen Ursprung nicht verleugnen und zeigt sich, als Element der Liebe und der Mischung mit himmlischer Allgewalt auf Erden." (위의 책, 122쪽).

[336] "모든 것들의 합명제는 불꽃 혹은 섬광 아니면 그와 같은 것의 유사물이다. Alle Synthesis ist eine Flamme - oder Funken - oder Analogon derselben". (Allgemeine Brouillon. In: Novalis: Werke, 위의 책, 492쪽).

[337] Novalis: Werke, 위의 책, 421쪽.

[338] 위의 책, 452쪽.

[339] 위의 책, 118쪽: "Wird nicht der Fels ein eigentümliches Du, eben wenn ich ihn anrede? Und was bin ich anders, als der Strom, wenn ich wehmütig in seine Wellen hinabschaue, und die Gedanken in seinem Gleiten verliere?"

"시인만이 자연이 인간에게 무엇이 될 수 있는지를 느꼈습니다 [...] 바람은 여러 외부 원인들을 가질 수 있는 공기의 움직임이지만, 고독하고 동경에 찬 가슴에게는 더 이상 그런 것이 아니지요? 바람이 소리를 내며 지나간다면, 그것이 사랑하는 곳에서 불어와서 수많은 어둡고 슬픈 소리로 고요한 고통을 자연이 내는 깊은 선율의 한숨으로 풀어헤치는 것처럼 보인다면 말입니다."[340]

사랑과 직접적으로 연관된 감정은 동정과 연민이다. 이런 연민의 감정은 자신과 주변의 모든 경계를 극복하고 자연과 교류하고 자연과 하나가 되는 감정이다. 시인은 그것을 느끼고 표현하는 사람이다. 『하인리히 폰 오프터딩엔 Heinrich von Ofterdingen』에서도 시인은 예언자, 사제, 입법자, 의사로 '미래의 비밀', 즉 자연과 우주, 인간과 생명의 비밀을 알려주는 존재로 묘사하고 있다.

"과거에는 전체 자연이 오늘날 보다 더 생기 있고 의미심장했음에 틀림없어요. 지금은 동물들도 알아차리지 못할 것 같은 자연의 작용을 당시 사람들은 느끼고 즐길 수 있었고 생명 없는 몸들도 움직였습니다. [...] 시인들은 예언자이자 사제이며, 입법자이자 의사였던 겁니다. 인간보다 더 높은 존재조차도 그들의 마법의 힘을 통해 인간 세상으로 끌어내려져, 미래의 비밀들을 알려주었기 때문이죠."[341]

---

340) 위의 책, 117쪽 이하: "Nur die Dichter haben es gefühlt, was die Natur den Menschen sein kann [...] Der Wind ist eine Luftbewegung, die manche äußere Ursachen haben kann, aber ist er dem einsamen, sehnsuchtsvollen Herzen nicht mehr, wenn er vorübersaust, von geliebten Gegenden herweht und mit tausend dunkeln, wehmütigen Lauten den stillen Schmerz in einen tiefen melodischen Seufzer der ganzen Natur aufzulösen scheint?"

341) 위의 책, 147쪽: "In alten Zeiten muß die ganze Natur lebendiger und sinnvoller gewesen sein, als heutzutage. Wirkungen, die jetzt kaum noch die Tiere zu bemerken scheinen, und die Menschen eigentlich allein noch empfinden und genießen, bewegten damals leblose Körper [...] Sie[Dichter] sollen zugleich

노발리스의 작품에서 자연의 움직임은 마치 자연의 철자가 되는데, 이 자연의 철자는 수학적 수와 지리적인 도형을 통해 나타난다. 이것들은 이성으로 파악되는 것이 아니라 자연과의 깊은 교감을 통해 스스로 체득해야 한다. 『자이스의 도제들』에서는 그 점을 잘 묘사한다.342)

또한 그의 작품에서 물은 삶의 흐름이자 생명의 근원을 나타내는 자연철학의 요소로 나타난다. 그것은 처음과 끝이자 차별과 통합의 원칙으로도 작용한다. 동시에 물은 에로스적 통합과 종교적 합일(unio mystica)의 상징으로도 사용된다.343) 물 외에 불과 불꽃 역시 노발리스에게는 자연의 여러 요소들을 연결하고 조화롭게 만드는 동적 요소로 등장한다.344)

Wahrsager und Priester, Gesetzgeber und Ärzte gewesen sein, indem selbst die höhern Wesen durch ihre zauberische Kunst herabgezogen worden sind, und sie in den Geheimnissen der Zukunft unterrichtet."

342) "사람들이 단지 몇몇 움직임들만이라도 자연의 철자로 찾아냈다면 자연의 해석은 점점 더 쉬울 것이야. 사고를 해내고 움직임을 만드는 힘은 자연의 관찰자가 이전에 받은 실제 인상이 없이도 자연의 생각을 산출하고 자연의 구성을 설계할 수 있는 상태에 있게 하지. 그러면 최종 목적이 달성된 거야. Hätte man dann nur erst einige Bewegungen, als Buchstaben der Natur, herausgebracht, so würde das Dechiffrieren immer leichter vonstatten gehn, und die Macht über die Gedankenerzeugung und Bewegung den Beobachter in Stand setzen, auch ohne vorhergegangenen wirklichen Eindruck, Naturgedanken hervorzubringen und Naturkompositionen zu entwerfen, und dann wäre der Endzweck erreicht." (Novalis: Werke, 위의 책, 115쪽 이하).

343) "공기가 응축되어 첫 번째로 태어난 아이인 물은 자신의 관능적 근원을 부정할 수 없어 자신을 사랑의 원소이자 지상에서 천상의 모든 힘들을 혼합한 원소로 드러냅니다. Das Wasser, dieses erstgeborene Kind luftiger Verschmelzungen, kann seinen wollüstigen Ursprung nicht verleugnen und zeigt sich, als Element der Liebe und der Mischung mit himmlischer Allgewalt auf Erden." (Novalis: Die Lehrlinge zu Sais. In: Novalis: Werke, 위의 책, 122쪽).

344) "불꽃은 분리된 것을 연결하고 결합된 것을 분리한다. 그것은 물을 합성하고 분해한다. Die Flamme verbindet das Getrennte und trennt das Verbundene. Sie komponiert und dekomponiert Wasser". (Novalis: Freiberger Studienhefte. In: Novalis: Werke, 위의 책, 435쪽); "모든 것들의 합명제는 불꽃 혹은 섬광 아니면 그와 같은 것의 유사물이다. Alle Synthesis ist eine Flamme - oder Funken -

이와 더불어 화학적인 과정도 역시 자연의 결합과 분리, 혼합, 상승 등을 나타내는 수단이 된다. 이때 시인은 언급했던 것처럼 '화학자', '참된 실험자'가 된다. 이런 화학적 결합과 혼합, 융합의 과정은 때로 소리와 색체, 언어와 그림이 결합되는 공감각적 현상으로 묘사된다. 또한 먼동과 밤에 대한 묘사 역시 화학적 결합의 상징으로 사용된다. 그 외 자연의 결합을 나타내는 물리적 은유로는 '자력 Magnetismus'이 있다. 자력은 노발리스가 생명체의 영역에서 대립체들을 결합하는 힘이다. 그는 이것을 당시의 자연과학 이론과 결합하여 '동물적 자력 Tierischer Magnetism'이라고 한다.345)

이 점은 휠덜린에게도 유사하다. 먼저 그에게 자연은 근원적 합일을 보여주는 상징이다. 『히페리온 Hyperion』의 결말에서 주인공이 자연의 품속으로 도망해서 평화를 발견한다는 것도 이런 근원적 합일에서 가능하다.346) 다만 그에게 자연은 더 나아가 그 자체로 신화화되어 종교적 신성과 동격이 된다. 자연은 '어머니 대지 Mutter Erde'나 '아버지 하늘 Vater Himmel', '신적인 물결 Flußgötter' 등으로 여겨진다. 하지만 그 신

---

oder Analogon derselben". (Novalis: Allgemeine Brouillon. In: Novalis: Werke, 위의 책, 492쪽).

345) 위의 책, 539쪽.

346) "그렇게 나는 점점 더 영혼이 충만한 자연에 자신을 내맡겼다, 그것도 거의 끝도 없이. 내가 자연에 더 가까이 가기 위해 기꺼이 아이가 되었다면, 기꺼이 더 적게 알았을 것이고 자연에 가까이 가기 위해 순수한 빛줄기와 같이 되었을 것이다! 오 한순간이라도 자연의 평화와 자연의 아름다움을 느끼는 것이 몇 년 동안의 사색보다도, 모든 것을 다 시도해 본 사람의 온갖 시도보다 내게 더 필요한지! So gab ich mehr und mehr der seeligen Natur mich hin und fast zu endlos. Wär´ ich so gerne doch zum Kinde geworden, um ihr näher zu seyn, hätt´ ich so gern doch weniger gewußt und wäre geworden, wie der reine Lichtstral, um ihr näher zu seyn! O einen Augenblick in ihrem Frieden, ihrer Schöne mich zu fühlen, wie viel mehr galt es vor mir, als Jahre voll Gedanken, als alle Versuche der allesversuchenden Menschen!" (Friedrich Hölderlin: Sämtliche Werke. Stuttgarter Hölderlin-Ausgabe im Auftrag des Württembergischen Kultusministeriums und der Deutschen Akademie in München. Hg. v. F. Beißner. 8 Bde. Stuttgart 1946-1985. Bd. 3, 158쪽).

성에도 불구하고 자체 완결된 영역이 아니라 완성을 위해서는 예술을 필요로 한다는 것이 횔덜린의 자연이라 할 수 있다. 그에게 자연과 예술은 완전한 합일과 완성을 위해서 서로를 필요로 하는, 동일한 근원을 가진 다른 모습의 두 영역이다.347)

독일 낭만주의문학은 이렇게 문학과 자연과학이 복합적으로 상호관련을 보이는 일종의 문학과 과학의 '담론 집합체 Aggregat des Diskurses'를 이루고 있었다. 범위를 넓혀 보면 독일문학에서 문학과 자연과학의 담론이 교차하는 영역을 보면 세계와 인간에 관한 일정한 인식을 발견할 수 있는데, 무엇보다 18세기에서 19세기 초반에 이르는 독일문학에서 집중적으로 관찰된다. 우리는 이것을 독일문학에서 찾을 수 있는 자연과학 담론이자 지식담론이라 할 수 있다.

3. 아힘 폰 아르님의 자연과학 담론

3.1 자연과학과 경험

루드비히 아힘 폰 아르님 Ludwig Achim von Arnim(1781~1831)은 클레

---

347) "자연과 예술은 순수한 삶에서 조화를 이루며 대립할 뿐이다. 예술은 꽃이며 자연의 완성이 된다. 자연은 다양하지만 조화로운 예술과 결합되어서야 비로소 신적인 것이 된다. 만약 그 각각이 될 수 있는 완전한 것이 된다면, 그리고 자신이 될 수 있는 바로 그 특별한 존재가 되기 위해 하나가 다른 하나와 결합되고 다른 하나가 가질 수밖에 없는 결함을 대체한다면, 그렇다면 그곳에 완성이 존재하고 신적인 것은 그 둘의 중간에 존재할 것이다. Natur und Kunst sind sich im reinen Leben nur harmonisch entgegengesetzt. Die Kunst ist die Blüthe, die Vollendung der Natur, Natur wird erst göttlich durch die Verbindung mit der verschiedenartigen aber harmonischen Kunst, wenn jedes ganz ist, was es seyn kann, und eines verbindet sich mit dem andern, ersetzt den Mangel des andern, den es nothwendig haben muß, um ganz das zu seyn, was es als besonderes seyn kann, dann ist die Vollendung da, und das Göttlich ist in der Mitte von beiden." (Grund zum Empedokles. In: Hölderlin: Sämtliche Werke, 위의 책, Bd. 4.1, 152쪽).

멘스 브렌타노 Clemens Brentano(1778~1842), 요젭 폰 아이헨도르프 Joseph von Eichendorff(1788~1857) 등과 함께 이른바 하이델베르크 낭만주의를 대표하는 작가로 자리매김하고 있다. 하지만 그가 1798년 할레 대학교에서 학업을 시작한 전공이 법학 외에 자연과학과 수학이라는 것을 아는 사람은 드물다. 법학은 귀족 출신인 그로서는 다소 의례적으로 정한 전공이었다면, 그가 관심을 가지고 선택한 실제 전공은 자연과학과 수학이라 할 수 있다. 그만큼 젊은 시절 그의 관심은 자연과학과 함께 있었다. 할레 대학 시절부터 그는 물리학과, 특히 전기 현상에 관심을 보여 그에 관련되는 적지 않은 논문과 글들을 쓰기도 했다. 1800년에 할레를 떠나 당시 자연과학의 분야 연구로 주목을 받고 있었던 괴팅엔 대학교로 옮겨 자연과학을 계속 공부하고자 했다. 그곳에서부터는 독일문학 연구에서 익히 알려진 것처럼 그는 클레멘스 브렌타노뿐만 아니라 괴테도 만나고, 그들의 영향으로 결국 자연과학자의 길보다는 문학 작가의 길을 걷게 된다.

아르님이 보여주는 초창기 자연과학과 물리학에 대한 관심은 아직까지 많이 연구되지 않은 부분이다. 하지만 이 부분을 검토하게 되면 독일 낭만주의 작가로서의 아르님이 가지고 있는 자연과 자연과학 연구에 대한 시각과 그 연구와 관련된 그의 자연관과 세계관을 볼 수 있다. 나아가 그것은 노발리스와 더불어 독일의 대표적 낭만주의 작가를 통해 알 수 있는 독일 낭만주의의 자연과학 담론의 특성 있는 한 부분을 보여줄 것이다.

자연과학 연구에서 아르님이 특히 주목했던 것은 '경험'이었다. 경험을 자연 연구의 출발점으로 인식한 것이다. 인간의 경험에 대한 정당한 인정은 경험의 본질에 대한 분석이 선행해야 한다. 독일에서 경험에 대한 종합적 분석은 칸트에서 완성된다. 칸트의 선험철학은 당대 독일의 많은 자연과학 연구자들에게 자연 연구에 대한 전제와 조건을 알려주는 출발점이기도 했다. 아르님 역시 마찬가지였다.

일반적으로 아르님 연구에서는 그의 초창기 자연과학에 대한 관심과 연구는 이후 그가 작가로서의 길을 가게 되면서 많이 약화되었고, 대신 그 열정이 문학과 예술로 옮겨갔다고 평가하고 있다. 하지만 그것은 사실 관계를 완전히 복원하지 못한 판단일 수 있다. 원래 자연과학도인 그의 자연과학에 대한 관심과 열정은 이후에도 변함이 없었다고 보는 것이 오히려 사실에 가까울 것이다.348) 기존에 알려진 그의 작품과 글이 아닌, 출간되지 못한 적지 않은 그의 유고 원고를 보면 그의 자연과학에 대한 열정과 관심이 생애를 내내 존재했음을 알 수 있기 때문이다.

그의 유고를 통해 그의 자연과학 담론의 특징적 내용을 살펴보자. 먼저 물리학자 리터에 보내려 했던 아르님의 유고 편지에서 나온, 다음의 인용을 보면 아르님이 경험에 대해서 어떻게 생각하고 있는지, 그리고 경험과 칸트 철학의 관계에 대해서 실제 어떻게 생각하고 있었는지를 짐작할 수 있게 한다.

> "칸트의 표현에 따르면, 결코 그 내부적 필연성과 보편성의 의식을 수단으로 해서는 (필연적으로) 진술될 수 없는 경험이, 하지만 자연과학에서는 지금까지 유일하게 직접적으로 확실한 것이었다는 것은 특이한 점이다. 그것에서 보편적이고 필요한 이론이 선험적으로 검토되었다. 하지만 경험과 경험이 되는 것과는 차이가 있다. 만약 우리들이 칸트가 선험적인 것이라고 열거하는 것을 살펴보면, 그런 것이 우리들이 자연과학에서 그렇게 명명하는 경험이라는 곳에서는 존재하지 않는다는 것을 발견한다. 이를테면 인과적 결합 등과 같은 그 어떤 것이 전혀 그곳에 존재하지 않고, 검토되거나 발견될 수도 없다는 것을 알게 된다. 따라서

---

348) 아힘 폰 아르님 작품의 역사-비판본은 바이마르판이 있다. Ludwig Achim von Arnim: Werke und Briefwechsel. Historisch-kritische Ausgabe. In Zusammen- arbeit mit der Stiftung Weimarer Klassik und Kunstsammlungen hg. v. Roswitha Burwick u.a. Tübingen: Max Niemeyer Verlag 2000ff. 여기서 아르님 자연과학에 대한 글은 2007년에 나온 제2/1권(Bd. 2/1(Text))에 수록되어 있다.

여기서 도출할 수 있는 점은, 다름 아닌 우리들이 실제 어떤 순수한 자연의 경험이라는 것을 가지고 있지 않다는 점이다. 그래서 적어도 자연과학의 관찰은 우리들이 지금까지 순수한 경험으로 관찰했던 모든 것들을 불가능하게 만들 것이다. 또한 다른 한편으로는 철학자에게 그가 이 경험으로 어떤 추론을 하려 했는지 하는 비난을 할 수 없게 된다. [...] 그러므로 한편에서는 소수 철학자들의 어리석음이, 다른 한편에는, 자연에 대한 경험은 자연에 대한 경험을 통해서만 확장될 수 있고, 두 가지 다 본질상 선험적이라는 경험주의자들의 자랑이 공허한 기만이 된다는 점 등이 밝혀지면, 그것은 확실히 실제로 자연과학의 논쟁에서 어디에 근거를 둬야 할지 모르는 유약한 가슴을 가진 모든 자들을 안심시킬 수 있을 것이다."349)

---

349) Ludwig Achim v. Arnim: Arnim-Nachlaß. Goethe-und Schiller Archiv Weimar (GSA), 03/223, 2쪽: "Merkwürdig bleibt es doch immer, daß Erfahrung, die nach Kant' Ausdrucke nie mit dem Bewußtseyn ihrer innern Nothwendigkeit und Allgemeinheit (apodictisch) ausgesprochen werden kann, doch in der Naturwissenschaft das einzig bisher unmittelbar Gewisse waren, woran die allgenmeinen und nothwendigen Theorien a priori geprüft wurden. Es scheint doch, zwischen Erfahrung und Erfahrung sey ein Unterschied. Wenn wir das was Kant als a priori aufzählt durchgehen, so finden wir, daß so etwas nicht in der Erfahrung gegeben, die wir in der Naturwissenschaft so nennen, daß so etwas wie Causalverbindung u.s.w. gar nicht darin gegeben, auch nicht darin geprüft, aufgefunden werden kann. Es folgt daraus doch wohl nichts andres als daß wir eigentlich keine reine Naturerfahrung haben, daß wenigstens eine Betrachtung der Naturwissenschaft als reine Erfahrung alles das was man bisher als Erfahrung betrachtete unmöglich machen würde, so wie es auf der anderen Seite den Philosophen von dem Vorwurfe befreyt, als habe er, worum er diese Erfahrung gemacht deduciren wollen [...] Findet es sich also daß der Dünkel weniger Philosophen auf der einen, das Brüsten der Empiriker auf der andern Seite leere Täuschung sey, daß Naturerfahrung nur durch Naturerfahrung erweitert werden kann, daß aber beyde das was sie sind nur a priori sind, so kann dies sicher zur Beruhigung aller schwachen Gemüther dienen, die bey dem Streite eigentlich nicht wußten woran sie sich halten sollen."

아르님은 자연과학에서 경험을 연구의 토대이자 출발점으로 중요하게 여겼다. 그는 여기서 경험의 의미에 대해 집중적으로 설명하고 있는데, 칸트가 선험철학을 통해 제시한 경험의 범주에서 자연의 경험은 더이상 사변적 철학을 통해 확장되는 것이 아니라 또 다른 직접적인 자연의 경험을 통해서만 확장된다는 지적은 특기할 만하다. 즉 자연 연구에서 하나의 경험은 그 자체에서 머물러서는 그 의미를 알 수 없고 또 다른 새로운 경험으로 이어져야 비로소 경험이 자연의 원리를 밝히는 데역할을 할 수 있다는 것이다. 아르님은 칸트의 비판적 선험철학을 통해인간 경험의 본성과, 자연 연구에서 경험의 중요성을 인식하게 된다. 그래서 자연의 원리를 탐구하는 자신의 일에서 경험을 출발점으로 삼았다. 그리고 이렇게 자연 연구에서 '경험의 생산적 확장성'을 믿게 되었다고 할 수 있다. 그는 이것을 '직접적으로 증명될 수 있는 명제'로까지 주장한다.

> "직접적으로 증명될 수 있는 중요한 명제는, 모든 선험적 자연인식은 단지 경험을 통해서만 확장될 수 있다는 것이다."[350]

칸트의 철학은 그에게 자연 연구에서 경험에 의지할 수 있는 근거와 용기를 주었지만 그것은 출발점이었다.

> "나는 [...] 칸트가 제시한 자연과학의 출발점에서 위안을 얻었으며, 그것에서 파생되지 않은 것은 아무것도 믿을 수 없다고 생각했다. 전체 자연 연구는 내게서 완전히 분리된 두 세계로 분열했는데, 현상에 대한 연구와 최상의 원리 혹은 가장 보편적인 견해에 대한 연구로. 그리고 나의 부단한 노력은 현상에 대한 연구를 보편적 법칙들로 결합시키는 것과

---

350) 위의 곳: "Ein wichtiger Satz, der unmittelbar beweist, daß alle a priorische Naturkenntniß nur duch Erfahrung erweitert werden kann [...]."

그 후에 여기서부터 다른 것들을 유도하는 일이었다."351)

이 출발점에서 경험을 통해 자연의 다양한 현상을 연구하고, 그 결과를 보편적인 법칙들로 발전시킬 수 있다고 믿었다. 이렇게 경험의 파생성은 자연의 법칙을 찾고 자연과학의 연구가 가능하게 되는 출발점이자 토대였다. 하지만 자연의 연구자는 이런 경험을 자연의 법칙을 찾는 수단으로만 생각하지 말아야 한다고 주장한다. 경험을 그 자체 목적으로 사용하는 것이 자연 연구에 무엇보다 중요하다는 것이 그의 확신이었다. 이것이 아르님이 당대의 많은 자연 연구자들과 다른 점이었다. 아르님이 그들을 비판한 것은 바로 이런 맥락이다. 예를 들어 그들은 빛의 이론을 제시한 대표적 자연연구자 뉴턴의 경우에서도 그의 이론과 법칙에만 관심을 둘 뿐, 그 이론을 도출하기까지 뉴턴이 어떤 경험들을 어떻게 했는지에 대해서는 관심을 가지지 않는다고 비판한다.

"사람들은 뉴턴의 빛의 이론에 대해서는 오래 얘기했지만 뉴턴 자신에 대해서는 말하지 않았다. 그는 이론을 만들기 위해서 필요한 것이 무엇인지 아주 잘 알고 있었다. 그는 경험에서 일련의 법칙을 발견했지만, [...] 결코 경험을 제시하지는 못했다."352)

---

351) Arnim-Nachlaß, GSA, 03/226, 11쪽: "ich [...] glaubte mein Heil in Kants metaphysischen Anfangsgründen der Naturwissenschaft zu finden und nichts glauben zu können, was sich nicht daraus ableiten lasse, die gesammte Naturkunde zerfiel mir in zwey ganz getrennte Welten in Erscheinungen, und in ein oberstes Princip, oder allgemeinste Ansicht und mein unablässiges Bemühen war jene unter allgemeineren Gesetzen zu verbinden und dann hieraus abzuleiten."

352) Arnim: Aphorismen über das Licht. Arnim-Nachlaß, GSA, 03/213, 7쪽: "Man hat von einer Neutonischen Lichttheorie lange gesprochen, aber nicht Neuton selbst, der zu gut wußte, was man von einer Theorie zu fordern berechtigt sey. Er hat eine Reihe von Gesetzen in der Erfahrung gefunden, [...] aber vorgelegt hat er sie nie."

물론 뉴턴의 경우, 아르님을 문학의 길로 인도한 선배 괴테는 오히려 뉴턴이 경험을 온전히 사용하지 않았다고, 그래서 그의 『색채론』에서 뉴턴이 제시한 빛의 이론을 혹독히 비판했지만, 결국 이것도 경험의 생산성에 대한 논거라 판단할 수 있다. 중요한 것은 아르님과 괴테가 뉴턴을 다루는 예는 곧 그들이 자연 연구에서 경험을 얼마나 핵심적으로 평가했는지 보여주는 전형적 예라는 사실이다. 아르님은 이것을 '경험의 가능성'이라고도 불렀다.

> "[...] 경험의 가능성. [...] 경험은 그러므로 우리들에게 유일하게 확실한 것, 모든 증명들이 출발하는 확고한 점이자 우리들이 분석해가는 합명제다."[353]

이 '경험의 가능성'은 경험의 진리 탐구 가능성으로 이해해야 한다. 하지만 인간에게 경험이란 감각의 영역 없이는 존재할 수 없다. 때문에 감각 영역에 대한 정확한 이해는 경험이 제대로 기능하기 위한 전제라고 할 수 있다. 아르님은 이런 맥락에서 감각으로 느낄 수 있는 세계를 경험의 원천이라고 설명한다.

> "나는 진리를 탐구하는 가능성 없이 감각 세계를 탐구하는 모든 활동은 공허한 것이라고 인식한다. 하지만 내가 지각하고 있는 감각 세계는 (어떤 오류도 발생하지 않으면) 완전함의 풍부한 원천이라 여긴다. 따라서 나는 내가 가상이 아닌 진리를 찾고 있다고 믿는다. 마치 내가 영혼의 불멸성과 신의 현존을 믿는 것이 필요한 것처럼."[354]

---

353) Arnim-Nachlaß, GSA, 03/209, 4쪽: "[...] die Möglichkeit der Erfahrung. [...] Die Erfahrung ist uns also das einzig Gewisse, der feste Punkt von dem alle Beweise ausgehen, die Synthesis, welcher wir analysiren."

354) Arnim-Nachlaß, GSA, 03/184, 4쪽: "Ich erkenne, daß ohne Möglichkeit Wahrheit zu erforschen, alle Beschäftigungen mit der Sinnenwelt leer seyn

자연을 감각으로 경험하는 일은 자연의 질서와 자연을 전체적으로 인식하는 일과 연관되어 있다. 사실상 아르님은 인간의 감각적 경험 활동이 결국 정신의 활동과 직결된다고 주장한다. 그에게 감각적 경험이 중요한 것은 경험의 생산성이 결국 인간 정신의 활동과 밀접히 연결되어 있기 때문이다. 이 역시 아르님의 자연과학 연구에서 빠트릴 수 없는 핵심 요소다. 인간의 경험은 결국 정신의 활동으로 확장, 변화된다는 것이 그의 주장이다.

> "경험이란 어떤 이론에 의해서도 완전히 파악될 수 없다는 것과, 동시에 이론들을 구축하고 확장하며 시스템을 통하지만 시스템 없이 자유롭게 움직이는 것, 그리고 모든 것과 각각을 투입하여 다른 것으로 변화시켜 전제했던 원래 관점이 그것을 검토하고 이를 통해 결론을 유도하는 것이 다름 아닌 자연과학의 욕구이다. 이렇게 해서 지식의 원은 항상 변화되고 확장되지만 결코 완전히 종결되지는 않는 것으로 여기다면, 자연과학의 욕구는 자유로운 정신의 활동을 요구하지 않는가?"[355]

이 주장은 비단 아르님에게만 제한되는 것이 아니다. 감각적 경험이 인간의 정신과 연결된다는 것은 그뿐만 아니라 독일 낭만주의 작가들 어쩌면 공통적으로 발견할 수 있는 세계관이다. 아르님의 경우 자연의

würden, ich finde aber, daß sie eine reiche Quelle von Vollkommenheit ist, welche ich wahrnehme (wobey kein Irrthum stattfindet), ich muß deswegen glauben, daß ich Wahrheit nicht Schein suche, eben so nothwendig, als ich Unsterblichkeit der Seele und das Daseyn Gottes glaube."

355) Arnim-Nachlaß, GSA, 03/223, 1쪽: "[J]enes Bedürfnis, das kein andres ist, als die Erfahrung durch keine Theorie erschöpft zu sehn und doch die Theorien zu errichten zu erweitern, systemlos durch Systeme frey sich zu bewegen und all und jedes hineinzufügen und in ein andres umzuformen und das worauf der angenommene Gesichtspunkt uns führt, daraus zu folgern, und so den Kreis des Wissens stets verwandelt, erweitert und doch nie ganz beendigt zu sehn, fordert das Bedürfniß nicht freye Geistesthätigkeit?"

연구, 자연과학의 연구에서도 이런 도식이 그대로 적용되고 있다. 여기에 아르님의 자연과학 연구의 요점이 놓여 있다.

감각적 경험이 정신과 연결되는 대표적 예를 보자. 아르님은 그 예로 자기현상 Magnetismus과 자기력을 들었다.

> "우리들이 여기서 자기력에 대해 말한다면, 셸링적인 것에 대해 말하는 것이 아니라, 자연에 존재하는 모든 이질성의 근원에 대해 말하는 것이다. 그와 같은 근원이 존재한다는 것은 부정할 수 없지만, 이런 근원을 어떻게 표현하는지는 상관없다. 과거의 철학자들은 그것을 신이라, 그 후의 철학자들은 우연이라 명명했다. 근세의 철학자들은 우리들이 여기서 더 이상 우리들의 경계를 넘어서지 않고는 결론을 내릴 수 없다고 믿었고, 최근의 철학자들은 그것을 자기력이라 부르고 우리들은 쇠의 자기력을 그것의 특수한 형태로 믿었다. 하지만 나는 그것에 반대한다. 왜냐하면 형이상학의 꿈을 통해 귀신을 본 사람이 자신이 꾼 꿈을 설명한다고 해도 아무것도 해가 될 것은 없지만, 사람들이 형이상학의 꿈들을 설명하기 위해 유령을 본다면 주의 깊은 사람이라면 너무 자주 잠에 취한 눈을 비벼야만 한다. 잠에 취해 그 교조주의자[사변적 형이상학]를 통해 자연의 근원을 알 수 있게 해주는 연구와 단절되지 않으려면 말이다."356)

---

356) Arnim-Nachlaß, GSA, 03/212, 6쪽: "Wenn wir hier von Magnetismus sprechen, sprechen wir nicht von dem Schellingischen, dem Quell aller Heterogeneität in der Natur, daß es einen solchen Quell giebt ist unleugbar, aber diesen Quell zu bezeichnen gleichgültig. Die ältren Philosophen nannten ihn Gott, neuere den Zufall, noch neuere glaubten daß wir hier nicht weiter schließen konnten ohne unsre Grenzen zu überschreiten, die neuesten nannten Magnetismus und glaubten unsern Eisenmagnetismus eine partikuläre Äußerung desselben. Aber dagegen appellire ich, denn so bald man durch Träume der Metaphysik die Träume eines Geistersehers erläutert schadet das weiter nichts, sobald man aber Geister sieht um Träume der Metaphysick zu erläutern, so muß der Vorsichtige sich die nur zu häufig schlaftrunknen Augen reiben um

아르님은 자기력을 자연에 존재하는 다양한 이질적 현상들을 하나로 설명할 수 있는 실제적 경험의 근원으로 보았다. 그가 볼 때 쉘링은 자신의 사변적 자연철학의 형이상학을 구축하고 그것에 따라 자연을 관찰하는 인간의 많은 경험 활동을 그 틀에 가두려고 했다. 이에 따라 자기현상 역시 쉘링의 자연철학 체계에서는 일종의 상징으로 작용하고 있다고 여겼다. 아르님이 반대한 것은 이런 지점에서였다. 자기력과 자기적 현상은 상징이 아니라 실재하는 근원적 경험이라는 것이다. 그것은 자연의 현상들을 경험으로 모아서 자연에 대한 인식이 가능하게 만든다는 점에서 경험의 근원 혹은 '근원경험 Urempirie'이라 할 수 있다. 괴테적인 의미로 표현하자면 일종의 '근원현상 Urphänomen'이라 할 수 있다. 괴테에서처럼 아르님에서도 자기현상으로 볼 수 있는 근원적 경험은 경험이 정신에 도달할 수 있음을 보여주고 있다.

아르님의 근원적 경험은 물질에 내재하는 법칙을 감각적으로 추구해서 발견할 수 있다. 여기서는 물질의 속성을 감각적으로 연구하는 과정이 포함되어 있다. 이 과정에서 개별적 경험들은 일정한 관점으로 결합되고 분류될 수 있다. 아르님은 이것을 자연에 대한 기상학이라고 이해했다. 기상학 Meteorologie이란 독일에서 칸트 이후 대기와 지구에 나타난 물리적 현상을 다루는 지구물리학의 성격을 가지고 있었다. 아르님은 이것을 자연의 다양한 현상들과 그것에 대한 경험들을 검토하는 광의의 자연과학 영역으로 이해했다. 기상학의 연구는 그만큼 자연과학 연구의 전체적 체계와 연관되어 있으며, 그것을 완성하기 위한 수단이기도 하다.

"기상학은 [...] 완성된 집이 아니다. 그곳은 사람들이 [...] 소유물을 둘 수 있는 곳이 아니라 오히려 집을 건축하기 위한 준비 설계다. 모든 계

---

nicht schlaftrunken durch den Dogmatiker, die Quelle der Aussicht verschaffenden Untersuchung abgeschnitten zu sehen."

획들을 일차적으로 자의적으로 수집하고 그것들을 비교하고 모든 가능한 결합들을 완전히 검토하여 〈언젠가〉 더 나은 건축을 만들기 위한 것이다. [...] 기상학적 연구가 끝나는 곳은 완전하고, 모든 것을 포함하는 교조적인 시스템 (광의의 의미에서 이를테면 선험적 관념론도 여기에 속한다)이 그 자신에게 필요한 확신을 수단으로 그 체계에서 벗어나는 지점이다."357)

이런 맥락에서 보면 기상학에서는 자연의 물질들에 대한 감각적 경험과 분석이 실행되는 곳이기도 하다. 그의 진술을 보자.

"자연에 대한 이러한 기상학적 견해는 내가 협의의 의미에서도 기상학이라 명명하는데, 점차적으로 그 다양한 견해에 따라 경험을 검토하게 될 것이다. 그 견해 자체는 경험을 모든 철학적 관점에 따라 검토하게 되고, 이런 관점이 스스로 모순에 처하게 될지와는 상관없이 모든 연관성을 찾을 것이다. 그 후에 개별적 경험을 하나의 관점으로 결합하는 것은 물리학이 할 일이다."358)

---

357) Arnim-Nachlaß, GSA, 03/214, 4쪽: "Die Meteorologie ist [...] kein fertiges Hauß, worin man [...] das Eigenthum kann ordnen, sie ist vielmehr nur Zubereitung zu dem Bau, die erste willkürliche Sammlung aller Pläne durch Vergleichung durch Erschöpfung aller möglichen Verbindung um 〈einst〉 auf den bessern auch sicher zuzutreffen [...]. Die Studien der Meteorologie enden, wo das vollständige, alles umfassende dogmatische (im weitesten Sinne, z.B. auch der transscendentale Idealismus dazu gehört) System mit seiner nothwendigen Überzeugung daraus hervortritt."

358) Arnim-Nachlaß, GSA, 03/223, 2쪽: "Diese meteorologische Ansicht der Natur die ich auch im engern Sinne Meteorologie nennen werde, wird allmälig die Erfahrungen nach ihrer verschiedenen Ansicht durchgehen, sie selbst wird sie nach allen philosophischen Standpunkten durchgehen, in jeden Zusammenhang bringen, unbekümmert ob dieser nicht selbst auf Widerspruch führt, und der Physick bleibt es dann vorbehalten, diese getrennte Erfahrung unter einen Gesichtpunkt zu vereinigen."

여기서 언급하는 것처럼 자연의 기상학에서는 물리학이 기본적인 영역이 된다. 하지만 물리학이 감각적 경험에 나타난 물질의 특성을 분석하고 그 연관성을 찾는 작업이라고 한다면, 기상학적 자연과학 연구는 단순히 물리학만 필요한 것이 아니다. 감각적 경험에 대한 화학적 연구역시 필요하다. 다음을 보자.

"우리들은 그러므로 지속적인 것에 존재하는 변화되는 것과 변화되는 것에 존재하는 지속적인 것을 찾아내는 이중적인 작업을 한다. 전자는 화학으로, 후자는 경험물리학이라 명명할 것이다."[359]

여기서 물리학을 경험물리학이라 명명한다면, 화학 역시 그러할 것이다. 자연 연구자의 임무가 자연의 지속과 변화의 메커니즘을 밝힐 수 있다면, 그것은 자연을 움직이는 보편적 원리를 찾는 일일 것이다. 아르님의 설명에 의하면 그것은 물리학뿐만 아니라 화학은 자연현상의 법칙과 자연의 원리를 찾는 데 가장 중요한 자연과학의 두 영역이자, 경험과 자연의 원리 내지 법칙을 연결할 수 있는 핵심 영역이라 할 수 있다.

물리학과 화학에 대한 아르님의 시각을 통해 보면, 그는 자연과학 연구가 반드시 자연에 존재하는 물체와 그것의 물질적 특성을 연구해야 한다고 생각했다. 그의 견해를 간단히 살펴보자.

"물질은 다양하다. 그래서 개별적이다. 이 개별 부분들은 반발하고 끌어들이는 힘의 동등하지 않은 잠재력을 통해 구분된다. 따라서 물체는 서로에 대하여 다양한 인력을 가질 뿐만 아니라 각자는 자유롭게 반발하

---

359) Arnim-Nachlaß, GSA, 03/209, 4쪽: "Wir hätten also ein doppeltes Geschäft das Veränderliche im Beständigen und das Beständige im Veränderlichen aufzusuchen; jenes wollen wir Chemie dieses Erfahrungsphysik nennen."

는 다양한 양의 힘들을 결합할 수 있다. 나는 자유로운 반발력을 통해서 나오는 힘은 무제한적인 것이 아니라고 지적한다. 왜냐하면 이 경우에 그 힘은 어떤 장소에 있는 것이 아니라, 오로지 그런 힘이 물질에 어떻게 변형되어 나타나는지를 통해서 원래의 반발력과 구분되기 때문이다."[360]

자연에 존재하는 다양한 물질은 그 물질과 연관되는 두 가지 힘인 인력과 반발력의 양과 상호작용을 통해 구분된다고 서술하고 있다. 이런 힘의 관계는 물질의 특성을 이루고, 물질의 특성을 물체를 만들어 낸다. 이러한 힘들의 관계는 분석하고 그 법칙을 밝혀내면 물질의 특성을 알 수 있으며, 이는 바로 자연의 원리와 직결된다. 요컨대 자연의 원리는 이런 힘의 관계와 그 변화를 보여주는 것이다. 그 힘의 관계를 보여주는 대표적 개념들 중 하나가 양극성 Polarität이다.

"만약 이제 모든 양극성이 모든 분리된 힘들을 단지 결합된 상태에서 나타나게 한다면, 또한 원래는 인력이 아니었던 반발력이 없다면, 우리들이 양극성의 이념을 분리의 개념에서 완전히 제거하는 것이 어떤가. 더 강한 결합이 더 약한 결합을 방해하는 곳에서는 상반된 힘들만이 존재한다."[361]

---

360) Arnim: Versuch einer Theorie der elektrischen Erscheinungen. Halle 1799, 9쪽 이하: "Die Materie ist verschieden, sie ist daher vereinzelt, und diese Theile unterscheiden sich durch ungleiche Potenzen repulsiver und attractiver Kraft. Die Körper haben folglich nicht nur eine verschiedene Anziehung gegen einander, sondern jeder kann auch nur eine verschiedene Menge freyer repulsiver Kraft binden. Ich bezeichne durch freye Repulsivkraft diese Kraft nicht als unbeschränkt; denn in diesem Falle würde sie an keinem Orte seyn, sondern ich unterscheide sie nur dadurch von der Repulsivkraft, wie dieselbe in der Materie modificirt ist."
361) Arnim-Nachlaß, GSA, 03/221, 5쪽: "[W]enn nun alle Polarität alle Trennung nur in der Verbindung erscheint, wenn es keine Repulsion giebt die nicht

당대의 철학적 관념론과 선험적 형이상학에서뿐만 아니라 미학적 세계관에서도 자주 언급되는 대표적 개념인 양극성을, 아르님은 우선적으로 자연에 존재하는 힘의 원리에서 찾고 있다. 자연과학 연구자의 입장이라고 할 수 있다.

3.2 자연과학자와 시인

자연과학 연구자로서 아르님의 자연과학에 대한 입장과 시각을 정리해 보자. 그에게 자연과학의 분과 학문 중 가장 핵심 영역은 물리학과 화학이다. 그가 볼 때 물리학과 화학은 역할이 다르다. 화학은 물질을 지속적으로 구성하는 것들에 대한 법칙에 대한 지식을 지향하고, 물리학은 자연에서 가변적인 것들의 기능에 대한 지식이 중요하다.362) 하지만 화학과 물리학의 이런 구분은 학문 영역을 기술적으로 구분하기 위한 기본적 출발점이지 불변적인 관점은 아니다. 특히 자연의 원리에 대한 탐구에서는 물리학과 화학 영역의 구분보다는 그 결합의 가능성이 더 중요하다는 것이 아르님의 시각이었다.

이 시각은 자연의 물질을 경험하는 다양한 가능성에 주목한 결과다. 물리학과 화학이 다루는 대상의 물질적 속성을 인간의 경험 가능성이라는 관점을 중심으로 보면 두 영역은 접근할 수 있는 가능성이 열려 있다. 화학은 물질의 지속성이 인간의 경험 가운데 어떻게 변화하는지 연구하는 것이고, 반대로 물리학은 물질의 가변성이 경험의 영역에서 어떤 지속성을 가지는지 연구하는 과학이 된다는 것이다. 연구자의 입장에서 말하자면 물리학자는 한 감각을 통해 얻은 인상이 다른 감각의

---

ursprünglich Attraktion wäre, wie wäre es wenn wir da ganz die Idee von Polarität von Trennung verbannten und es giebt nur Entgegengesetzte wo die stärkere Verbindung die schwächere verhindert."
362) 참조 Arnim-Nachlaß, GSA, 03/209, 14쪽.

인상을 통해 경험의 영역에서 지속적이고 구체적인 형태로 측정할 수 있게 만드는 사람이라면, 화학자는 물질의 지속성을 감각의 결합을 통해 변화시키는 사람이라 할 수 있다.363)

물론 아르님의 이런 견해는 그만의 것은 아니다. 당대 독일 자연과학의 담론에서 나온 것이며, 그는 이것을 잘 알고 있었다. 예를 들면 당대의 화학자 리히터 Jeremias Benjamin Richter(1762~1807)가 제시한 화학량론 Stöchiometrie은 물리학과 화학의 통합 가능성 및 경험과 사변적 정신의 결합 가능성을 지적한다.364) 아르님 역시 리히터의 화학량론을 특별히 인정했다.

> "화학량론은 우리들에게 훨씬 더 훌륭한 전망을 제공한다. 리히터가 경험적으로 발견한 여러 법칙들과, 우리들이 여기에서 물질의 양적인 것들 사이에서 물질의 질적인 것들과의 친화성이 존재한다는 것을 인지할 수 있는 관계는 이론의 여지없이 우리 시대의 가장 중요한 발견에 속한다."365)

19세기 말에 오스트발트 Friedrich Wilhelm Ostwald 등이 발전시킨 현대의 물리화학 physikalische Chemie이나, 20세기 초반에 물리학의 시각에서 물질의 화학적 성질을 탐구하는 화학물리학 chemische Physik은 이런 가능성을 자연과학의 융합학문적 영역으로 발전시킨 사례로 들 수 있을 것이다.

---

363) Arnim-Nachlaß, GSA, 03/209, 14쪽.

364) 참조 J.B. Richter: Anfangsgründe der Stöchyometrie oder Meßkunst chymischer Elemente. Breßlau/Hirschberg 1792.

365) Arnim-Nachlaß, GSA, 03/209, 3쪽: "Viel schönere Aussicht gewährt uns die Stöchiometrie und mehrere von H[errn] Richter empirisch gefundene Gesetze, die Relation die wir hier zwischen dem Quantitativen in der Verwandtschaft mit dem Qualitativen wahrnehmen gehört unstreitig zu den wichtigsten Entdeckungen unsres Zeitalters."

아르님은 물리학과 화학을 융합적으로 결합한 자연과학의 연구에서 무엇을 의도했을까? 19세기 들어 급속하게 분화되고 발전하는 자연과학은 18세기의 자연철학에서 급속히 벗어나고 있었다. 자체의 논리를 가지고 자연을 분석하는 일을 했다. 그들의 분석은 자연을 개별화시켜 개별적 관점에서 집중적으로 연구하는 것이었다. 여기서 자연은 전체가 아닌 개별적 현상으로 파편화될 수밖에 없었다. 이제 자연과학자는 엄밀히 18세기 자연의 연구자나 아니었다. 아르님은 자연과학이 지배하기 시작하는 자연 연구의 새로운 지형도를 잘 감지하고 있었다. 그 지형도에서 자연의 연구와 자연과학적 연구, 그리고 자연 연구자와 자연과학자가 각각 무엇을 의미하는지도 잘 알고 있었고, 그것과 관련된 진짜 문제점은 무엇인지 알았다. 다음은 그것을 지적한다.

> "화학자가 시인과는 다르게 자연을 관찰한다는 것은 말의 가장 광의의 의미에서 기억할 필요도 없이 명백하다. 화학자는 개별적인 것을 전체에서 분리하기 때문에 개별적인 것은 사라지고, 전체를 개별화하기 때문에 전체는 없어진다. 개별적인 것이 시인에게는 항상 변화하는 형상에서 살아 있다."[366)

아르님이 언급하는 화학자는 당대 자연과학자라 할 수 있다. 그에 대비되는 존재로 시인이 있다. 여기서 중요한 것은 화학자와 시인이 자연을 관찰하는 방식이 다르다는 것이 아니다. 그들의 자연을 느끼고 경험하는 방식과 자연을 관찰하는 목적이 다르다. 화학자는 자연을 단순히

---

366) Arnim-Nachlaß, GSA, 03/209, 8쪽: "Daß der Chemiker die Natur anders ansieht als der Dichter im weitesten Sinne des Worts bedarf keiner Erinnerung. Jenem erstirbt das Einzelne weil er es vom Ganzen getrennt und das Ganze weil er es vereinzelt hat, diesem lebt es stets in abwechselnder Gestalt, Chemie wird daher durch Poesie da wo sie es ganz ist behindert sowie sie diese wiederum beschränkt."

물질적으로 존재하는 대상으로 여긴다. 그에게 자연의 연구는 기계적인 분석일 뿐이다. 그래서 그는 자연의 연구를 통해서 자연과 아무런 교감을 느끼지 못하고, 자연과 교감하고 자연을 경험할 아무런 이유를 느끼지 못한다. 개별적인 것을 전체에서 분리하는 행위는 바로 이런 연구 자세를 지적한다. 이 경우 개별적 분석 행위는 자연이라는 전체와 무관한 행위다. 여기서는 자연이 전체라는 것이 원래부터 무의미하다. 전체가 없어지고 전체에서 떨어진 개별 자연도 사라지는 이유는 여기에 있다.

이에 비해 시인은 자연을 유기적으로 살아 있는 전체이며, 자신과 교감할 수 있는 주체적 대상으로 여긴다. 그는 통합적 의미의 자연 연구자라 할 수 있다.367) 그가 시인으로 불리는 것은 자연을 살아 있는 전체적 대상으로 경험하고 감각적으로 느낄 수 있기 때문이다. 따라서 자연은 전체로 존재하고 개별적인 것도 살아 있는 것이다. 그는 자연을 기계적 분석 대상으로 보는 자연의 연구자와 다르다. 후자에 대해서는 다음의 언급도 비슷하다.

"자신의 활동을 위대한 전체 자연의 중심으로 자유롭게 두려는 자연 연구자는 자연의 개별적 요소들을 끄집어내는 잔인한 일을 하고 있다. 개별적 요소는 그 연구자가 그것을 전체의 관계에서 떼 냈기 때문에 그의 작업에서 사멸한다. 마찬가지로 전체는 개별적인 것으로 해체되었기 때문에 사라진다."368)

---

367) 참조, "자연에 대한 시적인 견해는 그러므로 자연에 대해 연구하는 견해를 제한하며, 그 반대로 작용하게 한다. 하지만 자연에 대한 시적 견해는 우리들이 원래 자연 연구라고 명명하는 것을 비로소 가능하게 만든다. Die poetische Ansicht der Natur begrenzt also die naturforschende und wirkt ihr entgegen und doch macht sie das was wir eigentlich Naturlehre nennen erst möglich." (Arnim-Nachlaß, GSA, 03/209, 8쪽).

368) Arnim-Nachlaß, GSA, 03/209, 3쪽: "Der Naturforscher, in die Mitte des großen Ganzen frey strebende Thätigkeiten gestellt übt das grausame Geschäft,

이런 자연 연구자에게 자연과학의 지식은 진정한 지식이 될 수 없다. 왜냐하면, '모든 지식의 가장 높은 원칙, 혹은 모든 철학적 사고의 최초의 그리고 유일한 조건은 다양한 것을 다양하게 생각할 수 있는 가능성이고', 이런 지식은 '물질적인 법칙' 즉 자연과학의 지식이기도 하기 때문이다.369)

아르님이 생각하는 자연과학과 자연과학자, 그리고 자연과학적 연구에 대한 입장을 살펴보면 결국은 그의 자연에 대한 연구의 목적과 의미로 귀결된다. 여기서 중요한 핵심은 아르님이 자연 연구자와 시인을 대비시킨 것에서 볼 수 있는 것처럼, 자연 연구자는 자연을 감각을 통해 느끼고 실제로 경험할 수 있는 의지와 능력이 있어야 하며, 인간의 경험에서 그의 연구는 출발해야 한다는 점이다. 이 점에서는 현대적 자연과학의 연구도 마찬가지여야 한다. 이럴 때 비로소 자연은 살아 있는, 즉 인간과 교감할 수 있는 대상이 될 수 있으며, 인간과 생명체 그리고 비유기적 물질들이 공존할 수 있는 영역이 된다. 그렇지 않을 때 자연연구와 자연과학은 쓸모없는 것이 되며 죽은 지식이 될 것이다. 인간이 자연을 경험할 수 있다는 것은 자연 연구와 자연과학적 연구에서 연구의 전제이자 과정이고, 자연을 정신적으로 인식하고 자연과 공존하는 무한한 가능성으로 판단할 수 있다. 바꾸어 말하자면, 아르님에게 자연을 받아들이는 인간의 경험 Empirie이란 인간의 감각을 통해 인지되었던 모든 정보를 정리하고, 연결하며, 일정한 연관성을 가지게 만드는 일종의 객관화 과정이라 할 수 있다.370) 자연과학의 연구에서 경험의 중

---

einzelne Momente herauszuheben; das Einzelne erstirbt unter seiner Arbeit, weil er es aus dem Totalverhältnisse riß, das Ganze, weil er es in das Einzelne zerlegte."

369) "Das höchste Princip alles Wissens, die erste und einzige Bedingung alles Philosophirens ist verschiedene Vorstellbarkeit des Verschiedenen. Dieses ist nicht nur das formale, sondern auch das materiale Gesetz." (Arnim-Nachlaß, GSA, 03/212, 6쪽).

370) Klaus Stein: "Die Natur, welche sich in Mischungen gefällt" Philosophie der

요성은 여기서 부각된다. 이것은 한편으로 독일 낭만주의자들 자연과학관의 전형적인 모습이라고 할 수 있다.

4. 요한 빌헬름 리터의 낭만주의 물리학

4.1 리터의 자연과학 연구의 방향과 방법론

요한 빌헬름 리터 Johann Wilhelm Ritter(1776~1810)는 물리학자로서 독일문학에서는 별로 알려지지 않은 인물이지만, 독일문학이, 특히 독일 낭만주의 문학이 자연과학과 가지는 관계를 보여주는 맥락에서는 아주 중요한 역할을 하는 인물이다. 그는 일단 당대에 물리학자로서 알려진 자연과학자이지만, 현재의 시각에서 보면 실험물리학자 내지 자연과학자라 할 수 있다. 그의 자연과학적 업적은 일단 실험을 통해 귀납적 이론을 구축하는 현대 자연과학의 주류 경향을 보여주고 있다는 데 있지만, 그가 보여주는 실험은 폐쇄된 실험실에서의 실험과는 다른 광범위한 경험적 과학의 범주에 드는 것으로 일반적 의미의 실험과도 다른 것이다. 이점은 그의 자연과학과 자연에 대한 연구의 핵심을 이루는 문제이기도 하다.

우리의 시각에서 또한 무엇보다 중요한 것은 리터가 단순히 실험과학자가 아닌 낭만주의 문학적 자연관을 가진 자연과학자라는 점이다. 그는 자신의 예술적 감각과 창의력을 자연과학의 추리와 가설의 설정에 사용하고 있음을 알 수 있는데, 이때 당대 독일 낭만주의와 낭만주

Chemie: Arnim, Schelling, Ritter. In: "Fessellos durch die Systeme" Frühromantisches Naturdenken im Umfeld von Arnim, Ritter und Schelling. Hg. v. Walther Ch. Zimmerli, Klaus Stein und Michael Gersten. Stuttgart-Bad Cannstatt 1997, 143-202쪽, 여기서는 188쪽.

의문학의 자연관은 그의 과학적 창의성에 많은 영감을 주었던 것을 짐작할 수 있다. 이 점은 당대 독일문학에 나타난 자연과학적 시각을 중심으로 독일문학과 자연과학의 관계를 분석하는 우리의 맥락에서는 특히 중요하다. 리터를 주목해야 하는 이유가 여기에 있다.

리터의 자연과학적 연구와 실험의 자세한 경향과 내용을 알 수 있는 자료는 의외로 빈약하다. 당대에 그에게 쏠렸던 인정과 외면의 양극단적 평가로 자연과학자로서의 그의 행로가 그렇게 순탄지만은 않았다. 그의 실험과학자로서의 재능은 인정받았지만, 그가 생각하거나 추론한 자연 원리에 대한 가설들이 당대로서는 받아들여지기 어려운 것들이 많아 외면받기도 했다. 시대를 앞선 선구자들이 늘 겪는 어려움을 그 역시 겪었으며, 결국 당대의 인정보다는 무관심과 외면으로 일찍 세상을 떠난 것이 그의 학문적 연구에 대한 자료가 빈약한 원인이 된 셈이다. 나아가 그의 다소 산만한 문체와 지극히 함축적인 글쓰기는 그의 연구 내용에 대한 정당한 평가를 더욱 어렵게 하는 부차적 원인이기도 하다.

리터에 대한 지금까지의 연구에서는 대체로 몇 가지의 자료들이 주로 이용되었다. 우선 그가 평생 관심을 가지고 실험을 했던 그의 핵심 연구 분야이자 업적인 갈바니즘과 관련된 그의 논문이나 글이 가장 많이 언급된다. 즉 『지속적인 갈바니즘이 동물계에서 생명의 과정을 동반하고 있다는 증거 Beweises, daß ein beständiger Galvanismus den Lebensproceß im Tierreiche begleite』[371]와 『갈바니적 행동 혹은 갈바니즘이 비유기적인 자연에도 가능하고 실제적이라는 증거 Beweis, daß die Galvanische Action oder der Galvanismus auch in der Anorgischen Natur möglich und wirklich sey』[372] 등과 이와 관련된 글과 논문 혹은 편지들이 그것이

---

[371] J.W. Ritter: Beweises, daß ein beständiger Galvanismus den Lebensproceß im Tierreiche begleite. Weimar 1798.

[372] J.W. Ritter: Beweis, daß die Galvanische Action oder der Galvanismus auch

다.373) 또한 뮌헨에서의 중요한 학술 강연이라 할 수 있는 『예술로서 물리학 Physik als Kunst』(1806)이 수록되어 있는 유고집 『젊은 물리학자의 유고 단편들 Fragmente aus dem Nachlaß eines jungen Physikers』 (1810)374)도 중요한 자료의 역할을 한다. 그 외에도 광학과 색채론에 관련해서 빛의 성질을 설명하고, 특히 자외선의 존재를 언급한 논문인 『빛에 관한 헤르쉘의 최근 연구와 관련된 논점. 예나 자연연구협회에서의 1801년 봄 강연 Bemerkungen zu Herschel's neueren Untersuchungen über das Licht; vorgelesen in der Naturforschenden Gesellschaft zu Jena, im Frühling 1801』375)을 비롯해서 갈바니즘 분야 이외의 실험과학적 자연연구를 보여주는 논문들도 그의 자연과학 연구 업적과 관련해서 언급된다.

이런 맥락에서 리터에 관한 연구가 독일에서도 비교적 최근에야 가능했고, 국내에서는 거의 생소할 수밖에 없는 것도 무리가 아니다. 여기서 리터의 자연과학 연구 내용의 세부점을 살펴보는 것보다 우리의 맥락에 맞게 리터의 자연과학 연구의 시각과 방향, 성격 등을 중심으로 살펴보면 독일 낭만주의의 자연과학 담론의 전형적 의미가 잘 드러날 것이다.

---

in der Anorgischen Natur möglich und wirklich sey. In: Beyträge zur nähern Kenntniß des Galvanismus und der Resultate seiner Untersuchung. Bd. 1. Jena 1800, 111-284쪽.

373) 갈바니즘 연구와 관련된 그의 논문들과 편지들은 주로 다음의 두 출판물에 실려 있다. J.W. Ritter: Beyträge zur nähern Kenntniß des Galvanismus und der Resultate seiner Untersuchung. Jena 1800/1802와 J.W. Ritter: Physisch-chemische Abhandlungen in chronologischer Folge. Leipzig 1806.

374) J.W. Ritter: Fragmente aus dem Nachlaß eines jungen Physikers. Ein Taschenbuch für Freunde der Natur. Hg. v. S. und B. Dietzsch. Leipzig/ Weimar 1984.

375) J.W. Ritter: Bemerkungen zu Herschel's neueren Untersuchungen über das Licht; vorgelesen in der Naturforschenden Gesellschaft zu Jena, im Frühling 1801. In: Physisch-chemische Abhandlungen in chronologischer Folge, 위의 책, Bd. 2.

리터는 14세의 어린 나이 때부터 리그니츠 Liegnitz의 시립약국이자 궁정약국에서 약사의 도제로 교육을 받고 일을 했다. 이런 경험은 이후 1796년 19세에 예나대학교에 입학해서 자연과학과 수학을 배우게 된 계기가 되었을 것이다. 약사 도제 시절부터 그는 약제와 인간의 생리에 관한 많은 실험에 익숙하게 되었을 것으로 짐작할 수 있다. 실험 과학에 대한 그의 관심은 이렇게 형성되었을 것이며, 대학 학업을 자연과학으로 선택한 것은 자연과학의 실험을 계속하기 위함이었을 것이다.

그가 생각한 자연과학의 연구 방향은 자연의 원리를 직접적으로 알아내는 방법론을 찾는 것과 직결되어 있다. 이때 리터의 표현으로 하면 자연은 스스로 최상의 논리학을 제공하기 때문에 우리는 자연현상을 면밀히 분석하면 그 답을 얻을 수 있다. 다음의 언급은 바로 이런 맥락을 지적한다.

"그러므로 언제라도 자연 역시 우리들의 최상의 논리학이 되는 일을 계속할 것이다. 우리들이 어떤 상황에서 나온 어떤 현상을 어떤 다른 상황의 경우에서 유추하고, 자연이 실제 이런 상황에서 행하는 것과 일치시키는 작업은 우리가 생각한 전제들과 그에 따른 작업이 올바르다는 것을 보여준다는 것을 의미한다. 그리고 그 결과가 동일한 전제들에서 나온 자연의 결론과 일치하지 않을 때에는 가장 엄격하게 그 전제들의 오류에 대해 입증해야 된다. 자연의 실제적인 연구자로서 자신을 오랫동안 훈련하는 것은 한편으로는 종종 우리가 예상치 못하게 저지르게 되는 우리의 실수에 대해 알고자 함이고, 한편으로는 우리가 정당하게 진리의 인상학이라 명명할 수 있는 것에 대한 명확한 이념을 얻고자 함이다."[376)]

---

376) J.W. Ritter: Beweis, daß die Galvanische Action oder der Galvanismus auch in der Anorgischen Natur möglich und wirklich sey. In: Beyträge, Bd. 1. Jena 1800, 위의 책, 111-284쪽, 여기서는 240쪽: "Zu jeder Zeit wird also auch die

자연이 우리에게 논리학을 제공한다는 것은 자연의 연구자들이 제일 먼저 인식해야 하는 원칙과 태도를 지적한다. 자연의 연구자는 자연을 그대로 관찰하고 경험하며, 자연을 왜곡하지 않은 상태에서 자연을 분석해야 하고, 그렇게 한다면 자연의 원리는 어쩌면 스스로 나타난다는 말이다. 리터가 자연 연구에서 가장 중요한 것이 직접적인 실험이라고 여겼던 것도 이런 맥락에서 나온 것이라 할 수 있다. 따라서 자연의 연구자는 겸손해야 한다. 자신의 연구 방법이 자연에서 도출되게 해야 한다는 것은 자연 연구의 과정이 연구자가 스스로 생각한 유추와 전제를 거쳐야 하지만, 만약 그 결과가 자연이 보여주는 현상을 완전히 설명하지 못한다면 그 현상을 왜곡하거나 외면하지 않고 자신이 생각한 유추와 전제들을 수정해야 하는 것을 의미한다. 이것은 다시 말하면 자연을 연구의 대상이 아니라 연구에서 연구자와 대등한 주체로서 인정한다는 것을 의미하기도 한다. 자연이 수단이 아닌 그 자체의 목적으로 인정하는 것은 자연 연구자가 갖추어야 하는 첫 번째 연구 덕목이자 제일의 연구 방법론이라 할 수 있다.

이런 시각에서 '진리의 인상학'이라는 표현도 이해할 수 있다. 자연의 진리, 즉 자연을 존재하게 하는 원리는 인간의 노력에 의해 완전히 그 모습을 알 수는 없다. 단지 인간은 그에 다가가기 위해 노력할 뿐이다. 그래서 자연의 원리, 즉 여기서 진리는 본래의 모습보다는 자연에 나타난 현상을 통해서만 추리할 수 있을 뿐이다. 자연의 연구자는 자신

Natur fortfahren, unsere beste Logik zu seyn; die Zusammenstimmung dessen, was wir aus gewissen Erscheinungen unter gewissen Umständen für gewisse andere Umstände folgern, mit dem, was die Natur wirklich unter diesen Umständen thut, wird immer am schönsten die Richtigkeit der aufgefaßten Prämissen und ihrer Verarbeitung, so wie die Disharmonie desselben mit dem Schluß der Natur aus denselben Prämissen am strengsten ihre Fehlerhaftigkeit darthun, und eine lange Uebung seiner selbst als practischer Naturforscher am fähigsten seyn, theils uns von unserer Trüglichkeit, die nicht selten unsere Erwartung übersteigt, zu belehren, theils uns eine deutliche Idee von dem zu geben, was wir nicht unrecht Physiognomie der Wahrheit nennen könnten."

의 연구를 통해 그것에 완전하게 도달하고자 하는 것이 아니라, 언제나 그에 접근하기 위해 노력해야 한다는 말이다. 리터가 말한 진리의 인상학은 이런 맥락을 잘 표현하고 있다. 리터가 자연연구자들에게 요구하는 기본자세다.

당시의 독일의 자연 연구는 리터가 볼 때 부족했다. 특히 당대 독일의 자연 연구를 주도했고 많은 사람에게 영향을 끼쳤던 자연의 철학적 연구, 즉 자연철학은 독일 자연 연구의 지형도에 핵심을 차지하며 독일적 자연 연구로 인정받았다. 칸트의 선험적 자연철학과 쉘링의 자연철학은 그 대표적 예라 할 것이다. 하지만 그것은 리터의 기준으로 볼 때, 특히 쉘링의 자연철학은 정확성과 엄밀성이 떨어졌으며, 가설을 설정하고 실험을 통해 확인하는 실증적 논리성이 부족함을 보였던 것 같다. 이것은 자연 연구의 방법론에서의 문제점이라 할 수 있다. 리터는 이런 맥락을 다음에서 자연의 형이상학이라 부르며, 그것의 약점을 지적하고 있다.

> "지금까지 자연의 형이상학은 편람의 형식을 띠고 있어서 [...] 그것이 원래 설명해야 하는 것이 실제 설명했던 것보다 더 많이 남아있음을 보여주었다. 그리고 드물지 않게 그것은 순환논리에 빠지는 것처럼 보인다. 이를테면 흡인력을 통한 끌어들임이나 반발력을 통한 배척을 흡인이나 반발 자체를 설명하지 않고 설명하고 있다. 그래서 나는 이것이 미래의 진정한 역동적 자연의 시스템을 위해 가장 최고의 원칙이 되어야 한다는 점에 대해서는 아주 회의적이다."377)

---

377) J.W. Ritter: II. Schreiben an F.A. von Humboldt bey Uebersendung des Beweises, daß ein beständiger Galvanismus den Lebensproceß im Tierreiche begleite. In: Physisch-chemische Abhandlungen in chronologischer Folge, Bd. 1, 위의 책, 51쪽 이하: "Bis jetzt zeigte die Metaphysik der Natur in ihren Compendien [...] mehr auf, was sie eigentlich zu erklären habe, als daß sie es wirklich erklärte, und nicht selten scheint sie im Zirkel zu gehen wenn sie nemlich z.B. Anziehung durch Attractions-, Zurückstoßung durch Re-

'자연의 형이상학 Metaphysik der Natur'이라고 표현된 자연의 철학적 연구는 자연의 역동적 모습을 포착하지 못하고 따라서 자연의 원리를 찾는 데 부족할 수밖에 없다는 것이다. 그 이유는 자연철학이 연역적인 시각을 취하고 그에 따라 자연의 원리를 성급하게 일반화하며, 또한 이렇게 일반화된 원리에서 연역적으로 자연의 개별 현상을 설명하려고 하기 때문일 것이다. 당대 독일의 자연철학은 자연 연구의 시각과 방법론에서 모두 잘못되었다는 것이다. 리터가 자연의 형이상학이 실제의 자연현상을 적절히 설명해 주지 못한다고 한 것이나, 자연현상에 대한 엄밀한 설명을 하지 못하고 있다는 것은 바로 이런 이유에서다. 이것은 그들 자연 연구의 방법론이 잘못되었다는 말과 같다. 그가 지적한 순환 논법이라는 표현은 이것을 지적한다. 그가 예나대학교에 입학해서 처음에는 쉘링의 자연철학에 많은 관심을 가지고 있었지만, 결국 쉘링의 연구 방법론이 부족함을 인식하고 쉘링의 자연철학을 떠나 독자적 실험과학의 영역을 개척하고자 했던 것은 이런 이유 때문이다.

자연의 다양성은 리터가 자연철학의 시각과 그 연역법적 방법론을 떠난 이유 가운데 하나라고 할 수 있다. 자연에서 볼 수 있는 다양한 개별 현상은 단순한 차이점으로 분류하기에는 무수히 많이 존재한다.

> "자연에서는 결코 하나의 차이점만 존재하고 그것과 함께 단지 두 가지의 다른 것들이 존재하는 것이 아니라, 특정한 어떤 것들이 무수히 많이 그리고 다양하게 존재하기 때문에 [...] 어떤 차이점도 하나가 될 수 없다는 것은 [...] 분명한 것 같다. [...] 요컨대 하나의 차이를 조정하면 새로운 차이가 생겨나고, 사라진 차이의 합은 그와 함께 생겨난 새로운 것의 합과 언제라도 정확히 같아야만 한다."378)

---

pulsionskraft erklärt, ohne Attraction und Repulsion selbst zu erklären, und ich zweifle auch daher sehr, daß dieses für ein künftiges wahres dynamisches Natursystem die höchsten Principien seyn werden."

자연에 존재하는 무수한 개별 현상은 하나가 변화해도 그것이 사소한 것이 아니고 자연에 있는 다른 것에 영향을 미칠 수 있는 것이 그의 견해다. 자연은 모두 유기적으로 연결되어 있다는 것이다. 즉 자연은 다양한 개체들이 모두 독립적으로 존재하지만 또한 전체는 하나의 유기체와 같이 서로 연결되어 전체를 이루는 개체들이 상호 영향을 주는 곳이라는 것으로 이해할 수 있다.

그러면 자연을 유기적 전체로 만드는 원리는 무엇이며, 그것을 찾아내는 작업의 의미는 무엇일까? 먼저 자연의 형성과 변화의 원리를 알아내는 것은 무엇을 의미하는지에 대한 리터의 견해를 살펴보자. 리터는 자연에 대한 연구는 자연의 구성과 그 변화를 알려주는 원리를 발견한다는 것을 잘 인식하고 있었지만, 그것이 단순히 자연에만 관계된다고 생각하지는 않았다. 다음을 보자.

"만약 더 높은 관점에서 다음의 점, 즉 각 물질적 본질의 공간적 현상은 다름 아닌 그것의 내부적 힘의 관계의 감각적 표현이라는 점, 이러한 힘의 관계 내지 그것의 역동적인 특성은 이른바 그것의 화학적인 특질, 즉 그 혼합과 동일하다는 점, 그리고 모든 공간적 변화는 단지 내적인 특질의 변화, 곧 혼합의 변화를 보여주는 감각적 표현이라는 점 등이 입증되게 한다면, [...] 원래 생명의 과정은 화학적 관점에서 볼 때, 다름 아닌 예의 혼합이 파괴되고 복원되는 것이며, 하나의 개념으로 표현한다면,

---

378) J.W. Ritter: III. Schreiben an A. Volta bey Uebersendung des Beweises, daß ein beständiger Galvanismus den Lebensproceß im Tierreiche begleite. In: Physisch-chemische Abhandlungen in chronologischer Folge, Bd. 1, 위의 책, 72쪽 이하: "es sey [...] da [...] in der Natur nie Eine Differenz allein nur, und mit ihr nur Zwey Verschiedene, sondern der bestimmten Etwase unendlich viele und mannichfaltige vorhanden sind, einleuchtend, daß nichts Differentes geeint werden könne, [...] kurz, daß mit jeder Ausgleichung einer Differenz neue entstehen, und die Summe der verschwindenden Diffenrenzen jederzeit genau gleich seyn müsse der Summe der damit entstehenden neuen."

마치 존재와 비존재 사이의 공동 경계, 즉 순수한 활동인 것이며, 또한
이런 행위의 순간들은 다름 아닌 그 과정의 등급들인 것이다."[379]

자연을 이루는 물질들의 특성과 그 변화의 원리를 분석하면 자연의
특성과 그 변화의 원리를 알 수 있게 해 줄 것이다. 그는 물질과 그 물질
이 이루는 공간적 현상의 본질은 물질 내부의 힘의 관계에 있다고 생각
했다. 그런데 원래의 힘의 관계는 그대로 유지되는 것이 아니라 상황의
변화에 따라 역동적으로 변화된다. 물질 내부의 힘의 관계, 즉 역학적
구도가 이렇게 변화하는 것은 그 물질의 내적인 특질이 변화되는 것을
의미한다. 이것은 마치 물질 내부의 역학적 구도로 나타나는 물리적 특
성이 상황의 변화에 따라 그 역학적 구도가 변화되는 것으로 나타나는
화학적 특성으로 바뀌었다고 할 수 있다. 즉 자연계의 모든 물질은 물리
적 특성과 화학적 특성을 모두 가지고 있다는 것이 그의 견해였다. 자연
의 연구자가 물리학자와 화학자가 동시에 되어야 한다는 것은 그의 자연
과학 연구 방법론에 중요한 점이다. 우리가 그를 흔히 물리학자로 부르
지만, 사실은 그는 물리학자인 동시에 화학자이기도 했다. 이것은 자연
의 통합적 및 융합적 연구에 빠트려서는 안 되는 필수적 일이기도 하다.
하지만 이것만큼 중요한 것이 더 있다. 그것은 물질의 특성과 본질은

---

379) J.W. Ritter: Physisch-chemische Abhandlungen in chronologischer Folge, Bd.
1, 위의 책, 143쪽 이하: "[W]enn es sich von einem höhern Standpunkt aus
erweisen läßt, daß die räumliche Erscheinung eines jeglichen Wesens nichts ist,
als der sinnliche Ausdruck seines inneren Kraftverhältnisses, daß dieses
Kraftverhältnis, seine dynamische Beschaffenheit, gleich ist seiner sogenannt
chemischen Qualität, d.i., seiner Mischung, und daß alle räumliche Ver-
änderung nur sinnlicher Ausdruck der Veränderung innerer Qualtät, der
Mischungsänderung ist, [...] so daß eigentlich der Lebensproceß, vom chemi-
schen Standpunkt aus, selbst nichts, als das Zerstören und Wiederherstellen
derselben Mischung, aufgefaßt in Einen Begriff, gleichsam die gemein-
schaftliche Grenze zwischen Seyn und Nichtseyn, d.i., reine Thätigkeit ist, und
die Momente dieses Acts nichts als die Grade jenes Processes sind [...]."

감각적으로 드러나고, 우리들은 그것을 감각을 통해 알 수 있다는 점이다. 감각을 통하는 것은 경험을 한다는 것이다. 리터가 자연과학의 연구에서 경험을 중요하게 생각하는 것은 이런 점에서도 그 이유를 찾을 수 있다. 그가 볼 때 물질의 특성은 인간의 감각과 경험을 통해 인식할 수 있으며, 자연의 특성 역시 다름이 아니기 때문이다.

나아가 이것보다 더 중요한 것이 있다. 자연의 원리를 찾는 연구는 그 자체의 목적 외에 자연의 모든 생명과 인간의 삶의 원리까지 포괄하는 가능성을 제공한다는 점이다. 리터는 이것을 '생명의 과정 (삶의 과정) Lebensproceß'이라고 언급했다. 이것은 단순히 자연의 생명이 존재하고 변화하는 과정, 즉 원리에 대한 지적이 아니라, 인간의 생명과 삶의 과정도 아울러 포함한다. 우리의 삶이 변화하고 유지되는 것도 자연에서의 물질과 생명의 변화와 존재 과정과 유관하며 그 원리를 벗어날 수 없다는 것이 리터의 시각이다. 인간 역시 자연의 일부라는 것은 이런 시각에서는 자명한 사실이다. 따라서 자연의 원리를 찾는 자연 연구는 인간의 삶의 원리와 진리를 찾는 일과 직결되는 셈이다. 자연의 원리를 찾는 연구가 중요한 이유는 여기서도 찾을 수 있다.

그러면 리터가 발견한 자연의 원리는 무엇일까. 그것이 바로 갈바니즘이다. 갈바니즘이란 이탈리아 의학자이자 해부학자, 물리학자, 생화학자인 갈바니 Luigi Aloisio Galvani(1737~1798)가 1780년에 실험실에서 우연히 개구리 다리가 금속에 닿아서 경련을 일으키는 것을 보고 이를 추적해서 발견한 동물 전기를 학술적으로 소개하기 위해, 1791년에 발표한 『근육의 운동에서 발생하는 전기 작용에 대한 논문 Abhandlung über die Kräfte der Electricität bei der Muskelbewegung』에서 자신이 발견한 전기를 갈바니 전기라고 명명한 것에서 유래한 말이다. 이에 따라 갈바니즘은 이 전기 현상을 지칭하는 용어가 되었다. 이것은 사실 두 가지 종류의 금속이 접촉하면 전기를 발생한다는 원리와 연관된 현상인데 갈바니는 이것을 새로운 동물 전기로 오해한 것이다. 원래 스위스의 신학자이자 미학자인 요한 게오르크 줄처 Johann Georg Sulzer(1720~1779)도 1750년에 처음으로 두 금속의 접촉에 의한 전기 현상을 관찰했다. 하지만 그의 관찰은 후속 연구로 이어지지 않아 당시에는 큰 주목을 받지 못했다.

리터가 갈바니즘을 자연의 원리로 여긴 것은 이런 맥락에서 무슨 이유였으며, 큰 착오였던 것이 아닐까? 전기의 정체가 밝혀진 오늘날의 입장에서 보면 갈바니즘에 대한 그의 관심은 오히려 그를 주목하지 말아야 할 이유가 되지 않을까? 그가 주목한 갈바니즘은 단순히 전기 현상만을 지적하는 것은 아니었다. 동물의 근육을 통해 전기가 발생하는 현상은 자연에서 물질을 통해 존재하는 에너지와 힘의 움직임과 변화를 보여주는 전형적인 예를 전시하는 것으로 여겼다. 전기를 옮기는 전자의 정체가 알려지지 않은 당시에는 전기가 발생하고 전기가 통하는 전기 현상은 자연에 존재하는 다양한 힘들과 그 힘들의 역학 관계를 보여주는 훌륭한 증거가 됐을 것이다. 특히 갈바니즘은 생명체 내부에서는 당연히 있어야 할 힘과 힘의 역학 관계의 변화를 눈으로 볼 수 있게, 리터의 용어로 하자면 감각적으로 보여주고 있기 때문에 흥미로운 것이었다. 나아가 리터는 갈바니즘이 자연에 존재하는 물질과 그 내부 힘들의 역동적 변화의 원리를 보여준다면, 동물이나 생물이 아닌 비생명체에서도 동일하게 관찰되어야 한다고 유추했다. 그래서 비생명체에서도 갈바니즘이 나타난다는 것을 주장하고 다양한 실험을 통해 그 증거를 찾고자 노력했다. 그가 갈바니즘에 주목한 것은 결국 자연의 원리내지 자연의 변화 원리를 무엇보다 갈바니즘이 우리에게 감각적, 경험적으로 볼 수 있게 해준다고 생각했기 때문이다. 다음에서 언급하는 전기 현상과 물질의 특성을 갈바니즘과 연결시키는 것은 바로 갈바니즘에 대한 그의 시각에서 가능한 것이다.

"그 전체는 이상한 [...] 명제로 통한다. 즉 그가 [볼타가] [...] 이미 몇년 전에 전기가 통하는 모든 도체들을 두 부류로 나누었던 것은 [...] 마찬가지로 반도체나 절연물과 같은 전기가 잘 통하지 않는 물질에서도 완전히 똑같이 적용된다고 할 수 있다. 그래서 모든 물체가 어쩔 수 없이 이것 아니면 저것이기 때문에, 모든 물체는 두 가지 큰 부류로 분열될 것이다. 이 두 부류에서 세 가지 다양한 특성의 물체가 모두 하나의 이른바 갈바니즘의 작용에 [...] 필요하다."380)

자연에 존재하는 물체의 특성과 그 변화의 과정을 완전히 알 수 있기 위해서는, 위에서 언급한 것처럼 단순히 그 물체의 물리적 특성만을 분석해서는 안 되고 그 내부적 힘들의 변화 과정을 보여주는 화학적 과정도 알 수 있어야 한다. 여기서 갈바니즘의 작용이 자연의 원리를 보여주는 물체의 특성과 연관된다면 그것은 물체의 변화 과정도 보여줘야 한다. 그가 갈바니즘은 물질의 물리적이고 화학적인 과정을 모두 보여주는 것이 되어야 한다고 설명하는 것은 바로 이런 이유에서였다. 다음은 그 점을 언급하고 있는데, 이것은 자연 연구가 물리적이며 동시에 화학적인 연구가 되어야 한다는 말과 같다.

"유일하게 참된 과정은 물리적이고 화학적인 과정이 모두 나타나는 과정이다. 그리고 그것은 하나의 과정인데, 그것은 외부 골격으로 이루어진 다양한 물체들에서 이렇게 저렇게 명명된다."381)

---

380) 위의 책, Bd. 2, 277쪽 이하: "Das Ganze führt auf den merkwürdigen [...] Satz, daß seine [Voltas] [...] schon vor mehreren Jahren gemachte Eintheilung aller Leiter der Electricität in zwey Klassen [...] eben so vollkommen auch für die schlechten, die Halbleiter und die Isolatoren der Electricität, gelte, daß somit, da jeder Körper nothwendig eins oder das andere ist, alle Körper in zwey große Klassen zerfallen, aus denen beyden drey verschiedene Körper zu einer sogenannten galvanischen Wirksamkeit [...] nothwendig sind [...]."

381) J.W. Ritter: Bemerkungen über den Galvanismus im Tierreiche. 1800 Nachschrift. Frühjahr 1802. In: Beyträge, Bd. 1, 위의 책, St. 3/4, 183쪽: "[D]er einzige wahre Proceß ist der, in dem sie alle vorkommen, und es ist Ein Proceß, nur an den verschiedenen Gliedern seines äußern Gerüstes so oder so genannt."

4.2 리터의 갈바니즘 혹은 낭만주의 물리학의 의미

리터는 칸트와 쉘링을 비롯한 당대 '자연의 형이상학'이 물질과 물체의 질적인 다양성을 설명하는 데 부족하고, 그만큼 자연의 원리를 밝히는 데 미흡하다고 여기고, 이를 대체할 이론으로 갈바니즘을 주장했다. 갈바니가 발견한 동물 전기라고 할 수 있는 갈바니즘은 리터에게는 모든 물체와 물질의 존재와 변화 원리를 보여주는 감각적, 경험적 표현이었으며, 여기에 물리적이고 화학적인 모든 과정은 하나의 과정으로 통합되고 있다고 여겼다.

갈바니가 발견한 갈바니 전기의 발생은 금속을 매개로 한 동물 근육의 수축을 통해 나타났다면, 리터는 이것을 비유기적인 자연현상에서의 변화에도 적용된다고 생각했다. 자연의 비유기적 물체에서도 내적물질들의 특질적 혼합의 정도가 변화되어 바뀌는 것을 볼 수 있다고 주장하면서 이것은 화학적 변화를 통해 가능하다고 여겼다. 이처럼 비유기적 물체의 특성에서도 발견되는 화학적인 변화를 갈바니즘의 한 유형으로 간주하고, 갈바니즘을 유기체와 비유기체를 포괄하는 모든 자연현상에 적용되는 것으로 인식했다. 그는 물질과 물체의 모든 변화 과정은 갈바니즘 과정의 하나의 상징물로 간주했다. 물체의 특질적 변화는 화학적 변화로 볼 수 있음으로 갈바니즘은 화학적 변화의 과정과 같다고 할 수 있다. 이것은 결국 자연의 모든 대상에서 관찰할 수 있는 변화는 그것을 구성하는 힘의 변화, 즉 그 대상의 질적인 변화인데 그 모든 변화의 과정을 갈바니즘으로 여겼다.

요컨대 이런 갈바니즘은 리터에게 자연의 존재 원리와 자연의 역동적 변화 과정을 감각적, 경험적으로 보여주는 전형적 예로 이해되었다. 이미 설명한 것처럼 자연의 원리는 단순히 물질에만 적용할 수 있는 것이 아니라, 유기물, 그것도 인간의 삶에 확대해서 적용할 수 있는 생명과 삶의 원칙 Lebensprincip이 된다. 따라서 그에게 갈바니즘 역시 역동적 '삶의 원칙'이었다.

리터의 자연 연구에서는 실험이 중요했다. 그것은 실험을 통한 자연 연구였고 따라서 자연과학의 연구 방법론을 보여주는 것이기도 했다. 그에게 실험의 의미는 단순히 실험실 속에서 실행되는 작업이 아니며, 결과를 얻기 위해 정밀하게 미리 조정된 조건 하에 행해지는 작업도 아니었다. 그것은 연구자의 감각을 통해 직접적으로 경험할 수 있는 작업이어야 한다. 연구자의 감각을 벗어나는 실험은 인간이 경험하는 자연의 영역을 벗어날 수 있다. 반면에 자연의 연구자가 탐구해야 하는 자연의 연구는 인간이 경험할 수 있는 감각적 자연현상이기에, 인간이 경험할 수 없는 실험실만의 폐쇄적 자연 연구는 더 이상 자연 연구로서의 의미를 상실한다고 여겼다. 이것이 리터가 견지한 실험을 통한 자연 연구의 시각이라 할 수 있다. 이런 점에서 그의 실험은 괴테의 자연과학 연구 방법론과도 통한다고 말할 수 있다.

인간의 감각을 통해 직접 경험할 수 있는 실험이라는 시각은 현대 자연과학의 실험과는 사뭇 다른 개념이라 할 수 있다. 현대의 자연과학은 원인과 결과를 연결하는 인과론적 과정을 정확하게 그리고 최적으로 보여주는 것이 실험의 의미이며, 그렇다면 그것이 연구자의 감각을 벗어나던지, 경험할 수 없던지 원칙적으로 아무 상관이 없다. 이것은 인과론적 과정을 정밀하게 보여줄 수는 있지만, 그 실험의 결과가 과연 인간에게 실제적으로 사용될 수 있는지, 자연에 존재하는 원리가 우리에게 무엇을 의미하는지를 알 수 없게 만든다는 치명적 약점을 가진다. 또한 그 실험은 인간이 경험할 수 없기에 연구자가 결과를 얻기 위해 조작해도 알 수 없으며, 적어도 연구자 자신도 그것이 조작될 수 있는 개연성을 정확히 알 수 없는 위험성이 있는 것이다.

이에 반해 감각을 통해 알 수 있는 경험적 실험의 자연과학 연구 방법은 인간 중심의 자연 연구 가능성이 훨씬 많아진다. 자연을 연구하는 목적은 물론 자연의 다양한 현상들을 관통하는 객관적인 자연의 질서와 자연의 원리를 탐구하고 밝혀내는 것이지만, 간과하지 말아야 할 또 다른 목적은 자연의 원리를 인간의 유익을 위해 사용할 수 있게 만드는 것이다. 전자의 목적이 일종의 실증주의적 성격이라면, 후자의 목적은 규범론적 성격을 담고 있다고 말할 수 있다. 전자는 객관성이 가장 중요한 가치라면, 후자는 주관성이 개입될 수 있는 약점이 있다. 하지만 후자의 경우 자연 연구가 인간의 일상적 삶과 유리되어 존재하는 추상적 영역이 되지 않고, 인간의 삶 속에 자연과학이 존재할 수 있게 만든다는 점에서 필요하다. 자연과 인간이 연결되어 있다면 인간의 삶과 유리된 자연과학 연구가 무슨 의미가 있을 것인가? 현대의 분석적 자연과학 연구는 이 질문에 별로 관심이 없다면, 이런 질문을 지속적으로 던지는 것이 후자의 경우라 할 수 있다.

또한 현대의 분석적 자연과학 연구는 자연의 연구를 지속적으로 분화시켜 왔으며 이를 통해 자연과학은 다양한 분과학문으로 발전했다. 자연에 대한 분과학문적 연구는 개별적, 부분적 자연에 대한 연구는 심화시켰지만 개별적 영역에서의 자연에 대한 연구를 관통하는 총체적 자연 연구는 퇴조시켰다. 하지만 자연이 개별적, 부분적으로 존재하지 않는다면, 자연의 전체 연구로 돌아갈 수 없는 개별 자연의 연구는 일종의 장애를 가진 연구라 할 수 있다. 최근, 20세기 말부터 지금까지 관심이 증가되어 온 이른바 자연과학의 융합적 연구의 경향은 이런 분석적 개별 자연과학 연구의 한계를 인정하고 이를 극복하고자 하는 시도로 볼 수 있다.

리터의 자연과학의 연구가 주는 가장 중요한 시사점은 자연에 대한 통합적 내지 융합적 연구의 경향을 미리 보여주고 있다는 점과, 이런 자연의 연구가 지향하는 목적이 인간 삶의 과정을 자연 연구와 연결시키는 데 있다는 점이다. 이것은 다른 표현으로 한다면 낭만주의적 내지 독일 낭만주의적 태도라고 할 수 있다.

독일의 낭만주의, 특히 초기 낭만주의는 무엇보다 인간 감각의 정신적 예지력에 주목했고, 이것을 체계화하려고 시도한 최초의 담론이라 말할 수 있다. 즉 인간의 감각적 경험과 인간의 이성은 서로 긴밀하게 연결되어 있으며, 이 영역들이 서로 통합된다면 더 높은 정신 작용이 가능하다는 점을 보여주고 있다. 이것은 인간의 발전 가능성과 완전성에 대한 신뢰라는 계몽주의부터의 인간학 Anthropologie에 대한 이념이 낭만주의에 와서 이제 인간의 몸과 감각 및 감성 능력을 포함하는 '총체적 인간학'으로 발전하는 것을 의미하기도 했다. 이런 총체적, 통합적 인간학은 인간의 총체적, 전방위적 능력에 대한 무한한 신뢰에 바탕하고 있는데, 이것은 낭만주의 인간학의 특징이자 업적이라 할 수 있다.

리터가 주목한 것은 이런 총체적 인간학이라 할 수 있다. 그의 자연과학 연구, 무엇보다 감각적 경험 중심의 실험과학에 대한 그의 관점은 낭만주의의 인간학과 놀라울 정도로 유사함을 발견할 수 있다. 이것은 그가 1796년 예나대학교에서 학업을 시작하는 시기가 독일 예나대학교를 중심으로 한 (초기) 낭만주의가 전성기를 이루던 시기와 일치한다는 것에서 그 이유를 짐작할 수 있으며, 또한 당시의 낭만주의자들, 특히 노발리스의 낭만주의 이념을 높이 인정하고 있는 그의 태도에서 이것을 확인할 수 있다.382) 즉 리터가 보여준, 감각적 경험을 통해 가설을 세우고, 그것을 경험적 실험을 통해 끝없이 확인해서 자연의 법칙과 원리를 밝히려는 자연과학적 연구 방법은 낭만주의적 자연과학 연구라고 할 수 있다. 이런 낭만주의적 자연과학 연구는 그의 갈바니즘에 대한 관심과 '예술로서 물리학'에 대한 그의 태도에 무게 중심을 둔다면 낭만주의 물리학 romantische Physik이라 칭할 수 있을 것이다.

---

382) 참조 J.W. Ritter: Fragmente aus dem Nachlaß eines jungen Physikers. Leipzig/Weimar 1984.

5. 괴테의 색채론과 실험과학383)

5.1 『색채론』을 둘러싼 자연과학 논쟁

문화와 예술에서 중요한 한 시대를 대표하는 작가가 지독히 '혐오하는' 사람이 있다면 그 사람은 천하의 악인일까, 독재자일까. 19세기 초반의 독일에서 그랬다. 게다가 그 현장이 독일문학이라면 그 작가가 누구일까? 그렇다. 괴테를 말한다. 그가 혐오한 인물은 악한도, 독재자도 아닌 근대 최고의 과학자로 칭송받던 뉴턴이었다.

괴테가 자연과학의 뉴턴을 이를테면 체계적으로 혐오한 가장 중요한 기록은 그의 『색채론 Die Farbenlehre』이다. 이 저작은 괴테가 십수 년에 걸쳐 뉴턴의 광학과 색채이론에 대한 반론을 집념어린 열정으로 집대성한 것이다. 다만 현대물리학의 적통으로 뉴턴을 인정하는 자연과학자들에게 그것은 자연과학엔 딜레탕트인 한 유명 작가가 보여주는 잘못된 편집증의 대표적 사례로 비쳐질 수도 있을 것이다. 여기서는 괴테의 『색채론』에서 나타난 자연과학 논쟁과, 이를 통해 알 수 있는 괴테의 실험 정신과 실험과학에 대한 시각을 살펴보자.

『색채론』에 나타난 괴테의 시각이 현대의 자연과학자에게 외면만 받는다고 할 수는 없다. 오히려 괴테와 뉴턴 시각의 차이에 주목하는 사람들이 있다. 둘의 색채론은 "현실에 관해 완전히 상이한 두 측면을 다루고 von zwei ganz verschiedenen Seiten der Wirklichkeit handeln" 있을 뿐이라는 하이젠베르크의 말은 그 점을 잘 요약하고 있다.384) 최근의 주장은

---

383) 참조 졸고: 괴테의 색채론에 나타난 자연과학 방법론. In:『괴테연구』제24집 (2011), 99-121쪽.
384) "괴테와 뉴턴 두 사람의 색채론이 완전히 상이한 현실의 두 가지 층을 다루고 있다고 한다면 그 둘의 차이를 아마도 가장 올바르게 표현할 수 있을 것이다. Am richtigsten kann man vielleicht den Unterschied der Goetheschen und der Newtonschen Farbenlehre bezeichnen, wenn man sagt, daß sie von zwei ganz

나아가 자연과학자 괴테에 대한 완전한 복권마저 노린다. 괴테가 보여주는 색채에 관한 관점은 자연을 사랑하는 위대한 시인의 안목과 지혜라는 식의 인정이 아니라 자연과학과 정면대결을 통해서도 가능하다는 시각이나,[385] 오늘날 괴테의 색채론에서 틀렸다고 할 수 있는 곳은 실제로 한 군데도 없다는 주장이 나오고 있기 때문이다.[386]

따라서 괴테의『색채론 Die Farbenlehre』을 둘러싼 자연과학 논쟁은 이미 종결된 것이 아니라 사실상 이제부터가 새로운 시작이라 할 수 있다.

5.2 '혐오스러운 뉴턴의 이론'

괴테는 뉴턴의 색채 혹은 광학 이론을 '혐오스러운 뉴턴의 이론 die

---

verschiedenen Schichten der Wirklichkeit handelten." (Werner Heisenberg: Die Goethesche und die Newtonsche Farbenlehre im Lichte der modernen Physik. In: Werner Heisenberg: Wandlungen in den Grundlagen der Naturwissenschaft. Acht Vorträge von Werner Heisenberg. 8. Aufl. Stuttgart 1949, 54-70쪽, 여기서는 61쪽).

385) 참조 "위대한 시인이자 사상가를 뉴턴에 대항해서 구하려는 시도가 물리학 이론의 관점에서 완전히 잘못되었고 틀리게 나타나는 것을 후하게 무시하고 그 외의 것에서부터 자신의 시각에서 자연의 친구인 그 시인의 안목의 넓이와 깊이를 보여주는 것들을 절충적으로 발굴하는 것이라면, 이런 구출시도는 그 반대 방향으로 시도되어야 할 것이다. Der Rettungsversuch, den großen Dichter und Denker dadurch gegen Newton zu rehabilitieren, dass man das, was vom Standpunkt der physikalischen Theorie als vollständig irregeleitet und falsch erscheint, großzügig ignoriert und aus dem Übrigen eklektisch herausgreift, was vom eigenen Standpunkt aus die Weitsicht und Tiefe des Dichters und Naturfreundes bezeuge, dieser Rettungsversuch muss sich in sein Gegenteil verkehren." (Rainer Mausfeld: "Was nicht das Auge sonnenhaft ..." Goethes Farbenlehre: Nur eine Poesie des Chromatischen oder ein Beitrag zu einer naturwissenschaftlichen Psychologie? In: Mitteilungen des Zentrums für interdisziplinäre Forschung der Universität Bielefeld, 1996, Heft 4, 4-27쪽, 여기서는 13쪽).

386) 참조 Johannes Kühl: Goethes Farbenlehre und die moderne Physik. In: Peter Heusser (Hg.): Goethes Beitrag zur Erneuerung der Naturwissenschaften. Bern/Stuttgart/Wien: Haupt 2000, 409-432쪽, 여기서는 426쪽.

detestable Newtonische Theorie'[387]이라 불렀다. 그 혐오스러운 이론의 핵심을 (괴테에 따라) 정리하자면 햇빛 속에는 다양한 색의 빛들이 포함되어 있어 그것들의 결합으로 흰색의 빛이 생겨난다는 것이다. 이때 괴테가 혐오스럽다고 거부한 것은 뉴턴 이론은 특히 그 방법론에 있다. 뉴턴은 햇빛에 포함되어 있는 여러 색을 분리해내기 위해 인위적으로 만든 많은 외적인 조건들을 설정하고, 여기에 수많은 방법들을 동원했다는 것이다. 이렇게 함으로써 색이 생성될 수 있는 외적 자연의 조건은 제거되고 인공적인 색채 현상만을 유도할 수 있었다는 것이 괴테의 시각이었다.

> "이에 반해 우리가 확신을 가지고 제시하는 이론도 무색의 빛으로 시작하며 색채 현상들을 일으키기 위해 외적인 조건들을 동원하기는 한다. 하지만 우리의 이론은 이러한 외적인 조건들의 가치와 위엄을 인정한다. 우리의 이론은 색이 빛으로부터 생겨난다고 감히 주장하지 않는다. 오히려 빛과 그에 대응하는 요소가 함께 작용하여 색이 생겨나는 수많은 사례들을 보여주려고 한다."[388]

그가 인정한다는 '외적인 조건들의 가치와 위엄'이 어떤 의미를 가지는지는 그가 『색채론』에서 주장하는 자연과학 연구의 방법론과 직결되

---

387) Goethe: Anzeige und Übersicht des Goetheschen Werkes zur Farbenlehre. Tübingen, bei Cotta, 1810. In: Goethe: Sämtliche Werke nach Epochen seines Schaffens. MA. Bd. 10. Die Farbenlehre. Hg. v. Peter Schmidt. München 1989, 988쪽.

388) 위의 책, 980쪽: "Die Lehre dagegen, die wir mit Überzeugung aufstellen, beginnt zwar auch mit dem farblosen Lichte, sie bedient sich auch äußerer Bedingungen, um farbige Erscheinungen hervorzubringen; sie gesteht aber diesen Bedingungen Wert und Würde zu. Sie maßt sich nicht an, Farben aus dem Licht zu entwickeln, sie sucht vielmehr durch unzählige Fälle darzutun, daß die Farbe zugleich von dem Lichte und von dem was sich ihm entgegenstellt, hervorgebracht werde."

어 있어 이후 자연스럽게 드러날 것이다. 당대부터 괴테의 이론은 그 방법론의 특수성, 낯설음으로 해서 비판의 대상이 되었다. 예컨대 괴테가 색채론의 연구를 인정받고자 더욱 많은 접촉을 가진 리히텐베르크가 "각하께서 각하의 이론을 지원하고자 하는 [...] 놀라운 시도에도 불구하고, 내가 관찰했던 몇 가지 점에 따르면 아직 그 이론을 전적으로 제한 없이 옳다고 인식할 수가 없을 것 같습니다."389)라고 유보적인 태도를 취했는데, 이것 역시 결국 그의 방법론에 대한 회의라고 할 수 있다. 괴테의 『색채론』을 칭찬한 쇼펜하우어도 그것을 치열하고 치밀한 사실의 묘사로만 인정했다.

> "난, 대단히 깊이 생각하고 모든 면에서 아주 칭찬할만한 괴테의 작품을 경험들의 단순한 집합체로 치부할 생각은 없다. 오히려 그것은 정말 사실들의 체계적인 묘사이다. 하지만 그 사실들에만 머물러 있다."390)

쇼펜하우어는 괴테『색채론』의 토대를 이루고 있는 실험과 관찰을 단순히 현상적 사실들로만 이해했다. 그는 괴테의 색채 이론에서 차지하는 색채 실험의 중요성과 의미를 이해하지 못했던 것이다. 이런 괴테의 색채 실험은 현대의 관찰자에게는 더욱 적응의 시간이 필요한 낯선 것일 수 있는데, 1800년 전후의 인지 및 관찰의 문화와 그때와는 다른 매체문화에 살고 있는 현대의 그것은 확연히 다르기 때문이다. 최근의

---

389) "Trotz der frappanten Versuche, womit Ew. Hochwohlgebor. Ihre Theorie unterstützen, [...] kann ich mich doch, nach einigem, was ich beobachtet habe, noch nicht entschließen sie für ganz ohne Einschränkung richtig zu erkenenn." (Karl Robert Mandelkow: Briefe an Goethe. Bd. 1, 1764-1808. Hamburg 1965, 136쪽).

390) Wilhelm Ostwald: Goethe, Schopenhauer und die Farbenlehre. Leipzig 1918, 75쪽: "Es sei ferne von mir, Goethes sehr durchdachtes und in jeder Hinsicht überaus verdienstliches Werk für ein bloßes Aggregat von Erfahrungen ausgeben zu wollen. Vielmehr ist es wirklich eine systematische Darstellung der Tatsachen: es bleibt jedoch bei diesen stehn."

IV. 19세기 초반 독일문학과 실험과학　271

연구가 이런 맥락에 관심을 보이기 시작했다는 것은 의미가 있지만 아직 결론은 유보되어 있을 뿐이다.391) 하지만 확실한 것은 현대의 관찰자들에게는 괴테의 색채 실험과 같은 선명한 결과를 얻기가 쉽지 않다는 결론이다.392)

뉴턴은 1672년에 나온 저서 『빛과 색채에 관한 신이론 New Theory about Light and Colours』에서 자신의 실험과 관찰을 의도적이든 아니든 간에 상당히 축소해 묘사하고 있다. 빛과 색채에 대한 그의 이론의 형성과 인정 및 영향력에는 뉴턴 개인의 권위와 함께 실험과 그 실험에 사용된 기구 특히 프리즘의 역할은 지대하다고 할 수 있다. 현대의 연구도 이 점을 잘 지적하고 있다. 이를테면 샤퍼 Schaffer는 "실험 보고에 기초되어 있는 사실 문제의 수용은 보고자 및 그 실험에 사용된 기구들에 대한 권위를 인정하는 것을 포함하고 있다."393)라며, "만약 뉴턴의

---

391) 참조, "이 경우 색채농도와 색채특성의 인지(認知)는 1800년 전후 관찰자가 가진 완전히 다른 인지문화에 의해 어느 정도로 결정되는지, 그리고 오늘날의 인지형식이 색채 인지(認知)의 질적인 특징에 어느 정도의 영향을 주는지에 대한 결론은 열린 채로 [...] 남겨야 한다. Es muss [...] offen bleiben, inwieweit die Wahrnehmung von Farbintensitäten und Farbqualitäten hierbei durch die völlig andere Wahrnehmungskultur eines Beobachters um 1800 bestimmt ist und inwieweit heutige Wahrnehmungsmuster Einfluss auf die Qualität von Farbwahrneh-mungen haben." (Frederik Heise: Goethe - Farbige Schatten (1810). In: Olaf Breidbach/Peter Heering/Matthias Müller/Heiko Weber (Hg.): Experimentelle Wissenschaftsgeschichte. München: Wilhelm Fink 2010, 107-123쪽, 여기서는 122쪽).

392) 참조, "물론 그 실험에서 관찰되는 색채는 오늘날의 관찰자들에게는 괴테가 서술한 만큼 명료하게 인지될 수 없었다는 것이 드러났다. Allerdings zeigte sich, dass die im Experiment zu beobachtenden Farben für den heutigen Beobachter nicht in der von Goethe beschriebenen Klarheit wahrzunehmen waren." (위의 곳).

393) "The acceptance of a matter of fact on the basis of an experimental report involves conceding authority to the reporter and to the instruments used in the experiment." (Simon Schaffer: Glass works: Newton's Prisma and the Uses of Experiment. In: D. Gooding/T. Pinch/S. Schaffer (Hg.): The uses of Experiment: Studies in the natural science. Cambridge 1989, 67-104쪽, 여기서는 67쪽).

프리즘이 가지고 있는 부정확성이 빛의 분산의 원인이었다는 사실이 보인다면 그의 학설은 유지될 수 없을 것이다."394)라는 가정을 제시한다. 그에 대한 확실한 결론은 내리지 않은 채.

물론 뉴턴의 이론 자체가 중요하다는 견해도 동시에 존재한다. 예컨대 뉴턴 이론의 형성과 그 수용 과정을 추적한 샤피로 Shapiro는 뉴턴 이론 수용의 관건은 실험에 있는 것이 아니라는 견해를 고수하며, "그의 이론이 수용된 핵심은 햇빛이 상이한 굴절성 광선으로 구성되어 있다는 개념이 초기에 수용된 것에 있다."395)라고 주장한다.

괴테가 혐오스럽다고 공격한 뉴턴의 이론은 이런 점에서 그렇다. 그가 혐오스러워한 것은 뉴턴의 이론 자체보다는 이론의 형성 과정에 인위적으로 개입한 과학자의 조작 행위라고 할 수 있다. 그의 시각에서 보면 이것은 학문이 마땅히 추구해야 하는 진리의 발견을 의도적으로 왜곡하는 일종의 사기행위였기 때문이다. 그가 혐오한 것은 학자가 수행한 자의적 진리의 왜곡이며 그의 혐오는 학문의 존재 이유에 대한 강한 주장에 다름 아니라 할 수 있다. 그는 이것을 다시 "뉴턴의 근본적 오류 Grundfehler Newtons", 즉 "그가 빛 자체가 아닌, 빛에서 색이 생겨나게 하는 외적인 조건들을 성급하게 제거해버린 것"396)이라 (순화해서) 표현한다. 이제 이런 뉴턴의 근본적 오류에 대항에 학문의 모범을 보이려는 괴테의 시도를 살펴보자.

---

394) "[H]is doctrine would not stand if it could be shown that irregularities in Newton's prisms were the cause of dispersion." (위의 책, 82쪽).
395) "The key to the adoption of his theory was the initial adoption of the concept that sunlight consisted of unequally refrangible rays." (Alan E. Shapiro: The gradual acceptance of Newton's theory of light and color, 1672-1727. In: Perspektive On Science 4(1996), (1), 59-140쪽, 여기서는 62쪽).
396) "[D]aß er die äußern Bedingungen, welche nicht aus dem Licht sondern an dem Licht die Farben hervorbringen, übereilt beseitigt". (Goethe: Anzeige und Übersicht des Goetheschen Werkes zur Farbenlehre. In: Goethe: Sämtliche Werke nach Epochen seines Schaffens. MA, Bd. 10. Die Farbenlehre, 위의 책, 985쪽).

5.3 『색채론』의 원리로 본 괴테의 자연철학

1) 빛의 활동

"색은 빛의 활동, 즉 능동적 활동과 수동적 활동 Die Farben sind Taten des Lichts, Taten und Leiden"[397]이라고 괴테는『색채론』의 서문에서 밝히고 있다. 색채에 관한 그의 이런 간결한 정의는 괴테가 색을 보는 시각을 단적으로 드러낸다. 색은 (뉴턴의 주장처럼) 빛의 내부에 상이한 굴절성 광선의 형태로 존재하는 것이 아니라 빛의 작용, 즉 빛의 능동적 작용인 밝음과 수동적 작용인 어두움을 통해 형성된다는 것이다. 이것은 단순히 색과 빛의 상호성만이 아니라 자연의 현장성과 감각적 총체성을 지적하고 있다. 바로 다음에 "우리들은 이 둘[색과 빛]을 전체 자연에 속한 것으로 생각해야 한다. 왜냐하면 자연은 자신을 이 둘을 통해 눈의 감각에 특별히 드러내고자 하기 때문이다."[398]라고 말하는 것만 봐도 알 수 있다. 괴테에게는 실험실에서만 존재하는, 실험실에서 얻어지는 추상적 자연은 죽은 자연이었다. 그런 죽은 자연이 아닌 눈의 감각을 통해 생생히 전달되는 자연을 탐구하고자 했고, 이것이 그에게는 살아있는 자연이었다. 이런 점에서 위 서문의 언급은 눈의 감각을 통한 색채 현상의 연구에 대한 선언이자, 살아있는 자연의 연구에 대한 선언에 다름이 아니었다. 이에 반해 뉴턴의 학설은 죽은 자연을 연구하고 있다는 것이 괴테의 시각이었다. 그가 색채 현상을 탐구한 계기도 뉴턴 이론의 오류를 경험적으로 인식하게 되었기 때문이라고 기술하고 있다.

---

397) Goethe: Die Farbenlehre. Vorwort. In: Goethe: Sämtliche Werke nach Epochen seines Schaffens. MA. Bd. 10, 위의 책, 9쪽.

398) "[W]ir müssen uns beide als der ganzen Natur angehörig denken: denn sie ist es ganz, die sich dadurch dem Sinne des Auges besonders offenbaren will." (위의 곳).

"바로 그때 나는 완전히 하얀 칠을 한 방에 있었다. 내가 뉴턴의 이론을 생각하며 프리즘을 눈앞에 가져갔을 때, 흰 벽 전체가 다양한 단계의 색으로 물들어 그 곳에서부터 눈으로 되돌아오는 빛이 그 만큼 많은 색의 빛으로 분산되는 것을 볼 것으로 기대했다.

하지만 놀랍게도 프리즘을 통해서 쳐다봤던 흰 벽이 여전히 흰 색으로 남아있었고, 그 곳에서 어두운 곳이 드러나는 부분에서만 다소 결정적인 색이 나타나서 마침내 창문틀에서 가장 확연하게 색이 나타났다. 그 사이 바깥에 회색이 비치는 하늘에는 어떤 색의 흔적도 볼 수 없었다. 그래서 오래 생각할 필요 없이 인식할 수 있었던 사실은 색이 만들어지기 위해서는 경계가 필요하다는 점이었다. 그리고 나는 마치 본능적으로 즉시 소리를 질렀다. 뉴턴의 학설은 틀렸노라고."399)

자연현상에 대한 경험적 인지를 토대로 한 현장의 자연, 그것이 괴테 색채론의 중심이 된다. 여기서는 자연현상들을 '인위적으로 연관시키는' 뉴턴의 시도는 처음부터 명백히 잘못된 길을 선택한 것이다. 괴테가 의도하는 현장의 자연에 대한 인식을 다음과 같이 세분화하여 말할 수 있다.

---

399) 위의 책, 909쪽 이하: "Eben befand ich mich in einem völlig geweißten Zimmer; ich erwartete, als ich das Prisma vor Augen nahm, eingedenk der Newtonischen Theorie, die ganze weiße Wand nach verschiedenen Stufen gefärbt, das von da ins Auge zurückkehrende Licht in soviel farbige Lichter zersplittert zu sehen./ Aber wie verwundert war ich, als die durchs Prisma angeschaute weiße Wand nach wie vor weiß blieb, daß nur da, wo ein Dunkles daran stieß, sich eine mehr oder weniger entschiedene Farbe zeigte, daß zuletzt die Fensterstäbe am allerlebhaftesten farbig erschienen, indessen am lichtgrauen Himmel draußen keine Spur von Färbung zu sehen war. Es bedurfte keiner langen Überlegung, so erkannte ich, daß eine Grenze notwendig sei, um Farben hervorzubringen, und ich sprach wie durch einen Instinkt sogleich vor mich laut aus, daß die Newtonische Lehre falsch sei."

"인간에게 지식에 대한 욕구는 우선 자신의 관심을 끄는 의미 있는 현상들을 인지하게 되면서 자극된다. 이제 이런 관심이 지속적인 것이 되기 위해서는 우리가 점점 더 그 대상들을 더 잘 알 수 있게 만드는 더욱 내적인 참여가 있어야만 한다."[400]

"따라서 우리들은 사람들이 개별적 개체를 알게 되어 전체를 구축하려고 노력하는 대신 차라리 일반적인 이론적 견해나 어떤 하나의 설명 방식을 통해 현상들은 제쳐놓고 마는 것을 본다."[401]

　i) 하나의 자연현상에 대한 관심과 인지, ii) 지속적이고 집중적인 경험, iii) 의미 구축 등의 단계적 인식이 그것이다. 괴테는 개별적 자연현상에 대한 경험을 '개체를 알게 되는 것'이라 해서 마치 모든 자연의 개체를 정체성과 운동성을 가진 존재물로 인식하고 있음을 드러낸다. 이런 태도는 그의 자연관찰과 경험의 밑바탕이 된다. 색이 빛의 활동이라는 정의는 이런 맥락을 잘 표현하고 있으며, 동시에 그의 자연 연구 방법론에 대한 선언이기도 하다.
　괴테가 『색채론』에서 가장 먼저 언급하는 '생리색 Physiologische Farben'은 이런 점에서 자연의 현장에서 자연과 상호작용을 하는 빛의 활동을 잘 보여주는 예라고 할 수 있다.

---

400) 위의 책, 19쪽: "Die Lust zum Wissen wird bei dem Menschen zuerst dadurch angeregt, daß er bedeutende Phänomene gewahr wird, die seine Aufmerksamkeit an sich ziehen. Damit nun diese dauernd bleibe, so muß sich eine innigere Teilnahme finden, die uns nach und nach mit den Gegenständen bekannter macht."
401) 위의 곳: "Deswegen finden wir, daß die Menschen lieber durch eine allgemeine theoretische Ansicht, durch irgend eine Erklärungsart die Phänomene bei Seite bringen, anstatt sich die Mühe zu geben, das Einzelne kennen zu lernen und ein Ganzes zu erbauen."

"우리는 이것들을 생리색이라고 부른다. 왜냐하면 이것들은 건강한 눈에 속하며, 우리가 이것들을 보는 것의 필수적인 조건으로 간주하기 때문이다. 이 생리색은 그 자체 내에서 그리고 바깥을 향해 진행되는 보는 것의 생생한 상호작용을 암시한다."402)

2) 색채의 근원현상과 양극적 상승

괴테가 생각하는 색채의 근원현상은 빛/밝음 Licht/Helles과 암흑/어두움 Finsternis/Dunkles 그리고 그 양극성에서 생겨난 그림자 내지 회색이라 할 수 있다. 색이 생겨나기 위해서는 우선 빛과 어두움이 필요하다.

"현재로 색채의 생성에 있어서는 빛과 암흑, 밝음과 어둠 혹은 더 일반적인 용어를 사용하자면 빛과 빛이 없음이 요구된다는 점을 미리 말하기로 한다."403)

괴테는 구체적 색의 발현 현상을 계속해서 이렇게 설명한다.

"우선 빛으로부터 우리가 황색으로 부르는 색이 생겨나며, 또 다른 색은 암흑으로부터 생겨나는데 우리는 그것을 청색으로 표기한다. 이 둘은 만일 그것들이 아주 순수한 상태에서 혼합되어 서로 완벽하게 균형을 유지하게 된다면 제3의 색을 낳게 되는데 우리는 그것을 녹색이라고 부른다."404)

---

402) 위의 책, 27쪽, §3: "Wir haben sie physiologische genannt, weil sie dem gesunden Auge angehören, weil wir sie als die notwendigen Bedingungen des Sehens betrachten, auf dessen lebendiges Wechselwirken in sich selbst und nach außen sie hindeuten."

403) 위의 책, 22쪽: "Gegenwärtig sagen wir nur so viel voraus, daß zur Erzeugung der Farbe Licht und Finsternis, Helles und Dunkles, oder, wenn man sich einer allgemeineren Formel bedienen will, Licht und Nichtlicht gefordert werde."

이런 빛과 어두움은 색이 생성되기 위한 양극성의 조건이라 할 수 있다. 이에 더하여 색채가 생성되기 위한 나머지 조건으로 그림자 내지 회색을 들고 있다. 이것은 빛과 어두움이라는 양극적 특성이 상호 지양되어 생겨나는 것이다.

> "그래서 색들은 전적으로 반광(半光)이자 반그림자로 여길 수 있다. 그래서 어떤 색들이라도 혼합되어 그 개별적인 특성들이 상호 지양(止揚)되면 어떤 그림자, 즉 회색이 생겨난다."[405]

> "여기서 우리가 앞으로 자주 돌아오게 될 중요한 관찰이 등장한다. 즉 색 자체가 하나의 그림자이다. 그러므로 키르혀가 그것을 그림자색이라고 부른 것은 정말로 정당하다. 색은 그림자와 연관된 만큼 그림자와 잘 결합하며, 계기만 주어진다면 그림자 안에서 또 그림자를 통해서 우리에게 나타난다."[406]

---

404) 위의 곳: "Zunächst am Licht entsteht uns eine Farbe, die wir Gelb nennen, eine andere zunächst an der Finsternis, die wir mit dem Worte Blau bezeichnen. Diese beiden, wenn wir sie in ihrem reinsten Zustand dergestalt vermischen, daß sie sich völlig das Gleichgewicht halten, bringen eine Dritte hervor, welche wir Grün heißen."

405) 위의 책, 23쪽: "[S]o sind die Farben durchaus als Halblichter, als Halb-schatten anzusehen, weshalb sie denn auch, wenn sie zusammengemischt ihre spezifischen Eigenschaften wechselseitig aufheben, ein Schattiges, ein Graues hervorbringen." 참조, "우리는 검은색을 암흑의 대표로, 흰색을 빛의 대표로 명명했는데, 이제 우리는 회색이 반(半)그림자를 대표한다고 말할 수 있다. Nannten wir das Schwarze den Repräsentanten der Finsternis, das Weiße den Stellvertreter des Lichts; so können wir sagen, daß das Graue den Halb-schatten repräsentiere". (위의 책, 94쪽, §249).

406) 위의 책, 47쪽, §69: "Es tritt hier eine wichtige Betrachtung ein, auf die wir noch öfters zurückkommen werden. Die Farbe selbst ist ein Schattiges (σχιερό ν); deswegen Kircher vollkommen recht hat, sie Lumen opacatum zu nennen; und wie sie mit dem Schatten verwandt ist, so verbindet sie sich auch gern mit ihm, sie erscheint uns gern in ihm und durch ihn, sobald der Anlaß nur gegeben ist."

따라서 괴테가 말하는 그림자 내지 회색은 색의 혼합이 아닌 색의 '양극적 상승'이라 할 수 있는데, 괴테는 이 역시 근본 현상으로 명명하고 있다.[407] 이를 좀 더 일반화하면 색채 발현의 또 하나의 요소는 색의 상승이라고 할 수 있다. 이 상승을 통해 빛과 어두움 그리고 회색의 근원현상이 다양한 색채로 발현된다. 이런 색의 상승에는 i) 양극적 상승 외에, ii) (에너지) 강도의 상승이 존재한다. 예컨대 빛에서 황색이 그리고 어두움에서 청색이 생겨나는 것은 이런 강도의 상승이라고 할 수 있으며, 녹색은 황색과 청색의 양극적 상승으로 생겨난다. 강도의 상승을 통해 황색과 청색 외의 다른 색들이 생성되는 경우는 다음과 같이 설명되고 있다.

> "그러나 앞의 두 색[황색과 청색]은 순도를 높이거나 짙게 하면 그 각각의 색으로부터 새로운 현상을 불러일으킬 수 있다. 말하자면 그것들은 붉은 색을 띠게 되는데 그 정도가 매우 높아지면 원래의 청색과 황색은 거의 더 이상 알아 볼 수 없게 된다. 하지만 가장 순도가 높고 순수한 적색은 특히 물리색의 경우에 주홍색과 청적색의 양 끝을 결합시킴으로써 생겨나게 된다. 이것은 색채 현상과 색채 생성을 볼 수 있는 생생한 광경이다."[408]

---

407) "그렇다 우리들은 일반적으로 언급했던 그와 같은 주요 현상을 근본현상이자 근원현상이라 명명하고자 한다. Ja wir möchten jene im allgemeinen ausge-sprochene Haupterscheinung ein Grund- und Urphänomen nennen [...]". (위의 책, 74쪽, §174); "이러한 근원현상은 우리가 여태까지 설명했던 바로 그것이다. 우리는 한편으로는 빛과 밝음을, 다른 한편으로는 암흑과 어둠을 본다. 그리고 둘 사이에 흐림을 끼워 넣는다. Ein solches Urphänomen ist dasjenige, das wir bisher dargestellt haben. Wir sehen auf der einen Seite das Licht, das Helle, auf der andern die Finsternis, das Dunkel, wir bringen die Trübe zwischen beide" (위의 책, 74쪽, §175).

408) 위의 책, 22쪽 이하: "Jene beiden ersten Farben können aber auch jede an sich selbst eine neue Erscheinung hervorbringen, indem sie sich verdichten oder verdunkeln. Sie erhalten ein rötliches Ansehen, welches sich bis auf einen so hohen Grad steigern kann, daß man das ursprüngliche Blau und Gelb kaum darin

양극성과 상승을 통한 색채의 이런 생성은 사실상 눈과 빛의 상호 작용에서 시작된다. 괴테는 다음과 같은 실험을 통해 그것을 보이고 있다.

"최대한으로 어둡게 만든 방 안의 겉창에다가 직경 3인치 가량의, 임의로 열었다 닫았다 할 수 있는 둥근 구멍을 만들어보자. 그리고 그 구멍을 통해서 태양이 흰색의 종이 위에 비치게 한 후 약간의 거리를 두고 밝게 비치는 원반을 응시하자. 그리고 구멍을 닫고 방 안의 가장 어두운 부분을 보라. 그러면 눈앞에 어른거리는 둥근 상을 보게 될 것이다. 원 가운데 부분은 밝고, 무색이며, 약간 황색을 띤 것으로 나타난다. 하지만 테두리 부분은 즉시 자색으로 나타난다.

이 자색이 바깥에서부터 안쪽으로 원 전체를 덮어가다가 마침내 밝게 빛나는 중심부를 완전히 몰아내기 까지는 어느 정도 시간이 걸린다. 그러나 원 전체가 자색이 되자마자, 테두리 부분은 청색으로 변하기 시작하며 차츰차츰 안쪽으로 자색을 몰아낸다. 상이 완전히 청색이 되면 테두리 부분은 어두워지고 무색이 된다. 무색의 테두리가 청색을 완전히 몰아내고 전체 공간이 무색이 되기까지는 상당한 시간이 걸린다."[409]

---

mehr erkennen mag. Doch läßt sich das höchste und reine Rot, vorzüglich in physischen Fällen, dadurch hervorbringen, daß man die beiden Enden des Gelbroten und Blauroten vereinigt. Dieses ist die lebendige Ansicht der Farbenerscheinung und Erzeugung." 또한 "태양의 빛이나 인(燐)이 산소 중에서 타면서 내는 빛과 같은 가장 에너지 넘치는 빛은 눈이 부시고 무색이다. 그래서 항성의 빛 역시 우리들에게 대부분 무색으로 온다. 하지만 이런 빛은 단지 약간의 흐릿한 빛을 내는 수단을 통해서 본다면 우리들에게 노랗게 나타난다. 그런 수단이 내는 흐린 빛이 증가하거나 그 깊이가 심화된다면 우리들은 그 빛이 점점 더 주황색을 띠게 되는 것을 볼 수 있고, 결국 홍옥색이 될 때까지 상승할 것이다. Das höchstenergische Licht, wie das der Sonne, des Phosphors in Lebensluft verbrennend, ist blendend und farblos. So kommt auch das Licht der Fixsterne meistens farblos zu uns. Dieses Licht, aber durch ein auch nur wenig trübes Mittel gesehen, erscheint uns gelb. Nimmt die Trübe eines solchen Mittels zu, oder wird seine Tiefe vermehrt, so sehen wir das Licht nach und nach eine gelbrote Farbe annehmen, die sich endlich bis zum Rubinroten steigert." (위의 책, 67쪽, §150).

이런 현상 역시 앞서 생리색으로 언급한 것처럼 색채 생성의 생리적 측면과 연관되는데, 괴테는 눈과 빛의 상호작용이 가능한 것도 눈의 특성과 관련이 있다고 주장한다.

"눈은 어떤 특별한, 대상물을 통해 특화된 상태에서 한 순간도 동일하게 있을 수 없으며 또 그렇게 하려고도 하지 않는다. 오히려 어떤 반대 상태가 될 것을 강요받는데, 그것은 극단에 극단을, 중간적인 것에 중간적인 것을 대립시키고 동시에 대립적인 것들을 결합시키면서 연속적으로 그리고 동시적, 동질적으로 전체를 향해 나가고자 애쓰는 상태이다."410)

여기서 알 수 있는 방법론은 비교적 간단한다. 우선 눈의 특성과 눈과 빛의 상호작용에 주목하고 이를 바탕으로 경험적으로 색채의 근원현상을 설정한다. 그 후 다시 근원현상이라는 원칙에서 출발하여 색채

409) 위의 책, 37쪽, §40: "In einem Zimmer, das möglichst verdunkelt worden, habe man im Laden eine runde Öffnung, etwa drei Zoll im Durchmesser, die man nach Belieben auf- und zudecken kann; durch selbige lasse man die Sonne auf ein weißes Papier scheinen und sehe in einiger Entfernung starr das erleuchtete Rund an; man schließe darauf die Öffnung und blicke nach dem dunkelsten Orte des Zimmers; so wird man eine runde Erscheinung vor sich schweben sehen. Die Mitte des Kreises wird man hell, farblos, einigermaßen gelb sehen, der Rand aber wird sogleich purpurfarben erscheinen./ Es dauert eine Zeit lang, bis diese Purpurfarbe von außen herein den ganzen Kreis zudeckt, und endlich den hellen Mittelpunkt völlig vertreibt. Kaum erscheint aber das ganze Rund purpurfarben, so fängt der Rand an blau zu werden, das Blaue verdrängt nach und nach hereinwärts den Purpur. Ist die Erscheinung vollkommen blau, so wird der Rand dunkel und unfärbig. Es währet lange, bis der unfärbige Rand völlig das Blaue vertreibt und der ganze Raum unfärbig wird."

410) 위의 책, 35쪽, §33: "Das Auge kann und mag nicht einen Moment in einem besonderen, in einem durch das Objekt spezifizierten Zustande identisch verharren. Es ist vielmehr zu einer Art Opposition genötigt, die, indem sie das Extrem dem Extreme, das Mittlere dem Mittleren entgegensetzt, sogleich das Entgegengesetzte verbindet, und in der Sukzession sowohl als in der Gleichzeitigkeit und Gleichhörtlichkeit nach einem Ganzen strebt."

의 양극성과 상승을 관찰한다. 즉 경험과 원칙의 일종의 가역성을 그 방법론으로 하고 있음을 알 수 있다.

5.4 색의 총체성과 과학적 총체성의 원리

색의 총체성은 대립을 통해 나타난다. "대립을 통해 총체성을 산출하는 망막의 생생함 durch den Gegensatz eine Totalität hervorbringende Lebendigkeit der Netzhaut"[411]이 괴테가 의도하는 색의 총체성이다. 이것은 총체성의 요소로 대립을 강조하지만 동시에 색채와 눈의 상호작용도 지적하고 있다. 따라서 총체성을 만드는 대립이란 단순히 대립하는 상태를 말하는 것이 아니라 대립 요소들의 상호작용을 전제하고 있는 것임을 짐작할 수 있다.

상호작용은 계속해서 구성 요소들 간의 조화로 이어진다. 이런 조화의 상태가 지향하는 것은 다양한 구성 요소들의 단순한 결합인 획일성이 아니라[412] 구성 요소들의 정체성을 유지한 결합에 있다. 괴테의 색채론이 말하는 총체성은 또한 이런 것이다.

"결합된 구성 요소들이 총체성 속에서도 여전히 분명하게 드러난다면 우리는 그것을 조화라고 불러 마땅하다."[413]

그가 색채를 '색채 총체성 Farbentotalität'으로 언급한 것도 이런 연유다.[414] 색채 총체성은 정지해 있는 것이 아니라 늘 활동하는 역동적 상

---

411) 위의 책, 40쪽, §48.
412) 참조, "총체성 대신에 획일성이 생긴다 anstatt der Totalität eine Uniformität [hervorbringen]" (위의 책, 257쪽, §893).
413) 위의 책, 45쪽, §61: "Wenn in der Totalität die Elemente, woraus sie zusammenwächst, noch bemerklich sind, nennen wir sie billig Harmonie."
414) 위의 책, 239쪽, §808.

태에 있다. 괴테는 생리색의 생성 내지 색의 감각적이고 도덕적 영향력
을 그 전형적 예라고 보았다.

"눈은 색을 보는 순간 즉시 활동 상태로 들어간다. 그리고 그 본성에 따
라 무의식적으로 그리고 불가피하게도 그 자리에서 다른 색을 불러일으
키게 된다. 이때 생겨나는 색은 주어진 색과 함께 전체 색상환의 총체성
을 포함하고 있다."[415]

요컨대 색채의 총체성은 자연현상의 총체성을 대표한다. 즉 자연현
상의 총체성은 대립과 조화, 역동성과 독립적 정체성을 내포하고 있다
고 할 수 있는데, 다음의 설명은 그것을 잘 지적한다.

"모든 자연현상, 특히 의미심장하고 눈에 띄는 자연현상에서 우리는 거
기에 머물러 있을 필요는 없다. 우리는 그것에 고착하거나 집착해서도
안 되고 그것을 따로 떼어 관찰해서도 안 된다. 오히려 유사한 것과 연
관된 것이 나타나는 전체 자연을 둘러보아야 한다. 왜냐하면 연관된 것
의 결합을 통해서만 점차로 총체성이 생겨나기 때문인데, 그 총체성은
스스로 발언하지 어떤 부연 설명을 필요로 하지는 않는다."[416]

---

415) 위의 책, 238쪽, §805: "Wenn das Auge die Farbe erblickt, so wird es gleich
in Tätigkeit gesetzt, und es ist seiner Natur gemäß, auf der Stelle eine andere,
so unbewußt als notwendig, hervorzubringen, welche mit der gegebenen die
Totalität des ganzen Farbenkreises enthält." 참조, "이러한 총체성을 지각하고,
스스로를 만족시키기 위해 눈은 온갖 유색의 공간과 아울러 무색의 공간을 찾는다.
그리하여 이 무색의 공간에다가 피유도색을 생겨나게 한다. Um nun diese
Totalität gewahr zu werden, um sich selbst zu befriedigen, sucht es neben
jedem farbigen Raum einen farblosen, um die geforderte Farbe an demselben
hervorzubringen."(위의 책, 238쪽, §806).

416) 위의 책, 88쪽 이하, §228: "Bei einer jeden Erscheinung der Natur, besonders
aber bei einer bedeutenden, auffallenden, muß man nicht stehen bleiben, man
muß sich nicht an sie heften, nicht an ihr kleben, sie nicht isoliert betrachten;
sondern in der ganzen Natur umhersehen, wo sich etwas Ähnliches, etwas

괴테는 이것을 일반화하여 이런 자연현상의 총체성을 인간 삶의 현장과 인간 사회와 역사에도 적용할 수 있기를 의도했다.

5.5 진보와 발전 원리로서의 실험

색채론은 단순히 색채 현상만을 보여주는 것이 아니다. 색채론이 다루는 색채 현상은 과학과 학문의 연구 방식뿐만 아니라 과학과 학문의 진보와 발전의 원리도 보여준다고 할 수 있다. 이 경우 괴테가 설명한 색채의 근원현상은 과학의 진보와 발전의 상수로서 해석할 수 있다. 즉 색채 형성의 근원현상은 과학적 변화를 가져오는 출발점으로, 여기에 양극적 상승이 더해지면 과학은 진보하게 된다. 과학의 진보와 혁명이라는 2원적 구조에서 보면 혁명이란 근원현상과 양극적 상승을 부정하는 것으로 괴테는 역사와 사회의 혁명에서와 마찬가지로 과학에서의 혁명도 원칙적으로 부정적 현상이자 나타나지 말아야 할 현상으로 보았다. 괴테는 뉴턴 학설이 이 경우에도 그 전형적 예라고 주장한다.

> "하지만 색채론의 역사를 기술하거나 혹은 단지 준비하는 것도 뉴턴의 이론이 존속하는 한 불가능했다. 왜냐하면 일찍이 어떤 귀족주의적인 망상도, 뉴턴 학파가 그 이전에 그리고 그와 동시에 수행되었던 모든 것을 혹평했던 것처럼, 참을 수 없는 오만불손함으로 자신의 동업조합에 속하지 않는 사람들을 멸시하지는 않았기 때문이다."[417]

Verwandtes zeigt: denn nur durch Zusammenstellen des Verwandten entsteht nach und nach eine Totlaität, die sich selbst ausspricht und keiner weitern Erklärung bedarf."

417) 위의 책, 13쪽: "Aber eine Geschichte der Farbenlehre zu schreiben oder auch nur vorzubereiten war unmöglich, so lange die Newtonische Lehre bestand. Denn kein aristokratischer Dünkel hat jemals mit solchen unerträglichen Übermute auf diejenigen herabgesehen, die nicht zu seiner Gilde gehörten, als

괴테가 볼 때 뉴턴의 학설은 새로운 이론을 주장하기 위해 과거와 동시대의 여타 이론들을 모두 부정하는 일을 해왔지만, 그것은 마치 자신들만이 사회의 지배권을 가졌다거나 더 우월하다는 귀족주의자들의 '망상'이나 '오만'과 같을 뿐이었다. 과학의 새로운 발견과 이론의 형성역시 역사와 동시대의 모든 이론과 견해들을 부정하며 자신 이론의 지배권과 독점권을 주장해서 성립되는 것이 아니라는 것이 그의 시각이었다. 요컨대 과학에서 패러다임의 변화와 이와 연관된 혁명적 구조(토마스 쿤)는 존재하지 않고 다만 점진적 개선과 진보 그리고 발전의 구조만이 있을 뿐이다.

이것은 그의 색채론에 적용된 자연과학의 방법론과도 통한다. 그는자신의 과학 실험을 위한 자료를 역사와 동시대의 다양한 견해와 시각들을 통해 수합했으며, 실험을 통해 그것들을 연결하는 고리를 찾고자했다. 여기서 중요한 것은 이때 실행된 실험의 결과나 데이터만이 아니라 그 실험의 조건과 배경 역시 실험을 통해 도출한 새로운 사실의 범주에 동일하게 포함시켰다는 것이다. 이것은 과학의 실험 자체가 과학적 사실이며, 과학 실험의 목적은 과학적 사실의 역사성과 진보성을 밝히는 데 사용되며 동시에 후속 연구의 자료로서 남게 되는 것을 말한다. 달리 말하면 이것은 결과의 과학이 아닌 과정의 과학이라 할 것이다.

그의 과학 방법론은 당연히 그의 자연학적 세계관과 직결되어 있다. 그 세계관이란 자연의 현상이 일상의 경험 범위까지 확대된다는 신념이다. 괴테 색채론의 경우 색채현상에 나타난 근원현상과 색채 생성의원리는 일상의 경험 범위까지 확대된다는 신념을 말한다. 근원현상을설명하는 다음의 구절을 다시 보자.

"이와는 반대로 근원현상들은 앞서 우리가 그것들을 향해 위로 올라갔

---

die Newtonische Schule von jeher über alles abgesprochen hat, was vor ihr geleistet war und neben ihr geleistet ward."

듯이 그로부터 이제 우리가 차례차례 아래로 내려가 일상적인 경험의 가장 평범한 경우까지 도달하는 데 가장 적합한 것[강조 필자]이기 때문이다. 이러한 근원현상은 우리가 여태까지 설명했던 바로 그것이다. 우리는 한편으로는 빛과 밝음을, 다른 한편으로는 암흑과 어둠을 본다. 그리고 둘 사이에 흐림을 끼워 넣는다. 이러한 대립들로부터, 앞서 설명한 매개물의 도움을 받아, 마찬가지로 대립을 보이는 색채들이 생겨난다. 그러나 이것들을 상호 연관시켜 보면 곧바로 공통점이 다시 드러난다."418)

여기서 강조점은 자연 원리의 경험적 속성이지 자연 원리의 추상성과 적용 가능성이 아니다. 근원현상은 자연의 한 가지 원리지만, 그것이 원리가 될 수 있는 것은 일상적 경험과 연관될 수 있기 때문이다. 즉 원리이기에 경험과 연관되는 것이 아니라 경험과 연관되기에 비로소 원리가 될 수 있다는 말이다.

우리의 주제인 색채 현상에 대해 달리 말하자면 색채 현상은 급격한 변화를 통해 이루어지거나 정체된 것이 아니라, 언제나 생성되며 점진적으로 발전하는 자연현상을 보여주는 모범적 영역이라 할 수 있다.

"이 모든 경우에 우리는 이러한 현상을 완결되거나 종결된 것으로서가 아니라 언제나 생성되고, 점증하며 많은 의미에서 규정할 수 있는 현상

---

418) 위의 책, 74쪽, §175: "[S]ie aber dagegen völlig geeignet sind, daß man stufenweise, wie wir vorhin hinaufgestiegen, von ihnen herab bis zu dem gemeinsten Fälle der täglichen Erfahrung niedersteigen kann. Ein solches Urphänomen ist dasjenige, das wir bisher dargestellt haben. Wir sehen auf der einen Seite das Licht, das Helle, auf der andern die Finsternis, das Dunkel, wir bringen die Trübe zwischen beide, und aus diesen Gegensätzen, mit Hülfe gedachter Vermittlung, entwickeln sich, gleichfalls in einem Gegensatz, die Farben, deuten aber alsbald, durch einen Wechselbezug, unmittelbar auf ein Gemeinsames wieder zurück."

으로 간주해야 한다는 점을 결코 잊지 말아야 한다."419)

이런 점에서 색채는 자연 원리와 일상적 경험의 연관성이 잘 나타난 예가 될 수 있으며, 색채의 연구는 과학 연구의 단면을 보여주고 있다. 특히 괴테에게 과학 연구의 역사는 그 자체로 중요한데,420) 색채 연구가 과학 연구의 역사성을 보여줄 수 있기에 더욱 그러하다. 색채에 대한 연구에서 빛에 대해서는 다양하게 언급되었지만 오히려 색채론의 전체 역사에 대한 연구가 필요하다는 『색채론』의 아래 서론적 언급은 이런 맥락에서 그의 색채론이 담고 있는 의미를 미리 제시하고 있는 셈이다.

"색채를 논하고자 한다면 무엇보다 우선 빛에 대해 언급해야 되지 않느냐 하는 것은 정말 당연한 물음이다. 이에 간략하고 솔직하게 대답하자면, 빛에 대해서는 지금까지 너무나 많이 그리고 다양하게 말해졌기 때문에 이제는 이미 말해진 것을 되풀이하거나 아니면 자주 반복되었던 견해를 단순 확대할 우려가 있다는 사실이다.

왜냐하면 우리는 한 사물의 본질을 표현하려고 시도하는 한 도대체 아무런 성과도 거두지 못했기 때문이다. 그러나 우리는 작용들을 인지하며 이러한 작용들의 전체 역사가 어떤 경우든 그 사물의 본질을 포괄하고 있음을 안다."421)

---

419) 위의 책, 85쪽, §217: "Bei allem diesem lassen wir niemals aus dem Sinne, daß diese Erscheinungen nie als eine fertige, vollendete, sondern immer als eine werdende, zunehmende, und in manchem Sinn bestimmbare Erscheinung anzusehen sei."

420) "과학[학문]의 역사가 과학[학문] 그 자체이다. [D]ie Geschichte der Wissenschaft [sei] die Wissenschaft selbst." (위의 책, 13쪽).

421) 위의 책, 9쪽: "Ob man nicht, indem von den Farben gesprochen werden soll, vor allen Dingen des Lichtes zu erwähnen habe, ist eine ganz natürliche Frage, auf die wir jedoch nur kurz und aufrichtig erwidern: es schiene bedenklich, da bisher schon soviel und mancherlei von dem Lichte gesagt worden, das Gesagte

5.6 『색채론』으로 본 괴테의 자연과학 방법론과 실험과학의 의미

이제 괴테적 실험과학의 의미를 『색채론』에 나타난 그의 자연과학 방법론을 통해 살펴보자. 우선 그의 색채 실험으로 다시 돌아가 보자. 최근의 연구에서 하이제 Heise는 색채 실험에서 정립한 괴테의 테제를 다음과 같이 정리한다:

a) 하나의 광원이 던지는 그늘은 검은색이다.

b) 다른 광원들에 작용하는 그늘은 회색이다. 두 개의 빛이 그 빛의 에너지가 상이하면 그 그늘은 색깔을 띤다.

c) 하나의 빛이 너무 강하면 다른 빛의 그늘을 완전히 덮는다. 그럼 에도 더 약한 빛은 더 강한 빛을 물들일 수 있다.

d) 상이한 에너지를 지닌 두 개의 빛은 각각 색채 그늘을 만든다. 더 강한 빛이 던지는 그늘은 파란색이다. 더 약한 빛이 던지는 그늘은 노랑, 주황 혹은 황갈색이 된다.

e) 평면에 반사되거나 색채 유리를 통과할 때 그늘은 색깔을 띤다. 하지만 이런 색깔은 색채가 아니라 에너지로 작용한다. 채색이 되는 것은 빛의 색에 의존하는 것이 아니라 빛의 에너지에 의존 한다.[422]

그의 연구에 따르면 빛의 굴절 실험에서는 재료 자체는 의미가 없는 반면 굴절을 일으키는 틀인 소재, 격자, 빛이 통과하는 슬리트 등의 형태나 크기가 결정적 역할을 하고 재료의 공간적 배치가 핵심적 역할을

---

zu wiederholen oder das oft Wiederholte zu vermehren./ Denn eigentlich unternehmen wir umsonst, das Wesen eines Dinges auszudrücken. Wirkungen werden wir gewahr, und eine vollständige Geschichte dieser Wirkungen umfaßte wohl allenfalls das Wesen jenes Dinges."

422) Frederik Heise, 위의 책, 110쪽 이하.

한다. 프리즘을 통한 색채에서는 프리즘의 형태 외에도 재료의 특성이 중요한 역할을 하는데, 프리즘에 사용되는 유리의 종류는 물론 그 외 다른 매질인 물이나 황화탄소 등이 다양한 색채의 발현에 핵심적 역할을 한다. 이것은 뉴턴의 빛과 색채 학설에 대한 괴테의 비판을 일면 정당화시켜 준다.

이것의 연장선상에서 괴테가 근원현상으로 관찰한 무색의 흐린 부분은 현대 물리학의 시각에서 말하자면 빛에서 볼 수 있는 일종의 산란현상(Streuung)이라고 할 수 있다. 이것은 빛의 굴곡(Beugung)의 극단적 경우이자 동시에 빛의 분산(Dispersion)의 극단적 경우라고 할 수 있다. 전자의 경우 무색의 흐린 부분을 무질서하게 배열되고 아주 작은 미세 입자로 구성되어 있어 빛의 굴곡에 심각한 영향을 주는 틀로 볼 수 있다. 후자는 빛 입자들의 고정된 배치가 무질서한 배치로 이월함으로 해서 빛이 굴절에서 산란으로 이월되는 경우라 할 수 있다.[423] 요컨대 빛의 산란은 입자의 기하학적 배치와 공간의 크기에 영향을 받는 빛의 굴곡과 양자 내지 입자를 형성하는 에너지의 교환 및 시간의 크기 등에 영향을 받는 빛의 분산이 이루는 양극성의 중간에 존재한다는 것이다.[424] 이런 예는 괴테의 색채론에 내재된 시각이 현대의 물리학과도 연결될 수 있음을 보여주는 것이다.

괴테가 자신의 색채론에서 관심을 가졌던 것은 지각할 수 없는 색의 형성이 아니라 눈과 빛의 상호작용을 통해 지각되는 색의 영역에 대한 관찰이었다. 물론 그렇다고 그의 관찰이 감각 그 자체에 머물러 있는 것이 아니라 궁극적으로 더 높은 단계, 이를테면 '감각을 통한 성찰 Sinnesanschaung'을 실행했다고 할 수 있을 것이다. 다시 말하면 '자연의

423) Johannes Kühl: Zum Goetheschen Urphänomen der Farbentstehung und zu einem Zusammenhang mit Beugung und Brechung. In: Elemente 49 (1988), 85-95쪽.
424) Johannes Kühl: Goethes Farbenlehre und die moderne Physik, 위의 책, 427-428쪽.

현상학 Phänomenologie der Natur'425)이라고 할 수 있는 그의 색채론은 색채 생성과 발현의 근원현상과 양극성 및 상승을 보여주기 위한 자연현상학적 방법론을 제시하기 위해 작성되었다고도 할 수 있을 것이다. 뉴턴 학설과의 논쟁도 이런 맥락에 놓여 있다.426) 그렇다고 괴테의 색채론을 신학(Farbentheologie)이라는 시각으로 확대하여 신비화한다면 그의 색채론이 보여주는, 자연과학 연구에 필수적인 근원적, 원초적 경험의 과학적 의미가 퇴색할 수 있을 것이다.427)

괴테『색채론』의 '교육부 Didaktischer Teil' [원리부]는 인간에 대한 설명에서 출발해서('생리색'), 인간의 외부로 나아갔다가('물리색 Physische Farben', '화학색 Chemische Farben'), 다시 인간으로 돌아오는 방식('색채의 감각적, 도덕적 영향 Sinnlich-Sittliche Wirkung')을 취하고 있다. 이것은 색채 현상이 인간과의 긴밀한 연관에서 관찰되어야 한다는 것과 그 방법론도 인간을 배제하고는 성립될 수 없음을 지적한다. 현대과학이 실험과 방법론에서 가급적 인간과 인간적인 조건을 배제하는 것과는 반대의 모습이다. 오히려 인간과 인간적인 조건은 자연과학 연구의 방법론과 자연과학의 실험에서 함께 고려해야 할 필수적인 조건임을 인정한다.

또한 현대의 과학이 폐쇄적 실험을 통해 원하는 결과만을 도출한다면 괴테의 색채론은 실험의 인간적인 전제와 조건들을 보여주며 그것을 통해 어떻게 결과가 도출되는지를 보여주고자 한다. 결과가 목적이고 그것을 도출하는 과정 내지 실험은 단지 수단에 불과한 현대과학에 비해, 그의 색채론은 실험의 전제와 실험을 진행하는 과정 자체를 보여주는 것이 목적이자 그 결과인 셈이다. 이것이 그가 보여주는 실험과학

---

425) 참조 Gernot Böhme/Gregor Schiemann: Phänomenologie der Natur. Frankfurt a.M.: Suhrkamp 1997.
426) 참조 Christoph Gögelein: Zu Goethes Begriff von Wissenschaft. München 1972.
427) 참조 Albrecht Schöne: Goethes Farbentheologie. München 1987.

의 모습이다. 다시 말하면 그의 『색채론』이 제시하는 실험과학은 과정의 과학이며 결과의 과학이 아니다. 괴테의 『색채론』은 이런 맥락에서 그가 추구하는 자연과학 연구의 방법론과 실험과학의 방식을 보여주는 가장 대표적인 예라고 할 수 있다. 우리는 괴테의 '색채론'이 전시하는 실험과학의 의미를 여기서 찾을 수 있다.

6. 19세기 초반 독일문학과 실험과학의 전통

괴테의 경우를 통해 알 수 있는 당대 실험과학의 모습은 아르님과 리터의 경우에서 살펴볼 수 있었던 것처럼, 괴테에게서 갑자기 생겨난 것은 아니다. 그것은 18세기부터 19세기 초반에 이르는 시기에 특히 독일의 자연관, 자연 연구와 자연철학, 그리고 자연과학 담론을 거치며 형성된 일종의 전통이라 할 수 있다. 독일문학은 그 과정을 지켜보고, 서로 교감하며 참여한 주요 증인이자 동반자, 또 다른 주체였다. 때문에 이 시기의 독일문학, 정확하게 18세기 후반부터 19세기 초반까지의 독일문학은 자연에 대한 관조와 자연에 대한 연구, 자연철학과 자연과학에 대한 집중적인 관심과 풍부한 자료를 보여주고 있다. 그만큼 이 시기 독일문학의 주요 작가들은 직간접으로 광의의 자연과학 담론을 보여주고 있다.

이런 맥락에서 18세기부터 19세기 초반에 이르기까지의 독일문학의 변화 모습을 요약하면, 유기론적 자연관과 인간관, 관념적 자연철학, 자연과학 담론과 실험과학 등의 모습을 보여 왔다고 할 수 있다. 위에서 이미 서술했던 주요 작가들의 모습을 그것을 잘 보여준다. 이 경우 그 변화에 존재하고 그 변화를 유도한 핵심 요소를 두 가지로 볼 수 있는데, 바로 '경험 Empirie'과 '사변 Spekulation'이라 할 수 있다. 이 둘은 서로 생산적인 교감과 긴장 관계를 이루며 독일문학의 자연과학 담론을 변화시켜 왔다. 사변이 경험보다 앞서는 경우에서 경험이 사변을 밀어내는 경우까지, 두 요소의 관계가 변화하는 모습이 곧 독일문학의 변화의 모습이었다. 독일문학의 계몽주의부터 낭만주의까지의 모습과, 빌란트에서 괴테를 거쳐 노발리스에 이르기까지 주요 작가들의 모습에서 그 두 요소는 항상 중요한 역할을 했다.

괴테의 경우는 아마도 그 모든 변화의 궤적을 보여주는 대표적, 전형적 예라 할 수 있을 것이다. 괴테가 보여주는 실험과학의 모습은 18세기부터 독일 작가와 지식인들에게서 오랫동안 이어온, 인간관과 자연관에서 이미 존재하는 전통의 모습이라 해도 과언이 아니다.

또한 물리학자 리터의 갈바니즘 연구에 나타난 실험과학의 모습은 실험과학의 전통이 독일문학 작가들에게만이 아니라 당대 지식인들에게 광범하게 영향을 미치고 있었음을 짐작하게 한다. 적어도 경험이 토대가 된 실험의 경우, 이를 통해 자신의 '색채론'을 완성한 괴테도 현실에서는 리터만큼 철저하지 못했음은 괴테가 쉴러에게 보낸 다음의 글에서 암시된다.

> "최근 며칠 동안은 우리 둘에게 좋은 날이 아니었던 것 같습니다. 왜냐하면 내가 당신에게서 떨어져 있는 동안 경험이라는 악한 천사가 나를 주먹으로 계속해서 쳐대고 있었으니까요."[428]

리터의 낭만주의적 실험과학의 태도는 실험과학의 전통에서 그만큼 특별한 의미를 지닌다. 낭만주의 작가 프리드리히 슐레겔은 독일에서 리터의 실험과학이 '순수한 경험 reine Empirie'이라는 진지한 방법론을

---

428) Goethe: Brief an Schiller am 14. Juli 1798. In: Goethe: Briefwechsel zwischen Schiller und Goethe in den Jahren 1794-1805. Hg. v. Manfred Beetz. MA, Bd. 8.1, 590쪽: "Diese Tage scheinen also uns beiden nicht die günstigsten gewesen zu sein, denn seit ich von Ihnen weg bin hat mich der böse Engel der Empirie anhaltend mit Fäusten geschlagen."

통해 쉘링의 자연철학에 맞서는 자연과학이 되었다고 평가했던 것은 올바른 지적이다.[429] 아르님이 관심을 가진 감각적 경험의 자연 연구도 독일문학에서 찾을 수 있는 실험과학 전통의 한 모습이다.

---

429) 참조, "쉘링의 자연철학은 과도한 경험에 존재하고 있어 그것이 없어진다면 많은 모순을 찾을 수 있음에 틀림없다. 하지만 무과학성과 무지가 이 분야에서 승리를 거두게 될 것을 두려워할 필요는 없다. 리터가 동시대에 물리학의 예를 설정했듯이 그것은 순수한 경험인데, 그것이 방법론의 엄숙주의를 통해 과학적 형태에 대한 가장 엄격한 요구를 만족시키기 때문이다. Schellings Naturphilosophie muß bei der krassen Empirie, zu deren Vernichtung sie bestimmt war, viel Wider-spruch finden; es steht aber um so weniger zu fürchten, daß die Unwissenschaftlichkeit und Unwissenheit in diesem Fache den Sieg davon tragen werde, da Ritter zu gleicher Zeit das Beispiel einer Physik aufgestellt hat, die reine Empirie ist, und doch durch den Rigorismus der Methode die strengsten Forderungen an wissenschaftliche Form befriedigt." (F. Schlegel: Literatur. In: Europa. Eine Zeitschrift. Bd. 1. Frankfurt a.M. 1803, 50쪽).

V. 맺음말

18·19세기 독일문학에 나타난 자연과학 담론의 상호성과 19세기 후반 이후의 변화

우리가 살펴본 18세기부터 19세기, 엄격하게 말하자면 주로 19세기 초반까지의 연구에서는 독일의 작가와 지식인들의 자연관과 자연 연구의 담론이 일정하게 변해 오고 있었음을 알 수 있었다. 유기적 자연관은 물론이고 인간관 역시 관념적 자연철학으로, 또한 자연철학은 실제적 자연과학 담론으로 증폭되거나 변화되어 왔다. 이 모든 내용들은 광의의 자연과학 담론을 형성했고, 현재의 자연과학 패러다임의 한 축이 되었다는 것이 우리 연구의 출발점이자 결론의 한 부분이다. 이것을 다시 한번 정리해 보자.

독일에서 인간학을 포함한 광의의 자연과학 담론의 토대는 칸트가 마련했다고 할 수 있다. 피히테와 헤겔, 쉘링은 그것을 각각 자신들의 자연철학으로 발전시켰고, 빌란트와 헤르더는 자연과 사회를 포함하는 광의의 인간학 담론의 형태를 통해 독일문학으로 그것을 수용했다. 그리고 괴테와 낭만주의자들은 각자의 방식으로 자연철학을 자연과학 담론으로 발전시켰다.

칸트는 인간학을 '인간에 관한 지식이 자연철학과 자연과학 그리고 사회 실천적 지식의 영역을 모두 아우르는 전형적 총체적 인식'이라는 관점을 제공함으로써, 18세기 독일문학이 결정적으로 인간학과 자연철학 담론을 수용하고 그것을 독자적으로 발전시킬 계기를 얻는다. 빌란트와 헤르더의 인간학뿐만 아니라, 쉴러의 실천적 인간학 역시 이런 맥락에서 넓은 의미의 자연과학 담론의 범주에서 수용되어야 하는 이유가 여기에 있다. 인간의 감각과 경험에 대한 관심과, 감각적 경험을 통해 자연을 연구하는 태도 모두 이것의 연장선상에 있다. 이런 토대에서 19세기 초반 괴테와 낭만주의자들은 독일문학의 자연철학 담론을 자연과학의 담론과 실험과학적 담론으로 변화시켜 나갈 수 있었다.

이들과 더불어 기억해야 할 사람들은 독일문학의 자연과학 담론과 소통한 동시대 자연과학자들이다. 그들 중 대표적으로 칼 크리스티안 에어하르트 슈미트, 프란츠 요젭 쉘버, 칼 구스타프 카루스, 로렌츠 오켄, 요한 빌헬름 리터 등을 살펴보았다.

이를테면 슈미트는 '경험심리학'의 분야에서 유기체의 기능과 유기체의 발전 단계에 대해 설명을 통해 육체와 영혼의 긴밀한 상호작용에 대한 테제를 정립하고자 시도한 것을 알 수 있다. 또한 생리학에서는 사변적, 관념적 자연철학의 반대 입장에서 경험과 사실 관계에 충실한 '경험생리학'을 정립하고자 시도했다.

쉘버의 경우도 그의 자연철학은 토대는 칸트에서, 출발은 쉘링의 자연철학에서 영향을 받았지만, 그 이후에 쉘링의 자연철학을 독자적으로 확장하여 경험적 자연과학 담론으로 변화시킨다.

요컨대 쉘버에서 오켄까지 본문에서 언급한 동시대의 자연과학자들의 자연관은 독일 낭만주의의 자연과학 담론과 연관점을 찾을 수 있지만, 엄밀히 말하자면, 자연을 무한하고 신비한 영역으로 그리는 낭만주의의 그것과는 다른 것으로 볼 수 있다. 오히려 그들 자연관의 뿌리는 계몽주의 철학임을 짐작할 수 있다. 이것은 이들이 결국 실험에 기초한 자연과학의 연구로 나아간 이유가 된다.

이들 동시대의 과학자들의 자연철학과 자연과학 담론을 보면 이 시기 독일문학에서 간과할 수 없는 또 하나의 중요한 특징을 짐작할 수 있다. 즉 18세기에서 19세기, 엄밀하게 18세기 후반에서 19세기 초반까지의 독일문학과 자연과학의 관계를 보여주는 가장 큰 특징은, 문학과 자연과학 담론의 상호성에 있다. 즉 자연과학에 관한 인식이 단순히 문학에서 수동적으로 수용되는 것이 아니라, 문학에 언급된 자연과학적 인식이 다시 과학의 담론으로 연결되어 자연과학의 인식에 영향을 주는 상호 담론의 영역을 이루고 있었다고 할 수 있다.

여기서 특히 주목해야 하는 독일문학 작가들이란 빌란트, 괴테, 헤르더, 쉴러, 노발리스, 아힘 폰 아르님 등이다. 괴테의 경우는 그의 자연철학에 나타난 인간학적 구상과 형태론적 자연관과 자연연구, 『색체론』에 나타난 실험과학의 성격 등에 주목해야 한다. 또한 쉴러의 드라마와 미학저작물, 그리고 헤르더의 저작에 나타난 인간학 이론도 인간과 세계의 관계를 통해 인간과 자연과의 관계를 유추하는 토대가 되고 있다.

독일 낭만주의는 당대 자연과학의 담론을 낭만적 인간학 및 자연관으로 수용한 대표적 사례일 것이다. 그 중 가장 잘 알려진 작가는 노발리스인데, 그의 문학 묘사에는 지질학, 천문학, 물리학적 당대 자연과학 연구가 종합적으로 등장한다. 특히 그의 자연과학적 인식은 당대 물리학자 리터에게 전해져 물리학과 화학을 감각적, 감성적 경험과 실험의 맥락에서 결합하고, 이것을 문학적 상상력을 통해 융합적 자연과학으로 발전시키는 시도를 하게 된다. 이와 관련해서 아힘 폰 아르님이 물리학과 화학의 담론을 수용한 것도 리터의 경우와 비슷한 맥락에 있음을 확인할 수 있었다. 이것은 자연과학적 담론의 단순한 수용이 아니라 그 담론의 확장 및 새로운 형태로의 발전, 즉 융합적 발전이라고 평가할 수 있다. 이런 점에서 독일문학은 자연과학 담론의 창조적 수용이라는 문학적 패러다임을 보여주고 있다.

18세기에서 19세기(초반)까지의 독일 문학은 자연의 법칙과 인간의 본질 및 인간 내면의 법칙성이 상호 관련되어 있다는 것을 신뢰했다. 따라서 인간과 자연이 본질상 동일하고 인간은 자연과 교감을 해야 하는 존재라고 인식했다. 이런 시각을 통해 독일문학이 보여주는 자연관과 자연과학 담론은 자연에 대한 유기적, 통합적 연구이자 엄밀히 말해서 '인간 중심적인 융합적 자연 연구'의 출발점을 보여주었다. 여기서 괴테와 낭만주의 문학은 감각과 경험, 감성을 통한 인간 중심의 자연관에 대한 다른 표현이라 할 수 있다. 독일 계몽주의부터 낭만주의까지의 자연관과 자연에 대한 연구는 그 발전 과정을 보여주고 있다. 우리들 결론의 핵심 부분은 여기에 있다.

19세기 중반 이후 자연과학이 분과학문으로 발전하면서, 자연과학은 독일문학은 물론 인문학과의 상호 교감이 없이 독립적으로 발전해나갔다. 독일문학 역시 자연과학과의 생산적 교감을 상실하고, 자연과학 담론의 수용에는 관심이 없거나, 자신들이 18세기부터 낭만주의까지 창조적, 생산적으로 발전시킨 자연과학의 담론을 더 이상 주체적으로 발전시킬 수 없었다. 이런 관점에서 보면 19세기 후반의 독일문학은 19세기 초까지의 자연 연구의 이념과 자연과학 담론이 사라지고 있음을 보여주는 예라 할 수 있다. 사실상 19세기 중반부터의 독일문학에서는 문학과 자연과학의 유기적, 건설적 담론 공동체가 더 이상 기능하지 않고 서서히 해체되는 것을 보여준다. 그때부터 우리는 독일문학에서 문학과 자연과학을 연결하는 담론 공동체가 아닌 개별 작가들의 자연관만 관찰할 수 있다.

19세기 후반부터 현재까지의 주요 자연과학 담론을 간단히 살펴보면 다음과 같다. 19세기 후반에는 자연과학의 분화와 개별적 발전에 따라 낭만주의까지의 전체주의적 자연관은 억제되고 기계적이고 결정론적인 자연과학관이 주류를 이루게 된다. 헬름홀츠 Hermann von Helmholtz 와 오스트발트 Wilhlem Ostwald, 그리고 부분적으로 헤켈 Ernst Haeckel 등도 이런 유형을 보여주는 자연과학자들이라 할 수 있다.430)

---

430) 헬름홀츠는 그들의 자연관을 다음과 같이 설명한다. "하지만 만약 운동이 세상의 다른 모든 변화에 기초되어 있는 근원 변화라면, 모든 근본적 힘은 운동력이 될 것이다. 그리고 자연과학의 최종 목표는 모든 변화의 기초에 놓여 있는 운동과 그 추진력을 찾는 것이다. 즉 기계적 역학에서 해결된다. Ist aber Bewegung die Urveränderung, welche allen anderen Veränderungen in der Welt zu

하지만 19세기 말부터 20세기 초반에 걸쳐 다시 새롭게 통합적 사고가 등장하는데, 이것이 자연의 생물학적 원리와 법칙을 중심으로 한 '생기론 Vitalismus' 내지 '신생기론 Neovitalismus'과 생물학적 원리와 물리학적 원리를 통합하는 하나의 원리를 추구하는 '전일주의 Holismus' 등으로 나타나고, 20세기 후반의 '뉴 에이지 New Age' 운동이나 '생태주의 Ökologie'까지 이어지게 된다.

생기론과 전일주의 관계에 대해서 마이어-아비히 Meyer-Abich의 설명을 참조해 볼만하다.431) 전일주의적 사고의 경향은 20세기 후반에 와서는 자기 조직화 이론, 카오스 이론, 프랙탈 이론 등을 토대로 하여 더욱 확대, 발전하는 양상을 보이고 있다. 하지만 이런 경향이 새로운

Grunde liegt, so sind alle elementaren Kräfte Bewegungskräfte, und das Endziel der Naturwissenschaften ist, die allen anderen Veränderungen zu Grunde liegenden Bewegungen und deren Triebkräfte zu finden, also sich in Mechanik aufzulösen." (H. von Helmholtz: Über das Ziel und die Fortschritte der Naturwissenschaft. In: H. von Helmholtz: Populäre wissenschaftliche Vorträge. Braunschweig 1876, 181-211쪽, 여기서는 193쪽).

431) Klaus Michael Meyer-Abich: Ideen und Ideale der biologischen Erkenntnis. Beiträge zur Theorie und Geschichte der biologischen Ideologien. Leipzig 1934, 35쪽: "생기론과 반대로 우리들은 생물학과 물리학의 법칙과 원리들 사이를 연결하는 관련성이 존재한다는 것을 믿는다. 그리고 기계론과는 반대로 우리들이 더 복잡한 생물학의 법칙과 원리를 결코 더 단순한 물리학적 법칙과 원리에서 유도해낼 수 없다는 것을 확신한다. 그렇다면 세 번째 가능성으로 다음과 같은 희망이 존재한다. 즉 반대로 우리들이 아마도 물리학적 원리와 법칙들을 생물학적 원리와 법칙에서 유도할 수 있다. 그것이 가능하다면 우리들은 기계적이고 생기론적 이념의 실증적인 내용을 이 두 반명제보다 우위에 있는 합명제에서 통합할 수 있을 것이다. Im Gegensatz zum Vitalismus glauben wir an einen bestehenden Ableitungszusammenhang zwischen biologischen und physikalischen Gesetzen und Prinzipien, und im Gegensatz zum Mechanismus sind wir überzeugt, daß wir die biologischen Gesetze und Prinzipien als die komplexeren keinesfalls aus den einfacheren physikalischen ableiten können. Dann bleibt uns als dritte Möglichkeit aber noch die Hoffnung, daß wir vielleicht umgekehrt die physikalischen Prinzipien und Gesetze aus den biologischen ableiten können. Wäre das möglich, dann hätten wir den positiven Gehalt sowohl der mechanistischen wie vitalistischen Idee in einer diesen beiden Antithesen überlegenen höheren Synthese zusammengefaßt."

패러다임으로 형성될 수 있는지는 앞으로 좀 더 두고 볼 일이다.

뉴 에이지 운동은 이른바 지구의 생명력을 주장하는 '가이아 이론 Gaia-Theorie'에 근거하고 있는데, 이것은 제임스 러브락 James Lovelock 과 린 마글리스 Lynn Margulis가 발전시킨 가설에서 나온 것이다.[432] 생태주의의 자연과학적 정의는 19세기 후반 헤켈에서 본격적으로 시작한다.[433] 현재 생태주의는 주로 외부 생태주의와 종합 생태주의로 나누어져 관찰된다. '외부 생태주의 out-Ökologie'는 개별 유기체의 외부 존재 조건과의 연관에 관심을 둔다면, '종합 생태주의 Syn-Ökologie'는 다양한 종류의 삶의 공동체를 연구한다. 따라서 생태주의는 인간의 삶의 방식에 영향을 미치는 자연적, 유기적 환경은 물론이고 인공적(즉 기술) 내지 비유기적인(즉 기후, 물, 토양 등) 환경의 이론도 포괄적으로 수용한다. 이것은 광범위한 자연과학의 분야들과 연관될 수밖에 없다.[434]

현재까지의 이런 자연과학 담론의 발전과 변화가 주로 19세기 후반 이후 분과학문이 된 자연과학의 자체적 담론과 현대 과학적 세계관의 성격이 강하다는 것이 사실이다. 반면 독일문학의 입장에서 보면 자연

---

432) 참조 J.E. Lovelock: Unsere Erde wird überleben. GAIA - Eine optimistische Ökologie. Aus dem Englischen von C. Ifantis-Hemm. München, Zürich 1982, 24쪽: "지상에서 생명형태의 총체성은 고래에서 바이러스까지 그리고 도토리와 해초에 이르기까지 유일하게 살아있는 본질로 관찰할 수 있고, 지구의 대기권을 보편적 필요에 따라 방향 지우는 능력이 있다. 그리고 개별 생명체의 생체 요소들을 훨씬 능가하는 능력과 힘을 부여받고 있다. [D]ie Gesamtheit der Lebensformen auf der Erde, von Walen bis zu Viren und von Eicheln bis zu Algen, [sich] als eine einzige lebende Wesenheit [läßt] betrachten, die fähig ist, die Erdatmosphäre nach ihren allgemeinen Bedürfnissen auszurichten, und die mit Fähigkeiten und Kräften begabt ist, die weit über jene ihrer einzelnen Komponenten hinausgehen".

433) Ernst Haeckel: Allgemeine Entwicklungsgeschichte der Organismen. Kritische Grundzüge der mechanistischen Wissenschaft von den entstehenden Formen der Organismen. Berlin 1866, 286쪽.

434) 참조 H. Sachsse: Ökologische Philosophie. Natur-Technik-Gesellschaft. Darmstadt 1984.

과학과의 교감이라는 생산적 활동 영역과 이를 통한 융합적 발전 가능성의 동력을 상실했다는 것을 의미한다.

하지만 현재 진행되고 있는 이런 자연과학 담론들에 대한 단초를 이미 18세기 후반부터 19세기 초반까지의 독일문학과 자연과학 담론의 상호 융합적 전개에서 찾을 수 있다는 것을 아는 사람들은 드물다. 안타까운 일이다. 더욱 안타까운 것은 현재의 자연과학과 독일문학 담론들이 상실한 내용이다. 당시의 독일문학과 자연과학의 융합적 패러다임 형성 과정을 분석하면 지금의 자연과학 담론들이 가진 일면성과 부분성을 인지할 수 있다. 그것을 보여주는 대표적 부분이 자연과학과 인간학의 교감이다. 현재의 자연과학은 인간학 담론의 주요 부분들을 상실하고 있다. 자연과학은 인간을 객체로 인식하거나 기껏해야 피상적, 기계적 주체로 관찰하고 있을 뿐이다. 인간과 자연은 그들의 내적 상호성을 서서히 상실하고 각자 타인, 피히테적 비아(Nicht-Ich)가 되고 있다. 자연과학이 무시하고 있는 포괄적 인간학의 내용을 당시 독일문학이 보여주고 있었다. 이것은 현재의 독일문학의 담론은 물론이고 자연과학의 담론에서도 반드시 유념해야 하는 내용이다. 자연은 인간의 거울이고 인간은 자연의 거울이다.

21세기가 융합 학문과 학문의 융합 담론의 시기라면, 독일문학은 다시 한 번 자연과학의 담론을 자신의 논의로 포함시키는 일에 관심을 둬야 할 것이다. 최근의 독일문학에서 예를 볼 수 있는 것처럼, 18세기부터 19세기 초반까지의 독일문학이 자연과학 담론을 수용한 것을 마치 당시 독일문학 작가들의 딜레탕티즘 내지 아마추어리즘으로 치부하거나 가벼운 유머거리로 만들어서는 안 될 것이다.[435]

---

435) 참조 Daniel Kehlmann: Die Vermessung der Welt. Reinbek: Rowohlt 2005. 한국어 번역, 다니엘 켈만: 세계를 재다. 박계수 역. 민음사 2008.

문학의 역량은 그에 관계하는 작가와 인물들의 그것을 벗어날 수 없으며, 그 역량은 관심에서 출발한다. 독일문학이 국제적으로 자연과학과의 생산적 교감을 위한 '관심의 담론 공동체'를 형성하는 것이 필요한 시점이다. 특히 독일문학의 연구가 통합적 인문학 담론으로서 발전하기를 원한다면, 자신의 전통적 자산으로 가지고 있는 이 분야를 시급히 돌아봐야 할 것이다. 그러면 독일문학 연구의 생존과 인정은 자연스럽게 담보될 것이다.

참고문헌

감, 게르하르트: 독일관념론. 피히테, 헤겔, 셸링 철학 입문. 이경배 옮김. 용의 숲 2012.

기어츠, 클리퍼드: 문화의 해석. 문옥표 옮김. 서울: 까치글방 1998.

김광억 외: 문화의 다학문적 접근. 서울: 서울대학교출판부 1998.

윌슨, 에드워드: 통섭. 지식의 대통합. 최재천/장대익 역. 서울: 사이언스북스 2005.

조우호: 헤르더의 역사인식과 마이네케의 역사주의.『독일어문학』. 제15집. 9권 2호(2001), 247-272쪽.

_____: 독일문학의 자연과학 담론에 나타난 문화적 토포스에 대하여 - 장 파울과 아힘 폰 아르님의 작품을 중심으로.『뷔히너와 현대문학』. 제18호(2002), 307-328쪽.

_____: 쉴러와 감성의 정치학.『괴테연구』. 제22집(2009), 97-120쪽.

_____: 독일문학의 자연과학 담론과 지식문화.『독일문학』. 제51권 3호(2010), 173-200쪽.

_____: 괴테의 색채론에 나타난 자연과학 방법론.『괴테연구』. 제24집(2011), 99-121쪽.

_____: 낭만주의와 근대과학의 실험정신.『괴테연구』. 제25집(2012), 131-153쪽.

_____: 18세기 후반에서 19세기 초까지의 독일문학을 중심으로 한 인문학적 통합 지식의 패러다임 연구(I).『독일문학』. 제122집. 53권 2호(2012), 199-221쪽.

_____: 18세기 후반에서 19세기 초까지의 독일문학을 중심으로 한 인문학적 통합 지식의 패러다임 연구(II). 『독일문학』. 제123집. 53권 3호 (2012), 239-263쪽.

_____: 요한 칼 베첼의 문학비평. 『독일어문화권연구』. 제22집(2013), 119-141쪽.

켈만, 다니엘: 세계를 재다. 박계수 역. 민음사 2008.

해리스, 에롤 E.: 파멸의 묵시록. 과학적 패러다임과 일상의 사유양식. 이현휘 옮김. 서울 2009.

Alt, Peter-André: Schiller. Leben-Werk-Zeit. München 2004 (2. Aufl.).

Arens, Hans: Sprachwissenschaft. Der Gang ihrer Entwicklung von der Antike bis zur Gegenwart. Freiburg u. München: Karl Alber 1969.

Arnim, Ludwig Achim von: Werke in sechs Bänden. Hrsg. von R. Burwick u.a. Frankfurt a.M. 1994.

_____: Arnim-Nachlaß. Goethe-und Schiller Archiv Weimar (GSA).

_____: Werke und Briefwechsel. Historisch-kritische Ausgabe. In Zusammenarbeit mit der Stiftung Weimarer Klassik und Kunst-sammlungen hg. v. Roswitha Burwick u.a. Tübingen: Max Niemeyer Verlag 2000ff.

_____: Versuch einer Theorie der elektrischen Erscheinungen. Halle 1799.

Autenrieth, Johann Heinrich Ferdinand: Handbuch der empirischen menschlichen Physiologie. Tübingen 1801-1802.

Autrum, Hansjochem (Hg.): Von der Naturforschung zur Natur-wissenschaft. Vorträge, gehalten auf Versammlungen der Gesellschaft deutscher Naturforscher und Ärzte (1828-1958). Berlin u. Heidelberg 1987.

Baasner, Rainer: Das 'Universum der Bilder' und seine Gesetze. In: Jahrbuch der Jean-Paul-Gesellschaft. 25. Jhg. (1990). München, 153-167쪽.

Bach, Thomas: Biologie und Philosophie bei Kielmeyer und Schelling. Stuttgart-Bad Cannstatt 2001.

Baeumler, Alfred: Das Irrationalitätsproblem in der Ästhetik und Logik des 18. Jahrhunderts bis zur Kritik der Urteilskraft. Darmstadt 1981.

Baggesen, Jens: Aus Jens Baggesen's Briefwechsel mit Karl Loenhard Reinhold und Friedrich Heinrich Jacobi. Bd. 2. Leipzig 1836.

Baasner, Rainer: Das 'Universum der Bilder' und seine Gesetze. In: Jahrbuch der Jean-Paul-Gesellschaft. 25. Jhg. (1990). München, 153-167쪽.

Benjamin, Walter: Abhandlungen. Gesammelte Schriften 1.2. Frankfurt a.M. 1991.

Benz, Ernst: Franz Anton Mesmer und seine Ausstrahlung in Europa und Amerika. München 1976.

Berg, Hermann/Richter, Klaus (Hg.): J.W. Ritter. Entdeckungen zur Elektrochemie, Bioelektrochemie und Photochemie. Leipzig 1986.

Blanckenburg, Christian Friedrich von: Literarische Zusätze zu Johann George Sulzers allgemeiner Theorie der schönen Künste in einzelnen, nach alphabetischer Ordnung der Kunstwörter auf einander folgenden, Artikeln abgehandelt. Erster Band. Leizip 1796.

Blesch, R.: Zur Stellung der Naturphilosophie im Identitätssystem F.W.J. Schellings. In: Il cannocchiale, rivista di studi filosofici. n.

1/2-agosto 1984, 95-116쪽.

Blumanbach, Johann Friedrich: Handbuch der Naturgeschichte. 2 Bde. Göttingen 1779f.

_____: Über den Bildungstrieb. Göttingen 1791.

Böhme, Gernot: Anthropologie in pragmatischer Hinsicht. Bielefeld und Basel 2010.

Böhme, Gernot/Gregor Schiemann: Phänomenologie der Natur. Frankfurt a.M.: Suhrkamp 1997.

Bonsiepen, Wolfgang: Die Begründung einer Naturphilosophie bei Kant, Schelling, Fries und Hegel. Mathematische versus speku-lative Naturphilosophie. Frankfurt a.M. 1997.

Boose, Irene (Hg.): Warum Wezel? Zum 250. Geburtstag eines Aufklärers. Heidelberg 1997.

Bortoft, Henri: The Wholeness of Nature. Goethe's Way of Science. Edinburgh 1996.

Bowler, Peter J.: Evolution. The History of an Idea. Berkeley 1989.

Brain, Dennis: Johann Karl Wezel. From Religious Pessimism to Anthropological Skepticism. New York u.a.: Peter Lang 1999.

Bredekamp, Horst: Zur Geschichte der Kunstkammer. Berlin 1994.

Breidbach, Olaf: Die Typik des Wissens und die Ordnung der Dinge. Zur Systematik des Gotheschen Sammelns. In: Markus Bertsch und Johannes Garve (Hg.): Rume der Kunst. Blick auf Goethes Sammlungen. Gttingen 2005, 322-341쪽.

_____: Das Organische in Hegels Denken - Studie zur Natur-philosophie und Biologie um 1800. Würzburg 1982.

_____: Evolutionskonzeptionen in der frühen Romantik. In: Philoso-phia Naturalis 23(1986), 321-336쪽.

_____: Die Materialisierung des Ichs. Zur Geschichte der Hirnfor-
schung im 19. und 20. Jahrhundert. Frnakfurt a.M. 1997.

_____: Jenaer Naturphilosophien um 1800. In: Sudhoffs Archiv 2000.

Breidbach, Olaf/Ziche, Paul (Hg.): Naturwissenschaften um 1800.
Wissenschaftskultur in Jena-Weimar Weimar 2001.

Brenker, Anne-Margarete: Aufklärung als Sachzwang. Realpolitik in
Breslau im ausgehenden 18. Jahrhundert. Hamburg u. München:
Dölling u. Galitz Verlag 2000.

Brinkmann, Richard: Romantik in Deutschland. Stuttgart 1978.

Buffon, George Louis L. de: Histoire naturelle, générale et particuliére.
Bd. 1. Paris 1749.

Burwick, Frederick: The dream-visions of Jean Paul and Thomas de
Quincy. Comparative Literature 20 (1968), 1-26쪽.

_____: The Damnation of Newton: Goethe's Color Theory and
Romantic Perception. Berlin/New York 1986.

_____: Romantic drama: From optics to illusion. In: Peterfreund,
S.(Ed.): Literature and Science. Theory and Praxis. Boston 1990,
167-208쪽.

Carus, Carl Gustav: Lehrbuch der vergleichenden Zootomie. 2 Bde.
Leipzig 1834.

_____: Über Lebenskunst. Ein Vortrag auf Veranlassung Ihro Majestät
der verwitweten Königin Maria zum Besten der erzgebirgischen
Frauen-Vereine am 1. März 1856 gehalten. Wurzen: Verlags-
Comptoir 1856.

_____: Über Lebensmagnetismus und die magischen Wirkungen
überhaupt. Leipzig: Brockhaus 1857. Andechs: Dingfelder 1986.

_____: Lebenserinnerungen und Denkwürdigkeiten. Teil 1-4. Leipzig

1865-1866. Neu herausgegeben v. Elmar Jansen. Weimar 1966.

_____: Neun Briefe über Landschaftsmalerei, geschrieben in den Jahren 1815-1824. Zuvor ein Brief als Einleitung. Leipzig. Nachdruck mit einem Vorwort v. Hans Kahns. Villingen 1947.

_____: Gebundene Ausgabe. Hg. v. Petra Kuhlmann-Hodick und Gerd Spitzer. 2 Bde. Band 1: Natur und Idee. Katalog. Band 2: Wahrnehmung und Konstruktion. Essays. Berlin/München: Deutscher Kunstverlag 2009.

_____: Gelegentliche Betrachtungen über den Charakter des gegen-wärtigen Standes der Naturwissenschaft 1854. In: E. Meffert (Hg.): C.G. Carus. Zwölf Briefe über das Erdbeben. Stuttgart 1986.

Cobben, Paul/Paul Cruysberghs/Peter Jonkers/Lu De Vos (Hg.): Hegel-Lexikon. Darmstadt: Wissenschaftliche Buchgesellschaft 2006.

Craig, Edward: Was wir wissen können. Pragmatische Untersuchungen zum Wissensbegriff. Frankfurt a.M. 1993.

Cunningham, Andrew/Jardine, Nicholas (Hg.): Romanticism and the Sciences. Cambridge u.a. 1990.

Dant, Tim: Knowledge, ideology and discourse. A sociological perspec-tive. London, New York 1991.

Darwin, Erasmus: Zoonomie oder die Gesetze des organischen Lebens. Bd. 1. Hannover 1795.

Döhner, Otto: Neue Erkenntnisse zu G. Büchners Naturauffassung und Naturforschung. In: G. Büchner Jahrbuch 2(1982).

Droysen, Hans: Histoire de la dissertation: Sur la littérature allemande publiée à Berlin en 1780. Ein Beitrag zur Charakteristik des Staatsministers Gr. von Hertzberg. Berlin 1908.

Dyk, Johann Gottfried: Briefe von und an Lord Rivers. Während seines zweyten Aufenthalts in Deutschland. In: Johann G. Dyk: Die besten Werke der Frau Marie Riccoboni. Dritter Band. Leipzig 1782, 159-224쪽.

Eckart, G./John, M./van Zantwijk, T./Ziche, P.: Anthropologie und empirische Psychologie um 1800. Ansätze einer Entwicklung zur Wissenschaft. Weimar 2001.

Eigen, M.: Goethe und das Gestaltproblem in der modernen Biologie. In: H. Rössner (Hg.): Rückblick in die Zukunft. Beiträge zur Lage in den achtziger Jahren. Berlin 1981, 209-255쪽.

Engelhardt, D. von: Hegel und die Chemie. Wiesbaden 1976.

_____: Romantik - Im Spannungsfeld von Naturgefühl, Natur- wissenschaft und Naturphilosophie. In: Brinkmann, R. (Hg.): Romantik in Deutschland. Stuttgart 1978, 167-174쪽.

_____: Quellen und Zeugnisse zur Wechselwirkung zwischen Goethe und der romantischen Naturforschern. In: Acta historica Leopoldina 1992.

_____: Natur und Geist, Evolution und Geschichte. Goethe in seiner Beziehung zur romantischen Naturforschung und meta- physischen Naturphilosophie. In: P. Matussek (Hg.): Goethe und die Verzeitlichung der Natur. München 1998, 58-74쪽.

Fechner, Helmuth: Friedrich der Große und die deutsche Literatur. Braunschweig: Verlag Karl Pfankuch 1968.

Fichte, Johann Gottlieb: Grundlage des Naturrechts nach Principien der Wissenschaftslehre. Jena/Leipzig 1796.

_____: Versuch einer Kritik aller Offenbarung. In: Ausgewählte Werke in sechs Bänden. Bd. 1. Leipzig 1911(Darmstadt: Wiss.

Buchges., 1962).

_____: J.G. Fichte's sämmtliche Werke. Hg. v. Immanuel Hermann
Fichte. 8 Bde. Berlin: Veit & Comp. 1845/1846(재 간행 복제판:
Fichtes Werke. 11 Bde. Berlin: Walter de Gruyter & Co. 1971.
Bde. 1-8).

_____: J.G. Fichte's nachgelassene Schriften. Hg. v. I.H. Fichte. 3
Bde. Bonn: Adolph-Marcus 1834/1835(재 간행 복제판: Fichtes
Werke. 11 Bde. Berlin 1971. Bde. 9-11).

Fink, Karl J.: Goethe's History of Science. Cambridge 1987.

Futterknecht, Franz: Leser als "prädestinirte Thoren". Leseridiotismus
bei Wezel. In: Johann Karl Wezel(1749-1819). Hg. v. Alexander
Košenina. St. Ingbert: Röhrig 1997, 49-67쪽.

_____: Infantiles Bewußtsein: Johann Karl Wezels Kritik der
Moderne. München: Iudicium 1999.

Gall, Franz Joseph: Untersuchungen ueber die Anatomie des Nerven-
systems ueberhaupt, und des Gehirns insbesondere. Hildes-
heim 2001, Nachdr. der Ausg. Paris und Strasburg, Treuttel und
Würtz 1809.

Garber, Jörn: Selbstreferenz und Objektivität. Organisationsmodelle
von Menschheits- und Weltgeschichte in der deutschen Spät-
aufklärung. In: H.E. Bödeker/P.H. Reil/J. Schlumbohm (Hg.):
Wissenschaft als kulturelle Praxis, 1750-1900. Göttingen 1999,
137-185쪽.

Gendolla, Peter: Anatomie der Puppe. Zur Geschichte des Maschinen-
menschen bei Jean Paul, E.T.A. Hoffmann, Villiers de l'isle
Adam und Hans Bellmer. Heidelberg 1992.

Gerabek, Werner E.: Friedrich Wilhelm Joseph Schelling und die

Medizin der Romantik. Frankfurt a.M. 1995.

Gloy, Karen: Das Verständnis der Natur. Zweiter Band. Die Geschichte der ganzheitlichen Denkens. München 1996.

Gögelein, Christoph: Zu Goethes Begriff von Wissenschaft. München 1972.

Goethe, Johann Wolfgang von: Goethes Werke. Hg. im Auftrag der Großherzogin Sophie von Sachsen. Weimar 1887ff. Weimarer Ausgabe. ND: München 1987 (WA).

_____: Goethes Werke. Hamburger Ausgabe. Hg. v. Erich Trunz. München 1981 (HA).

_____: Sämtliche Werke nach Epochen seines Schaffens. Münch- ner Ausgabe. Hg. v. Karl Richter. München 1990 (MA).

_____: Goethes Briefe. Hamburger Ausgabe in 4 Bänden. Hg. v. K.R. Mandelkow. Hamburg 1968.

_____: Sämtliche Werke. Briefe, Tagebücher und Gespräche. 1. Abt., Bd. 24: Schriften zur Morphologie. Frankfurter Ausgabe. Hg. v. D. Kuhn. Frankfurt a. M. 1987 (FA).

_____: Die Schriften zur Naturwissenschaft. Vollständige mit Erläuterungen versehene Ausgabe Leopoldina. Hg. von D. Kuhn und Wolf von Engelhardt. Weimar 1947ff.

_____: Zur Morphologie von 1816 bis 1824. Bearb. v. D. Kuhn. In: Goethe: Die Schriften zur Naturwissenschaft. Vollständige mit Erläuterungen versehene Ausgabe im Auftrage der Deut- schen Akademie der Naturforscher Leopoldina. 2. Abt. Bd. 10 A. Weimar 1995.

_____: Die Farbenlehre. Hg. v. Peter Schmidt. In: Goethe: Sämtliche Werke nach Epochen seines Schaffens. Münchner

Ausgabe. Hg. v. Karl Richter u.a. Bd. 10. München 1989.

Grzesiuk, Ewa: Auf der Suche nach dem "moralischen Stein der Weisen": die Auseinandersetzung mit der frühaufklärerischen Utopie der Glückseligkeit in den Romanen Johann Karl Wezels. Lublin 2002.

Günther, Johannes: Lebensskizzen der Professoren der Universität Jena seit 1558 bis 1858. Eine Festgabe zur 300jährigen Säcularfeier der Universität am 15., 16. und 17. August 1858. Jena 1858.

Haeckel, Ernst: Allgemeine Entwicklungsgeschichte der Organismen. Kritische Grundzüge der mechanistischen Wissenschaft von den entstehenden Formen der Organismen. Berlin 1866.

Hammerschmid, Michael: Skeptische Poetik in der Aufklärung. Formen des Widerstreits bei Johann Karl Wezel. Würzburg: Königshausen & Neumann 2002.

Heckmann, Otto: Die Astronomie in der Geschichte der Neuzeit. In: Von der Naturforschung zur Naturwissenschaft. Vorträge, gehalten auf Versammlungen der Gesellschaft deutscher Naturforscher und Ärzte (1828-1958). Hg. v. J. Autrum. Berlin u. Heidelberg 1987.

Hegel, Georg Wilhelm Friedrich: Hegels theologische Jugendschriften nach den Handschriften der Kgl. Bibliothek in Berlin. Hg. v. Hermann Nohl. Tübingen 1907. Nachdruck. Frankfurt a.M. 1966.

_____: Gesammelte Werke. In Verbindung mit der deutschen Forschungsgemeinschaft herausgegeben von der Nordrhein-Westfälischen Akademie der Wissenschaften. Hamburg 1968ff.

_____: Werke. Auf der Grundlage der Werke von 1832-1845 neu edierte Ausgabe. Frankfurt a.M.: Suhrkamp Verlag 1986.

_____: Werke in 20 Bänden. Hg. v. E. Moldenhauer und K.M. Michel. Frankfurt a.M. 1971.

_____: Briefe von und an Hegel. Hg. v. Johannes Hoffmeister. 4 Bde. Hamburg 1969/1971.

Heibach, Christiane: Literatur im elektronischen Raum. Frankfrut a.M. 2003.

Heinroth, Johann: Lehrbuch der Anthropologie. Zum Behuf academischer Vorträge, und zum Privatstudium. Nebst einem Anhange erläuternder und beweisführender Aufsätze. Leipzig 1822.

Heinz, Andrea: Der Kosmopolitismusgedanke bei Wieland um 1770. In: Wieland-Studien. Bd. 4. Hg. v. Klaus Manger u. vom Wieland-Archiv Biberach 2005. 49-61쪽.

Heise, Frederik: Goethe - Farbige Schatten (1810). In: Olaf Breidbach/Peter Heering/Matthias Müller/Heiko Weber (Hg.): Experimentelle Wissenschaftsgeschichte. München: Wilhelm Fink 2010, 107-123쪽.

Heisenberg, Werner: Wandlungen in den Grundlagen der Naturwissenschaft. Stuttgart 1949.

Helmholtz, Hermann von: Über das Ziel und die Fortschritte der Naturwissenschaft. In: H. von Helmholtz: Populäre wissenschaftliche Vorträge. Braunschweig 1876, 181-211쪽.

Henningfeld, Jochem: Friedrich Wilhelm Joseph von Schelling. Die Menschlichkeit des Absoluten. In: F. Decher/J. Henningfeld (Hg.): Philosophische Anthropologie im 19. Jahrhundert. Würzburg 1992, 37-50쪽.

Herder, Johann Gottfried: Vom Erkennen und Empfinden der menschlichen Seele. In: Herder: Werke in zehn Bänden. Bd. 4.

Frankfurt a.M. 1994, 327-393쪽.

_____: Sämmtliche Werke. Hg. v. Bernhard Suphan u. Carl Redlich. 33 Bde. Berlin 1877-1913.

Hölderlin, Friedrich: Sämmtliche Werke. Stuttgarter Hölderlin-Ausgabe im Auftrag des Württembergischen Kultusministeriums und der Deutschen Akademie in München. Hg. v. Friedrich Beißner. 8 Bde. Stuttgart 1946-1985.

Höpfner, Günther: Christian Gottfried Daniel Nees von Esenbeck - ein deutscher Gelehrter an der Seite der Arbeiter. In: Nachmärz-Forschungen. Beiträge von Günther Höpfner u.a. Trier 1994, 9-102쪽.

Humboldt, Alexander von: Versuche über die gereizte Muskel- und Nervenfaser. Nebst Vermutungen über den chemischen Prozess des Lebens in der Thier- und Pflanzenwelt. 2 Bde. Posen/ Berlin.

Ilbrig, Cornelia: Aufklärung im Zeichen eines "glücklichen Skeptizismus". Johann Karl Wezels Werk als Modellfall für literarisierte Skepsis in der späten Aufklärung. Hannover: Wehrhahn 2007.

Ingensiep, Hans Werner: Metamorphose der Metamorphosenlehre. Zur Goethe-Rezeption in der Biologie von der Romantik bis in die Gegenwart. In: P. Matussek (Hg.): Goethe und die Verzeitlichung der Natur. München 1998, 259-275쪽.

Irrlitz, Gerd: Kant-Handbuch. Leben und Werk. 3. Aufl. Stuttgart: J.B.Metzler 2015.

Jacobs, Wilhelm G.: Johann Gottlieb Fichte. Eine Einführung. Berlin: Suhrkamp 2014(stw 2098).

Käfer, Dieter: Methodenprobleme und ihre Behandlung in Goethes Schriften zur Naturwissenschaft. Köln 1982.

Kahler, Marie-Luise/Maul, G.: Alle Gestalten sind ähnlich. Goethes Metamorphose der Pflanze. Weimar 1991.

Kant, Immanuel: Allgemeine Naturgeschichte und Theorie des Himmels oder Versuch von der Verfassung und dem mechanischen Ursprunge des ganzen Weltgebäudes nach Newtonischen Grund-sätzen abgehandelt. Hrsg. v. H. Ebert. Leipzig 1890.

_____: Kritik der reinen Vernunft. Abgefaßt von Immanuel Kant. Königsberg: Nicolovius 1798.

_____: Kritik der Urtelkraft. Stuttgart 1990.

_____: Anthropologie in pragmatischer Hinsicht. Abgefaßt von Immanuel Kant. Zweyte verbesserte Auflage. Königsberg: Nicolovius 1800.

_____: Schriften zur Anthropologie, Geschichtsphilosophie, Politik und Pädagogik 2 (Werkausgabe XII). Hg. von Wilhelm Weischedel. Frankfurt am Main: Suhrkamp 1977.

_____: Kant's gesammelte Schriften. Hg. v. der Königlich Preußi-schen Akademie der Wissenschaften zu Berlin(Berlin-Branden-burgischen Akademie der Wissenschaften). Akademische Aus-gabe. Berlin: Walter de Gruyter 1900ff.

_____: Logik. Hg. v. G.B. Jäsche. Werkausgabe Bd. 6. Frankfurt a.M. 1968.

Karpenstein-Eßbach, Irene: Johann Karl Wezel als Treffpunkt aufklärerischer Energien aus der Perspektive des New Histori-cism. In: DVjs 77(2003), 564-590쪽.

Kehlmann, Daniel: Die Vermessung der Welt. Reinbek bei Hamburg

2005.

Knoll, Heike: Das System Canetti. zur Rekonstruktion eines Wirklichkeitsentwurfes. München 1993.

Köchy, Kristian: Ganzheit und Wissenschaft. Das historische Fallbeispiel der romantischen Naturforschung. Würzburg 1997 (Epistemata 180).

Konopka, Marek: Strittige Erscheinungen der deutschen Syntax im 18. Jahrhundert. Tübingen: Max Niemeyer 1996.

Košenina, Alexander: Der gelehrte Narr. Gelehrtensatire seit der Aufklärung. Göttingen 2003.

Koyré, Alexandre: Von der geschlossenen Welt zum unendlichen Universum. Frankfurt a.M. 1980.

Kühl, Johannes: Goethes Farbenlehre und die moderne Physik. In: Peter Heusser (Hg.): Goethes Beitrag zur Erneuerung der Naturwissenschaften. Bern/Stuttgart/Wien: Haupt 2000, 409-432쪽.

_____: Zum Goetheschen Urphänomen der Farbentstehung und zu einem Zusammenhang mit Beugung und Brechung. In: Elemente 49(1988), 85-95쪽.

Kuhn, Dorothea: Grundzüge der Goetheschen Morphologie. In: Goethe-Jahrbuch(1978), 199-211쪽.

_____: Versuch über Modelle in der Goethezeit. In: D. Kuhn/B. Zeller (Hg.): Genus huius loci. Wien et al. 1982, 267-290쪽.

_____: Modelle und Vorstellungen von Natur in der Goethezeit. Leopoldina III/28. 1985.

_____: Typus und Metamorphose. Goethe-Studien. Marbach a.N. 1988.

Kuhn, Tomas S.: Die Struktur wissenschaftlicher Revolutionen. Frankfurt a.M. 1969.

_____: Die Entstehung des Neuen. Frankfurt a.M. 1977.

_____: Die kopernikanische Revolution. Braunschweig 1981.

Kutschera, Franz v.: Wissenschaftstheorie. Grundzüge der allgemeinen Methodologie der empirischen Wissenschaften. Bd. I u. II. München 1973.

Leibniz, Gottfried Wilhelm: Die philosophischen Schriften. Hg. von C. J. Gerhardt. Bd. 3. Nachdruck. Hildesheim/New York 1978.

_____: Vernunftprinzipien der Natur und der Gnade. Monadologie. Auf Grund der kritischen Ausgabe von A. Robinet 1954 und der Übersetzung von A. Buchenau mit Einführung und Anmerkungen hrsg. von H. Herring. Hamburg 1956.

_____: Sämtliche Schriften und Briefen. Hrsg. v. der Preußischen Akademie der Wissenschaften zu Berlin. Darmstadt 1923ff.

Lovelock, James E.: Unsere Erde wird überleben. GAIA – Eine optimistische Ökologie. Aus dem Englischen von C. Ifantis-Hemm. München, Zürich 1982.

Luhmann, Niklas: Die Wirtschaft der Gesellschaft. Frankfurt a.M. 1988.

_____: Beobachtungen der Moderne. Opladen 1992.

Mandelkow, Karl Robert: Briefe an Goethe. Bd. 1, 1764-1808. Hamburg 1965.

Manger, Klaus (Hg.): Der ganze Schiller – Programm ästhetischer Erziehung. Heidelberg 2006.

Manger, Klaus/Willems, Gottfried (Hg.): Schiller im Gespräch der Wissenschaften. Heidelberg 2005.

Marcuse, Herbert: Triebstruktur und Gesellschaft. Springe 2004.

Mausfeld, Rainer: "Was nicht das Auge sonnenhaft ..." Goethes
　　Farbenlehre: Nur eine Poesie des Chromatischen oder ein
　　Beitrag zu einer naturwissenschaftlichen Psychologie? In: Mit-
　　teilungen des Zentrums für interdisziplinäre Forschung der
　　Universität Bielefeld, 1996, Heft 4, 4-27쪽.

Meyer-Abich, Klaus Michael: Ideen und Ideale der biologischen
　　Erkenntnis. Beiträge zur Theorie und Geschichte der biolo-
　　gischen Ideologien. Leipzig 1934.

Mesmer, Franz Anton: Mémoire sur la découverte du magnétisme
　　animal. Genf/Paris 1779.

_____: Mesmerismus oder System der Wechselwirkungen, Theorie
　　und Anwendung des thierischen Magnetismus als die allge-
　　meine Heilkunde zur Erhaltung des Menschen. Hg. v. Karl
　　Christian Wolfart. Berlin 1814. Nachdruck. Amsterdam 1966.

Möser, Justus: Über die deutsche Sprache und Literatur. Schreiben an
　　einen Freund nebst einer Nachschrift die National-Erziehung
　　der alten Deutschen betreffend. Osnabrück 1781.

Moritz, Karl Philipp (Hg.): Magazin zur Erfahrungsseelenkunde. 10
　　Bde. 1783-1793.

Müller, Gerhard: Vom Regieren zum Gestalten. Goethe und die
　　Universität Jena. Heidelberg 2006.

Müller, Götz: Jean Pauls Ästhetik und Naturphilosophie. Tübingen: Max
　　Niemeyer 1983.

Müller, Klaus-Dieter: Franz Joseph Schelver 1778-1832. Romantischer
　　Naturphilosoph, Botaniker und Magnetiseur im Zeitalter
　　Goethes. Stuttgart 1992.

Müller-Tamm, Jutta: Kunst als Gipfel der Wissenschaft, ästhetische und wissenschaftliche Weltaneignung bei C.G. Carus. Berlin 1995.

Nettesheim, H.C. Agrippa von: De occulta philosophia libri tres. Antwerpen 1531. (deutsche Ausgabe) Geheime Philosophie oder Magie. In: Nettesheim: Magische Werke sammt den geheimnißvollen Schriften des Petrus von Abano, Pictorius von Villingen, Gerhard von Cremona, Abt Tritheim von Spanheim, dem Buche Arbatel, der sogenannten Heil. Geist-Kunst und verschiedenen anderen, zum ertsten Male vollständig in's Deutsche übersetzt, vollständig in 5 Teilen, Stuttgart 1855-1856. Nachdruck Meisenheim a. Glan 1975.

Neubauer, John: Quellen und Wellen der Wissenschaft: Goethe und Thomas Young. In: Goethe und die Weltkultur. Hg. v. Klaus Manger. Heidelberg 2003, 17-31쪽.

Newton, Isaac: Mathematische Prinzipien der Naturlehre. Darmstadt 1963.

Novalis: Werke und Briefe. Gütersloh 1976.

_____: Werke, Tagebücher und Briefe Friedrich von Hardenbergs. Hg. v. H.J. Mähl u. R. Samuel. 3 Bde. München/Wien 1978.

_____: Werke. Hg. v. G. Schulz. München 1969. 3. Aufl. 1987.

Nowitzki, Hans-Peter: Der wohltemperierte Mensch. Aufklärungs-anthropologien im Widerstreit. Berlin 2003.

Oehler-Klein, Sigrid: Die Schädellehre Franz Joseph Galls in Literatur und Kritik des 19. Jahrhunderts. Stuttgart 1990.

Oersted, Hans Christian: Expériences avec la pile électrique. Faites par M. Ritter, á Jena. In: Journal de physique 57(1803), 401-405쪽.

Oken, Lorenz: Uebersicht des Grundrisses des Systems der Natur-filosofie und der damit verbundenen Theorie der Sinne.

Frankfurt a.M. 1804.

_____: Entwicklung der wissenschaftlichen Systematik der Thiere. In: Beiträge zur Vergleichenden Zoologie, Anatomie und Physiologie 1(1806), 103-122쪽.

_____: Lehrbuch der Naturphilosophie. 3 Teile. Jena 1809-1811.

_____: Allgemeine Naturgeschichte für alle Stände. 7 Bde. Stuttgart 1833-1845.

Ostwald, Wilhelm: Goethe, Schopenhauer und die Farbenlehre. Leipzig 1918.

Paracelsus: Theophrast von Hohenheim, genannt Paracelsus: Sämtliche Werke. 1. Abt. Hrsg. v. K. Sudhoff. Bd. 1. Das buch von der geberung der empfindlichen dingen in der vernunft. München, Berlin 1922-1933.

Paul, Jean: Hesperus. In: Jean Paul: Sämtliche Werke. Hg v. Norbert Miller. München: Carl Hanser. I. Abteilung. Bd. 1. München 1960.

_____: Sämtliche Werke. Historisch-kritische Ausgabe. Hg. v. der Preußischen Akademie der Wissenschaften. I. Abteilung. B. 3 u. 4. Hg. v. Hans Bach u. Eduard Berend. Weimar: Hermann Böhlaus Nachfolger 1929.

_____: Werke. Hrsg v. Norbert Miller und Gustav Lohmann. 1. Abt. Bd. 1-6. München: Carl Hanser 1959-1963.

_____: Werke. Historisch-kritische Ausgabe. Hg. v. Helmut Pfotenhauer. Bd. 1-3. Hg. v. Barbara Hunfeld. Tübingen: Max Niemeyer 2009.

Plessner, Helmuth: Anthropologie der Sinne. Gesammelte Schriften III.

Frankfurt a.M. 2003.

Plinius: Naturalis historiae libri XXXVII. Hg. v. Carolus Mayhoff. Leipzig 1967.

Pörksen, Uwe: Alles ist Blatt. Über Reichweite und Grenzen der naturwissenschaftlichen Sprache und Darstellungsmodelle Goethes. In: Berichte zur Wissenschaftsgeschichte 2(1988), 133-148쪽.

Poggi, Stefano/Maurizio Bossi (Hg.): Romanticism in Science. Science in Europe 1790-1840. Dordrecht 1994.

Preuss, Johann David Erdmann: Friedrich der Große als Schriftsteller. Vorarbeit zu einer echten und vollständigen Ausgabe seiner Werke. Berlin: Verlag von Veist und Comp 1837.

_____: Friedrich der Große. Eine Lebensgeschichte. Berlin: Naucksche Buchhandlung 1832-34. Bd. 3(1833).

Richter, Jeremias Benjamin: Anfangsgründe der Stöchyometrie oder Meßkunst chymischer Elemente. Breßlau/Hirschberg 1792.

Richter, Klaus: Zur Methodik des naturwissenschaftlichen Forschens bei Johann Wilhelm Ritter. In: W. Ch. Zimmerli/K. Stein/ M. Gerten (Hg.): "Fessellos durch die Systeme". Frühromantisches Naturdenken im Umfeld von Arnim, Ritter und Schelling. Stuttgart-Bad Cannstatt 1997, 317-329쪽.

Ries, Klaus: Friedrich Schiller - ein politischer Professor? In: Klaus Manger (Hg.): Der ganze Schiller - Programm ästhetischer Erziehung. Heidelberg 2006.

Ritter, Johann Wilhelm: Fragmente aus dem Nachlaß eines jungen Physikers. Ein Taschenbuch für Freunde der Natur. Hg. v. S. und B. Dietzsch. Leipzig/Weimar 1984.

_____: Beyträge zur nähern Kenntniß des Galvanismus und der Resultate seiner Untersuchung. Jena 1800/1802.

_____: Physisch-chemische Abhandlungen in chronologischer Folge. Leipzig 1806.

_____: Beweises, daß ein beständiger Galvanismus den Lebensproceß im Tierreiche begleite. Weimar 1798.

_____: Beweis, daß die Galvanische Action oder der Galvanismus auch in der Anorgischen Natur möglich und wirklich sey. In: Beyträge zur nähern Kenntniß des Galvanismus und der Resultate seiner Untersuchung. Bd. 1. Jena 1800, 111-284쪽.

Rothschuh, Karl E.: Alexander von Humboldt und die Physiologie seiner Zeit. In: Sudhoffs Archiv für Geschichte der Medizin 43 (1959), 97-113쪽.

Rüdiger, Johann Christian Christoph: Neuester Zuwachs der teutschen, fremden und allgemeinen Sprachkunde in eigenen Aufsätzen, Bücheranzeigen und Nachrichten. Leipzig 1785.

Rupke, Nikolas A.: Richard Owen. Victorian Naturalist. New Haven/London 1994.

Sachsse, Hans: Ökologische Philosophie. Natur-Technik-Gesellschaft. Darmstadt 1984.

Schaffer, Simon: Glass works: Newton's Prisma and the Uses of Experiment. In: D. Gooding/T. Pinch/S. Schaffer (Hg.): The uses of Experiment: Studies in the natural science. Cambridge 1989, 67-104쪽.

Schelling, Friedrich Wilhelm Joseph: Sämtliche Werke. Hg. v. K.F.A. Schelling. Stuttgart/Augsburg 1856-1861.

_____: Ausgewählte Werke. Darmstadt: Wissenschaftliche

Buchgesellschaft 1966ff.

_____: Von der Weltseele, eine Hypothese der höheren Physik zur Erklärung des allgemeinen Organismus. In: Sämmtliche Werke. Bd. I,2. Stuttgart/Augsburg 1858 (1798).

_____ (Hg.): Zeitschrift für speculative Physik. Jena/Leipzig 1800-1801.

_____ (Hg.): Neue Zeitschrift für speculative Physik. Tübingen 1802-1803.

Schelver, Franz Joseph: Zeitschrift für organische Physik. Halle 1802f.

_____: Dissertatio inavgvralis physiologica de irritabilitate. Göttingen 1798.

_____: Vorlesungen über Naturphilosophie. Halle 1802.

_____: Elementarlehre der organischen Natur. Erster Theil. Organomie. Göttingen 1800.

_____: Versuch einer Naturgeschichte der Sinneswerkzeuge bey den Insecten und Würmern. Göttingen 1798.

_____: Erster Beitrag zur Begründung eines zoologischen Systems. In: Archiv für Zoologie und Zootomie(1800), 136-151 쪽.

_____: Rezension von Röschlaubs Lehrbuch der Nosologie. In: Erlanger Literatur-Zeitung 19(1802), Sp. 145-152.

Schiller, Friedrich von: Schillers Werke. Nationalausgabe. Weimar 1962/1986 (NA).

_____: Werke in drei Bänden. Hrsg. v. Herbert G. Göpfert. Bd. II. München: Carl Hanser Verlag 1966.

Schings, Hans-Jürgen: Die Brüder des Marquis Posa. Schiller und der Geheimbund der Illuminaten. Tübingen 1996.

Schlegel, Friedrich: Europa. Eine Zeitschrift. Bd. 1. Frankfurt a.M. 1803.

Schmid, Carl Christian Erhard (Hg.): Psychologisches Magazin. 3 Bde. 1796-1798.

_____ (Hg.): Anthropologisches Journal. 4 Bde. 1803-1804.

_____: Empirische Psychologie. Jena 1791.

_____: Physiologie, philosophisch bearbeitet. 3 Bde. Jena 1798-1801.

Schmidt, Arno: Belphegor oder Wie ich Euch hasse (Funkessay, 1959). In: Arno Schmidt: Das essayistische Werk zur deutschen Literatur. Band 1. Bargfeld und Zürich: Haffmans 1988, 191－222쪽.

Schmidt, Peter: Gesundheit und Krankheit in romantischer Medizin und Erzählkunst. In: Jahrbuch des Freien Deutschen Hochstifts 1966, 197-228쪽.

Schöne, Albrecht: Goethes Farbentheologie. München 1987.

Schönherr, Hartmut: Einheit und Werden. Goethes Newton-Polemik als systematische Konsequenz seiner Naturkonzeption. Würzburg 1993.

Schülein, Johann August/Simon Reitze: Wissenschaftstheorie für Einsteiger. Wien 2005.

Schulz, Martin-Andreas: Johann Karl Wezel. Literarische Öffentlichkeit und Erzählen. Untersuchungen zu seinem literarischen Programm und dessen Umsetzung in seinen Romanen. Hannover: Wehrhahn 2000.

Schwanitz, Hans Joachim: Die Entwicklung des Brownianismus und der Homöopathie 1795-1845. Stuttgart/New York 1983.

Shapiro, Alan E.: The gradual acceptance of Newton's theory of light and color, 1672-1727. In: Perspektive On Science 4(1996), (1), 59-140쪽.

Stafford, Barbara Marion: Body criticism. Cambridge/London 1991.

_____: Artful Science. Enlightenment, Entertainment and the Eclipse of Visual Education. Cambridge/London 1994.

Stein, Klaus: "Die Natur, welche sich in Mischungen gefällt" Philosophie der Chemie: Arnim, Schelling, Ritter. In: "Fessellos durch die Systeme" Frühromantisches Naturdenken im Umfeld von Arnim, Ritter und Schelling. Hg. v. Walther Ch. Zimmerli, Klaus Stein und Michael Gersten. Stuttgart-Bad Cannstatt 1997, 143-202쪽.

Thomas, Keith: Man and the Natural World. Changing Attitudes in England 1500-1800. Harmondsworth 1984.

Tieck, Ludwig: Werke in 4 Bdn., nach dem Text der Schriften von 1828-1854, unter Berücksichtigung der Erstdrucke. Hrsg. v. M. Talmann. München 1963-1966.

Unger, Rudolf: "Der bestirnte Himmel über mir ...". Zur geistes-geschichtlichen Deutung eines Kant-Wortes. In: R. Unger: Aufsätze zur Literatur- und Geistesgeschichte. Berlin 1929, 40-66쪽.

Watzlawick, Paul: Anleitung zum Unglücklichsein, München 1983.

Weber, Joseph: Der Galvanismus. Eine Zeitschrift. Landshut 1802f.

Wetzels, Walter Dominic: Aspects of natural science in German romanticism. Studies in Romanticism 10 (1971), 44-59쪽.

_____: Johann Wilhelm Ritter. Physik im Wirkungsfeld der deutschen Romantik. Berlin/New York 1973.

_____: Johann Wilhelm Ritter. Romantic physics in Germany. In:

Cunningham/Jardine (Hg.): Romanticism and the sciences. Cambridge 1990, 199-212쪽.

Wezel, Johann Karl: Belphegor oder Die wahrscheinlichste Geschichte unter der Sonne. (Crusius: Leipzig 1776). Hg. und mit einem Nachwort von Hubert Gersch. Frankfurt a.M. 1984(1965).

_____: Hermann und Ulrike. Ein komischer Roman in vier Bänden. Leipzig 1780 (Reprint hg. und mit einem Nachwort von Eva Becker. Stuttgart 1977).

_____: Gesamtausgabe in acht Bänden. Jenaer Ausgabe. Hg. v. Klaus Manger u.a. Bd. 3: Hermann und Ulrike. Hg. v. Bernd Auerochs. Heidelberg: Mattes Verlag 1997.

_____: Wilhelmine Arend, oder die Gefahren der Empfind-samkeit. 2 Bd. Dessau 1782 (Reprint Frankfurt am Main 1970).

_____: Versuch über die Kenntniß des Menschen. In: Wezel: Gesamtausgabe in acht Bänden. Jenaer Ausgabe. Bd. 7. Hg. v. Jutta Heinz. Heidelberg 2001, 7-281쪽.

Wieland, Christoph Martin: Sämmtliche Werke. Hg. v. der Hamburger Stiftung zur Förderung von Wissenschaft und Kultur. Hamburg 1984.

Wiesing, Urban: Kunst oder Wissenschaft? Konzeptionen der Medizin in der deutschen Romantik. Stuttgart 1995.

Wilson, W. Daniel: Geheimräte gegen Geheimbünde. Ein unbekanntes Kapitel der klassisch-romantischen Geschichte Weimars. Stuttgart 1991.

Wilson, Edward O.: Consilience: The Unity of Knowledge. New York 1998.

Wolff, Caspar Friedrich: Theoria generationis. Ueber die Entwicklung der Pflanzen und Thiere. Übersetzt und herausgegeben von Paul Samassa mit einer Einleitung von O. Breidbach. Thun/ Frankfurt a.M. 1999.

Wundt, Max: Fichte-Forschungen. Stuttgart-Bad Cannstatt 1976.

Ziche, Paul: Mathematische und naturwissenschaftliche Modelle in der Philosophie Schellings und Hegels. Stuttgart 1996.

Zimmerli, Walther Ch./Klaus Stein/Michael Gersten (Hg.): Fessellos durch die Systeme. Frühromantisches Naturdenken im Umfeld von Arnim, Ritter und Schelling. Stuttgart 1997.

찾아보기

인명

ㄱ

괴테 Johann Wolfgang von Goethe
179, 268

ㄴ

네테스하임 Agrippa von Nettesheim
20
뉴턴 Isaac Newton 37, 239, 272f.

ㄷ

달랑베르 Jean Le Rond D'Alembert
30
데카르트 René Descartes 65
도나티 Vitaliano Donati 28
디드로 Denis Diderot 26

ㄹ

라바터 Johann Caspar Lavater 28
라이프니츠 Gottfried Wilhelm

Leibniz 23
로크 John Locke 145
루소 Jean Jacques Rousseau 27
리터 Johann Wilhelm Ritter 252
리히터 Jeremias Benjamin Richter
248
린네 Carl Linné 29

ㅁ

뫼저 Justus Möser 151
마이네케 Friedrich Meinecke 95

ㅂ

바취 August Johann Georg Batsch
29, 191
베첼 Johann Karl Wezel 141
보네 Charles Bonnet 26
볼테르 Voltaire/Francois-Marie
Arouet 27
뷔퐁 Georgees-Louis Leclerc de
Buffon 26
브렌타노 Clemens Brentano 235
블루멘바흐 Johann Friedrich

Blumenbach 28
빌란트 Christoph Martin Wieland
85

ㅅ

소크라테스 96
셸링 Friedrich Wilhelm Joseph
Schelling 61
셸버 Franz Joseph Schelver 190
쉴러 Friedrich von Schiller 98
슈미트 Carl Christian Erhard
Schmid 199
슐라이어마허 Friedrich Ernst Daniel
Schleiermacher 61
슐레겔 August Wilhelm Schlegel 40
슐레겔 Friedrich Schlegel 40
스피노자 Baruch de Spinoza 66

ㅇ

아르님 Ludwig Achim von Arnim
234
아리스토텔레스 19
아이헨도르프 Joseph von
Eichendorff 235
오스트발트 Wilhlem Ostwald 300
오지에 Augustin Augier 29
오켄 Lorenz Oken 219

ㅋ

카루스 Carl Gustav Carus 184
칸트 Immanuel Kant 31
캄파넬라 Tommaso Campanella 23
캄퍼 Pieter Camper 28

ㅌ

틱 Ludwig Tieck 225

ㅍ

파라셀수스 21
팔라스 Peter Simon Pallas 29
포르타 Giovanni Battista Porta 22
플라톤 20
플라트너 Ernst Platner 203
플리니우스 19
피히테 Johann Gottlieb Fichte 38

ㅎ

헤겔 Georg Wilhelm Friedrich
Hegel 48
헤르더 Johann Gottfried von
Herder 93
헤켈 Ernst Haeckel 300
헬름홀츠 Hermann von Helmholtz
300
횔덜린 Johann Christian Friedrich

Hölderlin 41
흄 David Hume 122

귀납 37
근원경험 243
근원상 198
근원현상 198
기술 34

내용

ㄱ

가이아 이론 302
가정 37
갈바니즘 226, 253, 254, 261, 262
감각 32, 36, 59, 227, 240, 251,
    261, 265ff., 274, 289, 297
감각 충동 119f., 121f., 126
감각론 23
감상주의 142
감성 65, 116ff., 122
감성적 능력 119
감정능력 201
개념 58, 62
객관 75
객체 51, 53ff., 69
경험 21, 34f., 57, 180, 184, 235,
    240
경험심리학 200
계몽·고전주의 103
계몽주의 21
계통발생학 95
관념론 26
관조 57, 62, 65, 182
괴츠 152

ㄴ

낭만주의 물리학 267
논리학 32
뉴 에이지 301

ㄷ

단자 23
단자론 23
대우주 25, 82
도덕 34
돈 카를로스 104
동일성 52
동종용법 204
디오게네스 91

ㄹ

르네상스 20

ㅁ

무한성 80
문예궁정 39

문학비평 146
문화 36
미적 감각 147
미적 국가 128

ㅂ

바이마르 30
박물지 27
백과전서 27
범신론 80
법칙 36
법칙성 72
벨페고르 142
변신론 166
변증법 47, 209
보편역사 101
브라운주의 204
비아 46
비판철학 70
빌헬름 마이스터의 수업시대 100
빌헬름 마이스터의 편력시대 176
빌헬름미네 아렌트 142
빛의 활동 274

ㅅ

사변 21
상상력 62
상승 279
상징 65

생기론 301
생리색 276
생명 126
생명력 206
생산된 자연 natura naturata 69
생산하는 자연 natura naturans 69
생태주의 301
선험 미학 123
선험철학 38
세계시민 33
세계시민주의 86
세계영혼 67, 213
소우주 25, 82
수학 37
순수이성 37
순수이성비판 34
슈틸폰 87
시엔티아 인투이티바 181
시인 84
식물 변형론 180
식물론 29
신생기론 301
신성 80
신체 32
실용 34
실제 65
실천 34
실천이성 37
실험 186ff., 194, 226, 252, 265,
    285

ㅇ

아리스팁 88
양극성 246
에그몬트 100
역사 93ff., 98ff., 159
연금술 73
연역 37
영혼 46
예나 30
예술 13, 86
오성 64
욕망능력 201
우주 25
우주관 20, 25
유기론 24
유기성 80
유기체 25
유토피아 22
유형론 184
유희 충동 124
윤리학 33
융합 15, 44, 233, 248, 299
의식 53
의지 122
이념 50
이론 32f., 35, 37
이상 65
이성 충동 119
이종요법 204
인간학 31ff., 38ff., 48ff., 85, 92ff.,
98, 141ff.
인간 지식에 관한 논고 143
인간의 미적 교육론 111
인과 37
인본주의 95
인상학 28
인식 62
인식능력 201
일루미나트 103

ㅈ

자아 45
자연 13
자연관 25
자연 연구 13
자유 72
자이스의 도제들 228
전일주의 301
절대지 217
정신 46
정신현상학 49
정체성 63
제한 47
조직 36, 72
종교 33
주관 75
주체 51, 53ff., 69
지각 122
지성 52
지식 21, 33, 35

지식학 38ff.
진리 46
질료 55

ㅊ

천체사다리 20
철학적 생리학 206
총체성 282
충동 70

ㅋ

코스모폴리티즘 91

ㅌ

타자 45
태양의 도시 22
통섭 44

ㅍ

파우스트 28
판단력 37

판단력 비판 34
표상능력 201
표상력 201
프라이마우러 103

ㅎ

하인리히 폰 오프터딩엔 84
학문 41
학문론 30
합목적성 72
합일성 62
헤르만과 울리케 142
헤스페루스 84
현상 37
형상 126
형식 123
형식 충동 119
형이상학 19, 37, 42
형태변형론 181
환상 21
황금 사슬 20
회의주의 141
히스토리아 나투랄리스 19
히페리온 84

저자 소개

조우호

서울대학교 독어독문학과와 동대학원을 졸업했다. 독일 예나대학교(쉴러대학교)에서
문학(철학)박사 학위를 받았다. 현재 덕성여자대학교 교수이자 독일 바이로이트대학교
경제학부 객원교수로 있다. 한국미디어문화학회 회장과 한국독어독문학교육학회 편집
위원장, 한국괴테학회 부회장 등을 역임하고, 일간지『헤럴드경제』의 칼럼니스트로 활
동했다. 독일문학, 경제학, 자연과학에 관련되는 많은 논문을 발표했다. 논문으로「괴
테와 자본주의 사상」,「괴테의『색채론』에 나타난 자연과학 방법론」,「문학에 투영된
경제관」,「문예궁정과 문화정책」. 저서로는『문학의 탈경계와 상호예술성』(공저),
『〈천만 영화를 해부하다〉 평론 1 내부자들』(공저), 번역서로는『책. 사람이 읽어야 할
모든 것』등이 있다.

독일문학과 자연과학

1판 1쇄 인쇄 2019년 6월 20일
1판 1쇄 발행 2019년 6월 26일

지은이 조우호
펴낸이 박성복
펴낸곳 도서출판 월인
주 소 01047 서울특별시 강북구 노해로25길 61
등 록 1998년 5월 4일 제6-0364호
전 화 (02) 912-5000
팩 스 (02) 900-5036
홈페이지 www.worin.net
전자우편 worinnet@hanmail.net

ⓒ 조우호, 2019

ISBN 978-89-8477-672-2 93850

값은 뒤표지에 있습니다.